KAT MARTIN

Ein verführerischer Handel

Buch

Um der Armut zu entfliehen, schließt die halbwüchsige Farmerstochter Ariel Summers mit dem betagten Grafen von Greville ein Abkommen. Sie bietet ihm an, später seine Mätresse zu werden, sofern er sie zu einer Lady ausbilden lässt. Der Graf willigt in den Handel ein, stirbt jedoch kurz darauf. Ariel konnte nicht ahnen, dass Greville einen illegitimen Sohn hat, der nun sein Erbe – und damit auch seine Rechte und Pflichten – antritt. Justin will zunächst von dem Pakt, den sein Vater abgeschlossen hat, nichts wissen. Doch als er die bildschöne Ariel trifft, lodert in ihm das Begehren auf. Er plant, die hinreißende Farmerstochter zu verführen, doch er rechnet nicht damit, dass Ariels jugendliche Leidenschaft in ihm Gefühle freisetzen würde, die lange Zeit verschüttet waren …

Autorin

Kat Martin studierte Geschichte und Anthropologie an der University of California. Bisher hat sie mehr als 25 Bestseller geschrieben, die in viele Sprachen übersetzt wurden und weltweit Millionenauflagen erreicht haben. Ihre Lesergemeinde liebt ihre historischen und auch ihre zeitgenössischen Liebesromane gleichermaßen. Die Autorin lebt mit ihrem Mann, ebenfalls Schriftsteller, in Bakersfield/Kalifornien.

Als Blanvalet Taschenbuch lieferbar:

Süßes Geheimnis (35594) – Sündiger Hauch (35663) – Was dein Herz verspricht (35224) – Tanz um Mitternacht (35662) – Wie Samt auf meiner Haut (35063) – Stachel der Erinnerung (35034) – Bei Tag und bei Nacht (35143) – Was die Nacht verheißt (35523)

KAT MARTIN

Ein verführerischer Handel

Roman

Aus dem Amerikanischen
von Elke Iheukumere

BLANVALET

Die amerikanische Originalausgabe erschien 2001
unter dem Titel »Heartless«
bei St. Martin's Press, New York.

Umwelthinweis:
Alle bedruckten Materialien dieses Taschenbuches
sind chlorfrei und umweltschonend.

Blanvalet Taschenbücher erscheinen im Goldmann Verlag,
einem Unternehmen der Verlagsgruppe Random House GmbH.

Deutsche Erstveröffentlichung November 2002

Umschlaggestaltung: Design Team, München
Umschlagillustration: Agentur Schlück/Spiak
Satz: DTP Service Apel, Hannover
Druck: Elsnerdruck, Berlin
Verlagsnummer: 35764
Redaktion: Barbara Gernet
LW · Herstellung: Heidrun Nawrot
Made in Germany
ISBN 3-442-35764-0
www.blanvalet-verlag.de

1 3 5 7 9 10 8 6 4 2

1

Surrey, England, 1800

Ach, wäre ich doch Euresgleichen! Ariel Summers hockte hinter der Hecke an dem Weg, der zu dem herrlichen Herrenhaus von Greville führte und sah zu, wie die verzierte schwarze Kutsche an ihr vorbeirollte. Das Dach war zurückgeklappt, und an der Tür prangte das vergoldete Wappen des Grafen. Seine Tochter, Lady Barbara Ross und ihre Begleiterinnen, die in den roten Samtpolstern saßen, lachten, als kennten sie keine Sorgen auf dieser Welt.

Ariel starrte ihnen bewundernd nach und stellte sich vor, wie es wohl sein würde, solch wunderschöne Kleider zu tragen, Kleider aus der feinsten Seide, in Schattierungen von Rosa, Lavendel und einem beinahe leuchtenden Grün – jedes mit dem dazu passenden Sonnenschirmchen.

Eines Tages, dachte sie sehnsüchtig.

Wenn sie die Augen schloss, sah sie sich in einem Kleid aus schimmerndem goldenen Stoff, ihr blassblondes Haar zu Locken aufgetürmt, ihre schlanken Füße in zierlichen Schuhen aus Chevreau. *Eines Tages werde ich eine eigene Kutsche besitzen,* schwor sie sich, *und für jeden einzelnen Tag der Woche ein anderes Kleid obendrein!*

Aber dieser Tag war noch nicht gekommen, sie seufzte tief auf, und auch nicht in Sicht.

Sie wandte sich von der Kutsche ab, die langsam ihren Blicken entschwand, hob ihren braunen Leinenrock über den festen Schuhen und lief zurück zu dem kleinen Haus. Sie hätte schon vor einer Stunde daheim sein sollen. Ihr Vater würde schrecklich wütend sein, wenn er herausfand, was sie getan hatte. Sie betete, dass er noch draußen auf dem Feld war.

Doch als sie den ledernen Vorhang beiseite schob, der Kate als Tür diente, wartete Whitby Summers schon auf sie. Ariel keuchte erschrocken, als ihr Vater schmerzhaft ihren Arm umfasste und sie gegen die grobe Wand aus mit Lehm verschmiertem Flechtwerk stieß. Sie zwang sich, in sein aufgedunsenes Gesicht zu blicken und zuckte dann zurück, als er ihr mit seiner Pranke ins Gesicht schlug.

»Ich habe dir gesagt, du sollst nicht trödeln. Ich habe dir gesagt, du sollst die Flickarbeiten abliefern und so schnell wie möglich zurückkommen. Was hast du gemacht? Hast du wieder die Ladys in ihrer eleganten Kutsche angestarrt? Du hast wieder geträumt, so wie du es immer tust – ist es nicht so? Du wünschst dir etwas, was du niemals bekommen wirst. Es ist an der Zeit, dass du die Gegebenheit begreifst, Mädel! Du bist nicht mehr als die Tochter eines Pächters, und dabei wird es bleiben. Jetzt mach, dass du rauskommst auf das Feld!«

Ariel widersprach nicht, sie duckte sich nur vor der Wut, die sie im Gesicht des Vaters sah. Draußen vor dem Haus holte sie zitternd Luft und schob sich den blassblonden Zopf über die Schulter. Ihre Wange brannte von der schmerzhaften Ohrfeige ihres Vaters, aber das war es wert gewesen.

Als sie über die staubige Erde in den Gemüsegarten lief und ihre Schürze im Wind wehte, hob Ariel störrisch den Kopf. Ganz gleich, was ihr Vater ihr auch eintrichterte, eines Tages *würde* sie eine Lady sein. Whit Summers war eben nicht der Wahrsager, den sie im letzten Jahr auf dem Jahrmarkt befragt hatte. Er konnte nicht in die Zukunft sehen – ganz besonders nicht in *ihre* Zukunft. Sie würde für sich selbst etwas Besseres schaffen, sie würde dem eintönigen Leben entfliehen, das sie jetzt führte. Ihr Schicksal lag in ihrer eigenen Hand, und irgendwo, hinter dem kläglichen Stückchen Land ihres Vaters, würde sie es finden.

Seit ihre Mutter tot war, arbeitete Ariel vom Morgen bis zum Abend. Sie putzte den gestampften Boden des Häuschens, das nur zwei Räume aufwies, kochte das magere Essen, das alles war, was das kleine, gepachtete Stück Land hergab; sie sammelte Kartoffeln, zupfte Rüben, hackte den Gemüsegarten und befreite ihn vom Unkraut, außerdem half sie dem Vater auf den Weizenfeldern.

Es war ein eintöniges, erschöpfendes, trostloses Dasein, und sie hatte die Absicht, sich davonzumachen. Ariel schwor sich das mit jugendlicher Zuversicht.

Und sie hatte auch einen Plan.

Wie jeden Monat, so verbrachte auch diesmal Edmund Ross, der vierte Graf von Greville, den Tag damit, seine Felder zu inspizieren und seine Pächter zu überprüfen. Heute war es heißer als üblich, die Sonne stand wie ein glühender Ball am Himmel, sie verbrannte die Erde und machte die ausgefahrenen Wege steinhart. Normalerweise zog er es vor, auf einem seiner Rassehengste zu reiten; aber bei dieser Hitze hatte er stattdessen den leichten Wagen gewählt, der ihm ein wenig Schatten spendete.

Er lehnte sich in die gepolsterten Ledersitze zurück und war dankbar für den leichten Wind, der von Norden blies. Im Alter von fünfundvierzig Jahren war er mit seiner olivfarbenen Haut und dem mit silbernen Fäden durchzogenen lockigen schwarzen Haar noch immer ein attraktiver Mann, ganz besonders für das schöne Geschlecht. In seiner Jugend hatte er sich lebhaft an der Damenwelt ergötzt – als Erbe einer Grafschaft konnte er sich die Frauen aussuchen. Doch seit er älter geworden war, hatte sich sein Geschmack ein wenig verändert. Anstatt der Fähigkeiten einer erfahrenen Geliebten zog er jetzt die Zartheit und die Überschwänglichkeit der Jugend vor.

Edmund dachte an seine derzeitige Freundin, Delilah Cheek, die junge Frau, die er in London aushielt. Delilah war die Tochter einer Schauspielerin, die er einmal verehrt hatte. Er schlief jetzt seit über einem Jahr mit Delilah, und ihr junger, zarter Körper erregte ihn noch immer. Nur an sie zu denken, an ihre kleinen, festen Brüste und das lange, kupferfarbene Haar, genügte, um sein Glied hart werden zu lassen. Im Alter von sechzehn Jahren, als er zum ersten Mal mit ihr geschlafen hatte, war das Mädchen noch Jungfrau gewesen. Seither hatte er ihr beigebracht, wie sie ihn glücklich machen konnte.

Doch jetzt näherte sie sich bald dem Erwachsenenalter; ihr Körper wurde reifer und besaß nicht mehr die schlanke, beinahe jungenhafte Form, die ihn erregte – bald würde er ihrer überdrüssig. Er würde sich nach der Jugend und der Schönheit eines unschuldigen Mädchens sehnen, so wie es ihm immer wieder erging.

Gütiger Himmel, es war ein anstrengendes Steckenpferd.

Seine Gedanken wanderten zurück zu den Tagen seiner Jugend, und er stieß einen deftigen Fluch aus. Mit neunzehn Jahren war er verheiratet worden, eine geplante Ehe – er hatte nur bittere Erinnerungen an eine verängstigte, frigide Frau, die jetzt lange tot war, und eine wunderschöne, aber nutzlose Tochter, nicht den ersehnten Sohn und Erben.

Natürlich gab es da noch seinen unehelichen Sohn Justin, diesen Abkömmling des Teufels, den er mit Isobel Bedford gezeugt hatte, der Tochter eines Junkers aus dem Ort. Isobel war wild gewesen und wunderschön, so leichtsinnig und lüstern wie er selbst. Er hatte nicht geglaubt, der Vater zu sein, doch die Ähnlichkeit – und die Feindschaft zwischen ihnen – war dann doch der unwiderlegbare Beweis.

Als der Wagen den unbefestigten Weg entlangholperte, der zum Haus seines Pächters Whitby Summers führte, streiften Edmunds Gedanken für einen Augenblick Delilah, und er dachte daran, wie er ihren jungen Körper gebrauchen würde, wenn er in die Stadt zurückkehrte. Doch der Anblick von Whits Tochter mit dem hellen Haar, die gerade erst vierzehn Jahre alt geworden war, lenkte seine Gedanken in eine andere Richtung. Ariel war groß für ihr Alter, ihr gertenschlanker Körper zeigte noch keinerlei weibliche Kurven. Dennoch deutete alles darauf hin. Mit ihren langen, flachsblonden Locken, den großen, porzellanblauen Augen, dem sanften, geschwungenen Mund und ihrem herzförmigen Gesicht würde dieses Mädchen einmal eine Schönheit werden.

Wenn er zu Besuch kam, war er immer äußerst freundlich zu ihr. Zwar hatte sie noch nicht die nötige Reife, aber Edmund ließ sich stets alle Türen offen.

Ariel sah, wie der elegante leichte Wagen des Grafen vor dem Haus hielt. Sie hatte gewusst, dass er kommen würde. Der Graf traf immer am gleichen Tag des Monats zu seinem Besuch ein.

Sie überprüfte noch einmal ihr Aussehen, strich sich den schlichten Rock glatt und die saubere weiße Bluse, die sie extra gestern Abend für diese Gelegenheit noch gewaschen hatte. Unbewusst rieb sie sich über den blauen Fleck an ihrem Oberschenkel, wo die Peitsche ihres Vaters sie getroffen hatte. Sie hätte mit Jack Dobbs geflirtet, dem jüngsten Sohn des Böttchers, hatte er behauptet. Das stimmte nicht.

Jack Dobbs hatte sich Hals über Kopf in Betsy Sills verliebt, die Tochter des Metzgers, Ariels beste Freundin; aber wenn Whit Summers betrunken war, so wie gestern Abend, dann interessierte ihn die Wahrheit nicht.

Und in gewisser Weise empfand Ariel sogar Genugtuung über diese Ungerechtigkeit. Es war der letzte Anstoß, den sie gebraucht hatte, um ihren Plan in die Tat umzusetzen.

Der Wagen wirbelte eine Staubwolke auf. Edmund zog die Bremse und sprang heraus. Er sah gut aus – nahm sie an, mit den silbernen Strähnen in seinem schwarzen Haar und diesen eigenartig grauen Augen –, wenigstens für einen Mann in seinem Alter.

»Morgen, Mylord«, begrüßte sie ihn und machte einen tiefen respektvollen Knicks. Das hatte sie seit Tagen geübt, und jetzt war sie froh darüber, dass ihr dieses schwierige Manöver gelang, ohne dabei die Balance zu verlieren.

»Es ist wirklich ein schöner Morgen, Miss Summers.« Sein Blick glitt bewundernd über ihren Körper. Sie fühlte sich dabei wie eine Frau und nicht mehr wie ein Mädchen. »Wo ist dein Vater an einem so herrlichen Morgen?«

»Er will etwas im Dorf erledigen. Sicher hat er vergessen, dass Ihr heute kommt.« Und Ariel hütete sich in der Früh, ihn daran zu erinnern. Ohne ihn konnte sie in aller Ruhe allein mit dem Grafen sprechen.

»Es tut mir Leid, dass ich ihn verpasst habe, aber vielleicht ist es nicht so schlimm.« Er blickte über die Felder, und sein Blick drückte warme Anerkennung aus. »Ich sehe, dass das Getreide gut steht. Wenn das Wetter so bleibt, bringt ihr sicher in diesem Jahr eine sehr gute Ernte ein.«

»Bestimmt wird es so sein.« Der Graf wandte sich ab und ging zurück zu seinem Wagen, doch Ariel zupfte ihn am Ärmel. »Entschuldigt bitte, Mylord, aber es gibt da etwas, über das ich gern mit Euch gesprochen hätte.«

Er lächelte und wandte sich zu ihr um. »Natürlich, meine Liebe. Worum geht es denn?«

»Glaubt Ihr … glaubt Ihr, dass ich hübsch bin?« Sie war davon überzeugt, denn er schien sie immer auf eine so eigenartig wohlwollende Weise zu betrachten; trotzdem hielt sie den Atem an. Wenn sie eine abschlägige Antwort erhielte, wäre ihr Plan vergebens.

Ein anerkennendes Lächeln umspielte seine Lippen. Er nahm die Form ihres Mundes wahr, die Linie ihres Kinns, dann ging sein Blick zu ihren Brüsten. Sie wünschte sich, sie wären rund und voll, wie die von Betsy.

»Du bist sehr hübsch, Ariel!«

»Glaubt Ihr … glaubt Ihr … dass ein Mann … ein Mann wie Ihr … glaubt Ihr – in ein paar Jahren, meine ich –, dass ein Mann wie Ihr sich für ein Mädchen wie mich interessieren könnte?«

Lord Greville runzelte die Stirn. »Es gibt da verschiedene Arten von Interesse, Ariel. Du und ich, wir stammen nicht aus der gleichen gesellschaftlichen Schicht, aber das bedeutet nicht, dass ich dich nicht attraktiv finde. Ich glaube – in ein paar Jahren – wirst du zu einer wunderschönen jungen Frau herangewachsen sein.«

Ihr Herz tat einen wilden Hoffnungssprung. »Wenn das so ist, dann frage ich mich … ich habe Geschichten gehört, Mylord … über die Damen, die Ihr in London aushaltet …«

Wieder runzelte er die Stirn und sah sie mit einem Blick an, den sie nicht so recht verstand. »Was sind das für Geschichten, die du gehört hast, meine Liebe?«

»Oh, nichts Schlimmes, Mylord«, versicherte sie ihm schnell. »Nur über die Mädchen … dass Ihr sie sehr gut behandelt und ihnen schöne Kleider kauft und all das.«

Er fragte nicht, wo sie diese Geschichten aufgeschnappt hatte. Es war im Dorf allgemein bekannt, dass sich der Graf seit Jahren eine ganze Anzahl junger Frauen als Geliebte hielt.

»Was genau willst du von mir wissen, Ariel?«

»Ich hatte gehofft, dass wir, Ihr und ich, vielleicht so eine Art Handel abschließen könnten.«

»Was für einen Handel?«

Die Worte kamen aus ihrem Mund gepurzelt, als sei ein Damm gebrochen. »Ich möchte eine Lady werden, Mylord – mehr als alles andere auf der Welt. Ich möchte lesen und schreiben lernen. Ich möchte richtig reden können und hübsche Kleider tragen – und mein Haar hochstecken.« Sie hob die Masse der Locken auf ihren Kopf, um ihren Worten Nachdruck zu verleihen. Als sie das Haar wieder losließ, fiel es ihr bis zur Taille hinunter. »Wenn Ihr mich in eine Schule schicken würdet, in der sie all diese Dinge unterrichten … wenn ich auf eine dieser Schulen gehen könnte, in denen sie einem beibringen, eine Lady zu werden – dann wäre ich bereit, mich Euch zur Verfügung zu stellen.«

Sie sah, wie der überraschte Blick in seinen Augen der Spekulation wich – ein eher unangenehmes Leuchten, fand sie – und sie verspürte den ersten Anflug von Furcht.

»Du willst, dass ich für deine Erziehung bezahle – ist es das, was du auf dem Herzen hast?«

»Aye, Mylord.«

»Und im Gegenzug dazu wärst du bereit, meine Geliebte zu werden?«

Sie schluckte. »Aye.«

»Weißt du denn überhaupt, was dieses Wort bedeutet?«

Eine heiße Röte stieg in ihr auf; sie wusste, dass es bedeutete, im gleichen Bett mit einem Mann zu schlafen. Was sonst noch damit verbunden war, entzog sich ihrer Kenntnis; aber das bekümmerte sie wenig. Sie war bereit, jeden Preis dafür zu bezahlen, ihrem Vater und dem elenden Leben auf dem Bauernhof zu entkommen. »Zum größten Teil schon, Mylord!«

Seine hellen Augen musterten sie von Kopf bis Fuß. Sie hatte das Gefühl, als würde er sie mit seinen Blicken entkleiden, erst die Bluse, dann den Rock, und sie verspürte den lächerlichen Wunsch, die Arme zu heben, um sich zu bedecken. Doch stattdessen hielt sie seinen Blicken stand und hob trotzig das Kinn.

»Das ist ein sehr interessanter Vorschlag«, meinte er. »Natürlich müssen wir da auch noch an deinen Vater denken; aber so wie ich ihn kenne, ließe sich möglicherweise eine Regelung finden, mit der er sich einverstanden erklärt.« Edmund streckte die Hand aus und umfasste ihr Kinn, drehte ihr Gesicht von der einen Seite zur anderen, betrachtete die Höhlung unter ihren Wangenknochen und das Grübchen in ihrem Kinn. Mit dem Finger fuhr er den Umrissen ihrer Lippen nach, dann nickte er bestätigend.

»Ja … ein wirklich interessanter Vorschlag. Du wirst bald von mir hören, meine liebe Ariel. Bis dahin empfehle ich dir, dass du unsere Unterredung für dich behältst.«

»Aye, Mylord, das werde ich!« Sie beobachtete, wie er in seinen Wagen stieg, sah, wie er die Zügel auf die Rücken seiner Pferde schlug. Ihr Herz klopfte heftig, ihre Handflächen waren feucht.

Erregung hatte ihren Körper erfasst, Gewissheit, dass ihr Plan gelingen könnte. Unsicherheit folgte allerdings sofort. Ariel befürchtete, dass sie im Gegenzug für die Chance eines besseren Lebens gerade ihre Seele verkauft hatte.

2

London, England, 1802

»Er ist angekommen, Mylord. Soll ich ihn hereinbitten?« Mit gesenkten Schultern und grauem Haar stand der Butler Harold Perkins an der Tür des gräflichen Schlafzimmers im Landhaus Greville Hall.

»Ja, und schnell, bitte.« Edmund setzte sich mühselig in dem Bett ein wenig gerade auf, mit zitternder Hand griff er nach dem Wasser auf dem Nachttisch. Es schwappte über den Rand des Glases auf seine Bettjacke, als er versuchte, es an die Lippen zu führen, und ein Lakai, der in der Nähe stand, kam zu seiner Unterstützung herbei.

Er nahm einen Schluck; dann bedeutete er dem Mann, mit dem Glas zu verschwinden, gerade als sich die Tür öffnete und Justin Bedford Ross, sein soeben adoptierter Sohn und Erbe, den Kopf einzog und über die Schwelle trat.

»Du wolltest mich sehen?« Die tiefe, sonore Stimme besaß einen eigenartig vertrauten Klang. Justin näherte sich nicht dem Kranken, er blieb am Fußende stehen – eine große, dunkle und fast einschüchternde Gestalt. Es bestand kein Zweifel, dass dieser Mann sein Sohn war. Er besaß die gleichen hohen Wangenknochen, die gleiche schlanke, breitschultrige Gestalt wie Edmund, die gleichen Augen mit den langen, schwarzen Wimpern, obwohl die von Justin ein wenig dunkler waren, ohne einen Einschuss des hellen Blaus der Augen seiner Mutter.

»Der Papierkram ist … erledigt«, erklärte Edmund ihm. »Du bist jetzt nach dem Gesetz … mein Sohn und Erbe. In sehr kurzer Zeit … so sagen mir die Ärzte … wirst du der nächste Graf von Greville sein.«

Der bittere Gedanke ließ einen stechenden Schmerz durch seinen Körper fahren. Edmund beugte sich vor, er hustete heftig in sein Taschentuch und presste es dann an seine zitternden Lippen. Er wischte den Speichel weg, der mit einem Blutstropfen vermischt war. Himmel, niemals hätte er geglaubt, dass es so weit kommen würde: dass er gezwungen wäre, sein Vermögen, sein Erbe, einem Mann zu übergeben, der ihn aus tiefstem Herzen hasste.

Aber er hatte ja auch nicht erwartet, in den nächsten Dutzend oder mehr Jahren schon zu sterben.

Justin sagte nichts, er starrte ihn nur an, mit seinen bildschönen, aber eiskalten Augen.

Edmund holte zittrig Luft. »Ich habe dich hierher gebeten, weil es noch ein ... ein unerledigtes Geschäft gibt, über das ich mit dir reden möchte. Eine persönliche Angelegenheit ...«

Justin zog eine kräftige Braue hoch. »Persönlich? Interessant ... ich nehme an, dass wir beide deine Vorliebe für das schwache Geschlecht kennen, du sprichst von einer Frau.«

Der Graf weigerte sich, dem eindringlichen Blick auszuweichen. »Nicht ganz, obwohl sie schon sehr bald eine Frau sein wird.« Wieder hustete er, der Krampf ließ die Adern auf seiner Stirn hervortreten. Schweigend verdammte er die Lungenkrankheit, die ihn langsam aber sicher umbrachte. Er kam wieder zu Atem, lehnte sich in die Kissen zurück, und sein Gesicht war beinahe genauso weiß wie die Kissen. »Sie ist mein ... Mündel, gewissermaßen.«

Edmund winkte dem Lakai, der vortrat und ein Bündel Briefe auf das Bett legte. Edmund zog sie an seine Brust, ergriff mit unsicherer Hand den obersten und reichte ihn Justin.

Mit seinen langen, dunklen Fingern öffnete er das Schreiben und überflog es widerwillig, doch eingedenk der teuren

Erziehung in Oxford, für die Edmund immerhin bezahlt hatte. Er hätte den Jungen vielleicht nicht anerkannt, wenn er nicht dazu gezwungen gewesen wäre: In den letzten Jahren hatte er keinen Gedanken an den Bastard verschwendet, doch seine finanziellen Verpflichtungen gegenüber Kind und Mutter hatte er immer eingehalten.

Justin blickte auf. »Du kümmerst dich um die Erziehung dieses Mädchens?«

Er nickte. »Und auch um alles andere, was sie braucht.«

Justins Lächeln war hart und spöttisch. »Ich habe nie geahnt, dass du eine wohltätige Seele besitzt.«

Der Graf ignorierte den Sarkasmus. »Wir sind eine Art Handel eingegangen.« Er erklärte die Vereinbarung, die sie beide getroffen hatten; keine Einzelheit ließ er aus und zwang sich, dem verächtlichen Blick aus den grauen Augen seines Sohnes standzuhalten. »Ariel war vierzehn, als ich sie in ein Institut für höhere Töchter schickte. Jetzt ist sie sechzehn. Ihr Vater gehörte zu meinen Pächtern. Im letzten Jahr hat er sich zu Tode getrunken.« Er holte tief Luft und ließ sie dann pfeifend aus seiner Lunge entweichen. »Ich überlasse es dir … was du mit ihr anfangen willst.«

Justin starrte auf den Brief, er schien der erste zu sein aus einer ganzen Reihe, die das Mädchen geschrieben hatte. Auf dem Briefkopf stand: »Thornton-Schule, Mrs. Penworthys Institut für Höhere Töchter.«

Lord Edmund Ross, Graf von Greville

Lieber Lord Greville,
ich sende Euch meine guten Wünsche. Da dies mein erster Versuch ist, einen Brief zu schreiben, hoffe ich, dass Ihr alle Fehler übersehen werdet, die ich mache. Ich hätte schon früher geschrieben; aber ich habe gerade erst genug

gelernt, um mich dieser Aufgabe zu widmen. Von diesem Tag an werde ich Euch mindestens pro Woche einen Brief schicken. Ich werde die Feder zur Hand nehmen und mein Bestes tun, Euch von meinen Fortschritten zu berichten.

Justin las das Schriftstück zu Ende, dann gab er es zurück. Edmund betrachtete seine Miene, doch er konnte daraus nicht entnehmen, was sein Sohn dachte. »Was wirst du tun?«, fragte er.

Der Jüngere zuckte lässig die Schultern, die Bewegung seiner breiten Schultern war der seinen absolut ähnlich. Er trug einen schwarzen Rock und eine dunkelgraue Hose, das Weiß seines feinen Hemdes bot einen deutlichen Kontrast zu seiner dunklen Haut. »Du hast dein Wort gegeben. Wenn ich Graf bin, werde ich es respektieren.«

Edmund nickte nur. Aus einem eigenartigen Grund überkam ihn ein Gefühl des Friedens, und er lehnte sich bequemer in die Kissen. Unbewusst legte sich seine Hand auf den Briefstapel. Er hatte jeden davon mindestens ein halbes Dutzend Mal gelesen.

Seit damals hatte er das Mädchen nicht mehr gesehen – ja, eigentlich nie richtig kennen gelernt. Und dennoch fühlte er sich ihr nah, auf eine Art, die er nicht erklären konnte. Wann war Ariel Summers für ihn wichtig geworden? Wie hatte er sie so in sein Herz schließen können? Es waren wirklich ihre Formulierungen, das wusste er. Jede Woche stellte er fest, dass er sich darauf freute. Er hatte niemals einen einzigen davon beantwortet – was sollte er ihr auch schreiben? Dennoch hatten ihm diese Briefe Sonnenschein in seine schwindende Welt gebracht, als er langsam mehr und mehr dahinsiechte.

Vielleicht war es doch richtig gewesen, Justin zu seinem

Erbe zu machen. Immerhin würde Ariel jetzt beschützt werden. Sein Sohn verachtete definitiv den Vater, den er nie gekannt hatte – doch auch Justin war ein Mann, der Wort hielt. Der junge Mann hatte seinen Abschluss in Oxford mit der höchsten Punktzahl gemacht. Seither war er sehr erfolgreich in der Geschäftswelt; zwar stand er in dem Ruf, in seinen Verhandlungen gnadenlos zu sein, dennoch gab er nie ein Versprechen, das er nicht einhielt.

»Ist das alles?« Diese kühlen grauen Augen sahen in seine. Obwohl Edmund im Sterben lag, so entdeckte er doch in den eisigen Tiefen dieses Blickes keinen Anflug von Mitleid.

»Ja … danke …, dass du gekommen bist.«

Justin verbeugte sich ein wenig, dann machte er auf dem Absatz kehrt; mit großen Schritten trugen ihn seine langen Beine ohne einen Augenblick des Zauderns davon.

Ein Schauder jagte durch den von Schmerz geplagten Körper des Grafen. Er hätte das Mädchen vielleicht zu seiner Geliebten gemacht, doch hätte er es niemals schlecht behandelt. Angestrengt lauschte er den Schritten, die sich durch den Flur entfernten.

Plötzlich kam ihm der Gedanke, dass der Handel, den er mit Ariel Summers getätigt hatte, auch seinem herzlosen Sohn gefallen könnte.

3

London, England, 1804

Lord Edmund Ross, Graf von Greville

Lieber Lord Greville,
es ist ein schöner Tag hier auf dem Land in Sussex. Die Bäume haben Blätter bekommen, und der Himmel ist von einem strahlenden, erstaunlichen Blau. Leider muss ich die meiste Zeit im Haus verbringen. Die Lehrerinnen, die Ihr für mich ausgesucht habt, sind wirklich sehr gut – auch wenn sie mir streng erscheinen. Dennoch bin ich guten Willens. Ich lerne bis spät in den Abend und stehe einige Stunden früher auf, um auch den nächsten Tag mit Lernen zu beginnen. Lesen ist zu meiner Lieblingsbeschäftigung geworden. Am Anfang fiel es mir schwer, aber oh, welch wundervolle Türen haben sich mir damit geöffnet! Es gibt Novellen und Schauspiele, unglaubliche Gedichte und Sonette.
Ich schwöre, ein solches Geschenk allein ist schon den Preis unseres Handels wert.

Justin Bedford Ross, der fünfte Graf von Greville, las den Brief aus dem Stapel, den er in der untersten Schublade seines Schreibtisches in seinem Arbeitszimmer verschlossen hielt. Sämtliche Episteln hatte er bereits mehr als einmal gelesen, einige mit schwacher Belustigung, andere mit einem Anflug von Mitleid – einem Gefühl, das er nur sehr selten verspürte.

Nach dem Tod seines Vaters, von dem Tag seines Einzugs in das alte Herrenhaus in der Brook Street an, führte er sich häufig die unschuldigen Schilderungen der jungen Frau, die sein lüsterner Vater zu seiner Dirne hatte machen wollen, zu Gemüte.

Justin biss die Zähne zusammen bei dem Bild des Grafen, das vor seinem inneren Augen erstand, ein arroganter Lastervogel, der nur an seine selbstsüchtigen Bedürfnisse dachte. Er konnte sich nur schwer der Befriedigung erwehren, als er an die eigenartige Wende des Schicksals dachte, die ihn zum Erben von Greville gemacht hatte. Die meiste Zeit seiner achtundzwanzig Lebensjahre hatte sein Vater ihn ignoriert. Was Edmund Ross anbelangte, war Justin Bedford ganz einfach nur ein kostspieliger Fehler gewesen – ein Bastard, mit dem ihn eine seiner zahllosen Dirnen belastet hatte.

Vor zwei Jahren hatte der Graf, ernsthaft erkrankt und bereits im Sterben, nach Justin geschickt und ihm das Einzige angeboten, was Justin nicht ablehnen konnte.

Die Legitimität seines Namens.

Selbst die Verlockung des Reichtums der Grevilles, der Macht und des Prestiges einer Grafschaft hätten nicht genügt, um ihn zu ködern. Es war der Name, den er sich gewünscht hatte – der Name, nach dem er sich seit seiner Kindheit sehnte. Justin hatte das Angebot seines Vaters angenommen, ihn zu adoptieren: er war Justin Bedford Ross geworden, weil er nicht länger der Bastard sein wollte, der ausgelacht und verspottet wurde, so lange er denken konnte.

Er durchwühlte den Stapel Briefe und zog einen anderen daraus hervor:

Mein Unterricht geht weiter. Aus Notwendigkeit hatte ich bereits gelernt, ein wenig mit Zahlen umzugehen, ehe ich meine Heimat in Ewhurst verließ – gerade so viel, um meinem Vater beim Verkauf seiner Ernte und Tiere auf dem Markt zu helfen. Hier habe ich ausgiebig in dem

Neuen Führer durch die Arithmetik für Junge Damen *geschmökert und beherrsche die Kunst der Mathematik jetzt gut. Geschichte ist ein weiteres Fach, das mir ausgezeichnet gefällt, ganz besonders der Unterricht über die alten Ägypter, Römer und Griechen. Ich kann kaum glauben, dass die Frauen wirklich halb nackt herumgelaufen sind!*

Seine Mundwinkel zogen sich hoch. Justin faltete den Brief wieder zusammen und steckte ihn an die ordnungsgemäße Stelle in den Stapel zurück. Wie versprochen, hatte er den Handel seines Vaters eingehalten, den dieser vor mehr als vier Jahren mit Ariel Summers abgeschlossen hatte. Das Mädchen war jetzt über achtzehn und würde bald Mrs. Penworthys Institut für Höhere Töchter verlassen, das teure Mädchenpensionat, in das sein Vater sie geschickt hatte.

Tausendmal, seit er den neuen Titel trug, hatte er versucht sich vorzustellen, wie sie wohl aussah. Schön war sie, das musste so sein. Sein Vater hatte immer einen vorzüglichen Geschmack gehabt, was Frauen betraf. Er fragte sich, ob sie helles Haar hatte oder dunkles, ob sie groß war oder klein. Justin hatte nicht die leiseste Ahnung, wie sie wohl aussehen mochte; dennoch meinte er aufgrund der Lektüre ihrer Briefe, er würde sie besser kennen als jeden anderen, dem er je begegnet war.

Er wusste nicht genau, was er mit ihr machen würde, jetzt da ihre Erziehung abgeschlossen war; doch dieses unschuldige Ding hatte sein Vater skrupellos ausnutzen wollen, und er fühlte sich in gewisser Weise für sie verantwortlich. Sie besaß keine Familie, niemanden, der sich um ihre Bedürfnisse kümmerte. Welche Entscheidung er auch traf, auf keinen Fall würde er das tun, was sein Vater mit ihm gemacht hatte – sie im Stich lassen.

Justin streckte die Hand aus, griff nach dem Federkiel mit der weißen Feder auf seinem Schreibtisch, tauchte sie in die Tinte und schrieb die ersten Worte, die er ihr je mitgeteilt hatte – Instruktionen, denen sie folgen sollte, wenn sie die Schule verließ.

Er würde die Greville-Kutsche schicken, um sie in sein Haus in London bringen zu lassen. Derzeit hatte er Geschäfte in Liverpool zu erledigen, die einige Wochen dauern konnten; doch bei seiner Rückkehr würden sie über ihre Zukunft reden. Er unterschrieb einfach mit: *»Grüße, Graf von Greville.«*

Ihm kam der Gedanke, dass es sich für eine junge Frau nicht schickte, sich im Haus eines unverheirateten Mannes aufzuhalten; doch ihm waren die Regeln der Konvention gleichgültig, und ihm stand auch nicht der Sinn danach, sich noch mehr zu verausgaben, als er das bereits getan hatte. Er würde ihr eine Zofe zuweisen, eine, die genau wie die anderen Bediensteten wusste, welches Donnerwetter sie von ihm zu erwarten hatte, wenn sie nicht diskret war.

Justin las den Brief, den er geschrieben hatte, noch einmal durch; mit einem Tropfen Wachs schloss er ihn und drückte dann das Greville-Siegel darauf: ein Habicht, der auf einen Hasen hinunterstößt. Er läutete nach einem Lakai, der eiligst gelaufen kam, gab ihm zwei Pence und befahl ihm, den Brief aufzugeben.

Ariel verließ das Schlafzimmer, das man ihr im Stadthaus des Grafen von Greville zugewiesen hatte und lief die breite steinerne Treppe hinunter. Sie wohnte jetzt bereits fast zwei Wochen hier, und jeder Tag seit ihrer Ankunft war aufregender als der vorherige. Willkommen in London! London! Damals vor vier Jahren hatte sie das nicht wirklich geglaubt.

Es fiel ihr noch immer schwer, sich an die Veränderungen

zu gewöhnen, die in so kurzer Zeit ihr Leben umgekrempelt hatten. Nach einer gründlichen Erziehung beherrschte sie nun Lesen, Schreiben, Sprechen, Arithmetik und Französisch, wie jedes Mitglied des Adelsstandes. Sie kleidete sich modisch und fuhr in der teuren schwarzen Kutsche Lord Grevilles spazieren, obwohl sie in Wirklichkeit noch nicht viel gesehen hatte. Natürlich war das Haus ganz anders als in ihren Vorstellungen, es ähnelte überhaupt nicht dem herrlichen Greville Hall.

Dieses alte Gemäuer war feucht und unfreundlich, aus dickem grauem Stein und schwerem Gebälk, ein massiver Bau, der mindestens zweihundert Jahre alt war, mit vom Rauch geschwärzten Deckenbalken und nicht genügend Fenstern. Kein Wunder, dass der Graf lieber durchs Land reiste!

Dennoch war sie in London und unterwegs zur Erfüllung ihrer Träume. Auch wenn sie sich zuzeiten tief in ihrem Inneren noch immer wie die zerlumpte Tochter eines Pächters fühlte – die sie in Wirklichkeit ja auch war –, so gab es doch keinen Ort der Welt, den sie momentan vorzöge.

Ariel trug ein aprikosenfarbenes Kleid, mit weißen Rosen bestickt, und ein schmales Rüschenunterkleid, das unter dem Saum hervorlugte; jetzt steckte sie eine Strähne ihres blassblonden Haares in die Locken, die auf ihrem Kopf eine Hochfrisur bildeten und begab sich in den Roten Salon.

Sie strahlte, als sie ihre beste Freundin entdeckte, Kassandra Wentworth, die auf dem burgunderfarbenen Samtsofa saß. »Du bist da! Oh, Kitt, ich war nicht sicher, ob du wirklich kommen würdest.« Ihre Freundin eilte auf sie zu, und die beiden Mädchen umarmten einander.

»Du hast wirklich geglaubt, ich würde dich im Stich lassen? Sei doch nicht so dumm – ich konnte es kaum erwarten, dich wieder zu sehen. Es hat allerdings einige Mühe gekostet, das gebe ich zu. Meine Stiefmutter war absolut nicht damit einverstanden, dass ich das Haus eines unverheirateten Mannes betrete.«

»Das kann ich mir denken.«

»In deinem Brief stand, dass der Graf noch nicht von seiner Geschäftsreise zurückgekehrt ist.«

»Nein, noch nicht.«

»Wie wirst du ihm hier gegenübertreten?«

Ariel nagte an ihrer Unterlippe und setzte sich auf die Kante des Sofas. »Ich werde mit ihm reden. Hoffentlich versteht er mich. Mir ist klar, dass er in der Vergangenheit eine ansehnliche Summe für meine Erziehung ausgegeben hat – aber ich kann sicher einen Weg finden, ihm das Geld zurückzuzahlen.«

Kitt setzte sich neben sie und verdrehte die Augen, die ein wenig heller waren als das grüne Kleid, das sie trug. »Du kannst ihm das Geld zurückzahlen, richtig – in ungefähr hundert Jahren!« Kitt, kleiner als Ariel und nicht ganz so schlank, hatte feuerrotes Haar und ein respektloses, keckes Auftreten. Sie war die jüngste Tochter des Vicomte Stockton, einem Witwer von etwa fünfzig Jahren, der inzwischen eine Frau in ungefähr Kassandras Alter geheiratet hatte.

Ariel rutschte unbehaglich auf dem Sofa hin und her und zupfte an den Falten ihres Kleides. »Vielleicht spielt das Geld ja keine so große Rolle. Wenn ich ihm erst einmal erkläre, dass ich damals, als ich den Handel mit ihm schloss, nicht wirklich begriffen habe, was damit gemeint war, dann wird er vielleicht nicht so unvernünftig sein, darauf zu bestehen. Immerhin ist er ein Graf, und äußerst wohlhabend. Wenn er eine Geliebte möchte, kann er jede Frau bekommen, die er haben will.«

»Er will dich, Ariel. Deshalb hat er doch überhaupt deinem verrückten Vorschlag zugestimmt.«

Ariel sah in Kitts Gesicht. »Aber der Mann kennt mich

doch nur als Kind. Er weiß nicht einmal, wie ich jetzt aussehe.«

Kitt betrachtete eingehend Ariels makelloses Äußere, die feinen Züge und das silberblonde Haar. »Nun, ich kann dir versichern, er wird nicht enttäuscht sein.«

Ariel starrte in ihren Schoß, ihre Brust war plötzlich eng geworden. »Ich habe ihm mein Wort gegeben. Was immer auch geschieht, ich halte es. Meinen Schwur werde ich nicht brechen, es sei denn, er entbindet mich davon.«

Kitt seufzte; wenn Ariel sich etwas in den Kopf gesetzt hatte, dann gab es nur wenig Chancen, sie umzustimmen. »Du hast in deinem Brief geschrieben, dass du jemanden kennen gelernt hast. Vielleicht hilft der dir ja ...«

Ariel lächelte selig, ihre trüben Gedanken waren wie weggeblasen. »Oh, Kitt – ich kann es kaum glauben. Es war ein Zufall, schlicht und einfach, ein Wunder – oder vielleicht auch das Schicksal –, dass wir einander begegneten. Die Sonne schien, und der Park ist nicht weit von hier entfernt. Ich habe mich entschieden, einen Spaziergang zu machen – da war er schon.«

»Da war wer?«

Kitts Freundin grinste. »Mein charmanter Prinz natürlich! Er ist blond und hellhäutig, und sehr wahrscheinlich der bestaussehende Mann, den ich je getroffen habe – namens Phillip Marlin ... zweiter Sohn des Grafen von Wilton.«

Kassandra versuchte, sich an Marlins Gesicht zu erinnern, daran, ob sie ihn irgendwann in der Vergangenheit schon einmal gesehen hatte – doch dann gab sie auf und schüttelte den Kopf. »Der Name kommt mir bekannt vor, aber ich glaube nicht, dass ich ihn kenne. Wahrscheinlich kann mein Vater Auskunft über ihn geben.«

»Um Gottes Willen, du darfst ihn gegenüber deinem Vater nicht erwähnen – wenigstens so lange nicht, bis ich alles geregelt habe. Phillip weiß nichts von meiner Vergangenheit und auch nicht, warum ich hier bin. Er glaubt, der Graf sei ein entfernter Cousin von mir.«

»Nach allem, was du mir erzählt hast, hat Greville vor, dich bald näher kennen zu lernen«, spottete Kitt.

Was Ariel ignorierte. »Phillip und ich treffen uns jeden Vormittag im Park. Gestern hat er mich auf eine Fahrt in seiner Kutsche mitgenommen.«

Kitt runzelte die Stirn. »Findest du, dass das eine gute Idee ist? Mit einem praktisch fremden Mann?«

»Ich weiß alles, was ich wissen muss. Oh Kitt – irgendwie bin ich dabei, mich zu verlieben.«

»In wenig mehr als einer Woche?«

»Du hast doch sicher auch schon von Liebe auf den ersten Blick gehört, nicht wahr?«

»Jawohl, und ich bin nicht davon überzeugt, dass es so etwas gibt.«

»Nun, offenbar gibt es das doch, und ich bin sicher, dass Phillip meine Ansicht teilt.«

Kitt griff nach ihrer Hand. »Du hast in Mrs. Penworthys Institut eine Menge Dinge gelernt, meine Liebe, aber du hast überhaupt keine Ahnung von Männern. Sie sagen alles – sie tun alles –, nur um dich in ihr Bett zu kriegen!«

Ariel fühlte, wie ihr langsam eine heiße Röte in die Wangen stieg. »Phillip ist nicht so.«

»Sei besser vorsichtig«, warnte Kitt. »Ich bin wesentlich erfahrener als du, und weiß, wie hinterhältig ein Mann sein kann.«

Es lag etwas in der Stimme der Freundin, das mehr sagte als ihre Worte. Ariel war nicht sicher, was Kitt zugestoßen war; doch zweifellos hatte sie es noch nicht vollkommen überwunden. Ariel wollte sie danach fragen, doch sie mutmaßte, dass die Freundin es ihr gar nicht erzählen würde.

»Wann reist du denn ab aufs Festland?«, erkundigte Ariel sich stattdessen, entschlossen zu einem Themenwechsel.

»Ende nächster Woche. Zuerst schicken sie mich in ein Pensionat, meilenweit weg von zu Hause. Und jetzt schicken sie mich zu einem Verwandten in Italien.« Sie seufzte und schüttelte den Kopf. »Mein Vater tut das nur seiner Frau zu Gefallen. Er weiß, dass Judith und ich nicht miteinander auskommen.«

»Ich wünschte, du würdest nicht wegfahren.« Ariel würde sie vermissen – die einzige Freundin, die die Wahrheit über ihre Vergangenheit kannte und die ihr nur ganz am Anfang das Gefühl gegeben hatte, sich deshalb schämen zu müssen.

»Es ist ja auch nicht so, dass ich es kaum erwarten kann, abzureisen …« Kitt drückte Ariels Hand. »Denke nur immer daran, was ich dir über Männer beigebracht habe. Und das gilt sowohl für den Grafen als auch für Phillip Marlin!«

Justin Ross, Graf von Greville, lehnte sich zurück in die gepolsterten Ledersitze seiner Kutsche und nahm sich die Ausgabe des *London Chronicle* vor, die schon einige Tage alt war, und die er an diesem Morgen in dem Gasthaus fand. Er hatte seine Geschäfte in Liverpool einige Tage eher abgeschlossen, eine Angelegenheit, die den Bau und die Finanzierung einer neuen Flotte von Schiffen betraf; außerdem gab es da natürlich noch die Kleinigkeit der bankrotten Textilfabrik, die er für einen Bruchteil dessen gekauft hatte, was sie wert war.

So gelang ihm alles wunschgemäß, und jetzt war er auf dem Weg zurück nach London. Als er an seinen Hausgast dachte, der auf ihn wartete, stellte er überrascht fest, wie sehr er sich auf das Fräulein freute.

In den letzten Jahren hatte es nicht viel Abwechslung in

seinem wohl geordneten Leben gegeben – abgesehen natürlich von der Herausforderung, den Reichtum der Grevilles noch zu vergrößern, was ihm in den letzten beiden Jahren, seit er den Titel geerbt hatte, erstaunlich gut gelungen war. Das mochte auch der Grund dafür sein, dass ihn Ariels Briefe so sehr faszinierten. Jede Woche, wenn einer davon ihn erreichte, schlich sich für einen kurzen Augenblick ein Lichtstrahl in seine dunkle, zynische Welt.

Alle Briefe, die sie je geschrieben hatte, kannte er fast auswendig, und freute sich immer schon auf den nächsten Bericht. Und jetzt würde er, noch ehe dieser Tag zu Ende ging, in seinem Haus in der Brook Street eintreffen, und die lang erwartete Begegnung würde endlich stattfinden.

Er versuchte, sich ihr Gesicht vorzustellen, doch kein passendes Bild kam ihm in den Sinn. Die lebhafte junge Dame aus den Briefen schien so ganz anders zu sein als all die Frauen, die er kannte: vergnügungssüchtige, egoistische Geschöpfe wie seine Mutter oder die dümmlichen Gemahlinnen der Gesellschaft, die von einem Mann nichts anderes wollten als das Geld in seiner Tasche und die Macht seines Namens.

Ariel war anders. Für ihn verkörperte sie Ehrlichkeit, Reinheit und Unschuld. Sie war …

Justin runzelte die Stirn und fragte sich, woher er seine lächerliche Meinung über dieses Mädchen nahm. Er war doch nicht mehr der verlorene kleine Junge, den in der Nacht seine Mutter allein daheim gelassen hatte – und er war auch nicht mehr der naive junge Dummkopf, den der Betrug seiner Liebsten mit einem Nebenbuhler am Boden zerstört hatte. Diese Person gab es nur in der Vergangenheit.

Der Mann, der an diesem Tag nach London zurückkehrte, hatte die brutale Erfahrung gemacht, dass Ehrlichkeit, Reinheit und Unschuld Eigenschaften waren, die höchstens in Kanzelreden vorkamen.

4

Lachen erklang aus dem offenen schwarzen Wagen, der durch den Hyde Park rollte. Die tiefe Stimme eines Mannes mischte sich mit den kristallklaren Tönen einer Frau. Der Boden glänzte noch vom Tau des frühen Morgens; obwohl der Wind stetig wehte, strahlte doch eine warme Sonne durch die Wolken und ließ Ariels aprikosenfarbenen Sonnenschirm und den hohen Hut aus Biberpelz von Phillip Marlin aufleuchten.

»Meine liebste Ariel!« Er griff nach ihrer Hand in dem weißen Handschuh und zog sie an seine Lippen. »Mit dem Wind in Eurem Haar und der Röte auf Euren Wangen seht Ihr aus wie eine Prinzessin.«

Ariel errötete und senkte den Blick, damit er die Wirkung seiner Worte nicht sah. Wie an jedem Tag, so hatten sie auch an diesem Morgen ein Stelldichein im Park. Phillip war groß und hellhäutig, sein Haar wies ein glänzendes Goldblond auf, das wandelnde Beispiel eines Londoner Aristokraten. Auch wenn er seine Kleidung mit Lässigkeit trug, so war sie doch von erlesener Qualität und perfekt geschneidert, um seine breitschultrige Gestalt zu betonen.

»Ihr schmeichelt mir, Sir!« Ariel spielte mit einer Strähne ihres langen blonden Haares, die sich unter ihrer Haube hervorgewagt hatte. »Der Wind bläst, ich sehe sicher schrecklich aus. Ihr seid nur viel zu galant, um mir das zu gestehen.«

»Der Südwind spielt die Trompete zu seinen Absichten, und mit seinem hohlen Pfeifen in den Blättern sagt er ein Unwetter voraus und einen stürmischen Tag.«

Ariel lachte bei seinem Zitat aus Shakespeares *Heinrich IV.* »Wir werden gereinigt werden durch einen Wind so rau, dass selbst unser Korn so leicht scheinen wird wie Spreu und dass Gut von Böse keine Trennung findet.«

Phillip lächelte vor Freude über ihre prompte Fortsetzung. »Ihr seid eine Freude, meine süße Ariel. Welch ein Glück für mich, Euch gefunden zu haben!«

Ariel sagte nichts, sie genoss nur die Strahlen der Bewunderung Phillips und lauschte dem Klang der Hufe seiner bestens dressierten Braunen, die den Weg entlangtrabten. Aber die Wolken über ihnen wurden dicker und dunkler, und der Wind frischte noch mehr auf. Als es in der Ferne zu donnern begann, lenkte Phillip die Pferde in Richtung ihres Hauses.

»Wir sollten uns beeilen«, meinte er. »Es wird jeden Augenblick anfangen zu regnen.«

Der Wind wirbelte ihnen die Blätter um die Füße, als Ariel nach seiner Hand griff und die Vortreppe in der Brook Street hinaufhüpfte. Sie war nicht ganz sicher über den Hergang, ob es ihre Idee gewesen war oder die seine – doch ein paar Sekunden später stand Phillip neben ihr in der Eingangshalle, und es schien so, als würde er zum Tee bleiben. Sie erinnerte sich daran, dass er sie gefragt hatte, ob ihr Cousin bereits zurückgekehrt war; doch mit einem Kopfschütteln hatte sie ihm versichert, der würde erst in zwei Tagen erwartet.

Sie schenkte dem Butler ein kurzes Lächeln, einem Mann mit dem Namen Knowles, dessen Gesicht so ausdruckslos war wie ein leeres Blatt Papier.

»Mr. Marlin wird zusammen mit mir den Tee im Roten Salon einnehmen«, erklärte Ariel ihm hochmütig, weil sie festgestellt hatte, dass man nur dann den Gehorsam eines Dienstboten erreichte, wenn man so tat, als stünde er einem zu. »Werdet Ihr dafür sorgen, Knowles?«

Knowles war so dünn wie eine Krähe, und er wurde langsam kahl; jetzt blickte er von Ariel zu Phillip und dann wieder zurück. Diesmal bestand kein Zweifel, dass seine Miene sich missbilligend verzog. Er lüftete nur eine seiner buschigen Brauen und meinte: »Wie Ihr wünscht!«

Ariel bemühte sich, ein Lächeln zu unterdrücken; sie nahm Phillips Hand und führte ihn durch die Halle zum Roten Salon, und dort zu einem Sofa vor dem Kamin.

Der Tee kam einige Minuten später, und Ariel goss ihn ein; insgeheim schickte sie ein Dankgebet zum Himmel, dass sie den gesellschaftlichen Schliff bekommen hatte, um sich in der Welt von Phillip zu bewegen.

Er nippte an der Tasse mit dem Goldrand, die sie ihm gereicht hatte; seine Augen, so blau wie hübsches Delfter Porzellan, glitten langsam über ihre Gestalt. »Ich kann Euch nicht sagen, wie sehr ich diese Tage genossen habe, die wir miteinander verbrachten.«

Ariel stellte ihre Tasse und den Unterteller auf den Tisch. »Mir hat es auch gefallen.« Es war *wirklich* lustig gewesen, von einem gut aussehenden Mann umworben zu werden, dem Sohn eines Grafen noch dazu, und zum ersten Mal weibliche Reize auszuprobieren. Am Anfang war sie befangen gewesen – immerhin gehörte Phillip zu den höheren Kreisen und stand gesellschaftlich meilenweit über ihr –, aber sein bereitwilliges Lächeln und sein leichtfertiger Charme hatten ihre Bedenken sehr schnell zerstreut.

»Ihr wart wirklich wundervoll, Phillip. Ohne Euch hätten sich meine Tage in diesem Haus ganz sicher ziemlich trübselig dahingezogen.«

Er lächelte. »Die Freude war ganz meinerseits, das versichere ich Euch. Eure freundliche Unterhaltung war wie Zucker und hat den harten Weg süß und lecker gemacht.«

Sie fühlte, wie sie errötete. Immer wieder zitierte er aus der Literatur. Es war so romantisch, so vornehm. »Shakespeare?« Sie wusste, wie gern er diesen Dichter hatte, doch diesmal war sie nicht sicher.

»Richtig, *Richard II*!«

Ariel nippte erneut an ihrem Tee, dann stellte sie die Tasse vorsichtig auf die Untertasse zurück. »Ich würde es gern einmal aufgeführt sehen.«

»Dann werde ich mich darum bemühen, Euch das zu ermöglichen.« Er griff nach ihren beiden Händen. »Meine liebste Ariel! Ihr müsst doch wissen, was ich fühle.«

Sie blickte hinunter auf weiche, blasse Handrücken, die zu einem Gentleman passten. Ihr Herz schlug beinahe schmerzhaft. Sicher war es in diesem Fall zu früh, von einer Ehe zu sprechen.

»Ich weiß nicht … ich weiß nicht, was ich sagen soll.«

Phillip warf einen Blick zur Tür, Ariel hatte gar nicht bemerkt, dass sie geschlossen war; er zog sie noch näher, dann nahm er sie in seine Arme. »Natürlich kennen wir einander noch nicht lange; aber manchmal, wenn die Menschen gegenseitig eine so starke Anziehungskraft verspüren, ist die Zeit nicht so wichtig. Ich muss Euch küssen, mein Liebling Ariel! Seit dem Augenblick, als ich Euch zum ersten Mal erblickte, kann ich an nichts anderes mehr denken. Ich werde fast verrückt bei dem Gedanken an …«

Plötzlich fühlte Ariel sich unsicher. Wie Phillip gesagt hatte, trafen sie sich erst seit wenig mehr als einer Woche. »Phillip, ich glaube nicht …«

Seine Lippen erstickten ihre Worte. Sie war noch nie zuvor geküsst worden, aber hatte schon oft davon geträumt. Obwohl es ein angenehmes Gefühl war, fehlte doch dabei das Feuer, das sie sich vorgestellt hatte, und auch die herrliche Leidenschaft. Sie keuchte auf, als sie Phillips Hand an der Unterseite ihrer Brust spürte, und er nutzte diesen Augenblick, um seine Zunge in ihren Mund zu schieben.

Ein Schock fuhr durch ihren Körper. Was dachte er sich dabei, sich solche Freiheiten herauszunehmen? Setzte er etwa voraus, dass sie die Art von Frau war, die einem Mann, den sie kaum kannte, Intimitäten erlaubte? Entschlossen, den Kuss zu beenden, versuchte sie, sich zu befreien; sie legte die Hände an seine Brut, um ihn wegzuschieben, gerade in dem Augenblick, als Phillip jäh zurückwich und so schnell auf die Füße kam, dass er sie beinahe von dem Sofa zog.

Er atmete heftig, zeigte geballte Fäuste. »Greville ...«, war alles, was er stammelte.

Sie hatte nicht gehört, dass sich die Tür in den Angeln bewegte. Und jetzt, als sie sich bemühte, zu begreifen, was geschehen war, sah sie, dass ein Mann im Salon stand. Er war ein Stück größer als Phillip, mit dunkler Haut und pechschwarzem Haar. Durch die zusammengepressten Lippen erschien sein Kinn wie aus Stein gemeißelt. Augen in der Farbe von Zinn sahen sie so durchdringend an wie die Klinge eines Messers.

»Wer ... wer seid Ihr?«, fragte sie, und sein eisiger Blick machte es ihr schwer, ihre Gedanken zu ordnen.

»Ich glaube, Euer ... Begleiter ... weiß recht gut, wer ich bin.«

Phillip wandte sich mit verwirrtem Blick zu ihr. »Hattet Ihr nicht gesagt, Greville wäre Euer Cousin?«

»Ja, das habe ich, aber es entspricht nicht ...«

Der Neuankömmling verbeugte sich steif und förmlich. »Justin Ross, Fünfter Graf von Greville, zu Euren Diensten, Madam!« Wut, die er kaum unter Kontrolle zu halten vermochte, troff aus jedem seiner Worte. Als er den Blick seiner wilden grauen Augen auf Phillip richtete, hätte sie schwören können, dass dieser zusammenzuckte. »Miss Summers und ich haben einige Geschäfte zu besprechen«, erklärte der

Graf knapp. »Ich denke, Mr. Marlin, es wird das Beste sein, wenn Ihr Euch jetzt verabschiedet.«

Wortlos straffte Phillip die Schultern, seine weißen Hände waren immer noch zu Fäusten geballt. Ein kalter Luftzug schien durch den Raum zu wehen, als die beiden Männer einander anstarrten. Phillip biss die Zähne zusammen und wandte sich der Tür zu.

»Phillip ... wartet!« Doch er marschierte weiter, aus dem Zimmer, durch die Eingangshalle, und seine Schritte warfen ein hohl verklingendes Echo zurück.

Ariel richtete ihre Aufmerksamkeit auf den Mann neben der Tür. »Ich ... ich verstehe nicht, was hier vorgeht.«

Sein Lächeln hätte Stahl zum Gefrieren bringen können. »Folgendes, meine Liebe: Mein Vater, der vierte Graf von Greville, war so freundlich, vor zwei Jahren das Zeitliche zu segnen und mir seinen Titel zu hinterlassen.«

Ariel nagte nervös an der Unterlippe. »Der Graf ... der Graf ist tot?« Es fiel ihr schwer, zu begreifen, was sie da hörte. Alles um sie herum schien sich zu drehen, geriet außer Reichweite.

»Der frühere Graf ist tot. Ich bin Justin Ross, der fünfte und augenblickliche Lord Greville, der Mann, der für Eure Ausstattung bezahlt hat, für Eure Unterkunft, Verpflegung und Erziehung. Wie Ihr Euch sicher ausrechnen könnt, beläuft sich das alles auf eine recht ansehnliche Summe.«

»Ja, ich ... Selbstverständlich tut es das. Genau darüber wollte ich mit dem Grafen sprechen – ich meine natürlich, mit Euch.« Himmel, der Graf war tot ... Sie hatte ihn nicht wirklich gekannt, hatte ihn seit vier Jahren nicht mehr gesehen; aber für sie war immer er ihr Gönner gewesen.

»Ihr habt bereits vor einiger Zeit mit dem Grafen über diese Dinge gesprochen. Laut seiner Erklärung seid Ihr beide vor vier Jahren zu einer Vereinbarung gekommen.«

Sie schluckte und nahm all ihren Mut zusammen. »Ich denke, das war damals der Fall, ja.«

»Meinem Verständnis nach habt Ihr seinerzeit zugestimmt, im Gegenzug für Eure Erziehung und die damit verbundenen Kosten bei Erreichen Eurer Volljährigkeit die Geliebte des Grafen zu werden.«

Deutlich ausgesprochen, doch leider die Wahrheit. »Ja, aber ich … ich war damals noch jünger und mir nicht genau im Klaren …«

»Jetzt seid Ihr älter, bald neunzehn, wenn ich mich recht erinnere, und kein unschuldiges Mädchen mehr – wie ich es soeben gemäß Eurem Benehmen mit Mr. Marlin feststellen konnte.« Ariel wurde blass. »Ihr habt eine ausgedehnte, äußerst kostspielige Erziehung bekommen. Vermutlich habt Ihr in der Zwischenzeit allmählich den Handel begriffen, der vor vier Jahren abgeschlossen wurde – ist das nicht so?«

Elend überkam sie. Ihr Magen hob sich vor Übelkeit. »Jawohl.«

»Dennoch habt Ihr ohne Zögern das Geld genommen, das ich Euch schickte, und Ihr hattet nichts dagegen, dass ich weiterhin für Euren Unterhalt zahlte.«

»Ja.«

»Ihr habt zugelassen, dass ich Euch Kleidung kaufte – dieses Gewand zum Beispiel, das Ihr im Augenblick tragt.«

Unbewusst strich sie über die wunderschöne aprikosenfarbene Seide, ihre Finger berührten eine Reihe von kunstvoll gestickten Rosen. Ein schmerzlicher Kloß hatte sich in ihrer Kehle gebildet. »Ja.«

»Wegen all dieser Details muss der Handel bestehen bleiben!«

Es brannte in ihren Augen. Sie blinzelte ein paarmal und weigerte sich, die Tränen fließen zu lassen. »Ja …« Ihr Hals schmerzte. Lieber Gott, sie hatte niemals geglaubt, dass es wirklich so weit kommen würde.

Der Graf setzte sich in Bewegung; er lenkte seine Schritte in die Eingangshalle hinter der geschnitzten Doppeltür. Er war groß und schlank und dunkel – die machtvolle Anwesenheit, die er ausstrahlte, schien im Raum zu bleiben, selbst als er ihn verließ. Jenseits der Türschwelle hielt er noch einmal inne.

»Ich erwarte Eure Anwesenheit oben, Miss Summers.« Er machte sich nicht die Mühe, zu warten, ging ganz einfach weiter, sicher, dass sie ihm folgen würde. Krank vor Furcht gehorchte sie tatsächlich, überließ ihm die Führung, als sei er der Herr und sie seine Sklavin; sie ignorierte die Demütigung und folgte ihm die breite Steintreppe hinauf, durch den von Lampen erhellten Flur und dann in seine Räume.

Noch nie war sie in diesen Zimmern gewesen. Jetzt registrierte sie vage den ausgebleichten blauen türkischen Teppich, die verblichenen Samtvorhänge, die die matte Sonne abhielten, die sich durch die Fenster zu stehlen suchte. Es überraschte sie nicht, dass dieser Teil des Hauses genauso dunkel und trübe war wie der Rest.

Draußen blitzte es. Graue, dunkle Wolken verdeckten die Sonne, der Sturm entwickelte sich mittlerweile zu einem regelrechten Unwetter. Mit einem unheimlichen Heulen zischte der Wind durch die Fensterritzen. Ariels Schritte wurden langsamer, als der Graf den mit Marmor verzierten Wohnraum passierte und dann sein Schlafzimmer betrat. Erst am Fuße des riesigen Himmelbettes blieb er stehen.

Einen Augenblick lang rührte sie sich nicht, ihr Herz schlug heftig. Sie spürte seine Blicke, seine wintergrauen Augen auf sich – kalt wie der Nordwind, der draußen um das Haus fegte. Er stand dort und wartete, seine Miene war eisig, als sie langsam und vorsichtig auf ihn zuging, doch mitten im Raum stehen blieb.

»Macht die Tür zu!«, befahl er. Eiszapfen schienen in seiner Stimme zu klirren. Statt der heißen Wut, die sie als Kind bei ihrem Vater erlebt hatte, wirkte der kalte Zorn des Grafen auf sie noch viel entsetzlicher.

Sie biss sich auf die zitternde Lippe und tat wie befohlen: Mit bebenden Händen schloss sie die Tür.

»Kommt her … Ariel!«

Sie wollte es nicht. Allmächtiger, sie wollte sich umdrehen und weglaufen. Dennoch war sie kein Feigling, war es noch nie gewesen. Sie hatte die Prügel ihres Vaters ertragen. Und irgendwie würde sie auch dies durchstehen.

Ihr Stolz stärkte ihr den Rücken. Sie stakste mit hölzernen Schritten auf ihn zu und hoffte nur, dass ihre Beine ihr nicht den Dienst versagten.

»Ein Handel wurde abgeschlossen«, wiederholte er. »Ich habe meinen Teil davon erfüllt. Jetzt seid Ihr an der Reihe. Ihr werdet Eure Kleider ausziehen. Ich möchte sehen, was ich mit meinem sauer verdienten Geld erworben habe.«

Einige Sekunden lang starrte sie ihn voller Entsetzen an. »Ich kann nicht … ganz unmöglich …«

»Wenn ich nicht genau in diesem Augenblick aufgetaucht wäre, dann hättet Ihr Euch auch für Marlin ausgezogen. Das werdet Ihr jetzt für mich tun!«

Ein Schauder rann über ihren Rücken, und sie unterdrückte ein Aufschluchzen, das sich ihrem Mund zu entringen drohte. Lieber Gott, das konnte doch nicht wirklich wahr sein! Von all den Szenen, die sie sich vorgestellt hatte, war keine so schrecklich wie diese hier. In ihren Augen brannte es salzig. Sie drängte die Tränen zurück, entschlossen, nicht vor diesem herzlosen Schurken zu weinen, der jetzt der Graf war.

Stattdessen hob sie das Kinn. »Ihr irrt Euch, Mylord! Ich hätte nicht zugelassen, dass Phillip ... dass Phillip sich Freiheiten herausnähme.«

Er zog eine dichte schwarze Braue hoch. »Nicht?« Sein Mund verzog sich zu einer spöttischen Grimasse. »Und die kleine Szene, die ich im Roten Salon miterleben durfte? Wollt Ihr Euch hinstellen und behaupten, dass ich mir diese Umarmung von Liebenden nur eingebildet habe?«

Ariel biss sich auf die Lippe. Es war nur ein Kuss gewesen, doch hatte es sich gleich von Anfang an nicht richtig angefühlt. »Was ... was Ihr dort gesehen habt, war ein Fehler. Keiner von uns beiden hatte das eigentlich beabsichtigt!«

Justin runzelte ärgerlich die Stirn, und sein Mund wurde schmal. Mit ein paar großen Schritten kam er auf sie zu, sein Gesicht wütend verzerrt, und unbewusst trat sie einen Schritt zurück. »Wenn Ihr glaubt, dass Phillip Marlin nicht vorgehabt hat, Euch zu verführen, dann seid Ihr noch eine größere Einfalt als ich. Und jetzt zieht Eure Kleider aus – oder ich werde das übernehmen.«

Tränen füllten ihre Augen. Sie blinzelte heftig und versuchte, sie zurückzudrängen, was ihr schließlich auch gelang. Von irgendwo tief in ihrem Inneren kam der Mut, wo die Grausamkeiten ihres Vaters nicht hingedrungen waren. Er konnte sie schlagen, doch er konnte sie niemals brechen.

Und auch der Graf würde das nicht schaffen.

Sie wandte ihm den Rücken zu, stand kerzengerade da, obwohl ihre Beine zitterten. »Ihr werdet mir bei den Knöpfen helfen müssen.«

Der Graf machte einen Schritt vor. Sie hörte das gedämpfte Geräusch seiner glänzenden, schwarzen Schuhe auf dem Teppich. Er kümmerte sich nicht um die Knöpfe, stattdessen fühlte sie seine Finger in ihrem Nacken, als er den Stoff ergriff und ihn bis zur Taille aufriss.

Nun konnte sie ein Aufschluchzen nicht mehr unterdrücken; doch als sie sich zu ihm umwandte, entdeckte sie in diesen ausdruckslosen grauen Augen einen Anflug von Mitleid.

»Und jetzt tut, was ich gesagt habe. Zieht Euch weiter aus!« Er wich ein wenig zurück, als wolle er sie aus einiger Entfernung betrachten.

Ihre Hände zitterten. Sie griff nach der feinen aprikosenfarbenen Seide und schob die Fetzen von ihren Schultern. *Ein so wunderschönes Kleid*, dachte sie flüchtig, jedes ihrer Kleider lag ihr am Herzen; immerhin war sie eine Frau, die noch nie zuvor so hübsche Dinge besessen hatte. Sie zermarterte sich das Hirn nach einer Erklärung, um ihm zu verstehen zu geben, was zwischen ihr und Phillip geschehen war; doch ein Blick in seine Miene sagte ihr, dass ihre Mühe umsonst sein würde.

Sie stand nur in ihren Schuhen vor ihm, in weißen Seidenstrümpfen, einem Strumpfhalter aus Satin und einem feinen Baumwollhemd, dessen Stoff so durchsichtig war, dass die schwachen rosigen Umrisse ihrer Brustspitzen darunter erschienen und das blonde Haar zwischen ihren Schenkeln. Ihr Gesicht glühte, als der kalte Blick seiner silbergrauen Augen langsam über ihre Brüste glitt. Dann wanderte sein Blick tiefer, über ihre Taille, ihre Beine hinunter und wieder hinauf.

»Nehmt die Nadeln aus dem Haar! Ich möchte sehen, wie es auf Eure Schultern fällt.«

Ariel biss sich auf die Innenseite ihrer Wange, sie war nicht sicher, ob ihr Mut ausreichte, um weiterzumachen. Ein Beben lief durch ihren Körper und dann noch eines. Sie konnte die Vorstellung nicht ertragen, was dieser dunkle, bedrohliche Graf zu tun beabsichtigte. Wieder kam ihr der Gedanke, dass sie weglaufen, dass sie noch einen letzten

Versuch unternehmen sollte, sich zu retten. Aber sie glaubte keinen Augenblick, dass dieser Wüterich, der ihr gegenüberstand, sie jemals entkommen ließe.

Also riss sie sich zusammen und gehorchte seiner Aufforderung, dabei hoffte sie, dass Gott einschritt und ein Wunder ermöglichte: vielleicht zeigte er ihr einen Weg, wie sie sich retten könnte. Ihre Finger zitterten so heftig, dass sie die Nadeln nicht festhalten konnte. Sie fielen mit einem leisen Klicken auf den Holzfußboden am Rande des Teppichs. Nun ergoss sich ihre helle Fülle über die Schultern.

»Und jetzt das Hemd!«

Oh, Himmel. Neue Tränen traten in ihre Augen, und diesmal tat sie nichts, diese zurückzuhalten. Sie rannen ihre Wangen hinunter. »Bitte ...«, flüsterte sie. »Was geschehen ist, tut mir Leid. Ich hätte ihn nicht ins Haus kommen lassen dürfen – aber ich ahnte ja nicht, dass er versuchen würde, mich zu küssen.«

Er biss die Zähne zusammen. Sie senkte die Wimpern angesichts seiner großen, harten Gestalt, die wie eine Vision aus der Hölle auf sie zukam. Direkt vor ihr blieb er stehen, dann streckte er die Arme aus, um ihre Schultern zu umfassen.

»Ich bin kein Dummkopf, Ariel. Es liegt auf der Hand, dass Phillip Marlin Euer Geliebter ist. Und genau deshalb, werdet Ihr von dem heutigen Tage an ganz einfach mir das Bett wärmen statt ihm.«

Ihr Geliebter? Das Elend hüllte sie ein wie eine große, überwältigende, betäubende Woge. Sie schüttelte den Kopf. »Phillip ist nicht ... mein Geliebter. Ich habe noch nie ... Noch nie hat jemand ... Das war der erste Kuss in meinem Leben.«

Seine Finger schlossen sich wie Klauen um ihre Schultern. »Ihr lügt!«

»Ich sage die Wahrheit.« Sie starrte in Grevilles finstere

Miene. »Wir haben einander erst in der letzten Woche kennen gelernt. Ich ging im Park spazieren, und er ... er ist einfach erschienen. Heute sind wir zusammen in seiner Kutsche ausgefahren. Es hat zu regnen begonnen, deshalb habe ich ... habe ich ihn zum Tee ins Haus gebeten. Und dann hat er mich geküsst.«

Draußen krachte der Donner, und die Fenster schepperten. Noch ein Blitz zuckte über den bedeckten Himmel und erhellte sein im Schatten liegendes Gesicht. Ariel entdeckte etwas in seinen Augen, das sie nicht erwartet hatte. Etwas Hartes, gemischt mit Schmerz. Etwas, von dem er nicht wollte, dass sie es sah.

Seine langen Finger glitten von ihren Schultern. Auf einmal schien er unsicher. »Ihr wollt doch nicht behaupten ... Ihr wollt mir wohl weismachen, dass Ihr noch Jungfrau seid?«

Eine heiße Röte stieg in Ariel auf. Sie starrte auf den Teppich vor sich und betrachtete die verblichenen blauen und roten Muster. »Ich würde niemals einem Mann erlauben ... ich würde nicht ... Ja ...«

Greville griff nach ihrem Kinn und zwang sie, ihn anzuschauen. Wieder entdeckte sie es, tief in seinen Augen, den Schmerz, die Bitterkeit, den Schmerz eines Mannes, der betrogen worden war. Sie verstand es nicht genau, dennoch rührte es sie auf gewisse Weise an.

Sein Blick hielt den ihren für einen langen Moment gefangen. Er stand so nahe vor ihr, dass sie die Wärme seines Körpers spürte, seine Kleidung, die ihre Haut berührte. Die Farbe seiner Augen begann sich zu verändern, von einem frostigen Grau zu einem klaren Silber; die Wut lag noch immer darin, doch auch sie veränderte sich, wurde heißer.

Und dann pressten sich ohne Vorwarnung seine Lippen auf ihre.

Es lag keinerlei Zärtlichkeit in seinem Kuss. Er war hart, brutal, wild, mehr eine Strafe, die dazu gedacht war, ihr ihren Betrug, so empfand er die Szene mit Phillip wohl, heimzuzahlen. Zum zweiten Mal an diesem Tag litt sie unter dem Willen eines Mannes, den sie kaum kannte; dennoch unterschied sich die Aufmerksamkeit, die beide Männer ihr schenkten, vollkommen voneinander. Der brutale Kuss des Grafen sollte eine Vergeltung sein – doch als die Sekunden vergingen, wurde er sanfter, weicher ...

Ariel schwankte, als seine Lippen sich auf ihren bewegten – als er begann, sie zu umschmeicheln, sie zu verführen; sein Kuss wurde zu etwas, das sie nicht erwartet hatte, etwas, dass sie anrührte an dunklen, geheimnisvollen Stellen.

Etwas, das sie wesentlich mehr beunruhigte, als der Kuss, den Phillip Marlin ihr gegeben hatte.

Das Ganze endete genauso abrupt, wie es begonnen hatte, und Greville trat an das kleine Fenster gegenüber. Er sah genauso erschüttert aus wie sie. Mit der Hand fuhr er sich durch sein lockiges schwarzes Haar, das ihm über den Kragen wuchs. Es leuchtete blauschwarz in dem gezackten Licht eines Blitzes.

»Vielleicht sagt Ihr ja die Wahrheit. Aber das macht eigentlich keinen Unterschied.«

Doch in dem Panzer, den er um sich herum errichtet hatte, klaffte nun ein Riss, und zum ersten Mal, seit dieser Albtraum begonnen hatte, entdeckte Ariel einen Hoffnungsschimmer. Sie nahm all ihren Mut zusammen und holte tief Luft.

»Ich kann mir nicht vorstellen, was Ihr von mir halten mögt. Sei es, wie es sei – was passiert ist, tut mir wirklich Leid.«

Er wandte sich zu ihr um, der harte Blick aus seinen grauen Augen richtete sich auf sie. »Tut es das wirklich?«

Sie fuhr sich über die Lippen und stellte fest, dass sie immer noch prickelten von seinem Kuss. »Ich habe einen Handel abgeschlossen. Wie Ihr sagtet, habt Ihr Euren Teil des Handels erfüllt. Doch meine Absicht war es niemals, mich wirklich daran zu beteiligen. Ich hatte nur gehofft, dass sich alles für beide Seiten akzeptabel entwickeln würde.«

Der Graf schwieg.

»Was ich damit sagen will – versuchen wir doch, die Dinge in einer freundschaftlichen Art und Weise zu regeln. Ich dachte, wir hätten Zeit, darüber zu reden. Es war mir nicht klar, dass Ihr gleich bei unserer ersten Begegnung auf unseren Handel … pochen würdet.«

Justin sah in der Tat ein wenig verlegen aus. »Das hatte ich auch keineswegs geplant.«

Ihr Puls schlug heftiger, als die Hoffnung in ihr wuchs. »Nun – dann würde ich Euch gerne um einen Gefallen bitten.«

Er zog eine dichte schwarze Braue hoch. »Einen Gefallen? Ich denke, Ihr habt von mir bereits mehr als genug Gefallen erfüllt bekommen.«

Einen Augenblick lang senkte sie den Blick, ihre Wangen brannten vor Scham. Richtig, er hatte ihr bereits mehr gegeben, als sie je von ihm hätte verlangen dürfen. »Es ist nur etwas mehr Zeit, um die ich Euch bitten möchte, Mylord. Wie ich schon sagte, habe ich ursprünglich angenommen, dass wir einander langsam kennen lernen würden. Ich hatte gehofft, dass wir vielleicht so eine Art … Freundschaft entwickeln, ehe unsere Beziehung weiter geht.«

Der Graf drehte sich vom Fenster weg. Jetzt, wo sein Zorn ein wenig nachgelassen hatte, war auch einiges der Härte aus seinen Zügen verschwunden. Zum ersten Mal wurde ihr klar, dass der Graf auf eine andere, eine männlichere Weise, genauso gut aussah wie Phillip.

»*Freunde?*«, fragte er spöttisch. »Das ist eine ganz neue Variante, Miss Summers – eine Frau zum Freund zu haben. Ich finde es beinahe belustigend.«

Ariel hob das Kinn und wünschte, sie wäre nicht gezwungen, diese Unterhaltung im fast unbekleideten Zustand zu führen. Auf der anderen Seite war sie für das Wunder, dass sie überhaupt miteinander redeten, äußerst dankbar.

»An einer Freundschaft ist gar nichts Belustigendes, Mylord. Und es sprechen allerlei Gründe dafür, das ein Mann und eine Frau eine solche Bindung eingehen sollten.«

Sein Blick wanderte über ihr dünnes Hemd und blieb dann an ihren Brüsten hängen; wieder stieg eine heiße Röte in ihr Gesicht. Bei seiner eingehenden Betrachtung brauchte sie ihre ganze Willenskraft, um an ihrem Platz stehen zu bleiben.

»Es gibt eine ganze Anzahl von Argumenten, meine liebe Miss Summers, dass eine Freundschaft zwischen den Geschlechtern nur sehr selten möglich ist. Die Tatsache, dass Ihr diese Argumente nicht kennt, lässt mich glauben, dass Ihr wirklich so unschuldig seid, wie Ihr behauptet.« Er trat näher, bis er nur noch wenige Zentimeter von ihr entfernt war. Obwohl Ariel die meisten Frauen an Größe übertraf, so musste sie doch den Kopf in den Nacken legen, um ihn anzusehen.

Er nahm eine Locke ihres blassblonden Haares in die Hand und rieb sie zwischen seinen Fingern. Ariel verspürte ein eigenartiges Prickeln tief in ihrem Bauch.

»Und wie würdet Ihr vorschlagen, sollen wir diese … *Freundschaft* aufbauen?«, fragte er leise. Seine Hand strich über ihre Schulter, und er ließ die Haarsträhne zurückfallen an ihren Platz. Das Prickeln in ihrem Körper wurde zu einer Gänsehaut, die langsam ihren Arm überzog.

Sicher ist es die Hoffnung, dachte sie, die mein Herz

schneller schlagen lässt. Wenn er damit einverstanden war zu warten, bis er von ihr verlangte, in sein Bett zu kommen, dann hätte sie vielleicht genügend Zeit, ihn noch einmal zum Überdenken ihres Handels zu bewegen.

»Ich bin noch nie in London gewesen«, meinte sie, und ihr gelang ein zittriges Lächeln. »Seit meiner Ankunft habe ich nur sehr wenig von der Stadt gesehen. Vielleicht könntet Ihr mir einige der Sehenswürdigkeiten zeigen.«

»Sehenswürdigkeiten? Was für Sehenswürdigkeiten?«

Ariels Verstand arbeitete heftig, sie rang um eine Antwort, die ihre Rettung bedeutete. »Die Oper vielleicht. Oder ein Schauspiel! Ich würde wirklich gern einmal ins Theater gehen. Shakespeare vielleicht. Schon immer wollte ich gern einmal *König Lear* sehen. Ihr lebt hier in der Stadt. Ihr kennt doch sicher einige Besonderheiten Londons. Ich würde wirklich gern alles anschauen, was Ihr vorschlagt.«

Er schien darüber nachzudenken. Abermals wandte er ihr den Rücken zu und betrachtete eingehend die Äste, die gegen das Fenster schlugen. »Also gut, Miss Summers.« Jetzt richtete er seine Aufmerksamkeit wieder auf sie. »Für den Augenblick werden wir Eure ... Verpflichtungen postponieren. Ich habe lieber eine willige Frau in meinem Bett als eine, der man Befehle erteilen muss.«

Ariel schwankte, eine Woge der Erleichterung hüllte sie ein – und zwar so stark, dass sie sich schwindlig fühlte.

»Entsprechend dem Stand der Dinge könnt Ihr Euer Kleid wieder anziehen.«

Sie zögerte nicht, hob das ramponierte Stück vom Boden auf und schlüpfte hinein, stieß die Arme in die Puffärmel und bedeckte dann notdürftig ihre Schultern, wobei sie innerlich einen Seufzer der Erleichterung ausstieß, als sie wieder etwas anhatte.

Der Graf sagte nichts mehr, und Ariel fasste sein Schweigen als Entlassung auf. Sie kümmerte sich nicht um die fehlenden Knöpfe, den klaffenden Riss und auch nicht um die Tatsache, dass ihr Haar zerzaust war; falls einige der Diener sie so sehen würden, würden sie sich trotzdem nichts anmerken lassen. Vom ersten Tag ihres Aufenthalts hier hatte sie bemerkt, wie ernst und geschäftig alle waren. Nur wenig Lachen hörte man unter diesem Dach. Da sie nun den kaltherzigen Arbeitgeber der Leute kennen gelernt hatte, begriff sie endlich den Grund dafür.

Sie bemühte sich, die einzelnen Teile festzuhalten, dann floh sie eilig hinaus. Kurz vor ihrem eigenen Zimmer rannte sie förmlich. Nachdem sie die Tür hinter sich zugeschlagen hatte, drehte sie den Schlüssel im Schloss und lehnte sich dagegen. Für den Augenblick war sie in Sicherheit. Aber wie lange würde diese Sicherheit dauern?

Wenn sie doch eine Antwort wüsste auf ihre Frage; sie wünschte sich einen Ausweg aus dieser Situation, in die sie sich selber gebracht hatte. Freilich waren ihre Möglichkeiten begrenzt. Sie hatte kein Geld, keine Arbeit und keinen Zufluchtsort.

Obendrein hatte sie ihr Wort gegeben.

Ariel presste die Augen zusammen und bemühte sich, nicht schon wieder zu weinen.

5

Ich bin ganz aufgeregt, hier in Mrs. Penworthys Institut für höhere Töchter zu sein; diese Schule zu beenden ist der nächste Schritt zur Erfüllung meines Traumes, eine Lady zu werden. Dennoch mache ich mir Sorgen, dass ich niemals wirklich in diese Rolle hineinwachse. Die anderen

Mädchen sind alle so kultiviert und selbstsicher, während ich ständig Gefahr laufe, etwas Falsches zu tun oder zu sagen. Ich habe gehört, wie sie sich hinter meinem Rücken lustig machen über mich; aber meistens ignorieren sie mich einfach. In gewisser Weise bin ich dankbar dafür. Denn wenn das Geheimnis meiner niedrigen Geburt durchsickert, werde ich komplett geächtet!

Langam verblasste die Erinnerung an diesen Brief wieder. Justin lief ruhelos vor dem heruntergebrannten Feuer in seinem Schlafzimmer hin und her. Obwohl es aufgehört hatte zu regnen und der Sturm weitergezogen war, herrschte dennoch eine unsommerliche Kühle; von den Blättern der Bäume tropfte noch immer die Feuchtigkeit auf den lehmigen Boden.

Seine Müdigkeit, ja, Erschöpfung heute Abend, hatte weniger mit seiner langen Reise nach Hause zu tun als vielmehr mit Desillusionierung und höchster Enttäuschung. Eigentlich hatte er seit langer Zeit schon akzeptiert, dass das Leben bei Licht besehen nichts anderes darstellte als eine Reihe von Enttäuschungen. Die Dinge lagen einfach so.

Er griff nach dem Feuerhaken neben dem Kamin, dann kniete er nieder, um die orangeroten Flammen anzufachen; in Gedanken sah er immer wieder die Szene vor sich, die er im Roten Salon mitbekommen hatte. Wut stieg in ihm auf, wie schon zuvor, und seine Finger schlossen sich fester um den langen Eisenstab.

Seine lange erwartete Begegnung mit Ariel Summers war so anders ausgefallen, als er sie sich vorgestellt hatte. Nicht im Traume wäre ihm je der Gedanke gekommen, die süße junge Frau aus den zahllosen Briefen in den Armen des verrufensten Lebemannes von ganz London vorzufinden – seines ärgsten Feindes, Phillip Marlin. Justin wünschte das

Mädchen in die Hölle für die Ernüchterung, die er fühlte – und gratulierte sich insgeheim, dass er ihr nicht einen noch viel größeren Wutausbruch serviert hatte.

Er legte den Feuerhaken wieder beiseite, ging zu der geschnitzten Anrichte hinüber und goss sich einen Brandy ein – dabei waren seine Gedanken bei seinem Rivalen seit ihrem gemeinsamen Aufenthalt in Oxford. Mit seinem guten Aussehen und dem machtvollen Namen der Familie war Phillip verwöhnt und arrogant – immer bereit, sein beachtliches Taschengeld dazu zu nutzen, einen Kreis speichelleckender Freunde um sich zu versammeln. Er gehörte zu der Art von Mensch, der Freude daran hatte, andere lächerlich zu machen und nutzte die Schwächen der anderen aus.

Als Junge und Student hatte Justin gegen seine Altersgenossen gekämpft, die ihn wegen seiner unehelichen Geburt neckten; er hatte seine Fäuste benutzt, um ihnen ihre Grausamkeiten heimzuzahlen, und mehr als einmal bekam er den Rohrstock zu spüren, wegen Prügeleien im Schulhof beziehungsweise Collegegelände. Schließlich zog er sich ganz einfach zurück, mehr und mehr wurde er zum Eigenbrötler. Er lernte, seinen Zorn unter Kontrolle zu halten und auch seinen Schmerz. Letzteren ersetzte er durch Zynismus, der die Menschen auf Abstand hielt und ihn vor der Welt schützte.

Er hielt sich von Phillip Marlin und seinen boshaften, spöttischen Kumpanen fern – bis zu der Nacht, in der Justin ihm mit Molly McCarthy in einem Gasthaus in Oxford begegnete. Molly war ein keckes, respektloses Ding, das sich ein paar Münzen verdiente, indem sie sich um die Bedürfnisse der örtlich ansässigen Männer kümmerte. Sie machte kein Geheimnis daraus; doch Phillips Ego war so groß, dass er irrtümlicherweise glaubte, ihre Gunst gehörte nur ihm. In der Nacht, in der er sie mit einem seiner Freunde im Bett erwischte, drehte er durch, verwüstete das ganze Zimmer; dann ließ er seine Wut an Molly aus, brach ihr den Arm und schlug sie, bis Justin, der in diesem Augenblick den Flur durchquerte, keine andere Wahl hatte, als ihn aufzuhalten.

Der Kampf fiel für Phillip kurz und sehr schmerzhaft aus. Mit einem Mann zu kämpfen, der gelernt hatte, sich per Faust zu verteidigen, brachte ihm zwei blaue Augen ein, eine gebrochene Nase und eine blutende Lippe.

Phillips Rache würde Justin nun endgültig verfolgen.

Bei der Erinnerung daran biss er die Zähne zusammen. Er nippte an seinem Brandy, den er nur sehr selten trank, und der in seinem Hals kratzte. In ihren Räumlichkeiten am anderen Ende des Flurs schlief Ariel sicher schon – ihr flachsfarbenes Haar auf dem Kopfkissen ausgebreitet, ihre hübschen, rosigen Lippen vom Schlaf ganz weich ... Es war nie seine Absicht gewesen, sie auf den abscheulichen Handel festzunageln, den sie mit seinem Vater abgeschlossen hatte; aber als er sie mit Marlin ertappte – in dem teuren Kleid, mit seinem Geld bezahlt –, war etwas in ihm zerbrochen.

Am liebsten hätte er Phillip Marlin umgebracht.

Justin nippte noch einmal an seinem Brandy, dann stellte er den Schwenker auf den Kaminsims. Was sollte er tun? Hatte er wirklich mit diesem Mädchen nichts im Sinn?

Ganz ohne sein Zutun erstand vor seinem inneren Auge das schattenhafte Bild von blassen, rosigen Brustspitzen, langen, wohl geformten Beinen, schmalen Fesseln und dem daunenweichen silbergoldenen Haardreieck, das ihre Weiblichkeit verbarg. Mit ihrer reinen Haut und den feinen Zügen übertraf nun Ariel Summers noch die höchsten Erwartungen seines Vaters.

Edmund Ross hätte nicht die leisesten Bedenken gehabt, von ihr zu verlangen, sein Bett zu wärmen – ganz besonders dann nicht, nachdem er sie in den Armen eines anderen Mannes erwischt hätte.

Aber Justin unterschied sich von seinem Vater. Wenigstens hatte er das bis heute geglaubt. Die Wahrheit war, dass er Ariel Summers ebenfalls haben wollte. Er hatte sie vielleicht schon gewollt, noch ehe er sie kennen gelernt hatte. In der plötzlichen Woge des Verlangens, die ihn einhüllte und sein Glied in seiner Hose hart werden ließ, schloss er die Augen.

Vielleicht sollte er Madame Charbonnets Haus der Freuden besuchen. Celeste Charbonnet war stolz darauf, wunderschöne Gespielinnen anzubieten, die erfahren waren in der Kunst, einem Mann Genuss zu bereiten. Er war schon seit längerer Zeit nicht dort gewesen – seit zu langer Zeit, wie es schien, angesichts des heftigen Verlangens, unter dem er jetzt litt.

Justin seufzte. Er wollte keine von Celestes erfahrenen Kurtisanen, sondern Ariel Summers. Er hatte sie gekauft und für sie bezahlt – warum also sollte er sie nicht auch haben? Verdammt, dieses Mädchen gehörte ihm.

Ob sie nun Phillip Marlins Geliebte war oder nicht, das tat jetzt nichts zur Sache.

Er hatte sie, wie gesagt, teuer erworben.

Ariel wachte auf, in einen leichten Schweißfilm gebadet. Die Laken hatte sie bis zu den Knien hinuntergetreten, ihr Nachthemd war ihr bis an die Hüften hochgerutscht. Sie hatte einen Albtraum gehabt, das wusste sie; leider konnte sie sich nicht an den Inhalt erinnern, doch sie hegte die starke Vermutung, dass er mit dem Grafen zusammenhing.

Ariel erschauerte, eine Gänsehaut überzog ihren Körper bei der Kälte, die in dem Zimmer herrschte. Sie glitt aus dem Bett und legte sich den gefütterten Seidenumhang um, dann schloss sie die Knöpfe.

Es klopfte leise an der Tür, und die Zofe, die der Graf ihr zugeteilt hatte, trat ein. Silvie Thomas war ein dunkelhaariges Mädchen von ungefähr zwanzig Jahren mit runden, haselnussbraunen Augen und einem genauso runden Gesicht. »Ihr seid früh aufgestanden, Miss. Ihr hättet im Bett bleiben sollen, bis ich Kohlen auf das Feuer geschüttet habe.«

»Ja, aber es gibt eine Menge Dinge, die ich heute Morgen zu erledigen habe.« Das war nur die halbe Wahrheit. Sie wollte in den Park gehen, da die Hoffnung bestand, dort vielleicht Phillip zu treffen. Sie musste mit ihm reden, musste die Dinge zwischen ihnen wieder ins Reine bringen – doch vor allem wollte sie aus dem Haus verschwinden, ehe sie dem Grafen begegnete.

»Nun, wenn Ihr wegwollt, dann sorgen wir besser dafür, dass Ihr angekleidet werdet.«

Ariel ließ sich von Silvie umsorgen und war dankbar, mit etwas beschäftigt zu sein, das ihre Gedanken ablenkte. In einem Kleid aus blassblauem Musselin, die Haare zu einem lockeren Knoten hochgesteckt, griff sie nach einem indischen Schal mit Fransen und lief die Treppe hinunter, zur Tür hinaus. Glücklicherweise bemerkte niemand ihr Verschwinden. Es war noch früh. Wenn Phillip zu ihrem üblichen Treffpunkt kam – was sie eigentlich bezweifelte –, dann würde das noch Stunden dauern. Sie wanderte eine Weile herum, betrat eine Backstube und kaufte dort einen süßen Kuchen mit einer Tasse Schokolade.

Als sie eine Münze aus ihrer Tasche zog, regte sich in ihr so etwas wie Schuldbewusstsein. Laut Graf Justin Bedford Ross trug sie Kleider, die *er* bezahlt hatte, genoss Nahrung, die sie von dem Taschengeld kaufte, das von *ihm* stammte. Als sie noch ein Kind war und verzweifelt danach trachtete, ihrem elenden Leben zu entfliehen, war es ihr gleichgültig gewesen, was dafür von ihr erwartet wurde. Jetzt störte es sie, an die falschen Versprechungen zu denken, die sie gemacht hatte.

Greville hat Recht, dachte sie. *Ich bin ihm etwas schuldig.* Alles, was sie gelernt hatte, ihr gesamtes Auftreten, war das direkte Ergebnis der Großzügigkeit des Grafen. Sie schuldete ihm eine ungeheure Summe – aber es gab doch sicher noch einen anderen Weg, ihm diese zurückzuzahlen, als mit ihrem Körper.

Seufzend machte sich Ariel auf zu der Platane, dem morgendlichen Treffpunkt. Das Gras war noch feucht vom Tau, Kühle lag in der Luft. Sie zog ihren Schal ein wenig fester um ihre Schultern und wartete; dabei betete sie, dass ihr Prinz mit dem goldenen Haar erscheinen möge.

Erleichterung überflutete sie, als er endlich auftauchte, da sie beinahe sicher gewesen war, ihn nie mehr wiederzusehen.

»Ariel, mein liebstes Mädchen!«

»Phillip ... ich hatte nicht geglaubt, dass Ihr kommen würdet.«

Er nahm ihre beiden Hände in seine, sein Blick ging über ihr blasses Gesicht, in dem ihre offensichtliche Beunruhigung zu lesen war. »Ein Dutzend Grevilles hätten mich nicht davon abhalten können! Ich habe mir solche Sorgen gemacht, hätte Euch nicht allein lassen dürfen ... immerhin kennt Ihr den Grafen nicht so, wie ich das tue. Ich war wütend und verwirrt.«

Ariel gelang ein Lächeln, obwohl ihr das schwer fiel. »Es ist ja überstanden. Wie froh ich bin, dass Ihr hier seid! Ich habe Euch so viel zu erklären, so viel zu erzählen. Das hätte ich schon viel früher tun sollen, aber ich ... ich hatte Angst.«

Phillip zog sein Taschentuch aus seiner Jacke und tupfte ihr die Tränen ab, von denen sie gar nicht bemerkt hatte, dass sie aus ihren Augen rannen. »Hier, bitte setzt Euch!« Er benutzte das Taschentuch, um den Tau von der Bank unter dem Baum zu wischen, dann nahmen sie nebeneinander Platz und hielten sich an den Händen. Der feine Herr lauschte und runzelte mehr und mehr die Stirn, als Ariel ihm von ihrer niedrigen Geburt erzählte – jeden schmerzlichen Satz musste sie über ihre Lippen zwingen.

»... Also seht Ihr, Phillip, ich bin nicht diejenige, für die Ihr mich gehalten habt. Ich bin ... ich bin es gar nicht wert, dass Ihr mir Eure Aufmerksamkeit schenkt.«

Sanft drückte er ihre Hand. »Seid nicht töricht! Eure Vergangenheit zählt nicht. Nur die Gegenwart ist wichtig.«

Ariel wandte den Blick ab. Wie glücklich konnte sie sich schätzen, einen Mann wie Phillip getroffen zu haben.

»Ihr sagt, Euer Vater war der Pächter des alten Grafen?«

»Ja.«

»Beruht auf diesem Umstand Grevilles Entschluss, Euch zu helfen?«

Ariel biss sich auf die Lippe. Als sie in den Park gekommen war, hatte sie die Absicht gehabt, Phillip alles zu beichten; sie wollte ihre niedrige Geburt gestehen und auch die Tatsache, dass sie dem Grafen ihren Körper verkauft hatte für hübsche Kleider und eine teure Erziehung. Sie hatte ihm nun die Wahrheit über ihre Vergangenheit bekannt; aber heute war er so ganz anders, ein beinahe fanatisches Leuchten lag in seinem Blick, wenn er sie ansah. Sie dachte an die Feindschaft, die wie ein Feuer aufgelodert war zwischen Phillip und Greville – und deshalb ließ sie es sein, ihm auch noch den Rest der Geschichte zu erzählen.

»Mein Vater hat immer zu viel getrunken. In diesem Zustand konnte er sehr grausam sein. Ich habe den Grafen gebeten, mir zu helfen, und er war einverstanden.« Das war die Wahrheit – allerdings nicht die ganze; aber sie hatte nicht den Mut, ihm diese zu enthüllen. »Ich habe gar nicht gewusst, dass der erste Lord Greville gestorben war und dass meine … meine Dankbarkeit … jetzt seinem Sohn zu gelten hat.«

»Seinem unehelichen Sohn.« Phillip sprach diese Worte verächtlich aus. »Er wäre niemals Graf geworden, wenn sein Vater nicht verschieden wäre. Justin war der einzige männliche Nachkomme, den er hatte, und der Graf brauchte verzweifelt einen Erben – auch wenn dieser Sohn nur der Bastard von einer Dirne war.«

Ariel wurde noch blasser bei seinen Worten; der Hass in Phillips Stimme beunruhigte sie mehr als nur ein wenig – denn wenn sie gezwungen wäre, ihren Handel einzuhalten, dann würde er sie mit derselben Bezeichnung schmähen.

Seine Finger schlossen sich fester um ihre, seine Hand war ein wenig zu warm und auch etwas feucht. »Es tut mir Leid. Ihr seid eine Lady. Ich sollte nicht in so groben Worten mit Euch reden.«

»Woher … woher wisst Ihr das alles über ihn?«

»Wir waren Kameraden in Oxford.«

»Wollt Ihr mir nicht mehr über ihn erzählen?«

Phillip starrte auf den Fluss, der sich durch den Park schlängelte. Er sah so gut aus, dass es einem den Atem benahm – der Traum einer jeden Frau; dennoch konnte sie nicht anders, als seine elegante blonde Gestalt mit der glühenden dunklen Schönheit von Greville zu vergleichen.

Als er seine Aufmerksamkeit wieder auf sie richtete, lag in seinen Augen ein neuer, schwer zu erklärender Ausdruck. »Er ist ein grausamer Mann, Ariel, und gefährlich! Ihr seid nicht sicher unter einem Dach mit ihm.«

Ein kleiner Schauder rann durch ihren Körper. Sie erinnerte sich an die kalte, gnadenlose Art, in der er von ihr verlangt hatte, sich auszuziehen, und sie wollte lieber nicht daran denken, was wohl in seinem Bett mit ihr geschehen wäre.

»In Schule und College ist er meistens allein geblieben«, sprach Phillip weiter. »Sein Vater hat seine Verpflichtung eingehalten, indem er ihn und seine Mutter unterstützte; aber ich bezweifle, dass der Graf ihn in all den Jahren öfter als nur ein paar Mal gesehen hat. Seine Mutter war die Tochter eines der örtlichen Junker. Sie ist mit irgendeinem Baron vom Kontinent durchgebrannt, als Justin noch ein kleiner Junge war. Seine Großmutter hat ihn ein paar Jahre lang beherbergt, bis er dann ins Internat geschickt wurde.«

In Ariels Ohren klang das wie ein entsetzliches Leben, beinahe so schmerzlich wie ihr eigenes. »Vielleicht ist das der Grund, dass er so hart und lieblos erscheint.«

»Sucht nicht nach Entschuldigungen für ihn, Ariel. Er ist es nicht wert.«

»Lord Greville war äußerst großzügig. Ich bin ihm sehr viel schuldig.«

Sein Mund spannte sich an. »Eine Schuld, die er zweifellos einfordern wird! Justin Ross tut nichts, wenn nicht ein Gewinn für ihn dabei herausspringt.«

Sie dachte an den Handel, den sie abgeschlossen hatte, und unterdrückte ein Frösteln.

»Als wir im College waren, gab es eine Frau«, fuhr Phillip fort. »Ein Mädchen in einem Gasthaus, sie hieß Molly McCarthy und arbeitete im Dorf. Eines Nachts habe ich die beiden durch Zufall getroffen. Justin war wütend über etwas, das die arme Molly angestellt hatte. Er hat sie fürchterlich geschlagen. Ich weiß nicht, was geschehen wäre, wenn ich ihn nicht gezwungen hätte, damit aufzuhören.«

Ariel biss sich auf die Innenseite ihrer Wange und kämpfte gegen das brutale Bild an. Die schreckliche Szene im Schlafzimmer des Grafen stieg wieder vor ihren Augen auf.

Wenn sie seinem Befehl nicht gehorcht hätte, hätte er sie dann auch tätlich angegriffen? Sie versuchte, sich vorzustellen, wie er diese harten, dunklen Fäuste gegen sie erhob – aber irgendwie gelang ihr das nicht.

»Ich muss gehen«, sagte sie und fühlte sich plötzlich ganz schwach, als sie aufstand. »Wenn ich nicht bald zurückkomme, wird man nach mir suchen.«

»Wann werde ich Euch wiedersehen?«

»Seid Ihr sicher, dass Ihr das überhaupt wollt?«

Er nahm ihr Kinn in seine Hand und strich mit einem Finger über ihre Wange. »Wie könnt Ihr nur daran zweifeln?«

»Ich weiß, wo Ihr wohnt. An dem Tag, an dem wir die Fahrt in Eurer Kutsche gemacht haben, seid Ihr mit mir an Eurem Stadthaus vorbeigefahren. Ich werde Euch eine Nachricht schicken, sobald ich es schaffe, sie hinauszuschmuggeln.«

Er sah in ihr Gesicht und zog ihre Hand an seine Lippen. »Ihr wisst, wie ich fühle. Lasst mich nicht zu lange warten.«

Ariel antwortete nicht. Sie hatte keine Ahnung, wie ihre Zukunft aussah – gab es denn noch eine solche für sie? Vielleicht hätte sie Phillip die Wahrheit über ihre Lage erzählen und ihn gleich bitten sollen, ihr zu helfen.

Beim nächsten Mal würde sie das tun, schwor sie sich. Wenn er sich wirklich so viel aus ihr machte, wie es den Anschein hatte, dann würde er sie bei der Suche nach einer Möglichkeit, dem Grafen das Geld zurückzuzahlen, unterstützen.

Justin durchmaß unruhig sein Arbeitszimmer, mit einem Ohr horchte er auf Geräusche aus der Eingangshalle. Wo, zum Teufel, steckte sie? War sie mit ihrem Geliebten davongelaufen? Lag sie vielleicht sogar in diesem Augenblick in seinem Bett und hatte ihre schlanken Arme um seinen Hals geschlungen, während sie sich nackt unter ihm wand? *Unschuld und Reinheit, pah!* Er wusste es besser. Unglaublich, dass er ein solcher Dummkopf gewesen war!

Er hörte etwas, und hielt inne, lauschte auf den Klang der Schritte in der Halle; aha, Ariel kehrte zurück. Der Hausherr ging ihr entgegen.

In einem Kleid aus hellblauem Musselin, ihr Gesicht sanft gerötet von der frischen Luft, hob sie ihre Röcke und wollte gerade die Stufen hinaufsteigen.

»Also … Ihr habt Euch entschieden, uns wieder mit Eurer Anwesenheit zu beehren!« Seine tiefe Stimme ließ sie auf der Hälfte der Treppe innehalten.

Langsam wandte sie sich zu ihm um. »Mylord?«

»Ich würde gern mit Euch reden, bitte – in meinem Arbeitszimmer.«

Ein wenig der Röte wich aus ihren Wangen. Ihre Schultern reckten sich, als sie entschlossen die Treppe wieder herunterkam. Justin führte sie durch den Flur und betrat nach ihr den Raum.

Er bedachte sie mit einem eisigen Blick. »Ich warte schon eine Zeit lang auf Euch. Wo seid Ihr gewesen?« Zwar gab er sich Mühe, seine Stimme ausdruckslos klingen zu lassen – doch es war ihm unmöglich, den Ärger aus seiner Stimme zu verbannen.

Ariel hob das Kinn. Ihre Blicke trafen einander, und sie wich nicht aus. »Ich bin in den Park gegangen, wie an jedem Morgen seit meiner Ankunft. Es hat keinen Zweck zu lügen, Mylord. Wenn wir eine Freundschaft beginnen wollen, dann müssen wir mit der Wahrheit anfangen. Ich habe mich mit Phillip Marlin getroffen.« Er erstarrte. »Meiner Meinung nach hat er eine Erklärung verdient – nach den Geschehnissen gestern … und auch eine zu meiner Vergangenheit.«

Vor Wut biss er die Zähne zusammen, obwohl er nicht anders konnte, als ihre Offenheit zu bewundern. Vormals hatte er an ihre Ehrlichkeit geglaubt. Und das wollte er wieder tun. »Und was fiel Mr. Marlin dazu ein?«

Ein Ausdruck der Unsicherheit huschte über ihre Züge; in diesem Augenblick wusste er, dass Marlin ihr die schreckliche Wahrheit seiner Geburt enthüllt hatte.

»Er hat gesagt ... er hat gesagt, dass er Euch aus Oxford kennt.«

»Und außerdem, dass ich ein Bastard bin!«

Ihre Augen flogen zu seinem Gesicht. Er fragte sich, ob etwas in seiner Stimme verraten hatte, wie sehr dieser Umstand ihn schmerzte.

»Phillip hat mir eine ganze Menge Dinge mitgeteilt. Vielleicht hätte er das besser nicht tun sollen, aber ich habe ihm keine andere Wahl gelassen.«

»Warum nicht?«

»Was immer auch die Zukunft bringen mag, ich würde gern erfahren, was für ein Mann Ihr seid – der Mann, der mir geholfen hat, zu der Frau zu werden, die ich jetzt bin.«

»Und ich nehme an, dass Ihr mit Marlins Hilfe das inzwischen wisst.«

»Ich glaube, dass Eure Vergangenheit genauso voller Kummer war wie die meine. Denkt Ihr denn, ich bin stolz darauf, die Tochter eines Säufers zu sein? Eines Mannes, der mich immer geschlagen hat, wenn er den leisesten Drang danach verspürte und der deswegen keinerlei Reue zeigte? Meint Ihr, es hat mir gefallen, Phillip darüber aufzuklären, dass ich ein Bauernmädchen war, das nicht lesen und schreiben konnte, bis Euer Vater und Ihr mich auf eine Schule geschickt habt?«

Es lag so viel Schmerz in ihrem Gesichtsausdruck, dass Justin förmlich mitlitt. Sein Blick ging zum Fenster. Draußen war der Himmel grau und bedeckt, eine schwache Sonne versteckte sich hinter einer Mauer aus Wolken. »Vielleicht ähnelt sich unsere Herkunft in gewisser Weise.«

»Ja … das tut sie. Eure Mutter hat Euch im Stich gelassen. Meine ist so früh gestorben, dass ich mich kaum mehr an sie erinnern kann. Euer Vater war auf seine Art genauso grausam wie der meine. Wenn eine unangenehme Vergangenheit die Grundlage unserer Freundschaft bildet, dann ist es immerhin mehr, worauf die meisten menschlichen Beziehungen basieren.«

Er verließ das Fenster, um sich Ariel zu nähern. Ein so hübsches Gesicht, so voller Unschuld. Oder war das alles nur Fassade?

Justin streckte die Hand aus und griff nach ihrem Kinn. »Ihr dürft Marlin nicht wiedersehen. Wenn es um Frauen geht, ist er ein sehr gefährlicher Mann.«

»Genau das Gleiche hat er auch von Euch behauptet.«

Und nach seinem gestrigen Verhalten wollte sie Marlin gern glauben.

»Phillip hat mir von einer Frau erzählt, mit der Ihr Euch gezankt habt«, sprach sie weiter. »Es war ein Mädchen aus einem Gasthaus, Molly McCarthy. Er sagte, Ihr hättet sie geschlagen.«

Erstaunt blickte er auf. »Aber das war Marlin! Er hätte sie umgebracht, wenn ich nicht gerade zum richtigen Zeitpunkt dazwischengetreten wäre.«

Sie reagierte nicht auf sein Leugnen. »Und was ist mit gestern? Oben in Eurem Zimmer … wenn ich nicht genau das getan hätte, was Ihr mir befohlen habt, was … was hättet Ihr dann gemacht?«

Ein Muskel in seiner Wange zuckte. »Ich schlage keine wehrlosen Frauen – wenn es das ist, was Ihr wissen wollt.«

Ihr Blick wankte nicht, und seine Hochachtung vor ihrem Mut wuchs. »Wenn Ihr mir nicht geglaubt hättet, dass ich noch Jungfrau bin – hättet Ihr Euch dann mit Gewalt das genommen, was Ihr haben wolltet?«

Traute sie ihm so etwas zu? Als er sie beobachtete, wie sie sich auszog, als er ihren wunderschönen, schlanken Körper erblickte, hatte er mehr nach ihr verlangt als nach jeder anderen Frau, an die er sich erinnern konnte. Hätte er sie vergewaltigt? Hätte er sie auf das Bett geworfen und wäre wild in sie eingedrungen? Er schloss die Augen bei dem brutalen Bild, das vor seinem inneren Auge erstand, dann schüttelte er den Kopf.

»Niemals hätte ich Euch gezwungen.« Als er sie ansah, stellte er fest, dass sie ihn musterte. Sie glaubte nicht, dass er über Marlin die Wahrheit gesagt hatte; aber bei der beinahe unmerklichen Entspannung ihrer Schultern konnte er den Moment erahnen, in dem sie begriff, in seiner Gegenwart sicher zu sein.

»Dann gibt es doch Hoffnung für uns, Mylord.«

Hoffnung! Das war ein Wort, das für ihn keine Bedeutung besaß. So kalt wie das gefühllose Herz in seiner Brust … »Was ich gesagt habe, ist mein Ernst. Ich möchte nicht, dass Ihr Euch noch einmal in Marlins Nähe begebt. Ich verbiete es Euch, ihn je wiederzusehen.«

Etwas blitzte in ihren blauen Augen auf, doch dann war es schon wieder verschwunden. Der schwache Hoffnungsschimmer in ihrem Gesicht schien erloschen. »Wie Ihr wünscht, Mylord!«

Er fragte sich, ob er ihr vertrauen konnte.

Dann fragte er sich, ob sie ihm vertraute …

Drei Tage später saß Justin an seinem großen Mahagonischreibtisch in seinem Arbeitszimmer, das Jackett hatte er ausgezogen, die Ärmel aufgerollt. Unbewusst rieb er sich über seine schmerzenden Augen, dann richtete er seine Aufmerksamkeit wieder auf die Geschäftsbücher, die er soeben prüfte; doch seine Gedanken waren nicht bei Gewinnquoten oder Darlehen. Sie kreisten um das Mädchen oben, um Ariel Summers, die Frau, die er zu seiner Geliebten machen wollte.

Bilder ihres hellhäutigen, schlanken Körpers unter dem dünnen Hemd kamen ihm wieder in den Sinn, und in seinen Lenden regte es sich. Er konnte noch immer ihre sanften Lippen spüren, als er sie geküsst, als er die Süße ihres Mundes gekostet hatte. Nur eine andere Frau in seinem Leben hatte seine Sinne so gequält, wie Ariel es tat – Margaret Simmons, die Herumtreiberin.

Es klopfte leise an der Tür, noch mal, dann ein drittes Mal, und er schob seine schmerzlichen Erinnerungen beiseite. Der silberne Türknauf drehte sich. Er lächelte, als sein bester Freund, Clayton Harcourt, über die Schwelle trat. Clay, ein Freund aus seiner Schulzeit, war der illegitime Sohn des Herzogs von Rathmore. Ihr Schicksal, Bastarde zu sein, hatte sie zueinander geführt. Am Anfang war das ihre Hauptgemeinsamkeit.

»Ich habe mir gedacht, dass ich dich hier finden würde«, meinte Clay, »über den Büchern. Machst du eigentlich auch einmal etwas anderes als zu arbeiten, alter Mann?« Er war beinahe genauso groß wie Justin, ein wenig schwerer, mit breiterem Oberkörper und Schultern, hatte dunkelbraunes Haar und braune Augen. Wo Justin sich zurückhielt und oft grübelte, war Clay offen, lässig arrogant und, wenn es um Frauen ging, ein vollkommen gewissenloser Schürzenjäger.

»Eigentlich habe ich nicht sehr viel geschafft – zumindest nicht in den letzten Tagen.« Justin erhob sich von seinem Stuhl und kam auf Clay zu, die beiden schüttelten einander die Hände.

»Na ja, ich sollte dankbar sein für einen so engagierten Kerl – wenn ich an das Geld denke, dass du für mich über die Jahre hinweg angehäuft hast.« In den Tagen ihrer Abschlussexamen hatte Clay in weiser Voraussicht Justin mit der Verwaltung seines kleinen Erbes betraut, das von seiner Mutter stammte, und auch mit den Summen, die der Herzog ihm zukommen ließ – zusätzlich zu dem, was er selbst zusammenkratzen konnte. Wie von Clay erhofft, war ihm durch Justins Geschick für Geldanlagen ein nettes kleines Vermögen zugewachsen, von dem außer den beiden niemand etwas wusste.

»Also ... soll ich fragen, was dich von deiner Arbeit ablenkt?«, erkundigte Clay sich. »Sie ist *wirklich* angekommen, nicht wahr?«

Sein Freund wusste von Ariel, von ihren Briefen und auch von dem Handel, den sie mit seinem Vater abgeschlossen hatte. »Jawohl! Während wir hier reden, schläft sie oben tief und fest.«

»Nicht in deinem Bett, nehme ich an.«

Sein Mund verzog sich ein wenig. In dem Fall wäre er wohl kaum hier unten. »Leider nicht.«

»Ist da etwa Bedauern, das ich in deiner Stimme vernehme? Du hattest doch gar kein Interesse daran, dieses Mädchen zu deiner Geliebten zu machen.«

Justin antwortete nicht. Nun, er hatte das wirklich nicht vorgehabt, jedenfalls nicht am Anfang. Doch mittlerweile war ein Teil seiner ursprünglichen Meinung von ihr wieder an die Oberfläche gedrungen – nach ihrer letzten Unterhaltung aufgrund der offenen Art, wie sie mit ihm gesprochen hatte. Es verlangte ihn nach Ariel, mehr als je zuvor. Aber er wollte sie willig in seinem Bett haben.

»Warum soll ich lügen? Ich will sie haben, Clay. Und das will ich tatsächlich, seit dem Augenblick, als ich sie zum ersten Mal erblickte.« Er berichtete seinem Freund alles, was seit ihrer Ankunft geschehen war, einschließlich Ariels Kontakt mit Phillip Marlin.

»Marlin – wie hat dieser Bastard es denn geschafft, sich so schnell bei ihr einzuschmeicheln?«

»Durch Zufall, nehme ich an. Sie behauptet, sie hat nicht mit ihm geschlafen. Aber es besteht keine Möglichkeit, sich dessen zu vergewissern.«

»Oh doch, es gibt eine. Sobald du mit ihr schläfst, wirst du sehr schnell feststellen, ob sie so unschuldig ist, wie sie behauptet, oder nicht.«

Bei dem Gedanken biss Justin die Zähne zusammen. »Ja, da magst du Recht haben.«

Clay warf sich auf das braune Ledersofa und lehnte sich zurück. »Also ... wie willst du sie verführen? Eine Frau zu zwingen ist doch normalerweise nicht deine Art.«

»Du bist der Experte. Was würdest du vorschlagen?«

Clay reckte sich und setzte sich in Positur. »Ich würde ihr wahrscheinlich etwas kaufen – Blumen, Süßigkeiten, ein paar Schmuckstücke. Oder ich würde sie überreden, mit mir auszugehen, damit ich ihr die Stadt zeige.«

»Sie wohnt in meinem Haus. Wenn diese Tatsache erst einmal bekannt wird, werden alle sie als gefallene Frau abstempeln – ob ich nun mit ihr schlafe oder nicht. Ich kann mich wohl kaum mit ihr in der Gesellschaft sehen lassen.«

Clay dachte darüber nach. »Das ist wahr, aber nicht wirklich ein Problem. Ich könnte dir eine Liste von Lokalitäten geben, wohin ich auch Teresa mitnehme.« Teresa war Clays derzeitige Geliebte. »Es gibt da ein hübsches kleines Theater, das Harmony in Covent Gardens. Oder vielleicht möchte sie gern eine der Spielhöllen in der Jermyn Street besuchen. In Wirklichkeit sind es wesentlich interessantere Orte, die man mit einer Dirne aufsuchen kann als mit einer Lady.«

Justin runzelte bei diesem Wort die Stirn. Es gefiel ihm nicht, an Ariel in so einem Zusammenhang zu denken. »Leider habe ich keine Zeit. Übermorgen reise ich nach Birmingham, um die Fortschritte in meiner neuen Fabrik zu kontrollieren. Und danach ...«

»Nimm sie doch mit. Frauen können dir nicht widerstehen, Justin – auch wenn die Damen, mit denen du sonst schläfst, bei weitem nicht so naiv sind. Gib ihr die Möglichkeit, dich kennen zu lernen – so, wie du wirklich bist, meine ich. Nicht den Mann, den du dem Rest der Welt zeigst.«

Justins Blick wanderte nach oben, als könne er durch die Decke in ihr Zimmer sehen. »Ich werde darüber nachdenken. Abgesehen von meinen Problemen muss es noch einen Grund dafür geben, dass du mich so spät am Abend besuchst. Was ist los?«

Clay grinste. »Eigentlich habe ich das Licht deiner Lampe durch das Fenster gesehen. Ich wusste, dass du noch am Schreibtisch brütest. Deshalb möchte ich dich überreden, mit mir Madame Charbonnet einen Besuch abzustatten.«

Das war ein Gedanke, der Justin selbst auch schon gekommen war, angesichts seiner augenblicklichen Lage und dem Schmerz, den er jedes Mal verspürte, wenn er an das Mädchen über ihm dachte. »Also gut. Gib mir eine Minute Zeit, um meinen Mantel zu holen, dann bin ich bereit.«

»Den Heiligen sei Dank! Wie lange ist es schon her?«

»Zu lange«, brummte Justin. »Verdammt viel zu lange!«

6

Die Tage vergingen. Ariel träumte in dieser Nacht wieder, und in ihrem Traum küsste sie ihren gut aussehenden Prinzen mit dem goldenen Haar, Phillip Marlin. Sie schlang die Arme um seinen Hals, und er zog sie leicht an sich. Es war ein süßer, zärtlicher Kuss, wenig mehr nur als eine leichte Berührung ihrer Lippen, ein sanftes Zeichen der Zuneigung.

Dann begann der Traum zu zerrinnen, er wurde undeutlich und blass, wurde zu einem kalten, dichten Nebel, der sich über ihre Sinne legte, und ihr charmanter Prinz verschwand. An seiner Stelle stand der wilde, dunkle Graf, der sie in seinen starken Armen gefangen hielt und sie unanständig eng an seinen großen, schlanken Körper zog.

»Nein …«, flüsterte sie und begann sich zu wehren, versuchte, sich zu befreien. Doch der Graf hielt sie ohne Mühe fest. Dann beugte er den Kopf und presste seine Lippen auf ihre mit einer so wilden Kraft, dass die Beine ihr den Dienst versagen wollten. Der Kuss ging weiter, heiß, hart, verlangend, er drang durch ihre Sinne, bis sie sich von ihm verschlungen fühlte, von seiner machtvollen Gegenwart aufgesogen wurde und nicht mehr in der Lage war, sich loszureißen.

Vage fragte sie sich, ob sie das überhaupt wollte.

Sie wachte auf und zitterte am ganzen Körper, zitterte vor Furcht – ihre Haut war heiß und klamm und prickelte auf diese ungewohnte Art, wie sie es schon einmal verspürt hatte.

Einen Augenblick später kam Silvie ins Zimmer; sie brachte eine Nachricht von dem Mann, der sie bis in den Schlaf verfolgte. Sie sollte den Grafen im Frühstückszimmer treffen, von dem aus man in den rückwärtigen Garten blicken konnte.

Ariels Herz schlug schneller, die Angst machte ihre Schritte ein wenig unsicher. Sie ging zu der Rosenholzkommode hinüber und wählte ein schlichtes, tunikaartiges Kleid aus weicher, malvenfarbener Seide, das mit violetten Rosen bestickt war. Rasch streifte sie es über, rutschte unruhig auf dem Stuhl hin und her, während Silvie ihr das Haar hochsteckte; dann machte sie sich auf den Weg nach unten. Ihre Gedanken wanderten hin und her zwischen dem gewalttätigen Traum, den sie gehabt hatte und der sanften Versicherung des Grafen, dass er sie niemals in sein Bett zwingen würde.

Er hätte auch niemals das Mädchen aus dem Gasthaus geschlagen, diese Molly McCarthy, behauptete er außerdem. Vielmehr beschuldigte er Phillip Marlin, das auf dem Gewissen zu haben.

Sicher log der Graf. Phillip war ein Gentleman ... ihr gut aussehender Prinz, der niemals eine solche Geschichte erfinden würde.

Aber irgendetwas nagte an ihr. Etwas hatte in der Stimme des Grafen gelegen – vielleicht war es ja auch das Entsetzen in seinem Gesichtsausdruck gewesen, als sie ihn dieser Tat bezichtigte. Was auch immer es gewesen sein mochte, es veranlasste sie, sich zu fragen ...

Er wartete bereits, als sie das Zimmer betrat. Als sie hereinkam, rückte er ihr den zierlich geschnitzten Stuhl mit der hohen Lehne zurecht. Justin trug einen taubengrauen Rock und eng anliegende schwarze Hosen, er schien heute viel weniger bedrohlich. Selbst seine Blicke schienen heute anders zu sein, weniger wild, mehr abwägend.

Ariel betrachtete ihn genauer, prüfender als zuvor. Jetzt, wo er nicht mehr wütend war, sah er sympathischer aus als zuvor – sein kantiges, ebenmäßiges Gesicht war wie aus

Marmor gemeißelt. Mit seiner geraden Nase, den hohen, vorstehenden Wangenknochen und den dicken schwarzen Brauen sah er aus wie ein Raubtier; doch diese harten, kühnen Züge waren bezwingend, was sie bis jetzt nicht hatte wahrhaben wollen.

Er setzte sich auf den Stuhl am Kopf des Tisches und unwillkürlich kehrten ihre Gedanken zurück zu dem wilden Kuss, den sie in ihrem Traum bekommen hatte – oder vielleicht war es ja auch der Kuss gewesen, den er ihr oben in seinem Schlafzimmer gegeben hatte. Schwamm drüber, sie zwang sich, nicht mehr daran zu denken und hoffte, er würde die leichte Röte nicht bemerken, die ihr in die Wangen gestiegen war.

»Ihr seht bezaubernd aus heute Morgen, Miss Summers. Habt Ihr gut geschlafen?«

Bis auf ihre beunruhigenden Träume, ja! Ihre Wangen liefen noch röter an. »Sehr gut, Mylord!«

»Ich habe über unsere Unterhaltung nachgedacht – ganz besonders über Euren Vorschlag.«

Ihr Herz vollführte einen kleinen Sprung. Den Vorschlag einer Freundschaft, ehe sie Liebende wurden? Winkte da der Aufschub, den sie benötigte? »Ja, Mylord?«

»Es ist so, dass ich durch Eure Briefe eine ganze Menge von Euch weiß. Aber Ihr habt mich gerade erst kennen gelernt; da scheint es nur fair, dass auch Ihr die Gelegenheit und ein wenig Zeit bekommt, mich unter die Lupe zu nehmen.«

Ariels Herz tat den nächsten Sprung. Zeit in der Gesellschaft des Grafen zu verbringen, war ein höchst beunruhigender Gedanke – dennoch war es ihre Idee und die Antwort auf ihre Gebete.

»Da mein Zeitplan eine kurze Reise aus der Stadt vorsieht, habe ich überlegt, ob Ihr mich vielleicht begleiten möchtet.«

»Nach auswärts?« Ihre Worte drangen mit einem hörbaren Quietschen aus ihrem Mund.

»In die kleine Stadt Cadamon, ungefähr dreißig Meilen südöstlich von Birmingham, um ganz genau zu sein. Ich habe dort kürzlich eine Textilfabrik gekauft.«

Ein Dutzend Gedanken schwirrten Ariel durch den Kopf. Zunächst einmal würde sie mehrere Nächte mit dem Grafen verbringen. »Birmingham ist ein beträchtliches Stück von London entfernt.«

Er nickte. »Mehr als eine Tagesreise. Wir werden fünf oder sechs Tage unterwegs sein, ungefähr.«

Ariel wurde blass. Fünf oder sechs Tage! Himmel, wer würde sie eine ganze Woche lang vor dem Grafen beschützen? Nervös fuhr ihre Zunge über die Lippen. »Vielleicht wäre es besser, wenn wir einander erst nach Eurer Rückkehr gründlicher kennen lernten.«

Diese geraden schwarzen Augenbrauen zogen sich zusammen, und sein Mund bildete einen dünnen, missbilligenden Strich, wie sie es schon zuvor an ihm gesehen hatte. »Ich fürchte, Euch bleibt keine andere Wahl. Die Abreise ist gleich morgen früh. Ich möchte nicht später als neun Uhr aufbrechen.«

Sie zwang sich zu nicken. »Wie Ihr wünscht, Mylord.«

»Inzwischen, denke ich, werden wir den heutigen Tag damit verbringen, einzukaufen.«

»Einzukaufen, Mylord?«

»Ich möchte Euch gerne neu einkleiden – mit Zubehör.«

Ariel schüttelte den Kopf. »Ihr habt bereits eine ganze Reihe hübscher Kleider für mich bezahlt. Ich habe sie noch kaum getragen. Mehr brauche ich nicht.« Ihre Schulden würden nur noch wachsen, sie würde ihm immer mehr zurückzahlen müssen. Innerlich stöhnte sie auf.

»Für die Gelegenheiten, an die ich gedacht habe, würde

ich Euch gern in etwas weniger … konservativer Aufmachung sehen. Eure Kleider sind angemessen für den Tag; aber für den Abend seht Ihr darin aus, als würdet Ihr soeben aus der Schule kommen.«

Ariel blickte auf die Tasse mit Kakao, die ein Lakai vor sie gestellt hatte. »Genau das tue ich doch auch«, sagte sie leise.

Die Muskeln in seinen Schultern spannten sich an. »Ihr seid kein Kind mehr, Ariel. Und ich habe auch nicht die Absicht, Euch als ein solches zu behandeln.«

Ariel schwieg. Sie wusste, dass er an den Kuss dachte, den er ihr gegeben hatte, und an die Schuld, die er von ihr einzutreiben gedachte. Er wandte sich zu dem Lakai, der an der Tür stand und winkte ihm, das leichte Frühstück zu servieren; dann lehnte er sich zurück und nippte an seinem Kaffee, dabei ruhten diese kühlen grauen Augen wieder auf ihrem Gesicht.

Unter dem Tisch knüllte Ariel die weiße Leinenserviette zu einem Stoffball zusammen, der dem dicken Kloß in ihrem Hals ähnelte. Der Lakai stellte einen köstlichen, gezuckerten Kuchen auf den Tisch, dazu eine Schüssel voll reifer, roter Beeren – doch Ariel war nicht mehr hungrig.

Stumm beendeten sie ihr Frühstück. Sobald die Teller abgeräumt waren, stand Justin auf und kam zu Ariel herüber, die die Krümel auf dem Tischtuch zusammenschob. Er sagte nichts, als er sie zu der wartenden Kutsche führte, winkte nur dem Kutscher zu, der auf seinen Bock kletterte. Ein sanfter Schlag mit den Zügeln auf die Hinterhand der vier prächtigen Grauen, und los ging es, die eisenbeschlagenen Räder rumpelten über das Kopfsteinpflaster der Straße.

Die Stadt zog an dem Fenster vorbei, Tavernen und Teestuben, Metzgereien und Teppichhändler. Ariel spähte durch das Fenster, und ihm entging nicht das faszinierte Strahlen, das ihr Gesicht erhellte. Es dauerte nicht lange, bis sie St. James erreicht hatten – eine Gegend mit eleganten Geschäften für die reichen Mitglieder der oberen Zehntausend. Justin befahl dem Kutscher, vor einem schmalen Geschäft anzuhalten, das zwischen einem Händler für Spirituosen und dem Laden eines Stuhlmachers lag. Es gab nur ein einziges Schaufenster und ein bescheidenes hölzernes Schild, auf dem stand: »Madame Dupree, Couture.«

»Sollen wir?« Er bot Ariel den Arm, und sie ließ sich von ihm ins Innere führen.

In dem kleinen, ordentlichen Raum arbeiteten mehrere Frauen an bunten Stoffbahnen, geschäftig stichelten ihre Nadeln, damit Kleider daraus entstanden. Eine der Näherinnen, eine untersetzte Frau mit breiten Hüften, stand auf, als Ariel und Justin den Raum betraten, und ging in den hinteren Teil des Geschäftes, wo sie hinter einem Samtvorhang verschwand, um die Eigentümerin zu rufen.

»Woher habt Ihr von diesem …?« Ariel blickte zu ihm auf und ihre Frage schluckte sie hinunter. Er wusste, dass sie glaubte, er sei schon zuvor hier gewesen und hätte Kleider für seine anderen Geliebten gekauft.

»… Geschäft gewusst?«, beendete er den Satz für sie.

»Wahrscheinlich bin ich nicht die erste Frau, die Ihr hierher bringt«, meinte sie ein wenig scharf und starrte ihn an.

Belustigt zogen sich seine Mundwinkel hoch. »Offen gestanden, seid Ihr wirklich die Erste. Ich kenne diese Adresse, weil mein Vater als Stammkunde herkam. Ich habe die Rechnungen bezahlt, nachdem er gestorben war. Da er einen sehr sicheren Geschmack hatte, dachte ich mir, dieses Geschäft diene auch unseren Zwecken.«

Sie lüftete eine blonde Braue. »Und was genau meint Ihr mit diesen Zwecken?«

»Ihr habt gesagt, dass Ihr die Stadt sehen, vielleicht sogar ein Schauspiel oder die Oper besuchen wollt. Dafür benötigt Ihr die Art von Kleidern, die Madame Dupree anfertigt.«

Sie antwortete nicht darauf. Wie sollte sie auch? Es war immerhin ihre Idee gewesen, dass er ihr die Sehenswürdigkeiten Londons zeigte. Er legte ihr eine Hand um die Taille und bemerkte, wie unglaublich schmal sie war, als er sie weiter in den Raum schob. Der Samtvorhang bewegte sich. Mit einem Lächeln trat die Eigentümerin auf sie zu.

»Kann ich Euch dienen, Mylord?« Sie hatte graues Haar und ein paar Falten, ihre Wangen waren stark geschminkt. Der Ansatz ihrer großen, hängenden Brüste war unter einem Brusttuch aus Spitze verborgen, das in ihrem modern geschnittenen Seidenkleid steckte.

»Ich möchte gern einige Abendkleider für die Lady bestellen.«

Sie lächelte. »Ihr seid Greville, nicht wahr?«

Er war nicht überrascht, dass sie ihn erkannte. Ärgerlicherweise musste er zugeben, dass er seinem Vater sehr ähnlich sah. Der junge Mann senkte ein wenig den Kopf. »Der bin ich!«

»Der verstorbene Graf, Euer Vater, war ein sehr guter Kunde von mir. Ihr seid ihm wie aus dem Gesicht geschnitten.« Sie wandte ihre Aufmerksamkeit Ariel zu. »Und Ihr, meine Liebe, müsst eine … Freundin … seiner Lordschaft sein.«

Eine heiße Röte stieg in Ariel auf. Ihr Kopf bewegte sich unmerklich, als sie nickte.

»Tatatata, kein Grund, sich zu genieren! In der Vergangenheit habe ich eine ganze Anzahl der … Freundinnen des verstorbenen Grafen erlebt. Ich werde Euch im Handumdrehen ausgestattet haben.«

Justin sah den beiden Frauen nach, als sie verschwanden und stellte fest, dass er die Stirn runzelte. Das süffisante Lächeln von Madame Dupree gefiel ihm nicht und auch nicht die versteckte Anspielung, die Ariel die Röte in die Wangen getrieben hatte.

Insgeheim verfluchte sich Justin und wünschte, er hätte sie nicht in dieses Geschäft gebracht. Er hatte seinen Vater stets verachtet für seine Gier nach frischer, unschuldiger Jugend. Justin sah ihm sehr ähnlich. War er mehr wie sein Vater, als er zugeben wollte?

Er erschauerte bei diesem Gedanken; dann machte er kurzen Prozess mit dieser schmerzlichen Vorstellung und verbannte sie vollkommen aus seinem Hirn. Ihm lag nichts an einer endlosen Zahl von jungen Frauen. Er wollte Ariel Summers, und mit der Zeit, so schwor er sich, würde er sie dazu bringen, auch ihn zu wollen.

Die Frauen kehrten zurück. Madame Dupree stellte Ariel auf ein niedriges, rundes Podest vor einem Brokatsofa und begann, sie mit Stoff um Stoff einzuhüllen. Zu Beginn war Ariel zurückhaltend, denn zweifellos dachte sie an den Grund, warum er diese Kleider für sie kaufte. Er hatte aus seiner Absicht kein Geheimnis gemacht. Letztendlich wollte er sie in seinem Bett haben, und er würde alles tun, um dieses Ziel zu erreichen.

Steif stand sie auf dem Podest, verlegen, nur wenig mehr zu tragen als ihr Hemd, und Justin musste dem plötzlichen Wunsch widerstehen, sie in seine Arme zu nehmen und den wissenden Blicken dieser Madame zu entreißen. Ariel sagte von sich aus gar nichts, sie antwortete nur auf Fragen, die ihr direkt gestellt wurden.

Dennoch war sie in Armut aufgewachsen, und schließlich brachten diese wundervollen Stoffe – der üppige Samt in Rot und Saphirblau, der kostbare creme- und rosafarbene Satin, die schimmernde Seide in Smaragd und Gold – sie zum Lächeln.

Ihm gefiel dieses Lächeln, es erwärmte ihn von innen heraus. Er half ihr bei der Auswahl des Angebots und dem Schnitt für fünf neue Roben, zwei mehr, als er beabsichtigt hatte – nur um das freudige Strahlen auf ihr Gesicht zu zaubern. Sie stimmten bei jedem der Kleider überein; vergnügt stellten sie fest, dass ihr Geschmack der gleiche war.

Obwohl für die Kleider viel tiefere Dekolletés ausgemessen wurden, als Ariel sie je getragen hatte, so war doch dieser gewagte Stil die neueste Mode, und es gefiel Justin, sie darin zu sehen. Ariel war eine Frau, kein Mädchen mehr. Eine wunderschöne, begehrenswerte Lady – durchaus in der Lage, den Handel zu erfüllen, den sie eingefädelt hatte. So viel von ihren wundervollen Brüsten zu enthüllen, wäre ein weiterer Beweis.

Sie verließen das Geschäft, beladen mit Accessoire-Schachteln, und nach einem Besuch bei dem Schuster nebenan, um die passenden Schuhe für jedes Kleid zu ordern, gingen sie zurück zu der wartenden Kutsche.

Beinahe hatten sie ihr Ziel erreicht, als Justin die große blonde Gestalt entdeckte, die aus dem Geschäft des Herrenausstatters weiter vorne trat. Phillip Marlin spazierte mit großen Schritten vor ihnen her, auch er hoch beladen. Er sah sie nicht und ging weiter; doch in dem Augenblick, in dem Ariel ihn erkannte, blieb sie wie angewurzelt stehen.

Als Justin ihre Reaktion bemerkte, stieg Zorn in ihm auf. Er biss die Zähne zusammen, um dieses Gefühl zu unterdrücken. Ariels Blick folgte Phillip über die Straße bis zu der Stelle, wo seine Kutsche wartete. Sie runzelte die Stirn, als sie den kleinen schwarzen Jungen entdeckte, der vielleicht sechs Jahre alt sein mochte und der sich beeilte, den Wagenschlag zu öffnen.

»Ist dieses Kind … ist der Junge ein Diener?«, fragte sie, und ihr Blick hin an dem Kleinen, der mit einer langen, purpurfarbenen Pumphose aus Satin bekleidet war und einer dazu passenden purpurfarbenen Weste. Er trug einen mit Rheinkieseln besetzten goldenen Turban auf dem dunklen Köpfchen und sah darunter aus wie eine Blume, die in der Sonne welk geworden war. Kleine goldene Schuhe, die an den Zehen nach oben gebogen waren, ergänzten das Kostüm.

»Das Kind ist ein Mohr«, erklärte Justin ihr. »Eine von Marlins neuesten Errungenschaften. Er hält den Jungen zur Unterhaltung ... eher so wie einen Schoßhund. Es belustigt ihn, die Reaktion der Leute auf die Hautfarbe des Jungen zu sehen und darauf, wie er gekleidet ist.«

Ariel konnte nicht aufhören, das Kind anzustarren. Sie sah, wie Marlin ihm die Schachteln in die kleinen Hände drückte, dann in die Kutsche stieg und die Tür hinter sich zuschlug. Das Kind kämpfte einen Augenblick mit der Last, reichte sie einem Lakai und beeilte sich dann, neben dem Kutscher auf den Bock zu klettern; dabei schwankte es dort oben so sehr, dass Justin hörte, wie Ariel erschrocken den Atem einsog. Doch schließlich schaffte der Kleine es, sich festzuhalten, und Phillip gab den Fahrbefehl.

»Ich kann kaum glauben, dass er ein Kind so behandelt«, meinte Ariel leise.

»Es gibt eine ganze Menge Dinge an Phillip Marlin, die Ihr kaum glauben würdet«, erklärte Justin spöttisch; natürlich würde sie es ihm nicht abnehmen, wenn er es ihr erzählte. Er fasste nach ihrem Arm, wünschte Marlin zur Hölle und führte sie die Straße entlang.

Ganz gleich, wie sehr Ariel es auch vermied, daran zu denken – der nächste Tag kam, und mit ihm ihre Abreise nach Birmingham. Sie hatte eine ruhelose Nacht hinter sich, in der sie an Phillip Marlin und den Grafen gedacht hatte, sich seine Fürsorge vergegenwärtigte und das unerwartete Mitgefühl, das sie in den Augen Grevilles las, als sie im Geschäft der Schneiderin waren. Er hatte ihre Verlegenheit gespürt, die entsetzliche Erniedrigung. Vorübergehend hatte sie geglaubt, er würde sie auf die Arme nehmen und aus dem Geschäft tragen – beim Anblick seines umwölkten Gesichtsausdrucks.

Und dann war da, wie gesagt, Phillip. Sicher irrte sich Greville, was die Verbindung von Phillip mit dem Jungen anging. Vielleicht half er dem Kind ja gewissermaßen – wenn es ein Waisenjunge war. Dennoch störte sie die Art, wie Phillip den Kleinen behandelt hatte, so wie eine Trophäe, die ausgestellt wurde. Sie versuchte, sich Lord Greville vor Augen zu halten im Umgang mit einem kleinen Kind – doch das Bild entzog sich ihrer Fantasie.

Die Kutsche wartete vor dem Haus, als Ariel die Treppe hinunterstieg. Sie hatte gepackt und war schon lange vor dem Zeitpunkt der Abreise fertig gewesen; ihre Zofe Silvie stand nervös neben ihr, das Mädchen hielt einen Reisekoffer in ihren rundlichen Händen.

Lord Greville erschien ein paar Minuten später an der Tür, wie ein Sturmwind fegte er herbei.

Ariel zwang sich zu einem Lächeln. »Wir sind fertig, Mylord.«

Er warf ihr einen flüchtigen Blick zu und runzelte die Stirn. »Ich dachte, Ihr hättet verstanden! Bei der Menge Arbeit, die ich zu erledigen habe, brauche ich meine Ruhe. Da wir nur in einer Kutsche reisen, wird Eure Zofe nicht mit von der Partie sein.«

Überrascht blinzelte Ariel. »Aber Ihr müsst sie mitkommen lassen. Es ziemt sich nicht für eine Lady …« Sie sah, wie sich seine Brauen zusammenzogen, und fing noch einmal an. »Wie könnte ich ohne sie auskommen? Wer würde mir beim Auskleiden helfen?«

»Ihr habt es eine ganze Anzahl von Jahren ohne Dienerin geschafft – vermutlich werdet Ihr die Situation auch noch einige wenige Tage mehr meistern.«

Es war höchst unanständig! Doch Ariel stritt sich nicht mit ihm, denn es würde ohnehin nichts nützen. Stattdessen blieb sie steif stehen, als Silvie die Treppe wieder erklomm. Greville nahm ihren Arm und führte sie über den Kies der Auffahrt. Er half ihr in die Kutsche und setzte sich dann ihr gegenüber. Seine Schultern sahen in der räumlichen Enge noch breiter aus, und auch wenn seine Kleidung schlicht geschnitten war, trug er sie doch mit unbestreitbarer Autorität. In Wirklichkeit fiel es ihr schwer, sich vorzustellen, dass er jemals etwas anderes als ein Graf gewesen war.

Sie sprachen nur wenig auf dem Weg aus der Stadt, und schließlich begann Ariel, an der Umgebung Gefallen zu finden. Sie kannte sich nicht aus, war immer in der Nähe des Hauses geblieben, und mit Phillip nur in den Park gefahren. Sogar der letzte Einkaufsbummel mit dem Grafen hatte ihren Radius nicht sehr erweitert.

Doch jetzt, als sie durch den dichten Verkehr fuhren, beobachtete sie mit wachsender Faszination die Horden von Menschen in den engen Straßen, Tintenverkäufer, Balladensänger, einen Mann, der gebrauchte Kleidung verkaufte.

Ein verwahrloster Junge mit einem schmutzigen Gesicht und kleinen Fingern, die aus den Enden seiner zerrissenen Handschuhe hervorlugten, verkaufte Äpfel an einer Straßenecke. Kutschen in allen Größen und Formen polterten über das Kopfsteinpflaster; die schreienden Kutscher und wiehernden Pferde machten einen Heidenlärm.

Das bunte Treiben und die Geräusche nahmen Ariel gefangen, ließen sie für einen Augenblick die nebelhaften Umstände ihrer Reise vergessen.

Doch als dann die tiefe Stimme des Grafen sie aus ihren

Betrachtungen riss, wurde sie wieder daran erinnert, dass sie allein mit ihm war und den, nun ja, doch auch zweifelhaften Schutz der Stadt verließ.

»Ich muss noch einmal anhalten, ehe wir London verlassen. Es wird nicht lange dauern.«

Ein paar Minuten später bogen sie um eine Ecke, und die Kutsche hielt vor einem dreistöckigen Gebäude in der Threadneedle Street. »Ihr könnt gern mitkommen zu meinem Anwalt – wenn Ihr mögt!«

Sein Angebot überraschte sie. Sie wollte ablehnen, doch dann dachte sie, *warum nicht*? Immerhin reiste sie mit diesem Mann … wenn auch nicht aus freien Stücken. Jede Information, die sie über ihn bekommen konnte, könnte sich später als nützlich erweisen. »Danke. Ja, das tue ich.«

Er nahm ihre Hand und half ihr den Wagentritt herunter, dann betraten sie zusammen das Gebäude. Ein junger Angestellter mit sandfarbenem Haar führte sie den Korridor entlang, in ein schön möbliertes Büro mit Holzvertäfelung.

»Mein Anwalt, Jonathan Whipple!« Der Graf senkte den Kopf und deutete so auf den grauhaarigen Mann, der sich hinter seinem Schreibtisch erhob und auf sie zukam. Er war ein schlanker Mann, etwa fünfzig Jahre alt, mit einer breitrandigen Brille, die auf einer langen, gebogenen Nase saß. »Jonathan … darf ich Euch Miss Summers vorstellen! Sie ist neu in der Stadt.«

»Erfreut, Miss Summers!« Er lächelte, verbeugte sich förmlich und richtete dann seine Aufmerksamkeit auf den Grafen. »Ich habe die gewünschten Zahlen, Mylord. Gerade bin ich bei den letzten Additionen …« Die beiden Männer wandten sich dem Schreibtisch zu und überließen es Ariel, sich in Mr. Whipples Kanzlei umzuschauen.

Es war gemütlich und warm, ein Feuer knisterte in dem mit Eichenholz verkleideten Kamin, an einer Wand standen

Bücherregale. Ein Stapel Zeitungen lag neben einem braunen Ledersessel, doch sonst war der Raum recht spartanisch eingerichtet und makellos sauber. Ihr kam der Gedanke, dass das dem Grafen entsprach – streng und perfekt. Es schien, als würde er diese Eigenschaften auch von den Menschen verlangen, die für ihn arbeiteten.

Ariel ging an dem Bücherregal entlang und näherte sich dem großen Schreibtisch, der mitten im Raum stand; dabei betrachtete sie die zahlreichen in Leder gebundenen Bücher, von denen die meisten finanzielle Themen behandelten. Aus dem Augenwinkel sah sie den Grafen, der auf einem Stuhl neben dem Schreibtisch saß und den dunklen Kopf über mehrere offene Geschäftsbücher gebeugt hielt.

Arithmetik war in der Schule ihr bestes Fach gewesen. Sie merkte, dass er die Zahlen auf der Seite vor sich studierte, und begann, die Reihe im Kopf zu addieren, so wie sie es gelernt hatte.

Die junge Dame runzelte die Stirn. »Entschuldigt, Mylord, aber in der Reihe rechts versteckt sich ein Fehler.«

Er schaute mit gelüfteter Braue auf. »Es beruhigt mich, dass Ihr zusammen mit Euren sonstig erworbenen Fähigkeiten auch ein Experte in Buchhaltung seid.«

Bei dem Sarkasmus in seiner Stimme errötete sie, doch weigerte sie sich, klein beizugeben. »Nein, von Buchhaltung verstehe ich nur sehr wenig. Ich weiß aber, dass diese Zahlen nicht richtig addiert sind. Die Summe sollte zweitausendsechshundertsechsundsiebzig sein und nicht dreitausendeinhundertachtundvierzig.«

Greville runzelte die Stirn. Der Graukopf neben ihm sah plötzlich sehr besorgt aus und machte sich hastig an die Arbeit; noch einmal addierte er die Zahlen auf der Seite.

»Oh je, ich fürchte, Miss Summers hat Recht, Mylord! Wie konnte uns nur ein solcher Fehler unterlaufen!« Er seufzte. »Jetzt muss ich all die anderen Zahlenkolonnen berichtigen, die auf dieser Summe basieren. Es wird einige Zeit dauern.«

»Ich kann das für Euch übernehmen«, bot Ariel an. »Wie es aussieht, habe ich ein Talent für Zahlen.« Sie blickte auf die Geschäftsangaben und fing an zu rechnen. »Die Summe in der ersten Reihe ist viertausendzweihundertvierzehn. Die der zweiten Reihe ist ... dreitausenddreihundertachtundsiebzig, und die dritte Reihe ist ...« Sie hielt inne und sah Jonathan Whipple an. »Sie haben das nicht hingeschrieben«, meinte sie, doch er fuhr einfach nur mit seinen Berechnungen fort und mühte sich um eine eigene Antwort.

»Viertausendzweihundertvierzehn Pfund«, bestätigte er und sah sie über den Rand seiner Brille hinweg an. »Die Lady hat vollkommen Recht.«

Grevilles erstaunter Blick heftete sich auf sie. »Wie, zum Teufel, habt Ihr das nur so schnell bewerkstelligt?«

Ariel lächelte; sie war viel erfreuter als angebracht – weil sie ihn beeindruckt hatte. »Es ist ein Trick, den ich gelernt habe. Man teilt die Zahlen ganz einfach in Gruppen von zehn ein, wenn das möglich ist, oder man addiert sie nicht unbedingt der Reihe nach, oder man erkennt zwei oder drei Zahlen als eine größere Zahl – acht, zwölf und zehn ergibt zum Beispiel dreißig.«

»Sehr beeindruckend!«

»Ich hatte einen ausgezeichneten Mathematiklehrer, und das verdanke ich Euch, Mylord. Auch multiplizieren und dividieren kann ich sehr schnell – wenn Euch das je einmal dienlich sein sollte.«

Seine Mundwinkel zogen sich hoch. »Ich werde daran denken.«

Der Graf beendete seine Besprechung, und sie kehrten zur Kutsche zurück. Er sagte nicht viel, während sie durch die Außenbezirke der Stadt rollten – obwohl sie glaubte, dass er sie unter gesenkten Augenlidern betrachtete. Seine Wimpern, so stellte sie fest, waren noch schwärzer als sein Haar und dichter, als sie es je bei einem Mann gesehen hatte.

Eine Stunde verging. Die Sonne kam hinter den Wolken hervor, sie schien durch die Fenster aus Fischleim und warf einen Schatten auf Grevilles hohe Wangenknochen.

Seine tiefe Stimme unterbrach die Stille. »Da Ihr ja nun einige Zeit in London verbracht habt, erscheint Euch das Land sicher öde und langweilig.«

Sie blickte auf die grünen Hügel, die Herden von schwarzgesichtigen Schafen, die dort grasten, und zum Himmel hinauf, der jetzt so klar und kristallblau war wie niemals in der Stadt.

»Ganz im Gegenteil, Mylord! Ich habe nicht den Wunsch, in die Hütte mit dem Lehmboden zurückzukehren, in der ich geboren wurde; aber ich werde immer die frische Luft und das grüne Gras des Landes lieben. London brodelt vor Leben – aber die Stadt ist so ganz anders als das Land hier draußen. Es gibt bunte Insekten, eine endlose Zahl von wunderschönen Vögeln, interessante Geschöpfe auf vier Beinen, sowohl wilde als auch gezähmte. Als Kind wollte ich dort unbedingt weg. Doch jetzt begreife ich, dass es die Armut war und das Unwissen, das ich verlassen wollte – nicht das Land selbst.«

Der Graf erwiderte nichts; doch sie nahm eine flüchtige Anerkennung in seinem Blick wahr.

»Und Ihr, Mylord. Findet Ihr denn das Leben auf dem Land öde und langweilig?«

Sein Blick wanderte zum Fenster. »Um ehrlich zu sein, ich finde das Leben meistens öde und langweilig. Doch das Land bietet mir ab und zu einige Freuden.«

»Warum verbringt Ihr dann nicht mehr Zeit in Greville Hall? Ganz besonders, da es um so vieles ...« Sie hielt inne, weil sie begriff, dass sie ihn beinahe schwer beleidigt hätte.

Abermals ging eine seiner schwarzen Brauen in die Höhe. »Um so vieles – was, Miss Summers? Elegant? Oder vielleicht sogar *palastartig*? Sind das die Worte, wonach Ihr gesucht habt?«

Sie hatte keine andere Wahl, als den Satz zu beenden, ob es ihr nun gefiel oder nicht. »*Freundlich* ist das Wort, das ich gewählt hätte, Mylord. Greville Hall ist der wunderschönste Ort, den ich kenne. Es ist hell und fröhlich, mit Dutzenden von Fenstern, die die Sonne hereinlassen und die frische Luft. Die Anlagen scheinen immer in voller Blüte zu stehen, und selbst die Möbel und die Gardinen sehen sonnig und warm aus.«

»Wie kommt es, dass Ihr eine solche Expertin seid im Hinblick auf Greville Hall?«, fragte er spöttisch. »Ich kann mir nicht vorstellen, dass mein Vater Euch je zum Essen eingeladen hat.«

Sie warf ihm einen raschen Seitenblick zu. »Ich kann mir auch nicht vorstellen, dass Ihr viele Einladungen bekommen habt.«

»Touché, Miss Summers!«

»Ich weiß, wie das Haus aussieht, weil ich immer über den Zaun hinter dem Garten geklettert bin und mich zwischen den Büschen versteckt habe, um durch die hinteren Fenster hineinzuspähen. Manchmal, wenn ich am späten Abend die Kerzen brennen sah, habe ich mich näher geschlichen, um die Damen beim Tanzen zu beobachten. Sie sahen so wunderschön aus und schienen viel Spaß zu haben. Ich habe mir geschworen, eines Tages auch eine Lady zu sein.«

»Das ist Euch gelungen.«

Aber das stimmte nicht, nicht wirklich. Eine Lady verreiste nicht mit einem Mann, den sie kaum kannte. Eine Lady ließ sich nicht zur Geliebten machen.

Der Graf wandte sich von ihr ab, um wieder aus dem Fenster zu starren. »Ich war nur ein einziges Mal in Greville Hall, und zwar kurz vor dem Tod meines Vaters. Meine Halbschwester Barbara lebt dort, mit ihrem Sohn Thomas. Wir verstehen uns nicht.«

»Warum denn nicht?« Es war eine unverschämte Frage, und das wusste Ariel auch. Dennoch hoffte sie auf eine Antwort.

Justin schaute sie hochmütig an, mit einem einschüchternden Blick, der in ihr den Wunsch weckte, sie hätte ihm diese Frage nicht gestellt; und genau das bezweckte er auch.

Die Frage hing in der Luft, und schließlich gab er seufzend nach. »Barbara ist Witwe. Wenn mein Vater mich nicht zu seinem Erben gemacht hätte, dann wären der Titel und das Vermögen der Grevilles auf ihren Sohn übergegangen.«

Ariel erinnerte sich an das wunderschöne schwarzhaarige Mädchen, das in dem Haus gelebt hatte, als Ariel noch ein Kind gewesen war; sehr oft hatte sie das Mädchen und ihre Freundinnen beobachtet – im Haus und in der offenen Kutsche des alten Grafen. Sie hatte nicht einmal gewusst, dass Lady Barbara Ross verheiratet gewesen war. Es schien eine ganze Menge geschehen zu sein, seit sie diesen Teufelshandel eingegangen und in das Institut geschickt worden war.

»Sie ist aber noch zu jung für eine Witwe«, meinte sie. »Wenn ich mich recht erinnere, ist sie nur ein paar Jahre älter als ich. Es muss sehr schwer für sie gewesen sein, ihren Mann zu verlieren – so kurz nach der Hochzeit.«

Der Graf lachte spöttisch auf. »Barbara ist sechsundzwanzig, und es erleichterte meine Schwester bestimmt, als ihr Mann starb. Der Graf von Haywood war über vierzig

Jahre älter als sie, ein klappriger alter Tattergreis mit mehr Geld als Verstand. Ich glaube, Barbara hat ihn in der Hoffnung geehelicht, dass er nicht mehr sehr lange leben würde, und sie mit dem größten Teil seines Vermögens zurückblieb. Doch leider war sie Haywoods zweite Frau. Der Graf hatte bereits zwei erwachsene Söhne, und deshalb standen die Chancen für Thomas schlecht, sein Erbe zu werden.«

»Trotzdem wird er aber doch für sie und den Jungen vorgesorgt haben – testamentarisch.«

»Ich bin sicher, dass er das beabsichtigte – am Anfang. Dann hat er sie im Bett erwischt, zusammen mit dem Gutsverwalter. Es hat Fragen gegeben nach verschwundenen Mitteln für den Haushalt, und sehr bald danach hat er sein Testament geändert. Meinem Vater ist es wohl gelungen, die Dinge ein wenig zu besänftigen. Dennoch hat Haywood sie fast ohne einen Penny zurückgelassen, als er starb.«

»Wollt Ihr damit sagen, dass sie nur mit Hilfe Eurer Barmherzigkeit überlebt?«

»Mehr oder weniger. Sie könnte natürlich wieder heiraten, und ich bin sicher, dass sie das irgendwann auch tun wird.«

»Aber wenn sie der Mensch ist, den Ihr beschreibt, warum helft Ihr ihr dann?«

Er zuckte die breiten Schultern unter seinem maßgeschneiderten schwarzen Rock. »Was habe ich denn für eine Wahl? Immerhin ist sie meine Halbschwester. Ich kann sie und den Jungen wohl kaum auf die Straße setzen. Die Gesellschaft sieht mich vielleicht nicht in dem günstigsten Licht, aber ich möchte doch nicht vollkommen ausgeschlossen werden. Es würde auch meinen geschäftlichen Verbindungen schaden.«

Ariel antwortete nichts darauf. Er sorgte für seine Schwester nicht aus Zuneigung, sondern um seinen gesellschaftlichen Stand zu schützen. Er wollte die Privilegien, die ein Mitglied der Oberschicht hatte, nicht verlieren. Aber insgesamt war das nun ebenfalls ein negatives Bild von seiner Schwester. Mit einem Vater, der ihn ignorierte, einer Mutter, die ihn verließ, und einer rücksichtslosen, geldgierigen Schwester, die nur Vorteile aus seinem Reichtum zog – wie konnte er da etwas anderes sein als ein gefühlloser Eiszapfen?

Ariel verspürte einen unerwarteten Anflug von Mitleid.

Die Unterhaltung versiegte. Sie reisten den größten Teil des Tages schweigend dahin. Ariel las oder stickte, während der Graf sich Bücher über Textilherstellung ansah oder die zahllosen Akten über Geldanlagen, die er mitgebracht hatte. Die Fahrt war lang, und als er endlich seinem Kutscher das Zeichen gab, an einem Gasthaus namens King's Way anzuhalten, in dem sie die Nacht verbringen wollten, war Ariel erschöpft.

Offensichtlich hatte der Graf eine Nachricht vorausgeschickt, denn zwei Zimmer warteten bereits auf sie. Das Wissen, dass sie ihren eigenen Privatraum haben würde, hätte sie eigentlich ein wenig beruhigen sollen. Doch als sie durch die Tür des mit Efeu bewachsenen Gasthauses schlüpfte, kehrte ihre Nervosität mit aller Macht zurück.

Der Graf stand an der Treppe, sein kühler Blick war ausdruckslos: dennoch fühlte sie die Anspannung in den Muskeln seines schlanken Körpers. »Werdet Ihr mir im Schankraum Gesellschaft leisten zum Essen oder möchtet Ihr lieber allein speisen?«

Sie war erleichtert, dass sie in die Sicherheit ihres eigenen Zimmers fliehen konnte. »Ich bin sehr müde, Mylord. Oben eine Kleinigkeit zu essen, würde ich vorziehen, wenn Ihr nichts dagegen habt.«

Seine Mundwinkel kräuselten sich, als hätte er ihre Gedanken erraten. »Sehr wohl, ich selbst werde Euch etwas bringen.«

Ariel erstarrte, wieder begann sie, sich Sorgen zu machen. »Danke«, flüsterte sie heiser.

Als sie das leise Klopfen an der Tür hörte, war sie noch immer vollkommen angekleidet, weil sie sich nicht hatte ausziehen wollen – ganz zu schweigen davon, dass sie dazu gar nicht in der Lage war – ehe der Graf das Abendessen gebracht hätte.

Er runzelte die Stirn, als er eintrat und das Tablett auf die schlichte Kommode an der Wand stellte. »Ich dachte, Ihr hättet gesagt, Ihr wärt müde. Warum seid Ihr dann noch immer angekleidet? Ah, wie konnte ich das nur vergessen? Ihr habt keine Zofe, nicht wahr? Unter diesen Umständen werde ich selbst die Ehre haben … komm zu mir, Ariel.«

Es lag etwas in der sanften Art, wie er ihren Namen aussprach, das ihr einen leisen Schauder über den Rücken schickte. Sie machte keine Anstalten, ihm zu gehorchen. Lieber Himmel, sie konnte sich noch zu gut an den Befehl erinnern, sich in seinem Schlafzimmer auszuziehen.

»Ihr habt doch nicht etwa Angst vor mir, oder? Ich dachte, Ihr hättet begriffen, dass ich Euch nicht zu nahe treten würde.«

»Ich bin nicht … ich habe keine Angst, Mylord.« Also was war es dann, was sie so unbeweglich vor ihm stehen ließ? Sie war nicht sicher.

»Aber Ihr seid müde. Ich möchte Euch nur helfen. Lasst mich die Knöpfe öffnen, damit Ihr Euch für die Nacht zurechtmachen könnt.«

Sie ging zu ihm hinüber, ihre Beine fühlten sich hölzern und starr an. Ariel fühlte seine Hände auf ihren Schultern, sanft drehte er sie um; dann begann er, sich den Knöpfen im Rücken ihres Reisekleides zu widmen. Es war ein eigenartiges Gefühl, viel zu intim und dennoch nicht ganz unangenehm.

Wenn dieser Mann Phillip wäre ... wenn er ihr Gatte wäre, dann könnte sie es genießen. Aber der Graf von Greville war nicht Phillip Marlin, und anstatt eines beruhigenden, ein wenig angenehmen Gefühls empfand sie die Berührung seiner Finger wie heiße Kohlen, die ihre Haut verbrannten.

Schließlich war das Oberteil gelockert, und sie hielt es schüchtern über ihren Brüsten fest. Er stand noch immer hinter ihr, das Licht des Feuers warf seinen langen Schatten über sie. Der Stoff seines Rockes berührte ihren Rücken, als er ihr eine Haarnadel nach der anderen aus der Hochfrisur zog und dann die blonde Fülle über ihre Schultern fallen ließ.

»Wie Sonnenschein im Winter«, murmelte er, und seine Finger kämmten sanft durch die Locken. »Soll ich Euch Zöpfe flechten?«

Das Bild seiner langen, dunklen Hände kam ihr in den Sinn, die sich bemühten, diese Aufgabe zu meistern, und sie verspürte ein eigenartiges Gefühl in ihrem Magen. Als sie sich zu ihm umwandte, stellte sie fest, dass seine Augen sich zu einem dunklen, silbernen Grau verwandelt hatten, mit Pupillen, die so schwarz waren, dass sie im Licht des Feuers wie Obsidian leuchteten.

Ihr Herz schlug viel zu schnell, ihr Mund war plötzlich ganz trocken. »Danke ... Mylord! Ihr braucht Euch nicht weiter zu bemühen. Den Rest schaffe ich selbst.«

Er verbeugte sich ein wenig, nickte steif, als würde er ihre Entscheidung bedauern. »Wie Ihr wünscht. Gute Nacht, Miss Summers!«

Ariel zählte seine geschmeidigen Schritte, als er ihr Schlafzimmer verließ. Erst als sich die Tür fest hinter ihm geschlossen hatte, stieß sie den Atem aus, den sie die ganze Zeit angehalten hatte.

7

Am nächsten Tag erreichten sie ihr Ziel, die kleine Stadt Cadamon, in einem schmalen Flusstal südöstlich von Birmingham. Es war schon spät, als die ersten Häuser in Sicht kamen. Statt gleich zu der Fabrik zu fahren, hielt der Graf an einem Gasthaus in der Nähe an, dem Wayward Sparrow, das bei weitem nicht so wohnlich ausgestattet war wie der King's Way gestern.

Der Graf schnupperte missbilligend, als er Ariels kleinen Reisekoffer in das winzige, stickige Zimmer über der Küche trug, in dem sie schlafen sollte, und ihn dann auf die unebene Federmatratze stellte. Sein eigenes Zimmer befand sich nur wenige Türen weiter, und wahrscheinlich sah es nicht besser aus als ihres.

»Für diese Unterkunft muss ich mich entschuldigen. Ich hatte gehofft, sie wäre angemessener. Offensichtlich geht es der ganzen Stadt schlecht, seit die Textilfabrik so wenig einbringt.«

»Das Zimmer ist schon in Ordnung, Mylord.« Sie hatte leider schon in einer viel schlimmeren Unterkunft gelebt. Die Hütte, die sie mit ihrem Vater geteilt hatte, war nur ein Schuppen gewesen, obwohl sie damals ihr Bestes getan hatte, um sie gemütlich zu machen.

»Ich werde Euch ein Bad heraufbringen lassen«, meinte er. »Ihr könnt Euch den Reisestaub abwaschen und Euch ein wenig ausruhen. In einer Stunde werden wir essen, Ihr bekommt dann Bescheid.«

Sie hatte keine Gelegenheit abzulehnen – er ging aus dem Zimmer und dann den Flur hinunter, in sein eigenes Quartier. Eine Stunde später kehrte er zurück, sein Haar war noch feucht vom Bad im Zuber und glänzte wie polierter Gagat im

Kontrast zu der weißen Halsbinde. Er betrachtete sie von Kopf bis Fuß; sein Blick glitt über das schlichte blaue Musselinkleid, das sie angezogen hatte und ruhte dann einen Augenblick lang auf ihren Brüsten. Ein eigenartiges kleines Zittern begann in ihrem Bauch und breitete sich über ihren Körper aus. Ihr Atem schien plötzlich zu stocken.

»Hungrig?«, fragte er, und sein Blick kehrte zu ihrem Gesicht zurück.

Ariel zwang sich zu einem Lächeln. »Eigentlich schon. Vielleicht ist das Essen besser als die Unterkunft.«

Er nickte. »Das wollen wir hoffen.«

Glücklicherweise war dies der Fall. Sie aßen köstliche Taubenpastete und Cheshire Käse, dazu genossen sie eine Flasche schweren portugiesischen Weines. Der Graf hielt eine angenehme Unterhaltung aufrecht; zuerst sprach er über das Wetter, das die Ankunft des Herbstes erahnen ließ; dann überlegte er laut, was er wohl vorfinden würde, wenn er die Fabrik besuchte.

»Mir ist klar, dass viele Reparaturen nötig sein werden; aber genau das weist auch auf das Potenzial der Fabrik hin.«

»Besitzt Ihr mehrere Fabriken?«

»Noch nicht, aber ich wäre vielleicht daran interessiert, noch weitere zu kaufen. Zuerst will ich einmal sehen, was ich mit dieser hier anfangen kann. Der morgige Tag wird sehr spannend.«

»Das kann ich mir vorstellen.«

»Für mich heißt das früh aufstehen – halb sechs. Ich möchte dort sein, wenn die Arbeit beginnt, und weiß nicht, wie lange ich wegbleiben werde. Könnt Ihr es hier aushalten, bis ich zurückkomme?«

Ariel schluckte den Käse hinunter, auf dem sie gekaut hatte. »Warum kann ich nicht mitkommen?« Die Worte drangen ihr von allein aus dem Mund. Sie hatte gar nicht gewusst, dass sie sie aussprechen würde. »Ich habe noch niemals eine Textilfabrik gesehen. Es ist sicherlich hochinteressant.«

Der Graf sah sie zweifelnd an. Er nippte an seinem Wein, dann stellte er den Zinnbecher zurück auf den Tisch. »Geschäftliche Dinge gehören wohl kaum zu dem üblichen Zeitvertreib einer Lady.«

»Das ist wahr. Aber wir wissen beide, dass ich ein Bauernmädchen bin und keine Lady, und ich finde die Aussicht, etwas über Geldanlagen zu erfahren, sehr verlockend.«

»Halb sechs ist enorm früh.«

Sie lächelte. »Bis ich in die Stadt umzog, bin ich immer schon lange vor der Morgendämmerung aufgewacht. Das hat mir zusätzlich Zeit für meine Studien beschert.«

Er zögerte einen Augenblick, dann stimmte er zu. »Also gut. Ich werde Euch um fünf Uhr abholen. Das sollte genügen, die Fabrik zu erreichen.«

Ariel nickte – ganz perplex, eine solche Begeisterung darüber zu verspüren, dass er sie mitnehmen würde; doch dann beschlichen sie wieder die bekannten Ängste, und ihr Lächeln schwand. Warum, um alles in der Welt, hatte sie ihn nur gebeten, sie mitzunehmen? Es war doch wirklich nicht angebracht, noch mehr Zeit mit dem Grafen zu verbringen. Dennoch fand sie es ziemlich aufregend. Sie liebte neue Erfahrungen, und dies war eine Möglichkeit, wieder welche zu sammeln.

Die beiden aßen weiter. Ariel fühlte, dass seine Blicke auf ihr ruhten, und im Licht der flackernden Kerze schien sie ein geheimnisvoller Wirbel einzuhüllen. Er sah unglaublich gut aus, stellte sie jetzt fest; seine dunkle Schönheit wurde noch von den silbernen Augen unterstrichen und von der beunruhigenden Art, wie er sie ansah – als würde niemand sonst in dieser Welt existieren, die er geschaffen hatte.

Nach dem Dessert, eine warme Apfeltorte, verfeinert mit dicker Sahne, waren Ariels Hände feucht, und die Unterhaltung hatte sich auf einige wenige Worte reduziert. Unsicherheit stieg in ihr auf und nagte an ihr. Sie wusste, was er wollte – weshalb er sie mitgenommen hatte. Seine Nähe weckte eigenartige, gemischte Gefühle in ihr, von denen sie die meisten noch nicht kannte – bis auf eine wachsende Angst.

Vorläufig hatte er den Gentleman gespielt, aber würde er das auch weiter tun? Sollte er sich entscheiden, mit ihr intim zu werden, dann wäre niemand da, der ihr helfen könnte, niemand, der ihn aufhielt.

Sie erschauerte, als sie vor ihm die Treppe hinaufstieg, spürte seine Anwesenheit hinter sich wie einen kühlen, dunklen Schatten. Nervös stand sie neben ihm, als er die Tür ihres Zimmers öffnete und sie dann weit aufstieß.

»Werdet Ihr Hilfe brauchen bei Eurem Kleid?«

Ariel schüttelte den Kopf. »Dieses ist leichter zu öffnen. Ich denke, das schaffe ich allein.« Sie bereitete sich auf das vor, was kommen würde und zwang sich zu einem Lächeln. »Gute Nacht, Mylord.«

Er bewegte sich nicht. Stattdessen strich er mit seinen langen dunklen Fingern vorsichtig über ihr Kinn. Sehr langsam senkte er den Kopf und näherte seinen Mund dem ihren. Es war ein sanfter Kuss, wenig mehr als ein Hauch; doch für einen kurzen Augenblick trafen sich ihre Lippen und hielten einander gefangen – ein heißer Blitz fuhr durch ihren Körper. Sie hob die Hände, sie zitterten, als sie sie gegen seinen Oberkörper stemmte. Er war so hart wie Stein, die Muskeln unter seiner Jacke kamen ihr angespannt vor.

Als er sich wieder aufrichtete und den Kuss beendete, hatten seine Augen die Farbe von Stahl angenommen. »Gute Nacht, Ariel! Schlaft gut.«

Ihre Beine fühlten sich wie Watte an, als sie an ihm vorbei in das Zimmer trat, überzeugt, dass sie in dieser Nacht kein Auge zutun würde. Sie würde sich hin und her wälzen in ihrem Bett und an den sanften Kuss des Grafen denken – an eine Berührung, die so leicht gewesen war, dass sie sie eigentlich gar nicht bemerkt und die sie doch so erschüttert hatte, dass sie zitterte und kaum noch atmen konnte.

Eine Berührung, die wesentlich beängstigender war als die wilden Küsse, die er ihr in der Nacht damals in seinem Schlafzimmer gegeben hatte.

Wie der Graf es geplant hatte, verließen sie in der Morgendämmerung das Gasthaus und fuhren dem grauen, rosa angehauchten Horizont entgegen. Die Luft war undurchlässig, roch nach Staub und Rauch. Offensichtlich hatten sich die Leute in der Stadt daran gewöhnt, denn es schien sie nicht zu stören; sie kamen alle aus ihren Häusern, und die Straßen mit dem Kopfsteinpflaster füllten sich, als sie sich auf den Weg zur Arbeit in der Fabrik machten.

Es dauerte einen Augenblick, bis Ariel, die sich in dem Sitz der Kutsche zurückgelehnt hatte, das eigenartig klickende Geräusch identifizieren konnte, das bis in die Kutsche drang und immer lauter wurde.

»Gütiger Himmel, das sind ihre Schuhe!«, rief sie schließlich erstaunt aus, und der Graf lächelte unwillkürlich.

»Holzschuhe«, erklärte er, und die harten Linien seines Gesichtes wurden so weich, wie sie es noch nie bei ihm gesehen hatte. Es war eine Verwandlung aus heiterem Himmel, dachte Ariel, er erschien ihr jung und unglaublich anziehend. »Die Arbeiter tragen alle Holzschuhe. Sie machen einen ziemlichen Lärm, nicht wahr?«

»Ja …« Aber die Holzschuhe waren nicht mehr interessant. Es war das Lächeln, das noch immer auf dem markanten Gesicht des Grafen lag, und sie konnte nicht aufhören, ihn anzustarren. Wenn er nun die ganze Zeit so lächeln würde? Wenn er sogar manchmal lachen würde? Der Effekt wäre verheerend. Sie riss ihre Blicke los und wünschte, ihr Herz würde nicht so heftig trommeln – dass es sich beinahe lauter anhörte als die schweren Holzschuhe.

Die Kutsche setzte ihren Weg zur Fabrik fort, einem riesigen Backsteingebäude am südlichen Ende der Stadt, das sich am Ufer des Cadamon-Flusses erhob.

Der Direktor, Wilbur Clayburn, ein untersetzter Mann mit dicken, von roten Adern durchzogenen Wangen und einer Knollennase, erwartete sie in seinem Büro. »Es ist mir eine Freude, Mylord! Wir alle hier in der Cadamon-Fabrik konnten Euren Besuch kaum erwarten.«

Seine Worte, auch wenn er sie untertänig ausgesprochen hatte, trieften vor Heuchelei. Es schien im Gegenteil so, dass eine Inspektion des Grafen das Letzte war, was er sich wünschte.

»Ist das wirklich der Fall?« Greville sah sich in dem kleinen, schmutzigen Büro um und runzelte die Stirn. Ganz im Gegensatz zu dem ordentlichen Büro von Jonathan Whipple, sah Clayburns Büro genauso ungepflegt aus wie der Mann selbst. Papiere lagen verstreut auf dem zerkratzten Schreibtisch, und der Boden war so voller Wollmäuse und Schmutz, dass eine fleißige Hausfrau ihn mindestens eine ganze Woche bearbeiten müsste. Seine zerknitterte Kleidung sah aus, als hätte er sie schon viele Tage an, und Ariel empfand ab dem ersten Blick eine tiefe Abneigung gegen diesen Schlamper.

Die Falten auf Grevilles Stirn wurden tiefer; innerlich begrüßte sie seinen missbilligenden Blick, denn sie wusste genau, was der Graf dachte.

»Mein Prinzip ist es, die Dinge in Ordnung zu halten, Mr.

Clayburn. Das trifft ganz besonders auf so genannte Vorgesetzte zu. Wenn das ein Problem sein sollte für Euch, dann würde ich vorschlagen, dass Ihr schleunigst eine Lösung findet; denn sonst werdet Ihr Euch schon sehr bald nach einem anderen Posten umsehen müssen.«

Alle Farbe wich aus den Hamsterbacken des Mannes, und seine Nasenspitze sah plötzlich besonders rot und aufgedunsen aus. Genauso wie die Nase von Ariels Vater, und sie fragte sich, ob Wilbur Clayburn vielleicht auch ein Säufer war.

Der Dickwanst rang um seine Fassung. »Ich denke, Sie wollen sich vielleicht die Fabrik ansehen«, meinte er schließlich bedrückt.

»Das ist der Grund meines Besuches.« Greville richtete das Wort an Ariel. »Möchtet Ihr hier auf mich warten oder in der Kutsche?«

Wenn schon hier, konnte sie sich auch die Fabrik zusammen mit ihm ansehen. »Ich würde Euch lieber begleiten, Mylord, wenn Ihr nichts dagegen habt. Wie ich schon sagte, bin ich noch nie zuvor in einer Textilfabrik gewesen, und würde mir das Unternehmen gerne anschauen.«

Nach einer kurzen Pause nickte er. »Wie Ihr wünscht! Aber ich warne Euch – Ihr könntet Euer hübsches Kleid dabei beschmutzen.«

Das Kompliment überraschte sie, da es das gleiche Blaue war, das sie auch schon gestern zum Abendessen getragen hatte. Sie fragte sich, ob seine Worte wohl eine unterschwellige Erinnerung daran sein sollten, dass er auch dieses schöne Stück bezahlt hatte. »Ich werde aufpassen!«

»Genau genommen muss ich Euch warnen«, mischte sich Clayburn ein. »Die Fabrik ist nicht mehr so, wie sie einmal war. Bekanntlich sind die Gewinne gesunken. Der Eigentümer hat das Interesse an der Fabrik verloren, und danach ist sie in einen bedauernswerten Zustand geraten.«

Der Graf zuckte nur die Schultern. »Des einen Verlust ist des anderen Gewinn. Sollen wir gehen?«

Clayburn führte sie, er warf Ariel einen prüfenden Blick zu, als sie das Büro verließen. Zweifellos fragte er sich, in welcher Beziehung sie wohl zu dem Grafen stehen mochte.

Da Ariel sich darüber selbst nicht im Klaren war, fiel es ihr schwer, ihn deswegen zu verurteilen.

Das Ganze ist ein Jammer, dachte Justin. Überall, wohin er auch sah, stapelte sich Abfall, Staub lag in der Luft und machte das Atmen schwer.

Die untere Etage des langen, schmalen, dreistöckigen Gebäudes wurde fast ganz von einem riesigen Rad eingenommen, das den Strom für die Fabrik lieferte. Es wurde von dem Wasser aus einem Teich über dem Damm angetrieben und lieferte die Energie für die oberen Stockwerke. Das Rad veranstaltete einen Heidenkrach, und der Boden darum herum musste dringend gesäubert werden.

Sie kletterten eine wackelige Holztreppe hinauf in die erste Etage. Als sie oben ankamen, war der Anblick der gleiche: Staub und Abfall überall, unterbrochen von Reihe um Reihe mechanischer Spinnereimaschinen – Jenny-Maschinen –, die eng nebeneinander standen, und dazwischen bewegten sich die Arbeiter, die diese Maschinen bedienten.

Justin biss die Zähne zusammen, angesichts der Bedingungen in dem überfüllten Raum; dann wandte er seine Aufmerksamkeit Ariel zu, die viel zu still neben ihm stand. »Vielleicht wäre es besser, wenn Ihr doch in der Kutsche auf mich wartet«, meinte er sanft, weil er ihre Betroffenheit merkte.

»Ich möchte auch noch den Rest sehen«, erklärte sie und schüttelte störrisch den Kopf.

»Seid Ihr sicher?«

»Jawohl.«

Justin hatte nichts dagegen. Wenn sie weiter mitkommen wollte, so war das ihre Entscheidung. Dennoch erschütterte sie das Schicksal der Arbeiter sichtlich. Entschlossen, seine Aufmerksamkeit auf die Ursache seines Besuches zu richten, zwang er sich zu äußerster Konzentration; er stellte Wilbur Clayburn Frage um Frage, und bei jeder Antwort wurde seine Laune düsterer.

Sie erklommen eine weitere Treppe und gelangten auf die zweite Etage der Fabrik, wo der grobe Holzboden von Menschen überzuquellen schien. Männer und Frauen drängten sich hier dicht an dicht, und verarbeiteten das Garn, das in der unteren Etage gesponnen worden war, zu den verschiedensten Sorten von Fäden.

Justin rieb sich die Augen und wünschte sich kurzfristig, er hätte sich niemals auf ein solches Geschäft eingelassen. An jeder nur möglichen Stelle um ihn herum beugten sich die Arbeiter über ihre Maschinen, atmeten die staubige Luft ein, und in jedem einzelnen Gesicht lag ein Hauch von Verzweiflung.

»Es ist so dunkel hier«, meinte Ariel, und ihre Stimme war kaum mehr als ein Flüstern. »Hätte man das Gebäude nicht mit mehr Fenstern ausstatten können?«

Innerlich verfluchte er sich, weil er sie mitgenommen hatte. Das war wohl kaum ein Ort für eine Lady – ganz gleich, woher Ariel auch stammte, jetzt war sie eine Dame. Dennoch hatte sie darum gebeten, diese Fabrik besichtigen zu dürfen, und er bewunderte sie für ihre Anteilnahme.

»Die Fabrik wurde aus Notwendigkeit so gebaut«, erklärte er ihr. »Wenn die Maschinen nicht in der Nähe des Antriebsrades stehen, gibt es Probleme.« Er betrachtete die großen Scheiben, die eigentlich genug Sonne hereinlassen sollten. »Die Lichtverhältnisse könnten jedoch verbessert werden, wenn man diese Fenster einmal säubern würde.«

Wilbur Clayburn erntete einen bösen Blick. »Wenn wir hier fertig sind, werde ich Euch eine Liste der Dinge anfertigen, die zu erledigen sind. Das Erste wird sein, diese Fabrik von oben bis unten zu säubern, einschließlich der verdammten Fenster!«

»Aber das wird Tage dauern, Mylord. Die Fabrik befindet sich bereits in einem finanziellen Engpass. Wir können es uns nicht leisten, die Produktion hintanzustellen.«

»Da diese Fabrik jetzt mir gehört, entscheide ich, was wir uns leisten können und was nicht. Ihr, Mr. Clayburn, werdet ganz einfach meine Anweisungen befolgen!«

Clayburn sah verärgert aus. »Jawohl, Mylord.«

Wieder richtete Justin seine Aufmerksamkeit auf die Trostlosigkeit ringsum. »Wie viele Menschen beschäftigt das Unternehmen?«

»Zweihundert, Mylord, einschließlich der Mühlenbauer, Mechaniker, Aufseher und Arbeiter.«

»Ich habe auch eine ganze Anzahl Kinder gesehen zwischen den Leuten.«

»Ungefähr dreißig, Mylord. Wir brauchen sie, damit sie die zerrissenen Fäden anknüpfen oder die aufgerollten Garnrollen ziehen und sie auf die leeren Kerne setzen. Nur sie sind klein genug, um in die engen Zwischenräume zu passen.«

»Wie viele Stunden arbeiten sie?«

Clayburn runzelte die Stirn. »Wie viele Stunden? Nun ja, sie arbeiten wie alle anderen – so zehn Stunden am Tag. Das hält sie von Schwierigkeiten fern.«

Justin blickte zu Ariel hinüber, deren Augen sich ungläubig geweitet hatten. »Ich glaube, für heute habe ich genug gesehen, Mr. Clayburn. Heute Nachmittag werde ich noch einmal zurückkommen, mit dieser Liste, über die wir gesprochen haben. In der Zwischenzeit würde ich mir gern die Geschäftsbücher ansehen. Lasst sie mir bitte von jemandem in die Kutsche laden!«

Clayburn nickte. »Aye, Mylord!«

Ariel starrte auf Scharen von Menschen, die sich über die Webstühle beugten. Ihr Kopf fuhr hoch, als Justin nach ihrem Arm griff und sie die Treppe hinuntergeleitete. Als sie endlich wieder in den Sonnenschein traten, holte sie tief Luft.

Justin runzelte die Stirn. »Ich hätte Euch nicht mitnehmen sollen.« Neben der Kutsche blieb er stehen in Erwartung der Geschäftsbücher. »Dieser Ort ist ein Schandfleck!«

Sie schüttelte nur den Kopf. »Der Besuch hier tut mir nicht Leid! Ich habe immer geglaubt, mein Leben auf den Feldern wäre schrecklich gewesen. Jetzt ist mir klar, dass es Menschen gibt, die ein noch viel schlimmeres Los zu ertragen haben als ich damals.«

Justin fuhr sich mit der Hand durchs Haar; die herrschenden Zustände beunruhigten ihn aufs Äußerste. »Ich habe diese Fabrik gekauft, weil ich das Gefühl hatte, dass die Industrie der Weg in die Zukunft ist. Mit einigen wenigen Veränderungen hielt ich den Gewinn aus der Fabrik für außergewöhnlich. Aber ich hätte niemals ...« Er reckte sich und verbat es sich, seinen Gefühlen freien Lauf zu lassen. »Es muss etwas geschehen! Die Menschen können in einer solchen Umgebung keine guten Leistungen erbringen.«

Ariel legte den Kopf zurück und sah in sein Gesicht. »Vielleicht ist es ein Segen, dass gerade Ihr die Fabrik gekauft habt. Womöglich könnt Ihr die Dinge hier verbessern!«

Er überhörte die Bitte in ihrer Stimme nicht. Grimmig räusperte er sich und wich ihrem Blick aus. »Nun ja, also, was auch immer wir an Verbesserungen einführen, wird auf die Dauer den Gewinn erhöhen.«

Ariel blickte noch einmal zu der Fabrik zurück, sie verfolgte den Rauch, der aus den Kaminen stieg. »Was werdet Ihr tun?«

Er wartete, während gerade ein drittes schweres Geschäftsbuch eingeladen wurde; dann half er Ariel hinein und kletterte anschließend selbst in die Kutsche. »Wie ich schon sagte, werde ich zuerst das Gebäude von oben bis unten reinigen lassen. Die Menschen arbeiten wesentlich besser, wenn sie ordentlichere Bedingungen haben.«

»Und dann?«, drängte sie.

»Ich halte es für unnötig, dass sich die Kinder hier so lange aufhalten. Wenn ihre Hilfe wirklich gebraucht wird, dann werden wir dafür sorgen, dass ihre Schichten kürzer sind.«

Ihr nachdenklicher Blick bewies ihm ihre Zustimmung. »Ihre Eltern brauchen das Geld, das die Kinder verdienen. Ich denke, weniger Stunden sind eine akzeptable Lösung.«

»In der Zukunft habe ich die Absicht, sowohl Baumwolle als auch Wolle zu verarbeiten. Demgemäß brauchen wir mehr Handweber. Die Arbeit wird nach Stückzahlen vergütet, einige von ihnen könnten dann zu Hause arbeiten – das heißt, falls ihre Unterkünfte angemessen wären, doch bei allem, was ich bis jetzt gesehen habe, sind sie das bei weitem nicht.«

Ariels Augen strahlten nun förmlich. »Aber Ihr könntet etwas bewirken, nicht wahr?«

»Ja. Mit einer Art billigem Hausbau.«

»Ich würde sagen, Mylord, dass sowohl die Moral als auch die Produktivität erhöht werden können, wenn Ihr einen solchen Plan verwirklicht.«

Justin betrachtete die schäbigen, heruntergekommenen

Absteigen, in denen die Arbeiterfamilien lebten. »Da habt Ihr wohl Recht.«

Ariel schenkte ihm ein so breites Lächeln, dass es ihm vorkam, als würden die Strahlen der Sonne durch die Kutschenfenster scheinen.

Ganz unbewusst erwiderte er ihr Lächeln; das war etwas so Seltenes, dass die Muskeln um seinen Mund herum sich ein wenig steif anfühlten. Dann verebbte seine Freude langsam wieder. Er wollte sie in seinem Bett haben, und zwar nicht infolge eines falschen Eindrucks. Justin war ein Mann, nicht irgend so ein verdammter Wohltäter. Sie würde lernen müssen, das zu akzeptieren.

»Es ist Euch hoffentlich klar, dass diese Veränderungen für mich einfach nur ein gutes Geschäft bedeuten.«

»Aber natürlich.« Doch ihre Miene drückte aus, dass sie es für wesentlich mehr als nur das hielt.

»Ich tue das nicht aus lauter Menschenliebe – sondern weil ich glaube, dass ich damit mehr Geld verdienen kann.«

»Jawohl, Mylord«, stimmte sie ihm zu und hob beschwichtigend die Hände.

»Hoffentlich begreift Ihr das!«

Ariel nickte nur. Sie machte keine weitere Bemerkung und sah wieder aus dem Fenster.

Justin lehnte den Kopf zurück in die Polster und schloss die Augen; dabei versuchte er, nicht an das sonnige Strahlen zu denken, das ihn so erwärmt hatte.

Ihr Lächeln, das ihm galt, da sie glaubte, er hätte es in der Tat verdient.

Der Graf fuhr später noch einmal zu der Fabrik und kehrte erst am Abend zurück. Tags darauf verließen sie Cadamon und machten sich auf den Heimweg. Den größten Teil der Reise war Lord Greville still und abwesend. Er hatte bis weit in die Nacht über den Geschäftsbüchern gesessen, nahm Ariel an. Dunkle Ringe unter den Augen zeugten davon, und insgesamt sah er ziemlich müde aus.

Einige Stunden lang war er so tief in Gedanken versunken, dass sie sich schon fragte, ob er überhaupt noch wusste, dass sie da war. »Woran denkt Ihr?«, fragte sie schließlich, weil sie das Schweigen keinen Augenblick länger ertragen konnte.

Greville blickte auf; er blinzelte, als sei er bemüht, seine Gedanken zu sammeln. »Um ganz ehrlich zu sein, ich habe über diese verdammten Geschäftsbücher der Fabrik nachgedacht. Ich hatte vor, sie heute noch im Gasthaus zu Ende durchzusehen – aber wenn ich das tue, muss ich wieder die halbe Nacht aufbleiben.«

»Was genau kontrolliert Ihr in den Büchern?«

»Ich überprüfe die Zahlen. Ich stelle Hochrechnungen an, die auf den geplanten Veränderungen basieren, und noch mehr solcher Dinge.«

Eifrig neigte Ariel sich ihm zu. »Wenn das so ist, warum lasst Ihr mich nicht helfen?«

Er schüttelte den Kopf. »Ich glaube nicht …«

»Warum? Ihr wisst doch, wie gut ich mit Zahlen umgehen kann. Ich könnte Euch unendlich viel Zeit einsparen.«

Er betrachtete sie so eingehend, dass sie es sich verbieten musste, unter seinen Blicken unruhig auf ihrem Sitz hin und her zu rutschen. Vielleicht hätte sie ihm das Angebot doch nicht machen sollen. Am Ende würde sie bis spät abends mit ihm zusammensitzen, nur sie beide, allein in seinem Zimmer. Wenn sie bedachte, was der Graf von ihr erwartete, war das eine gefährliche Situation.

»Ihr habt gesagt, Ihr könntet schnell multiplizieren und dividieren«, meinte er und ließ ihre Frage unbeantwortet. »Wie bewerkstelligt Ihr das?«

Ariel lächelte. »Dafür gibt es keine einfache Formel. Es ist eine Kombination verschiedener Tricks. Jeder dieser Tricks hängt von der Zahl ab. Um zum Beispiel mit fünfundzwanzig zu multiplizieren, teilt man die Zahl, die man multiplizieren möchte, einfach durch vier und ergänzt sie dann nur mit der richtigen Anzahl von Nullen.«

»Zum Beispiel?«

»Nehmt zum Beispiel achtundzwanzig mal fünfundzwanzig. Man teilt die Zahl achtundzwanzig durch vier – das ist sieben – und fügt die entsprechenden Nullen hinzu. Sieben ist das Zwischenergebnis. Die richtige Antwort lautet siebenhundert.«

Er stellte eine ähnliche Rechnung im Kopf an, und seine Mundwinkel zogen sich hoch. »Wirklich ein toller Trick!«

»Kennt Ihr auch den schnellsten Weg, um eine beliebige zweistellige Zahl mit elf zu multiplizieren?«

»Nein, aber sicher werdet Ihr ihn mir netterweise verraten.«

»Wenn wir vierundzwanzig mal elf rechnen wollten, dann würden wir ein Loch zwischen die Zwei und die Vier machen und die beiden Zahlen zusammenzählen – das ist sechs – anschließend diese Summe in die Mitte schieben. Das ergibt zweihundertvierundsechzig. Wenn natürlich die Zahl in der Mitte mehr als nur einstellig ist, dann muss man übertragen. Achtunddreißig mal elf, zum Beispiel, macht vierhundertachtzehn.«

Der Graf beugte sich vor. »Du meine Güte – Ihr wärt ja ein Schrecken beim Kartenspiel.«

Sie blinzelte schelmisch. »Vielleicht können wir einmal eine Partie wagen.«

»Sicher hat man Euch doch nicht in der Schule darin unterrichtet?«

»Meine beste Freundin, Kassandra Wentworth, hat es mir

beigebracht. Ich spiele am liebsten Lu, aber ich kann auch Whist. Rot und Schwarz, und Macao. Wenn wir ein paar Karten hätten, würde die Reise sicher kurzweiliger vonstatten gehen.«

Er lachte leise. »Hat Eure Freundin Kassandra Euch auch das Glücksspiel beigebracht?«

»Natürlich. Kitt liebt das Risiko. Es ist etwas, das ihre Stiefmutter verabscheut, und deshalb geht Kitt immer eines ein, wenn sie die Möglichkeit dazu hat.«

»In Euren Briefen steht, dass Ihr sie am Anfang überhaupt nicht gemocht habt.«

Ariel nickte. »Am Anfang nicht. Aber Kitt ist so ganz anders, als es zuerst scheint. Ihre Eltern ignorieren sie. Kitt benimmt sich so herausfordernd, nur um ihre Aufmerksamkeit zu gewinnen.« Sie blickte hinaus in die vorüberziehende Landschaft, doch sie sah sie nicht. »Weil sie meine einzige Freundin ist, vermisse ich sie schrecklich.«

Der Graf schwieg, doch sein Blick wurde wieder nachdenklich. Vielleicht ging ihm durch den Kopf, dass Kassandra Wentworth eine Lady aus gutem Hause war. Das bedeutete, dass sie und Ariel nicht mehr Freundinnen bleiben konnten – sobald er Ariel zur Geliebten nahm.

Das Mathematikgenie versank in Schweigen, ihre gute Laune schien plötzlich verschwunden zu sein. Sie hatte angeboten, ihm heute Abend zu helfen, und obwohl er noch nicht seine Zustimmung signalisiert hatte, so fasste er es doch ins Auge.

Was würde Phillip dazu sagen, wenn er wüsste, dass sie allein mit dem Grafen in seinem Gastzimmer wäre? Bis jetzt hatte Phillip die Tatsache übersehen, dass sie ohne Anstandsdame in Lord Grevilles Haus lebte. Was würde er sagen, wenn er herausfand, dass sie mit ihm zusammen nach Cadamon gereist war?

Es war ja nicht ihre Idee gewesen, tröstete Ariel sich. So lange sie in seiner Schuld stand, musste sie tun, was er ihr befahl. Außerdem hatte sie keine Familie, kein Geld und keinen anderen Ort, wohin sie flüchten konnte.

Oh, Phillip, was soll ich nur tun?

Aber es kam keine Antwort, und Phillips schöne Züge und sein blondes Haar verblassten langsam in ihr. Stattdessen kehrte ihre Aufmerksamkeit immer wieder zu dem großen, bedrohlichen Mann zurück, der ihr gegenübersaß. Sie erinnerte sich an die sanfte Art, mit der er sie an der Tür ihres Zimmers geküsst hatte, und verspürte dabei ein eigenartiges Flattern im Bauch. Wenn sie allein wären, auf was für eine Idee würde er dann wohl kommen?

Sie betrachtete sein hartes, kantiges Profil, und wieder verspürte sie dieses eigenartige innerliche Flattern. Ob es Furcht war oder Erwartung, konnte sie nicht sagen.

8

Der Nachmittag verging. Sie spielten Gin Rommé, und auch wenn es nicht leicht war, den Grafen zu schlagen, so hielt sich Ariel doch wacker – Greville schien das Spiel wirklich Freude zu machen. Ariel betrachtete sein Gesicht und dachte wieder einmal, wie gut er doch aussah, obwohl er sich gänzlich unterschied von Phillip.

»Wenn wir zurückkommen, hättet Ihr dann etwas dagegen, wenn ich Euch einen Schattenriss Eures Profils anfertigen würde, Mylord?«

Er zog die Augenbrauen hoch. »Einen Scherenschnitt?«

»Ich habe in der Schule gelernt, wie man so etwas macht, und bin ziemlich gut darin.«

Sein Mundwinkel zuckte. Aufgrund seiner Größe stieß er immer, wenn er sich reckte, mit dem Kopf beinahe gegen das Dach der Kutsche. »Allmählich glaube ich, dass Ihr in sehr vielen Dingen gut seid, Miss Summers.«

»Dann werdet Ihr es mir gestatten?«

»Für mich klingt diese Bitte eigenartig. Ich kann mich nicht erinnern, dass irgendwann einmal jemand ein Bild von mir gewollt hat.«

»Nicht? Aber es gibt doch sicher eine Person, die ein solches Bild lieben würde.«

Sein Blick ging zum Fenster, und es beunruhigte sie, wie traurig er plötzlich aussah. »Ich fürchte, nein.«

»Ihr habt eine Zeit lang bei Eurer Großmutter gelebt. Ist sie gestorben?«

Seine Miene lichtete sich. »Nein, sie lebt noch, obwohl ich sie schon seit Jahren nicht mehr besucht habe. Natürlich kümmere ich mich um ihre finanziellen Belange, und ab und zu schreiben wir einander.«

»Wenn das Bild fertig ist, werden wir es ihr schicken.«

Er betrachtete sie auf eine so eindringliche Art, wie es ihm zur Gewohnheit geworden zu sein schien. »Wie Ihr wünscht!«

Ariel lächelte. »Zu Hause fange ich gleich damit an. Vielleicht beim Licht des Feuers.«

Etwas in diesen wilden grauen Augen regte sich. Sein Blick glitt über ihren Hals und ihre Schultern und ruhte für einen Augenblick auf ihren Brüsten. Ihre Spitzen wurden hart und richteten sich auf, drängten sich gegen den Stoff ihres Kleides und prickelten.

Sie dachte an ihr Angebot, ihm zu helfen und malte sich aus, wie es wäre, allein mit ihm zu sein. Sie dachte an den bohrenden Blick seiner grauen Augen, der über ihren Körper glitt so wie in diesem Augenblick, und wusste mit absoluter Gewissheit, dass sie einen schweren Fehler begangen hatte.

Justin hielt die Tür auf und wartete, dass Ariel ihm vorausging in das Zimmer, das er im King's Way auf der halben Strecke nach London gemietet hatte, wo sie auch schon zuvor abgestiegen waren. Er wollte sich nun doch von ihr bei den Geschäftsbüchern helfen lassen, daher hatte er einen zweiten Tisch bestellt. Eines der Geschäftsbücher der Fabrik lag bereits offen aufgeschlagen vor ihm, daneben standen ein Federkiel und Tinte, das Ganze erhellte eine Walöl-Lampe.

»Ich weiß Eure Hilfe zu schätzen«, begann er. »Wenn wir beide daran arbeiten und ein wenig Glück haben, sind wir in ein paar Stunden fertig.«

»Das mache ich gern, Mylord.« Er sah, wie sie den Raum durchquerte und es sorgfältig vermied, ihn anzuschauen. Vergebens kämpfte sie gegen ihre Nervosität an. Doch ihm konnte sie nichts vortäuschen. In dem Moment, in dem sie das Zimmer betreten hatte, war ihr Blick zu dem Bett gehuscht, und ihr Gesicht hatte einen besorgten Ausdruck angenommen.

Justin schaute in die gleiche Richtung, zu den sauberen Laken und der weichen Federmatratze – sein ganzer Körper spannte sich an vor Verlangen. Während der Reise hatte sich sein Verlangen nach Ariel unendlich gesteigert. Jeder einfache Blick, jede zufällige Berührung brachte sein Blut in Wallung. Seine Sehnsucht nach ihr grenzte fast an Besessenheit.

Und dennoch war er seinem Ziel keinen Schritt näher gekommen.

Er stand an dem Tisch, ein paar Schritte von ihr entfernt, und seufzte, als er auf die Zahlenreihe vor sich starrte. Sie in sein Bett zu zwingen, kam gar nicht in Frage. So etwas würde er keiner Frau antun, und ganz besonders dieser nicht. Sein Respekt für sie war zurückgekehrt in den Tagen, die sie jetzt zusammen verbracht hatten. Sie war süß und liebevoll, intelligent und offen – Eigenschaften, die ihm aufgefallen waren bei der Lektüre ihrer Briefe.

Eigenschaften, die er bei einer Frau nur sehr selten angetroffen hatte.

Ariel gab sich aber auch vorsichtig und abweisend, entschlossen, ihn auf Armeslänge von sich zu halten.

Und dennoch konnte sie ihn nicht vollkommen ignorieren. Wie sein Freund Clayton Harcourt ihm oft bestätigte, hatte er etwas an sich, das Frauen attraktiv fanden. Vielleicht war es die Dunkelheit in ihm oder seine männliche, räuberische Art.

Außerdem stand noch der Handel aus, den Ariel eingegangen war. Er hatte bemerkt, dass sie ein tief verwurzeltes Ehrgefühl besaß. Sie würde ihr Versprechen einhalten; auch wenn er es vorzöge, dass sie aus eigenem Willen und Wunsch zu ihm käme, so hatte er doch die Absicht, sie auf ihr Wort festzunageln.

Langsam trat er hinter sie, ihren Kopf mit dem hellen Haar hatte sie über das offene Geschäftsbuch gebeugt; ihre schlanken Finger glitten über die Reihen der tintenblauen Zahlen, ihre Lippen bewegten sich, während sie in erstaunlichem Tempo addierte, multiplizierte und subtrahierte. Ihr Haar war so hell wie der Flachs, den sie in der Fabrik zu Faden verarbeiteten, die Haut in ihrem Nacken so glatt wie die Blütenblätter einer Rose. Er verspürte den verzweifelten Drang, seine Lippen auf diese Stelle zu drücken, mit den Fingern in ihre glänzenden, silbergoldenen Locken zu fassen und die Haarnadeln herauszuziehen.

Es war dumm und lächerlich, sich seinem Begehren derart auszuliefern, dennoch konnte er seine Gefühle nicht leugnen. Er roch ihr leichtes Parfüm und bildete sich ein, die Seidigkeit ihrer Haut zu spüren. Bei diesen Träumereien fuhr es heiß durch seinen Körper, so heftig, dass sich sein Glied sofort aufrichtete. Er verfluchte sich selbst und war dankbar dafür, dass sein Rock die unangenehme Beule zwischen seinen Schenkeln verbarg. Schnell trat er einen Schritt zurück.

Justin räusperte sich, und sie zuckte bei dem jähen Klang seiner Stimme zusammen. »Ich habe die Änderungen aufgeschrieben, die ich plane.« Sie hob den Blick. Einen Moment lang schien sie aus dem Gleichgewicht gebracht, so tief war sie in ihre Rechnerei versunken gewesen. Jetzt reichte er ihr den Zettel, auf dem er seine Zahlen notiert hatte, und sie legte ihn vor sich auf die Platte. »Wisst Ihr, wie man Hochrechnungen erstellt?«

»Ja, doch! Ich multipliziere die bestehenden Zahlen mit den neuen Zahlen in der Spalte links. Das sollte nicht allzu lange dauern.«

Sie wandte sich wieder ihrer Arbeit zu, und er kehrte zu der seinen zurück. Doch mit Ariel im gleichen Raum fiel es ihm schwer, sich zu konzentrieren. Eine Aufgabe, die eigentlich nur Minuten beanspruchte, dauerte beinahe eine halbe Stunde. Ariel war wesentlich schneller fertig, und er reichte ihr eine weitere Zahlenkolonne.

Sie beendeten ihre jeweiligen Seiten beinahe gleichzeitig. Justin legte seinen Federkiel beiseite und rieb sich den Nacken.

Ariel sah ihn an und lächelte. »Das war doch gar nicht so schlimm. In der Tat hat es mir Freude gemacht.«

Sein Mund verzog sich ein wenig. »Wirklich? Ich finde diese Aufgabe entsetzlich; am Ende kommen die Informationen heraus, die ich brauche, um weiter vorzugehen. Meine Freude ernte ich allerdings erst, wenn ich bei einem Projekt wie diesem sehe, wie es sich entwickelt. Das macht die Geschäfte interessant.« Er stand von seinem Stuhl auf und ging zu Ariel hinüber, die sich ebenfalls erhob.

»Danke, dass Ihr mir geholfen habt.« Er versuchte, nicht darauf zu achten, wie das Licht der Lampe die Konturen ihres Gesichtes hervorhob, das Grübchen in ihrem Kinn, die Rundung ihrer Wange.

»Wie ich schon sagte, es hat mir Spaß gemacht.«

Er stand viel näher, als er es beabsichtigt hatte. Seine Hand hob sich ganz ohne sein Zutun. Mit dem Finger fuhr er ihr Kinn entlang. »Vielleicht sollte ich Euch als ständige Angestellte behalten«, meinte er.

Ariel sah auf und leckte sich nervös über die Lippen. »Ja …«, meinte sie, und ihre Stimme klang ein wenig belegt. »Vielleicht solltet Ihr das.« Sie war größer als die meisten anderen Frauen, die er kannte. Besonders gefiel ihm an ihr, dass sie so gut zusammenpassten – genau wie ihm ihre schlanke Gestalt gefiel. Ohne nachzudenken griff er nach einer Haarsträhne, die sich aus ihrer Frisur gelöst hatte und strich sie ihr aus der Stirn. »Doch wenn ich genauer darüber nachdenke, gibt es andere, wesentlich interessantere Dinge, die Ihr für mich tun könnt. Angenehmere Dinge als Arbeit!«

Sie blinzelte, doch machte sie keine Anstalten, ihm auszuweichen. Justin glaubte, noch niemals zuvor so blaue Augen gesehen zu haben oder Lippen, die so rosig waren. Er musste sie küssen. Selbst wenn er das gewollt hätte, konnte er sich nicht mehr zurückhalten. Sanft hob er ihr Kinn, ganz vorsichtig legte er seine Lippen auf ihre. Ariel erstarrte, doch nur für einen kurzen Augenblick, dann schlossen sich ihre Augen, und ihre Lippen schwollen an.

Er stöhnte auf, als der Kuss eindringlicher wurde und er mit der Zungenspitze über ihre Lippen strich, ihre Mundwinkel erforschte und sie drängte, sich ihm zu öffnen. Ihre Finger krallten sich in die Aufschläge seines Rockes, und er spürte, wie sie zitterte. Ihre Lippen passten sich seinen perfekt an, und Justin bekämpfte den Wunsch, sie an sich zu reißen. Stattdessen zog er sie nur etwas näher und schmeckte sie, flehte sie stumm an um Entgegenkommen.

Langsam, zögernd, gab sie nach, erlaubte seiner Zunge den Zugang zu ihrem Mund und stieß dabei ein leises Wimmern aus. Er war erregt und verlangte nach ihr, wollte sie mehr, als er es sich je vorgestellt hätte. Seine Hand suchte ihre Brust, legte sich um sie; mit dem Daumen strich er über ihre Spitze und fühlte, wie sie sich unter seiner Berührung aufrichtete. Sanft zupfte er daran, und ein Schauder rann durch ihren Körper. Nun widmete er seine Aufmerksamkeit der anderen Brust, streichelte sie leicht, aber entschlossen. Ariel erstarrte einen Augenblick lang, dann machte sie Anstalten, sich ihm zu entziehen.

»Ganz ruhig, Liebling!« Justin küsste sie noch einmal, beruhigte sie und drängte sie, ihm zu vertrauen. Er massierte die volle Rundung unter seiner Hand, bewunderte ihre Form und wünschte sich, dass das Kleid ihn nicht davon abhielte, ihre warme Haut zu berühren.

Sie zitterte, als er die Hände um ihr Gesäß legte und sie noch fester an sich zog, ihren nachgiebigen Körper gegen seine Erregung presste. Ariel musste ein Licht aufgegangen sein, sie musste begriffen haben, wohin das führte – denn sie begann sich zu sträuben.

»Es ist alles in Ordnung, Liebling«, wisperte er ihr ins Ohr. »Ich werde dir nicht wehtun.«

Doch sie blieb spröde und legte die Hände gegen seinen Oberkörper, schob ihn von sich, entschlossen, sich aus seiner Umarmung zu befreien. Langsam und voller Bedauern ließ er sie los.

Ariel wich vor ihm zurück wie ein verängstigtes Tier.

»Es gibt nichts, wovor Ihr Euch fürchten müsst«, erklärte er ihr gefasst, obwohl er sich bei weitem nicht so fühlte. »Was uns hier widerfährt, ist der natürliche Verlauf der Dinge zwischen Mann und Frau. Mit der Zeit werdet Ihr lernen, die Freuden zu genießen, die uns erwarten.«

Sie schnaufte abwehrend. »Ich werde es nicht tun«, flüsterte sie und schüttelte den Kopf. »Ich werde einen anderen Weg finden, um Euch meine Schulden zurückzuzahlen.«

»Ihr seid es, die ich will, Ariel. Ihr begreift das vielleicht noch nicht – aber ich glaube, dass auch Ihr mich wollt.«

»Nein! Im Gegenteil ...« Sie fuhr sich über die Lippen. »Ich will Euch nicht, will nicht Eure Geliebte werden. Ich ... ich werde zu Phillip gehen und ihm alles berichten. Phillip wird mir helfen – das weiß ich!«

Als er Marlins Namen hörte, fuhr eine heiße Woge des Zorns durch seinen Körper und erstickte sein Verlangen. Trotzdem behielt er einen bitteren Geschmack im Mund. »Marlin wird Euch helfen? Das glaubt Ihr? Marlin wird ohne jegliche Skrupel mit Euch ins Bett gehen und Euch dann auf die Straße werfen!«

Sie hob das Kinn, und ein Schatten fiel über ihr Grübchen. »Phillip liegt sehr viel an mir!«

»Marlin liegt nur etwas an sich selbst.«

»Er war sehr liebenswürdig – und ist mein Freund.«

»In seinem Bett will er Euch haben! Dieser Schuft wird vor nichts zurückschrecken, um Euch dorthin zu bekommen.«

Ihre schlanken Hände ballten sich zu Fäusten. »Wenn das der Fall ist, dann seid ihr beide ja gleich! Ihr wollt mich zu Eurer Geliebten machen. Wenn er das angeblich auch will, wo liegt dann der Unterschied?«

Unbewusst tat er einen Schritt auf sie zu und Ariel einen

zurück. »Ich werde Euch nicht verlassen, Ariel. Wenn unsere Beziehung einmal zu einem natürlichen Ende kommt, dann werde ich Euch ein kleines Haus in der Stadt einrichten – oder auf dem Land, wenn Euch das lieber ist. Ich werde Euch eine Summe Geldes aussetzen – genug, um Eure Bedürfnisse zu befriedigen. Marlin würde so etwas niemals tun.«

Der Gedanke war ihm noch gar nicht gekommen, aber jetzt, wo er ihn laut ausgesprochen hatte, schien ihm das eine fabelhafte Lösung zu sein. »Eure Wahl ist begrenzt, Ariel. Das seht Ihr doch sicher selbst ein. Ihr hättet auf der Farm bleiben und einen netten Bauernjungen heiraten sollen – aber das wolltet Ihr ja nicht!«

»Ich wollte eine Lady werden.«

»Ihr wolltet teure Kleider tragen, kostbare Juwelen besitzen und in einer eleganten Kutsche fahren. All das kann ich Euch bieten und noch mehr.«

Ariel sagte nichts, doch ihre hübschen blauen Augen füllten sich mit Tränen. »Ich werde einen anderen Weg finden«, beharrte sie. »Irgendwie werde ich alles zurückzahlen.«

Der Zorn erneuerte sich in ihm, betäubte den Schmerz, den er nicht fühlen wollte. Der wandelte sich zu etwas Kaltem und Trostlosem, das seinen Körper beherrschte. Sie wollte Marlin, einen Mann, der sie ausnutzen und dann mit Verachtung strafen würde. Sie zog Marlin ihm vor, genau wie Margaret es getan hatte.

Die Kälte nahm zu, drang ihm bis ins Mark. Er warf einen eisigen Blick auf sie. »Es hat Euch gefallen, mich zu küssen, Ariel. Es hat Euch gefallen, als ich Euch berührt habe.« Eine leichte Röte stieg in ihre Wangen. »Euer Körper sagt Ja, mein Johannisapfel! Selbst wenn Euer Verstand es leugnet.«

»Ihr seid ein Teufel, Justin Ross! Ein Teufel in der Verkleidung eines Ehrenmannes!«

Die Worte trafen und erstaunten ihn mit unglaublicher Wucht. Er hatte geglaubt, dass Gefühlsregungen in ihm längst erstorben seien. Justin verdrängte diese Regung mit eisiger Kälte, die er wie einen Schild benutzte. »Vielleicht habt Ihr Recht«, stimmte er ihr zu. »Aber das macht nicht wirklich etwas aus. Früher oder später kriege ich Euch! Damit solltet Ihr rechnen, meine Liebe!«

Ariel presste die Lippen zusammen. Er bemerkte, dass sie zitterten. Sie wirbelte herum, ihr Rücken, den sie ihm zuwandte, war kerzengerade; dann eilte sie zur Tür, riss sie auf und huschte in den Flur. Fluchend folgte Justin ihr, er blieb auf der Schwelle stehen, bis er sicher war, dass sie die Sicherheit ihres eigenen Zimmers erreicht hatte.

Verdammte Hölle! Er schlug heftig seine Tür hinter sich zu. Diese Dinge hatte er gar nicht aussprechen wollen, dies alles passierte ohne sein Zutun. Was hatte diese Frau an sich? Wie schaffte sie es nur, dass er ständig die Kontrolle über sich verlor?

Er hatte sie nur küssen wollen, mehr nicht. Aber in dem Augenblick, in dem sie in seinen Armen lag, war er verloren gewesen.

Unbestreitbar hatte er ihren leidenschaftlichen Kuss genossen. Wenn er die Augen schloss, spürte er noch immer ihre sanften Lippen, konnte noch immer ihren Wonneseufzer hören, als er ihre Brust streichelte.

»Ihr seid ein Teufel, Justin Ross!« Er presste die Augen zu, die Worte waren überraschend schmerzhaft – vielleicht weil sie von ihr kamen. Sie weckten trübe Erinnerungen, die er seit langem vergessen geglaubt hatte. Erinnerungen an seinen Vater und an den siebenjährigen Jungen, der zu ihm aufgesehen hatte wie zu einem Gott.

»Du bist der Ausbund des Teufels«, hatte sein Vater gesagt. »Isobel hätte dich im Fluss ersäufen sollen wie einen ungewollten Welpen – denn mehr bist du nicht.« Zuvor hatten sein Vater und seine Mutter sich gestritten: seine Mutter hatte den Grafen angefleht, ihr mehr Geld zu geben. Isobel wollte immer mehr Geld.

Justin hatte seinen Vater angestarrt, hatte die Verachtung gespürt, die dieser für seinen Sohn hegte, und auch begriffen, dass er diese Verachtung nicht einmal kaschierte. Dann hatte er sich umgedreht und war davongelaufen, sein kleines Herz in Scherben. Damals hatte er nichts gesagt, und mit den Jahren unterdrückte er seine Gefühle derartig, bis er gar nichts mehr empfand. Es war leichter, ohne Gefühle zu leben. Leichter und sicherer. Nach einer Weile konnte er sich nicht einmal mehr daran erinnern, wie es war, Freud oder Leid zu spüren.

Der junge Graf seufzte. Solch ein Temperamentsausbruch sah ihm gar nicht ähnlich. Nach Jahren der Übung gelang es ihm mühelos, sich unter Kontrolle zu halten. Ihm gefiel es nicht, dass Ariel irgendwie diese Schutzmauer durchbrochen hatte, die ihn nun schon so lange umgab.

Er begann, unruhig auf und ab zu laufen, seine Stelzenbeine trugen ihn mit nur wenigen Schritten von einem Ende des Teppichs zum anderen. Morgen würden sie in London ankommen. Sie würden in dieses dunkle, trostlose Haus in der Brook Street zurückkehren und wieder das getrennte Leben führen wie zuvor. Er hatte gehofft, dass diese Reise dazu beitragen würde, den Abstand zwischen ihnen zu verringern – doch sein Ziel schien in nur noch weitere Ferne gerückt zu sein.

Geduld, ermahnte er sich. Seine bisherige Geduld hatte ihm nur zum Vorteil gereicht. Doch heute Abend war er zu weit vorgeprescht, obwohl es der Wahrheit entsprach, was er ihr gesagt hatte – Ariel hatte *wirklich* seinen Kuss, seine Berührung genossen. Ihr Körper reagierte auf ihn, ob sie das nun wollte oder nicht, und es lag in seinem Interesse, dass das auch weiterhin so blieb.

Zeit war alles, was er brauchte.

Wenn es sich für das Ziel lohnte, konnte Justin ein sehr geduldiger Mann sein.

Ariel bemühte sich aufzuwachen: das Licht des frühen Morgens schien durch die Fenster und weckte sie aus einem unruhigen Schlummer. Einen Augenblick lang lag sie einfach nur da und erinnerte sich an den gestrigen Abend, wünschte sich, ihn gänzlich zu vergessen. Mit einem Stöhnen schob sie die Beine aus dem Bett.

Es dauerte nicht lange, bis sie fertig war. Ariel raffte all ihren Mut zusammen, um dem Grafen gegenüberzutreten. Sie war entschlossen, so zu tun, als sei nichts zwischen ihnen geschehen ... als hätte er sie nicht geküsst, als hätte er nicht ihre Brüste gestreichelt, als wäre sie nicht in seinen Armen geschmolzen und hätte seine heißen Küsse nicht voller Hingabe erwidert.

In Wahrheit waren all diese Dinge natürlich passiert und noch viel mehr. Sie hatte auf ihn reagiert wie eine Dirne, zu der er sie ja auch machen wollte. Justin Ross hatte Gefühle in ihr geweckt, von denen sie gar nicht geahnt hatte, dass ein Mann sie in einer Frau wecken konnte. Sie war außer sich gewesen, wütend auf sich selbst und hatte sich schuldig gefühlt, weil sie Phillip betrog. Was für eine erniedrigende Erfahrung! Vielleicht war das der Grund dafür, dass sie ihn so grausam angegriffen hatte.

Eine schattenhafte Erinnerung stieg in ihr auf an warme, männliche Lippen und tiefe, betörende Küsse. Sie wurde übertönt vom Klang ihrer eigenen Stimme, als sie ihn mit der Erwähnung Phillips herausgefordert hatte. Daraufhin konnte er gar nicht anders, als zornig zu werden – er musste ihre Begegnung beenden, genau wie es in ihrer Absicht lag. Was sie allerdings nicht erwartet hatte, war das Aufflackern von Schmerz, das sie in seinen Augen gesehen hatte.

Ariel hatte ihn verletzt, das stand fest – obwohl es beinahe unmöglich war, das zu glauben. Sie fragte sich, ob dieser Mann wirklich so war, wie er zu sein schien. War er ein so kalter, herzloser Mensch, wie er sich gab, oder war er vielleicht ... vielleicht doch ganz anders?

Der Gedanke machte sie neugierig; sie wollte mehr über ihn wissen, wollte entdecken, was hinter dem kühlen Grau seiner Augen vorging.

Ariel holte tief Luft, straffte sich innerlich und setzte sich in Bewegung, um dem gleichen zornigen Mann gegenüberzutreten, den sie am vergangenen Abend zurückgelassen hatte. Doch als sie ihre Tür öffnete, trug der Mann, der im Flur stand, eine reglose Maske zur Schau, die noch wesentlich beunruhigender war als sein Zorn.

»Ehe wir unsere Reise fortsetzen, gibt es da noch etwas zu klären.«

Ihr Herz begann zu rasen, es klopfte hart gegen ihre Rippen. Wie konnte er einfach so reden ... »Ja, Mylord?«

»Ich möchte eine Entschuldigung vorbringen.«

Die unerwarteten Worte trafen sie so überraschend, dass ein eigenartiges Gefühl in ihr aufstieg. Der arrogante Graf von Greville entschuldigte sich bei ihr? Das war unmöglich, und doch schien es die Wahrheit zu sein.

»Gestern Abend habe ich Euer großzügiges Angebot, mir zu helfen, ausgenutzt. Ich hatte das nicht beabsichtigt. Es ist ganz einfach geschehen, und es tut mir Leid.«

Ariel starrte ihn an, als wäre er ein Fremder. Sie hatte Menschen eigentlich immer gut einschätzen können. Bis auf diesen hier! Mehr und mehr weckte er ihre Neugier. »Vielleicht sollten wir uns beide entschuldigen. Ich habe auch eine Menge Dinge gesagt, die ich nicht so meinte. Ich war wütend, aber mehr auf mich selbst als auf Euch. Verzeiht mir, dass ich so viel Unsinn geäußert habe.«

Etwas in seinem Gesichtsausdruck veränderte sich. Er senkte ein wenig den Kopf. »Dann streichen wir also den gestrigen Abend aus dem Gedächtnis.«

»Ja …« Aber so leicht ging das wirklich nicht – wenn eine einzige Bewegung seiner sinnlichen Lippen sie wieder an die Hitze denken ließ, mit der sie sich auf die ihren gepresst hatten. Nicht mit dem jetzigen Wissen, dass die dunkle Anziehungskraft des Grafen sie in den Ruin treiben konnte.

Vorläufig musste sie an Phillip denken. Der Graf hatte vielleicht ihre Neugier geweckt, aber Phillip war der Mann, dem ihr Herz gehörte. Oder etwa nicht? Sie schob das Bild des kleinen schwarzen Jungen beiseite, den Phillip eingekleidet hatte, um seinen Freunden eine Belustigung zu bieten und den er behandelte wie einen Schoßhund. Er half dem armen Knirps, sagte sie sich noch einmal, er gab einem Kind ein Zuhause, das sonst als Waise aufgewachsen wäre. Phillip hatte einfach nicht begriffen, wie diese Art von Behandlung auf den Jungen wirken mochte.

Marlin war freundlich und liebevoll, ein wahrer Gentleman – und ganz anders als der kalte, grüblerische Graf. Im Gegensatz zu denen des Grafen waren seine Absichten bestimmt ehrenhaft. Ariel glaubte fest daran, ganz gleich, was Lord Greville auch behauptete.

Sie musste mit Phillip sprechen, musste ihm zusätzlich den schrecklichen Handel gestehen, den sie abgeschlossen hatte, und ihn um Hilfe bitten. Ariel würde ihm eine Nachricht schicken, sobald sie das wagte und ihm ein Treffen vorschlagen. Dass sie dem Grafen versprochen hatte, ihn nicht wiederzusehen, zählte nun nicht mehr. Da immerhin ihr Glück, ihre ganze Zukunft, davon abhing …

Greville nahm ihren Arm, als sie sich die Treppe hinunterbegaben, und ein warmes Gefühl schlich sich in ihren Bauch. Als sich dann diese langen, dunklen Finger an ihre Taille legten, um sie zur Tür zu führen, wurden abermals ihre Knie weich.

»Da wäre noch etwas«, sagte er und sie blickte zu ihm auf. »Ein Gefallen, um den ich Euch bitten möchte.«

»Ja, Mylord?«

»Glaubt Ihr, dass Ihr, wenigstens wenn wir allein sind, mich vielleicht Justin nennen könntet?«

Sie schluckte und es gelang ihr nicht, ihren Blick von ihm loszureißen. »Justin ...«, wiederholte sie und fand, sein Name sei nicht so abweisend über ihre Lippen gedrungen, wie sie sich das vorgestellt hatte. Sie sah, wie sich währenddessen sein Gesicht entspannte.

Als sie in die Kutsche stiegen, und der Blick dieser eindringlichen grauen Augen über sie glitt, senkten sich seine dichten, schwarzen Wimpern. Sie spürte die Kraft dieses sinnlichen Blickes beinahe so, als würde er sie berühren.

Ariels Puls schlug schneller. Ein sanftes Flattern begann abermals in ihrem Bauch.

Gütiger Himmel, sie wäre froh, wenn sie endlich daheim wären.

»Willkommen zu Hause, Mylord!« Diese Worte kamen von Knowles. Er stand am Eingang von Justins dunklem Herrenhaus in der Brook Street und begrüßte die beiden feierlich. »Ich hoffe, Ihr hattet eine angenehme Reise.« Der Blick des Butlers ging zu Ariel, doch nur für einen Augenblick.

»Ja, danke, sehr angenehm«, gab Justin Auskunft, »obwohl ich froh bin, wieder zurück zu sein.«

»Nun ja, das könnte sich vielleicht ändern, wenn Ihr erfahrt, dass Ihr Gäste habt.«

»Gäste? Was für Gäste?«

»Eure Schwester, Mylord. Lady Haywood und ihr Sohn Thomas sind vorgestern hier eingetroffen.«

Justin fluchte leise. »Wo ist sie?«

»Im Roten Salon, Mylord. Sie erwartet Besuch von Freunden.«

Von Freunden? Nannte sie die etwa so? Ihren Schwarm von Verehrern, diese klebrigen Milchgesichter, die ihr begierig jedes Wort von den Lippen lasen?

Jetzt erst dachte er daran, dass Ariel noch immer neben ihm stand. »Meine Schwester ist hier«, erklärte er mit ausdrucksloser Miene. »Sie kommt nicht sehr oft in die Stadt; doch offensichtlich werden wir eine Weile das Vergnügen ihrer Anwesenheit genießen.«

Ariel nickte nur. Er bemerkte, dass sie ganz blass geworden war. Es lag etwas in ihrem Gesichtsausdruck, eine Unsicherheit, Verletzlichkeit sogar – etwas, das er noch nicht an ihr erlebt hatte. Es erinnerte ihn daran, dass sie eine Lady war – nicht von Geburt an, sondern aus reiner Willenskraft. An der Oberfläche sah sie genauso elegant aus wie jede andere Dame der Gesellschaft. Sie besaß eine untadelige Erscheinung, doch war sie nicht als Lady auf die Welt gekommen. Etwas, das für sie offensichtlich schwerer wog als für ihn.

»Wenn Ihr Euch wegen meiner Schwester Sorgen macht, lasst das getrost sein. Ihre Meinung hat keinerlei Bedeutung.«

»Für mich schon«, widersprach sie leise.

»Nun ja, früher oder später werdet Ihr sie kennen lernen müssen. Dann können wir das auch jetzt gleich erledigen.« Justin reichte ihr den Arm, und Ariel nahm ihn, ließ sich von ihm durch den Flur in den Roten Salon führen, in dem Barbara sich in den Kissen zurücklehnte wie eine Königin, die bereit ist, Hof zu halten.

»Nun, wenn das nicht mein geliebter Bruder ist!«

»Ich würde sagen, willkommen in meinem bescheidenen Heim – aber ich sehe, dass du dich bereits eingerichtet hast.« Mit ihrem glänzenden schwarzen Haar, den blassgrauen Augen und der makellosen Haut war sie wunderschön – das konnte niemand leugnen. Warum sie überhaupt einen so alten Tattergreis wie Nigel Townsend geheiratet hatte, wo sie sich jeden Mann der Oberklasse hätte aussuchen können, war Justin ein Rätsel. Aber Barbara hatte immer großen Wert auf Unabhängigkeit gelegt. Bis auf den Umstand, dass sie die Kontrolle über den Reichtum ihres Mannes verloren hatte, waren die Dinge für sie vielleicht genau nach Plan verlaufen.

Sie zog eine feine schwarze Braue hoch, als sie Ariel erblickte, die noch immer Justins Arm umklammerte. Als Ariel bemerkte, was sie tat, stieg ihr eine heiße Röte in die Wangen. Hastig trat sie einen Schritt zurück.

»Lady Haywood, darf ich dir Miss Ariel Summers vorstellen!« Er schenkte seiner Schwester ein spöttisches Lächeln. »Ariel war das ... Mündel unseres lieben verstorbenen Vaters.«

»Vater hatte ein Mündel?« Sie lachte ein tiefes, kehliges Lachen. »Ich dachte, die einzigen jungen Frauen, für die er sich interessierte, wären seine Dirnen gewesen.«

Ariels Gesicht lief noch roter an.

»Miss Summers wohnt zurzeit hier im Haus. Ich hoffe, du wirst ihr das Gefühl lassen, willkommen zu sein.«

Der Blick aus Barbaras scharfen grauen Augen wanderte zu Ariels Gesicht, sie betrachtete die klaren Linien und zarten Züge, das herrliche, flachsfarbene Haar. »Ihr wohnt hier?«

»Das ist richtig«, antwortete Justin, noch ehe Ariel die Möglichkeit hatte, etwas zu sagen.

»Aber wie ist das möglich? Wer vertritt denn die Stelle der Anstandsdame?«

Er bedachte sie mit einem boshaften Lächeln. »Wenn du besorgt bist um den Anstand – warum übernimmst dann nicht du diese Stelle, so lange du bei uns weilst?«

Barbara stand auf, ihre Augen zogen sich in plötzlichem Verständnis zusammen, ein kaltes Lächeln lag auf ihren Lippen. »Sie war mit dir in Cadamon, nicht wahr? Das Mädchen ist nicht Vaters Mündel, sie ist es nie gewesen! Du bringst deine Geliebten her und besitzt dann auch noch die Stirn, mich zu bitten, als Anstandsdame zu fungieren?«

»Wofür du dich entscheidest oder nicht, macht für mich wenig Unterschied.«

»Ich bin nicht seine Geliebte«, verteidigte Ariel sich, die endlich ihre Stimme wiedergefunden hatte.

»Ihr lügt«, widersprach Barbara.

»Ich sage die Wahrheit.«

»Aber was, um Himmels willen, tut Ihr dann hier?«

»Ich ... ich ... ich helfe Lord Greville bei seinen Geschäftsbüchern. Er ... er braucht jemanden, der es übernimmt die Beträge auszurechnen – und ich habe ein Talent für Zahlen.«

Die Besucherin warf ihrem Bruder einen ungläubigen Blick zu.

»Bitte sie, elf mal sechsunddreißig zu rechnen!«

»Das sind dreihundertneunundsechzig«, antwortete Ariel schnell, noch ehe Barbara den Mund öffnen konnte.

»Siehst du? Miss Summers Hilfe ist unschätzbar für mich.«

Eindeutig beharrte seine Schwester auf ihren Zweifeln, doch Justin langweilte es langsam, sie zerstreuen zu müssen. »Wie lange wirst du bleiben?«, fragte er, um das Thema zu wechseln.

Lady Haywood bedachte ihn mit einem spröden Blick. »Weniger als eine Woche. Natürlich freust du dich, das zu hören. Ich bin hier wegen der Hochzeit von Lord Mountmain. Danach werden Thomas und ich nach Greville Hall zurückkehren.«

Eine Woche mit seiner Schwester war mehr als genug. Er betete darum, dass sie Ariel mit ihrer bösen Zunge verschonen würde. »Wenn das so ist, genieße deinen Aufenthalt!«

Sie würde das vielleicht sogar tun, dachte er – er allerdings nicht. Er hatte keinen Augenblick Frieden, bis seine Schwester wieder verschwunden wäre.

9

Ariel wandte sich ab von dem giftigen Blick aus den Augen der Schwester Lord Grevilles und nahm den Arm, den der Graf ihr bot; sie war dankbar für seine Unterstützung, dieser Frau zu entkommen.

Sie hatten erst gerade ein paar Schritte auf die Tür zu gemacht, als man das Geräusch laufender Füßchen im Flur hörte. Das Kind, vielleicht fünf oder sechs Jahre alt, blieb vor ihnen stehen, sein Blick wanderte nach oben. Als er den Grafen erkannte, erschien ein breites Lächeln auf dem schmalen Gesicht.

»Onkel Justin!« Das Kind warf sich Lord Greville in die Arme und jubelte, als der Graf es hoch in die Luft warf und dann in den Armen wiegte.

»Ich glaube, du bist gewachsen, kleiner Thomas.«

»Wirklich?«

»Zweifellos.« Justin wandte sich an Ariel. »Das ist mein Neffe Thomas. Thomas, das ist Miss Summers.« In den Augen des Grafen lag eine Weichheit, die Ariel zuvor noch nicht darin gesehen hatte – ein Blick der Zuneigung, dessen sie ihn gar nicht für fähig gehalten hatte. Ganz offensichtlich lag ihm sehr viel an diesem Jungen. Womöglich wusste er selbst nicht einmal, wie viel.

Ariel lächelte. »Hallo, Thomas!«

Das Kind wurde plötzlich schüchtern, die langen schwarzen Wimpern senkten sich über seine Greville-Augen. Justin stellte den Jungen wieder auf die Füße, und das Kind schob sich hinter ihn.

»Nett, Euch kennen zu lernen«, lispelte Thomas schließlich und seine Bäckchen plusterten sich auf.

Die tadelnde Stimme seiner Mutter ertönte. »Thomas! Habe ich dir nicht gesagt, du solltest nach oben gehen und spielen!« Sein Lächeln erstarb. »Du weißt, dass ich Gäste erwarte. Was, um alles auf der Welt, treibst du hier unten?«

Er blickte sie flehentlich an. »Die Köchin backt so gute Ingwerplätzchen. Ich dachte, du wolltest vielleicht eins haben.« Er griff vorn in sein Hemd und zog ein noch warmes, ein wenig zerdrücktes Ingwerplätzchen hervor, das er seiner Mutter mit einer nicht ganz sauberen Hand anbot.

Barbara runzelte die Stirn und trat einen Schritt zurück. »Gütiger Himmel, nimm dieses Ding weg – es sieht aus, als hättest du es vom Boden aufgeklaubt. Wenn du nicht Acht gibst, wirst du mein Kleid schmutzig machen.«

Thomas schmale Schultern zuckten. Die kleine Pratze, in der er das Plätzchen hielt, senkte sich, als würde sie hundert Pfund wiegen.

»Komm, Thomas!« Justin hob den Jungen auf seine Schultern. »Miss Summers und ich hätten beide gern ein Plätzchen. Vielleicht kannst du uns zeigen, wo wir sie finden.«

Der Junge griente und zeigte eine Zahnlücke. »Sie schmecken wirklich gut, Onkel Justin.«

»Das glaube ich dir gern.«

Sie wandten sich noch einmal um und winkten seiner Mutter zum Abschied zu, doch die war schon wieder in den Roten Salon stolziert. Greville biss die Zähne zusammen. Zweifellos benötigte dieses Kind einen Beschützer.

Ariel fragte sich plötzlich, ob er sich nicht nur in finanzieller Hinsicht um seine Schwester kümmerte – wie er behauptet hatte –, sondern weil er sich um seinen Neffen sorgte.

Der Graf stellte Thomas vor der Küchentür wieder auf die Füße, und das Kind hüpfte voraus.

»Er ist ein lieber kleiner Junge«, meinte Ariel in Erinnerung an das süße Lächeln, das er ihr geschenkt hatte.

Greville tat diese Bemerkung mit einem Schulterzucken ab. »Alle Kinder in diesem Alter sind nett.«

»Da stimme ich Euch zu, aber ich bin überrascht, dass Ihr so denkt. Ich habe eher geglaubt, dass Ihr ein Kind als eine Last ansehen würdet.«

Etwas blitzte in seinen Augen auf. Sie hatte den merkwürdigen Eindruck, dass es Schmerz war. »Ganz im Gegenteil«, meinte er kurz. »Ich denke, Kinder sind ein kostbares Geschenk.«

Ein Geschenk? Die Antwort verwunderte sie noch mehr. Allmächtiger, würde sie diesen Mann jemals verstehen? »Dann habt Ihr also die Absicht, auch eigene Kinder zu haben?« Sie schüttelte den Kopf über ihre absurde Frage. »Aber natürlich werdet Ihr das. Immerhin braucht Ihr einen Erben.«

Justin reagierte auf diese Bemerkung mit Spott. »Es interessiert mich verdammt wenig, was aus dem Titel meines Vaters wird. Und was eigene Kinder betrifft … ich bin wohl kaum der ideale Vater.«

»Warum denn nicht?«

»Ich habe keine Ahnung von Kindererziehung. Wahrscheinlich würde ich es noch schlimmer machen als meine Schwester.«

Das glaubte Ariel keinen Augenblick, nicht mehr, jetzt wo sie ihn mit Thomas erlebte. Sie dachte an Phillip und den kleinen schwarzen Jungen – versuchte, sich davon zu überzeugen, dass das etwas ganz anderes war. Für sein eigenes Kind wäre Phillip sicher ein wundervoller Vater. Aber ein Rest Zweifel blieb, und da es ihr nicht gelang, den zu verscheuchen, wechselte sie lieber das Thema.

»Ist Eure Schwester immer so ...?«

»Egoistisch und gefühllos? Normalerweise schon. Wenn ich sie nicht besser kennen würde, hielte ich sie für die Tochter meiner Mutter und nicht für die von Mary Ross.«

Ariel war die Bedeutung dieser Worte nicht entgangen. Seine Mutter und Lady Barbara waren also einander sehr ähnlich, was bedeutete, dass egoistisch und gefühllos auch auf seine Mutter zutraf. Da diese Frau ihn im Stich gelassen hatte, stimmte das sicherlich.

»Eure Schwester mag mich nicht.«

»Barbara mag niemanden, mich ganz besonders nicht.«

»Es gefällt ihr nicht, in Eurer Schuld zu stehen. Genauso wenig wie mir.«

Der Graf warf ihr einen schnellen Seitenblick zu, doch erwiderte darauf nichts. »Thomas wartet«, sagte er stattdessen. »Sollen wir reingehen?« Er nahm den Griff der Schwingtür, die in das warme, dampfende Innere der Küche führte; doch Ariel schüttelte den Kopf.

»Ich denke, ich lasse die Plätzchen aus, wenn Ihr nichts dagegen habt.« Zu viel war geschehen. Sie wollte nicht noch mehr entdecken von dieser neuen, beunruhigenden Seite des Grafen. »Die Reise hat mich wirklich sehr ermüdet. Vielleicht werde ich mich einen Augenblick hinlegen.«

Er verbeugte sich leicht vor ihr. »Wie Ihr wünscht!«

Ariel zog sich in die Sicherheit ihres Schlafzimmers zurück, entschlossen, Justin Bedford Ross für eine Weile zu vergessen. Doch wieder und wieder kehrten ihre Gedanken zu dem zärtlichen Gesichtsausdruck des Grafen zurück, als er das Kind in den Armen gehalten hatte.

Phillip Marlin las die Nachricht noch einmal, die er an diesem Morgen erhalten hatte, und Triumph erhellte seine Miene. Verdammt! Das Mädchen hatte ihm eine verteufelte Jagd geliefert, doch jetzt sah es so aus, als wäre diese Jagd von Erfolg gekrönt.

Liebster Phillip,
ich muss Euch sehen. Bitte kommt heute Abend um zehn Uhr zum Pig-and-Rooster-Gasthaus.

Eure Freundin
Ariel Summers

Es war nicht gerade eine romantische Einladung, aber, verdammt, was machte das schon? Das Mädchen schlich sich aus Grevilles Haus und riskierte den Zorn dieses Mannes, nur um ihn zu sehen. Wenn er sie erst einmal allein für sich hatte, oben im Gasthaus, dann würde sie ihm dasselbe geben wie Greville – und er würde dafür sorgen, dass sie darüber den Mund hielt. Feixend stellte er sich vor, was Justin wohl sagen würde, wenn er herausfand, dass Phillip mit seiner blonden Dirne geschlafen hatte.

Und früher oder später würde er es schon mit Phillips Hilfe herausfinden …

Der Tag schien sich endlos hinzuziehen. Er sehnte ungeduldig den Abend herbei, konnte es kaum erwarten, Ariel nackt unter sich zu haben. Wenn er nur daran dachte, packte ihn bereits die Erregung. Dieses Mädchen war so sanft und feminin, eine so liebliche Verführerin; selbst die Tatsache, dass Greville mit ihr schlief, hatte es nicht geschafft, den Hauch von Unschuld zu zerstören, den Phillip an ihr so unwiderstehlich fand. Er gierte förmlich danach, ihre Schenkel auseinander zu schieben und tief in sie einzudringen.

Phillip beschloss, das Haus um halb zehn zu verlassen – auf diese Weise hätte er genügend Zeit. Er musste dafür sorgen, dass ein Zimmer für die Nacht vorbereitet wurde mit einem leichten Abendessen, das sie beide ganz für sich genießen konnten, dazu eine beachtliche Menge Wein. Unter keinen Umständen wollte er irgendetwas dem Zufall überlassen – nicht diesmal.

Jetzt, wo er die Wahrheit über Ariels Geburt kannte und wusste, dass sie selbstverständlich Grevilles Dirne war, hatte Phillip fest vor, sie zu erobern. Heute Abend würde es das erste Mal sein – und nicht das letzte.

»Also ... wie geht die Jagd voran?« Clayton Harcourt hatte Justin diese Frage gestellt. Er lehnte im Türrahmen des dunklen, holzvertäfelten Arbeitszimmers in der Brook Street.

Justin, der hinter seinem großen Mahagonischreibtisch saß, brummte nur. »Nicht wunschgemäß, fürchte ich.«

Harcourt wandte sich der Anrichte zu und goss sich ein Glas Brandy ein, dann warf er sich lässig auf das Sofa vor dem Kamin. »Willst du damit etwa sagen, dass sie sich nicht von dir angezogen fühlt?«

Justin seufzte, schüttelte den Kopf und dachte an ihr gestriges Zusammensein. »Das würde ich nicht unbedingt behaupten.« Nein, er würde das, was zwischen ihnen geschehen war, durchaus als süßes Feuer beschreiben. »Aber leider ist sie klug genug zu wissen, dass ihre Chancen auf jegliche

Art einer respektablen Zukunft sehr klein sind, wenn sie erst einmal mein Bett teilt.«

Clay lehnte sich zurück und ließ den Brandy in seinem Glas kreisen. »Wenn sie einen Ehemann will, nachdem du ihrer müde geworden bist, kann du immer noch einen für sie finden.«

Darüber hatte Justin auch bereits nachgedacht. Mit seinem Reichtum würde er diese Angelegenheit sehr einfach regeln: er brauchte ihr nur eine anständige Mitgift auszusetzen. Es war keine schlechte Idee, und dennoch störte ihn dieser Gedanke. »Ich werde darüber nachdenken.«

»Inzwischen könntet ihr beide euch heute Abend Teresa und mir anschließen. Wir gehen zu Madisons. Das ist eine Spielhölle in der Jermyn Street – sehr diskret. Teresa findet es dort immer recht spannend. Vielleicht wird es deiner Ariel auch gefallen.«

Justin blickte auf den Stapel Papiere, die er gelesen hatte. Einiges davon bezog sich auf die Textilindustrie, andere Dinge handelten von der Schifffahrt oder sonstigen geschäftlichen Interessen. »Ich habe eine Menge zu tun.«

»Du hast genug Zeit. Der Abend beginnt noch lange nicht. Außerdem kannst du das Mädchen nicht umwerben, wenn du nie mit ihr zusammen bist.«

»Das ist wahr.« Aber eigentlich machte er auch nicht gerade umwerfende Fortschritte, wenn er mit ihr zusammen war. »Also gut, sollte Ariel einverstanden sein, kommen wir mit.« Clay gab ihm die Adresse, die Justin auf ein Stück Papier schrieb. Sobald sein Freund das Haus verlassen hatte, schickte er nach Ariel, die ein paar Minuten später sein Arbeitszimmer betrat.

»Ihr wolltet mich sprechen, Mylord?« Sie trug ein Tageskleid aus rosa Seide, das unter dem Busen und am Saum mit Bändern aus moosgrünem Samt abgesetzt war.

»Rosa steht Euch gut, Miss Summers!«

Ihr Gesicht lief in der Farbe an wie ihr Kleid. »Danke, Mylord.«

»Ein Freund von mir, Clayton Harcourt, hat uns eingeladen, heute Abend mit ihm und einer Freundin auszugehen, um zu spielen. Vielleicht hättet Ihr Lust dazu?«

Einen Augenblick lang erhellte sich ihr Gesicht. Doch dann blinzelte sie, und der fröhliche Ausdruck wich einem Stirnrunzeln. »Das wäre sehr schön, Mylord, aber ich fürchte, ich habe heute Abend schon etwas anderes vor.« Sie vermied es, ihn anzusehen – es lag etwas auf ihren Zügen, das ihn plötzlich stutzig machte.

»Darf ich wissen, was das ist?«

Sie leckte sich über die Lippen, starrte auf ihre Füße und sah überall hin, nur nicht zu ihm. »Ich werde eine Freundin besuchen, eine … eine Klassenkameradin aus der Schule. Sie ist eine Bekannte von Kassandra.«

»Verstehe!« Sie log. Was ihr nicht besonders gut gelang – diese Tatsache milderte seinen Ärger etwas.

»Es tut mir Leid, dass ich absagen muss«, meinte sie, und jetzt klang ihre Stimme ehrlich. »Ich könnte mir vorstellen, dass es sicher viel Spaß gemacht hätte.«

»Ja … in der Tat, das wird es zweifellos. Und deshalb, je mehr ich darüber nachdenke, desto sicherer bin ich, dass Ihr mitkommen solltet. Schickt Eurer Freundin eine Nachricht. Sagt ihr, dass Eure Pläne sich geändert haben.«

»Aber ich kann auf keinen Fall …«

»Oh, Ihr könnt!« Er biss die Zähne zusammen. »Darf ich Euch daran erinnern, dass Ihr, bis Euer Teil des Handels erfüllt ist – auf welche Art und Weise auch immer –, das zu tun habt, was ich anordne. Also, Ihr werdet jetzt Eurer *Freundin* Euer Bedauern mitteilen, und wir werden den Abend zusammen bei Madisons verbringen.«

Verärgert presste Ariel die Lippen zusammen. »Wie Ihr wünscht, Mylord.« Mehr sagte sie nicht, sie wandte sich um und verließ den Raum.

Justin ballte seine Hand zur Faust. Sie hatte ihn angelogen – aber warum? Sicher hatte sie doch nicht vor, sich mit Marlin zu treffen? So dumm konnte sie doch gar nicht sein. Der zweite Sohn des Grafen von Wilton war ein Weiberheld, ganz besonders, wenn es um Frauen ging, die nicht den Schutz eines aristokratischen Namens besaßen. Justin hatte das Ariel erklärt, aber er hatte nicht den Eindruck, dass sie ihm glaubte. Es bestand durchaus die Möglichkeit, dass sie das Risiko einging, Marlin zu treffen – eine Tatsache, die einen Stich der Eifersucht durch seinen Körper fahren ließ.

Dieses eigenartige Gefühl war ihm so fremd, dass er einen Augenblick lang gar nicht begriff, was es bedeutete. Er war nicht mehr eifersüchtig gewesen seit seiner Vernarrtheit in Margaret. Danach gab es für ihn keine Gefühle mehr.

Justin biss die Zähne zusammen und rang um Fassung. Was auch immer Ariel vorhatte, sie würde heute Abend Marlin nicht treffen und auch an keinem anderen Abend in der nächsten Zukunft. Von Morgen an würde er sie an kürzeren Zügeln halten, oder zumindest einem der Lakaien befehlen, sie nicht aus den Augen zu lassen, um ihre Sicherheit zu garantieren.

Er dachte an Ariel zusammen mit Marlin, und ein neuerlicher Schmerz machte sich in seiner Brust bemerkbar. Nun, hoffentlich war sie klug genug, um diesen Mann zu durchschauen, und verliebte sich nicht in ihn – aber der Schmerz in seiner Brust wollte nicht weichen.

10

Wie sind doch die Jahre dahingeflogen! Es fällt mir schwer zu glauben, dass ich in wenigen Wochen schon meinen Abschluss machen und die Schule verlassen werde, die ich jetzt mehr als mein Zuhause ansehe als jeden anderen Ort. Ich werde das Institut verzweifelt vermissen und auch die Freundinnen, die ich hier gefunden habe; doch gleichzeitig kann ich es kaum erwarten, in die Welt einzutreten, die Ihr mir eröffnet habt – um meinen Platz darin einzunehmen als der Mensch, zu dem ich geworden bin.

Der Brief entschwand langsam wieder seinen Gedanken, als Justin Ariel half, über das Kopfsteinpflaster zum Eingang von Madisons Spielpalast zu gelangen, einem unscheinbaren, zweistöckigen Gebäude in der Jermyn Street. Er legte ihr eine Hand in den Rücken und führte sie vorbei an einem untersetzten Türsteher in einem zerschlissenen burgunderfarbenen Rock in das schwach beleuchtete, ein wenig verräucherte Innere des Hauses.

Unter seinen Fingern fühlte er, wie starr und wie angespannt ihr schlanker Körper war. Den ganzen Abend über, ganz besonders beim Abendessen, bei dem seine Schwester glücklicherweise durch Abwesenheit glänzte, weil sie zu viel zu tun hatte, war Ariel kühl gewesen und sorgsam darauf bedacht, Abstand von ihm zu halten.

Doch als sie sich jetzt umsah, wurde ihre Reserviertheit langsam ersetzt durch natürliche Neugier, die so sehr ein Teil von ihr war – genau wie ihre Lebenslust und Wünsche, die sie zu seinem Vater geführt hatten und schließlich auch zu ihm.

Sie durchquerten den Hauptsalon, der in Schattierungen von dunklem Rot und Gold gehalten war, mit Plüschvorhängen und verblichenen türkischen Teppichen. Die Einrichtung wirkte etwas erneuerungsbedürftig, die schwere Tapete hatte sich an einigen Stellen gelöst, die Möbel waren ein wenig abgenutzt. Der Raum, von dem aus man einige kleinere Zimmer betreten konnte, wimmelte von Menschen, die meisten von ihnen gut gekleidet, einige wenige in bescheidener Aufmachung, und andere sahen aus, als seien sie gerade von der Straße hereingestolpert.

Definitiv verkehrten in Madisons eine ganze Vielfalt von Kunden; manche von ihnen waren bestimmt nur deshalb hier, um nicht von den immer lauernden und den Klatsch liebenden Mitgliedern der gehobenen Gesellschaft kritisiert zu werden.

Während Justin Ariel weiter in das Innere führte, merkte er, wie ihre Erregung wuchs. Dass sie dieses schäbige Etablissement nicht störte, dass ihr diese grell geschminkten Frauen und ein wenig angetrunkenen Männer nicht auffielen, machte ihn mehr als nervös.

»Ich habe gar nicht gewusst, dass es solche Lokalitäten überhaupt gibt«, meinte sie mit einem Anflug von Verwunderung und starrte auf die Leute an den mit grünem Filz bezogenen Spieltischen oder diejenigen, die sich über die Becher beugten und ihr Glück beim Würfeln versuchten. Sie bedachte ihn mit einem strahlenden, vollkommen unerwarteten Lächeln. »Ich bin froh, dass Ihr mich gezwungen habt, mitzukommen.«

Aber Justin war gar nicht froh. Ariel gehörte nicht hierher, und er wünschte, er hätte niemals auf Clayton Harcourt gehört. Er wandte sich um, auf der Suche nach ihm und entdeckte das Objekt der Verärgerung, das an einer Wand lehnte. Er war in einen braunen Rock und in Wildlederhosen gekleidet, und stand neben einer Frau in einem tief ausgeschnittenen Kleid aus smaragdgrüner und schwarzer Seide – einer zierlichen Brünetten, die ein wenig zu laut lachte über das, was Clay ihr ins Ohr flüsterte.

»Dort drüben.« Justin schob Ariel in ihre Richtung. Er bemerkte einen kurzen Anflug von Unsicherheit an ihr – doch dann war er schon wieder verschwunden hinter einem fröhlichen Lächeln. Clay winkte ihnen zu, als er sie entdeckte, und steuerte mit Teresa auf sie zu.

»Du hast es geschafft!« Clay schüttelte Justin die Hand. »Ich war nicht wirklich sicher, ob du kommen würdest.«

»Clay, das ist Miss Summers. Ich habe dir schon von ihr erzählt.«

»In der Tat hast du das, bereits mehrere Male.« Der prüfende Blick aus seinen brauen Augen glitt über Ariels für eine Frau ein wenig zu hohe Gestalt und erwärmte sich; doch es lag nichts Verführerisches in der Anerkennung, mit der er sie betrachtete. »Es ist mir eine Freude, Miss Summers.« Irgendwie vermutete Clay schon von Anfang an, dass Ariel Justin mehr bedeutete als nur eine Frau, die ihm sein Bett wärmen sollte. Sie hatte von Clay nichts zu befürchten. Justin war sehr froh, einen Mann wie Clayton Harcourt zum Freund zu haben.

Die beiden Frauen wurden einander vorgestellt. Teresa Nightingale war eine attraktive Einundzwanzigjährige, die Tochter einer Schauspielerin, hatte Clay ihm erzählt. Jegliche Unsicherheit, die Ariel vielleicht empfand, wurde von Teresas warmer Begrüßung beseitigt.

Doch es störte Justin trotzdem, Ariel in einer solchen Umgebung zu sehen. Da die Kleider, die er für sie gekauft hatte, noch nicht fertig waren, trug sie heute Abend ein schlichtes blaues Seidengewand, ihr silbergoldenes Haar hatte sie sich auf dem Kopf hochgesteckt. Mit ihrer Anmut und den unschuldigen blauen Augen sah sie aus wie ein Engel im Vorzimmer des Teufels.

Vor Wut zuckte Justin innerlich zusammen.

»Wo sollen wir anfangen?«, fragte Clay, und seine Stimme klang gedehnt. »Wir haben uns in den letzten Stunden dem Glücksspiel gewidmet, und man hat uns dabei ordentlich ausgeraubt.«

»Miss Summers spielt gern Lu«, erklärte Justin und erinnerte sich an das, was sie ihm auf der Reise nach Cadamon erzählt hatte. »Warum fangen wir nicht dort an?«

Ariel strahlte, ihr Groll vom Vormittag war längst verloschen. Das gefiel ihm sehr an ihr, dass ihre Verärgerung nur selten andauerte. Wahrscheinlich hatte sie einfach keine Zeit, nachtragend zu sein, weil es noch so viele Dinge gab, die sie tun wollte.

Die vier näherten sich einem Tisch, doch gab es dort nur noch Platz für zwei Spieler. Ariel setzte sich neben Teresa, und Justin legte einen Stapel Chips vor sie. Sie ging raffiniert mit Karten um, das wusste er von ihren Spielen in der Kutsche. Es belustigte ihn, wenn er daran dachte, dass sie am Ende gar gewinnen würde.

Ariel betastete den wachsenden Stapel Chips vor sich. Teresa, die ständig verlor, hatte schließlich aufgegeben und sich entschuldigt, um nach Clay zu suchen. Die beiden Männer waren nach nebenan verschwunden, während Ariel weitergespielt hatte.

Der Croupier mischte die Karten und bereitete die nächste Runde vor; Ariels Blick ging zu der geschnitzten Uhr auf dem Kaminsims am Ende des Raumes. Zehn Uhr.

Eigentlich hatte sie in diesem Augenblick Phillip treffen und ihm den Handel erklären wollen, den sie mit dem Grafen abgeschlossen hatte. Sie hatte ihn um Hilfe anflehen wollen. Stattdessen war sie gezwungen gewesen, ihm eine zweite Nachricht zu schicken und ihr Treffen, das sie so dringend gemacht hatte, abzusagen.

Du würdest Phillip gar nicht brauchen, wenn du ganz einfach die Schulden ignorieren würdest, riet ihr ihr Verstand, wie schon ein Dutzend Mal zuvor. *Lord Greville hat gesagt, er würde dich nicht zwingen.* Aber es war nicht ihre Art, ein Versprechen zu brechen, das sie einmal gegeben hatte – ganz besonders nicht eines, auf dem alles basierte, was sie war, alles, wofür sie so hart gearbeitet hatte.

Sie schuldete Justin Ross eine Menge. Irgendwie würde es ihr gelingen, ihm das zurückzuzahlen. Phillip würde ihr dabei helfen. Wenn sie nur den Mut fände, ihn darauf anzusprechen!

Ihr Stapel mit Chips wuchs weiter, und sie lächelte triumphierend. Sie konnte es kaum erwarten, dem Grafen ihren Gewinn zu präsentieren. Oh ja, sie sah bereits den anerkennenden Blick, der auf seinem Gesicht erscheinen würde.

Mittlerweile war der Stapel mit den Chips in beeindruckender Schnelligkeit zu einem Turm geworden; es brachte ihr Bemerkungen von den anderen Spielern ein: einem dürren Kahlkopf in einem zerschlissenen blauen Rock, einer üppigen Blondine mit langen Ohrringen und einem attraktiven braunhaarigen Mädchen in einem tief ausgeschnittenen roten Seidenkleid, das im gleichen Alter zu sein schien wie Ariel. Die mit Diamanten und Saphiren besetzte Halskette, die auf ihrem üppigen Busen lag, sah kostspielig aus; doch entsprechend der Art, wie sie mit dem Mann flirtete, der hinter ihr stand, fragte sich Ariel, ob sie vielleicht für diese Juwelen ihre Gunst verkauft hatte.

Es war ein beunruhigender Gedanke, der der Wahrheit erschreckend nahe kam. Ariel zwang sich, ihn beiseite zu schieben – genauso wie den Vorschlag der Frau, ihren Einsatz zu verdoppeln. Es bestand immer die Möglichkeit, dass sie verlieren würde, und sie hatte die Absicht, ihren Gewinn zu behalten. Mit diesem Ziel im Kopf und erfreut über die Summe, die sie bereits beisammen hatte, entschuldigte sie sich und verließ den Tisch mit den Händen voller Chips.

Sie bahnte sich einen Weg durch die Menge zu dem Fenster, hinter dem der Kassierer saß; dort tauschte sie die Chips ein und steckte das Geld in ihre Tasche. Als sie durch den Raum schritt, um den Grafen zu suchen, fiel ihr Blick auf einen großen Blonden, der mit zwei Frauen an seiner Seite durch die Eingangstür trat. Beim Anblick von Phillip Marlin mit einer Blondine an einem und einer Rothaarigen mit einem Pferdegebiss am anderen Arm, blieb Ariel wie angewurzelt stehen.

Gütiger Himmel, das kann doch nicht wahr sein!

Aber natürlich war es wahr.

Abrupt blieb Phillip stehen, als er sie entdeckte; im ersten Augenblick sah er aus wie ein kleiner Junge, der mit der Hand in der Keksdose erwischt worden ist. Sein Haar war ein wenig zerzaust, seine Haltung ein wenig zu entspannt, und sie stellte fest, dass er getrunken hatte. Mit einem kurzen Wort an seine Begleiterinnen ließ er sie an einem der Tische zurück und kam auf sie zu, bis er vor ihr stehen blieb. Er sprach so leise, dass nur sie ihn hören konnte.

»Ariel … um Himmels willen, was tut Ihr hier? Und warum habt Ihr unser Treffen abgesagt?«

Sie schaute sich um in der Hoffnung, dass der Graf sie nicht sähe, weil sie wusste, wie wütend er dann wäre. »Das ist eine lange Geschichte, Phillip, und der jetzige Zeitpunkt ungeeignet, sie zu erzählen.« Ihr Blick ging zu den schwülstigen Frauen. »Außerdem liegt es auf der Hand, dass es für Euch momentan wichtigere Dinge gibt.«

Phillip Marlin lief rot an. »Was stellt Ihr Euch eigentlich

vor? Seit Wochen warte ich darauf, von Euch zu hören. Als dann schließlich Eure Nachricht kam, habt Ihr in letzter Minute Eure Meinung geändert.«

»Ich konnte nicht weg. Zuerst hatte ich geglaubt, ich würde es heute Abend schaffen, aber …«

»Aber Greville hatte andere Pläne.«

»Jawohl.« Noch einen Blick warf sie auf die beiden Frauen. »Und offensichtlich Ihr auch!«

Er musterte seine Begleiterinnen, die beide Satinkleider in grellen Farben trugen und dazu Federn im Haar; sie sahen aus wie Freudenmädchen, was sie, wie Ariel annahm, wohl auch waren.

»Ein Mann hat eben seine Bedürfnisse, Ariel! Das könnt Ihr doch sicher verstehen.«

Vielleicht konnte sie das – oder auch nicht. Zum ersten Mal fragte sie sich, wie es um seine wahren Gefühle für sie bestellt sein mochte.

»Diese Frauen bedeuten mir nichts«, sprach er weiter, als hätte er ihre Gedanken gelesen. »Ihr seid es, die mir am Herzen liegt! Ich wollte Euch sehen. Wir könnten uns morgen Nachmittag im Pig-and-Rooster-Gasthaus treffen, wie Ihr es vorgeschlagen habt.«

Aber Ariel fühlte sich plötzlich unbehaglich. »Ich weiß nicht … ich … ich bin nicht sicher, ob ich wegkomme.«

»Drei Uhr«, sagte er. »Ich werde ein privates Esszimmer reservieren lassen. Sagt dem Eigentümer nur, dass Ihr gekommen seid, um mich zu treffen, dann wird er für den Rest sorgen.«

»Aber ich bin nicht sicher …«

»Ihr müsst kommen, Ariel, meine Liebe! Bitte, enttäuscht mich nicht.«

Aus den Augenwinkeln sah sie eine Bewegung, und Ariel sog scharf die Luft ein. Keiner von beiden hatte den Grafen gehört, der leise näher gekommen war, aber sie ahnte, dass er den letzten Teil ihrer Unterhaltung aufgeschnappt hatte.

Mit hartem Blick musterte er Phillip Marlin. »Miss Summers wird morgen beschäftigt sein. Und auch jeden Tag danach. Sie wird Euch nicht treffen, Marlin. Nicht morgen und auch an keinem anderen Tag in der Zukunft.«

Die Muskeln in Phillips Gesicht spannten sich an. »Ihr seid nicht ihr Eigentümer, Greville.«

Der Graf machte sich nicht die Mühe, darauf zu antworten. »Ich denke, Eure ... Damen ... erwarten Euch.« Er warf einen spöttischen Blick auf die beiden Paradiesvögel, mit denen Phillip gekommen war. »Ihr möchtet sie doch sicher nicht enttäuschen.«

Phillip biss die Zähne zusammen. Sein Gesicht war vor Zorn rot angelaufen. Eine Ader an seinem Hals pulsierte heftig. Kurzfristig glaubte sie, er würde auf Justin losgehen, und sie stand mit angehaltenem Atem daneben. Doch dann verbeugte er sich steif vor ihr, warf dem Grafen einen hasserfüllten Blick zu, wandte sich um und stakste davon. Als er seine Begleiterinnen erreicht hatte, sah er sie nicht einmal an, sondern ging an ihnen vorbei, als wären sie Luft. Eine von ihnen rief ihm nach, auf sie zu warten, doch er marschierte einfach weiter. Die beiden Frauen liefen hinter ihm drein und verschwanden durch die Tür.

»Also ... war es doch Marlin, den Ihr heute Abend treffen wolltet!« Die lärmenden Stimmen der Menschen in dem Raum bildeten eine Art Schutz um sie.

»Hm ... wovon redet Ihr überhaupt?«

»Ich wusste, dass Ihr gelogen habt – ich war nur nicht sicher, warum.«

Ariel hob das Kinn. »Na schön! Ich wollte mit ihm reden, wollte ihn um Hilfe bitten.«

»Habt Ihr Euch in ihn verliebt?«

Die Frage kam so unerwartet, sie überraschte sie. Hatte sie sich in Phillip verliebt? Noch vor kurzem hatte sie das geglaubt. Seither schien jedoch eine Ewigkeit vergangen zu sein. »Ich … ich weiß nicht.«

Justin packte sie fest am Arm und zog sie zur Tür. Er hielt gerade lange genug inne, um seinem Freund Clayton Harcourt Bescheid zu sagen, dann zerrte er sie weiter.

Die Kutsche erschien vor der Tür, die beiden aufeinander eingespielten Grauen tänzelten unter ihren mit Silber beschlagenen Geschirren, silberne Laternen baumelten rechts und links. Sie kletterten hinein und setzten sich in die Lederpolster, Justin auf die eine, Ariel auf die andere Seite. Keiner von ihnen sagte ein Wort. Die Kutsche bewegte sich, und das Schweigen im Inneren war dichter als die verräucherte Luft in der Spielhölle.

»Ich wollte Euch nicht anlügen«, begann Ariel jetzt leise. »Bloß, ich wusste ganz einfach nicht, was ich hätte tun sollen.«

Greville schwieg, doch eine eisige Kälte schien sich ringsum auszubreiten.

»Vielleicht hätte er mir das Geld geliehen, um Euch meine Schulden zurückzuzahlen. Ich hatte gehofft, er würde mir helfen, eine Arbeit zu finden, und dann wollte ich ihn mit der Zeit entschädigen.« Sein eisiger Blick ruhte auf ihr; er sah ihr zu, wie sie verzweifelt in ihrer Tasche kramte, um den Gewinn des Abends daraus hervorzuholen. »Das ist das Geld, das Ihr mir geliehen habt fürs Spiel.« Sie nahm seine Hand, öffnete die steifen Finger und zählte die Münzen in seine Handfläche. »Und das ist das Geld, das ich gewonnen habe.« Sie legte auch noch den Rest dazu. »Ich weiß, es ist erst ein Anfang, aber …«

Er drückte das Geld in seiner Faust, die Banknoten und die Münzen, zusammen. Die Aufgewühltheit in seinem

Blick machte ihre Brust ganz eng. Der Graf klopfte laut an die Vorderwand.

»Anhalten!«, befahl er dem Kutscher. »Sofort!« Er öffnete den Schlag, noch ehe die Kutsche am Rande der Straße angehalten hatte; dann kletterte er hinaus und rief: »Bringt Miss Summers zurück! Seht zu, dass sie sicher ins Haus gelangt.«

»Aye, Mylord! Aber wie werdet Ihr nach Hause kommen?«

»Ich kenne den Weg.« Im Nu war er verschwunden – mit langen Schritten und einer erstaunlichen Geschwindigkeit. Ariel starrte ihm aus dem Fenster nach, sie sah ihn sich entfernen und fühlte sich eigenartig erschüttert. Er wütete, raste sogar. Aber es war der Anflug von Schmerz in seinen Augen, der dieses Ziehen in ihrer Brust ausgelöst hatte.

Sie hatte ihn verletzt. Es schien völlig unmöglich zu sein, doch irrte sie sich nicht. Er glaubte, dass sie ihn Phillips wegen abwies, was natürlich nicht stimmte. Ihr Vertrauen in Phillip Marlin war ins Wanken geraten – wenn sie sich an den kleinen schwarzen Jungen erinnerte, den er wie einen Schoßhund hielt ... Nachdem sie ihn mit den beiden Frauen gesehen hatte.

Dennoch würde sie keinesfalls die Geliebte des Grafen werden. Ariel träumte davon, eine Lady zu sein. Sie wünschte sich ein besseres Leben für sich selbst und für ihre Kinder, die sie eines Tages großzuziehen hoffte. In den Jahren ihrer Ausbildung hatte sie gelernt, dass sie dies niemals erreichen würde, wenn sie sich von einem Mann aushalten ließe. Sie wollte einen Gatten und eine Familie, das wusste sie genau. Es ging ihr um ein ehrbares Dasein und um Freunde wie Kassandra Wentworth.

Sie hatte vor, so zu leben wie der Mensch, der sie nach all der harten Arbeit geworden war, es verdiente.

Und dennoch, wenn sie an den Grafen dachte …

Als die Kutsche auf das Haus zurollte, schaute sie wieder aus dem Fenster. Sie versuchte, ihre Sorge um Justin beiseite zu schieben, die wie ein Splitter in ihrem Herzen steckte.

Justin saß in dem verräucherten Schankraum einer Taverne – war es der Hare-and-Garter oder der Garter-and-Hare? Vielleicht war es auch eine ganz andere Adresse – er wusste es nicht, und es interessierte ihn auch nicht wirklich. Wo auch immer er sich gerade aufhielt, es war kalt – wenigstens Justin verspürte die Kälte, eine kriechende, eisige Benommenheit, die seine Gelenke steif machte und das Blut langsamer durch seinen Körper fließen ließ. Aber im Kamin brannte ein Feuer, und niemand sonst in dem Raum schien so zu frieren wie er.

Ihn beschlich die Vermutung, dass die Kälte aus seinem Inneren kam.

Er sah sich in der Taverne um, einem Raum mit niedriger Decke, schweren Holzbalken und Dielen; hier war er einmal mit Clay gewesen. Glücklicherweise lag sie nicht weit von der Spielhölle entfernt und in einer nicht völlig heruntergekommenen Gegend der Stadt.

Er schwankte ein wenig auf der zerkratzten Bank, auf der er saß, lehnte sich gegen die raue Mauer hinter ihm und trank seinen Humpen Bier aus.

Was nur sehr selten vorkam. Aber jetzt war er bereits betrunkener als sieben Lords, was ihn auch nicht kümmerte. Er wollte seinen Verstand betäuben, wollte die Szene mit Ariel in der Kutsche aus seinen Gedanken verbannen. Glasig blickte er auf den schwindenden Stapel Geld vor sich, den er langsam vertrunken hatte – Ariels Gewinn, Geld, das sie ihm gegeben hatte als erste Rate ihrer Schuldsumme.

Justin fluchte leise, doch heftig. Glaubte sie wirklich, dass ihm etwas an dem verdammten Geld lag? Er besaß mehr davon, als er in einem ganzen Leben ausgeben konnte, und seine Investitionen brachten ihm jeden Tag zusätzlich etwas ein.

Ihr Geld wollte er nicht – sondern sie. Er wollte sie in seinem Bett, wollte sie besitzen, die sonnige Wärme in sich aufnehmen, die sie ausstrahlte, wie das Feuer im Kamin. Er wollte seine so trübe Welt aufhellen, wenn auch nur für einen Augenblick.

Es waren ihre Briefe, das wusste er. Die Briefe hatten sie ihm ans Herz wachsen lassen, auf eine Art, wie es ihr sonst niemals gelungen wäre. Er hatte ihre Entschlossenheit bewundert, den eisernen Willen, den sie aufbrachte, um ihrem Leben in Armut zu entfliehen und etwas aus sich zu machen. Sogar das Mittel, das sie dafür eingesetzt hatte, bewunderte er: den Mut und die Klugheit eines vierzehnjährigen Mädchens, das einen solchen Handel abschloss, mit einem Mann wie seinem Vater!

Also, er respektierte Ariel Summers, obwohl er nicht ganz sicher war, ob er ihr vertrauen konnte. Und er verabscheute sich selbst für die Gewissenlosigkeit, mit der er sie behandelt hatte. Gütiger Himmel, er hatte niemals die Absicht gehabt, auf dem lüsternen Handel seines Vaters zu bestehen. Ehe er sie kennen gelernt hatte, plante er lediglich, ihr bei ihrem Neuanfang zu helfen, auf den sie sich mit so viel Ausdauer vorbereitet hatte.

Und dann war er direkt in ihr Stelldichein mit Phillip Marlin geplatzt! Die alte Feindschaft hatte ihn wie ein Blitz getroffen und ihn dazu getrieben, sich völlig danebenzubenehmen.

Einen Augenblick lang war er wieder zurückgereist in die Vergangenheit und hatte Margarets Gesicht gesehen anstatt das von Ariel, hatte sich daran erinnert, wie sie nackt in

Phillip Marlins Armen gelegen hatte. Die wunderschöne und feurige Margaret Simmons, Tochter eines Vicomtes! Justin hatte sich sofort zu ihr hingezogen gefühlt, als er sie auf einer Party im Landhaus ihres Vaters traf – nicht weit von Oxford, seinem Studienort, entfernt. Clay hatte sie einander vorgestellt, und monatelang hatten sie sich heimlich getroffen, weil Margaret ihrem Vater nicht verraten wollte, dass sie sich mit dem unehelichen Sohn des Grafen von Greville angefreundet hatte.

Mit der Erziehung, die er genoss, war Justin davon überzeugt, dass er für sie angemessen sorgen könnte. Er war verrückt genug gewesen zu glauben, dass sie ihn wirklich heiraten würde.

Dann hatte er an einem Morgen eine anonyme Nachricht erhalten.

Kommt morgen um drei Uhr zum Cock's Crow. Eure Geliebte erwartet Euch dort.

Die Nachricht war nicht in Margarets zierlicher Handschrift verfasst; dennoch lag etwas in diesen Worten, das ihn neugierig machte. Pünktlich um drei Uhr hatte er das kleine, abgelegene Gasthaus erreicht, und der Inhaber, der offensichtlich von jemandem dafür bezahlt wurde, hatte ihn zu einem Zimmer in der oberen Etage geführt. Er öffnete die Tür und sah das zerknüllte Federbett und die Laken, die auf dem Boden lagen – dann Margaret und Phillip, die einander nackt in Armen hielten.

Kalte Wut hatte ihn gepackt.

Eigentlich war Justin bereit, die beiden umzubringen.

Stattdessen hatte er sich nur leicht verbeugt. »Ich entschuldige mich für die Störung! Offenbar seid ihr beide beschäftigt.« Margaret hatte gezittert vor Entsetzen, doch Justin blickte über sie hinweg. »Ihr werdet feststellen, dass die Lady sehr talentiert ist«, fuhr er, an Marlin gewandt, fort. »Ab und zu ist sie ein wenig übereifrig, aber dennoch sehr begabt.« Zu Margaret hatte er gesagt: »Ich glaube, meine Liebe, du hast den perfekten Partner gefunden.« Dann hatte er auf dem Absatz kehrtgemacht, sein Herz war unwiederbringlich zerbrochen.

Verächtlich dachte Justin daran zurück. Das war eine Zeit gewesen, in der er wirklich noch die Meinung hegte, ein Herz zu haben.

Nun nahm er einen Schluck von seinem nächsten Bier und wischte sich mit dem Handrücken den Schaum vom Mund. Er blickte zum Feuer und überlegte, ob er ein wenig näher heranrücken sollte. Selbst seine Fingerspitzen fühlten sich taub an.

Die Bedienung der Taverne erschien – ein kleines, rothaariges Mädchen mit großen Brüsten und einer tief ausgeschnittenen Bluse, die einen Ausblick auf ihren herrlichen Busen bot. »Möchtet Ihr noch ein Bier, mein Schöner?«

Vor seinen Augen drehte es sich. Der Alkohol hatte seine Sinne benebelt, sodass es ihm schwer fiel, zu denken, und genau das wollte er. »Ich brauche ein Zimmer. Habt Ihr noch eines?«

»Ja, oben stehen ein paar sehr hübsche Zimmer zur Verfügung.« Sie deutete zu der Treppe am Ende des Schankraumes.

Justin schob ihr den Rest des Geldes zu, mehr als genug, um die Unterkunft für eine Nacht und weitere Getränke zu bezahlen. »Das sollte genügen – auch für das Bier, das ich noch haben will.«

Sie nahm das Geld, sah den stattlichen Betrag und schenkte ihm ein verführerisches Lächeln. »Für so viel Geld könnt Ihr sogar noch einen kleinen Bonus verlangen, wenn

Ihr das möchtet.« Sie nahm ihre Brust in die Hand und drückte sie bedeutungsvoll, die Spitze zeigte sich unter dem Stoff ihrer Bluse.

Der verlorene Trinker schüttelte den Kopf. »Ein anderes Mal vielleicht!«

Die Rothaarige zuckte nur die Schultern. »Wie Ihr meint!« Sie kehrte mit einem frischen Krug Bier zurück und stellte ihn vor Justin. Er nahm wieder einen Schluck von dem bitteren Gebräu und lehnte sich gegen die Wand, ließ den Alkohol durch seine Kehle rinnen und fragte sich, ob er wohl die Kälte vertreiben würde. Dabei wünschte er, dass er im Tiefschlaf versänke, ohne von Ariel zu träumen.

Es war Lust, das wusste er, die ihn zu solch einer außergewöhnlichen Verhaltensweise getrieben hatte. Jede andere Regung hatte er seit langem unterdrückt. Er hatte jedoch ein Gewissen, und wenn es um Ariel ging, so plagte ihn dieses sehr, bekämpfte sein Verlangen.

Justin widmete sich erneut seinem Humpen und fragte sich, wer wohl auf Dauer gewinnen würde.

Zwei Tage verstrichen.

Eine weitere Herbstnacht brach an, windig und kalt hüllte sie das Haus in einen grauen Nebel der Einsamkeit. Allein in ihrem Zimmer warf Ariel sich ruhelos in ihrem Bett hin und her und konnte nicht einschlafen. In der unheimlichen Stille ringsum strengte sie sich an, etwas zu hören, irgendein Anzeichen, dass der Graf heimgekommen war. Leider gab es keines.

Barbara verbrachte diesen Abend außer Haus. Sie kehrte nur sehr selten vor der Morgendämmerung zurück. Der kleine Thomas lag wohl behütet in seinem Bett; er hatte Ariel dazu überredet, ihm vor dem Schlafen eine Geschichte vorzulesen. Doch von Justin fehlte jede Spur.

Niemand sonst schien sich deswegen Sorgen zu machen. »Er ist der Graf«, hatte der Butler nur gesagt, »und hat das Recht auf ein Eigenleben.« Aber wenn ihm nun etwas zugestoßen war? Es war schon Mitternacht gewesen, als er vorgestern die Kutsche verlassen hatte. Die Straßen Londons waren gefährlich. Wenn er sich nun verletzt hatte und Hilfe brauchte? Gab es denn wirklich niemanden, der sich um den Grafen von Greville sorgte?

Ihr kam der Gedanke, dass sie jetzt, in Justins Abwesenheit, sich mit Phillip treffen könnte. Es war die Chance, auf die sie gewartet hatte. Aber nach ihren letzten Begegnungen vertraute sie Phillip nicht mehr; außerdem wäre es ein schlimmer Betrug an dem Grafen.

Ein Geräusch drang an ihr Ohr, und Ariel horchte aufmerksam. Unsichere Schritte erklangen im Flur. Etwas krachte zu Boden, und man hörte einen leisen Fluch. Sie lauschte, als jemand die Treppe erklomm und dann durch den Flur stolperte, bis er im Zimmer am Ende des Ganges verschwand.

Justins Zimmer.

Endlich war er zurück.

Ein Gefühl der Erleichterung hüllte sie ein, so stark, das ihr ganz schwach zumute wurde. Ariels Kopf sank in die Kissen. Sie stieß den angehaltenen Atem aus und schickte ein Dankgebet gen Himmel für den guten Ausgang der Geschichte. Benommenheit überkam sie. Ihre Lider schlossen sich langsam über ihren müden, brennenden Augen. Zum ersten Mal seit den letzten langen Nächten sank sie in einen friedlichen Schlaf und wachte erst am späten Morgen wieder auf.

11

Ariel bekam Justin den ganzen nächsten Tag und auch den übernächsten Tag nicht zu Gesicht. Sie wusste, dass er ihr aus dem Weg ging; aber nach allem, was zwischen ihnen geschehen war, fürchtete sie sich davor, den ersten Schritt zu tun. Immer wieder fragte sie sich, wo er sich wohl während der vergangenen Tage aufgehalten hatte, und das Bild der beiden grell gekleideten Frauen kam ihr wieder in den Sinn.

Laut Phillip »hatte ein Mann seine Bedürfnisse«. Wenn das so war, dann musste auch der Graf Bedürfnisse haben. Ariel erinnerte sich an die Nacht, in der sie zusammen im King's-Way-Gasthaus gearbeitet hatten. Ein Schauder rann durch ihren Körper, als sie sich an seinen Kuss erinnerte, der eine Mischung aus Sehnsucht und Verlangen gewesen war und der sie zu ihm hingezogen, sie gleichzeitig aber auch geängstigt hatte.

Sie schloss die Augen bei der Vorstellung, dass Justin neben einer Blondine im Bett lag … oder wie er die Rothaarige mit dem Pferdegebiss küsste – doch instinktiv wusste sie, wenn der Graf sich eine Frau suchte, würde sie wohl ganz anders sein als diese beiden. Eher wäre sie wunderschön und begehrenswert – auf einmal verspürte sie tief in ihrem Bauch eine eigenartige Übelkeit.

Ariel wollte nicht an den Grafen mit einer anderen Frau denken. Sie wollte sich nicht vorstellen, wie er sie küsste, wie er sie liebte. Und da sie ehrlich mit sich umging, musste sie sich die Frage stellen, warum das so war.

Sie versuchte es sich als eine Frage des Stolzes zu erklären. Er hatte ihr gesagt, dass sie die Frau war, nach der er verlangte … als würde es für ihn keine andere geben. Wenn er das aber wirklich ernst gemeint hatte …

Sollte es wahrhaftig stimmen, würde das bedeuten, dass ihm etwas an ihr lag? Würde es bedeuten, dass sie für ihn etwas Besonderes darstellte?

Und selbst, wenn das zutraf, was machte das schon für einen Unterschied?

Doch tief in ihrem Herzen, dort, wo sie nicht hinblicken wollte, begriff sie den Unterschied – und was er bedeutete.

Seufzend kleidete Ariel sich an; dann floh sie vor dem allmorgendlichen Geplapper von Silvie und lief die Treppe hinunter ins Frühstückszimmer. Sie war nicht wirklich hungrig, aber sie sollte aus Vernunftgründen etwas essen. Seit der Nacht, in der sie den Grafen zum letzten Mal gesehen hatte, wollte kaum ein Bissen über ihre Lippen.

Auf dem halben Weg abwärts hielt sie inne. Lady Barbara wartete unten an der Treppe mit der üblichen arroganten Haltung auf sie. Ariels Magen hob sich, und jeder Gedanke an Essen stob davon. Sie zwang sich, weiterzugehen bis zur letzten Stufe.

»Lady Haywood!« Sie machte einen Knicks und senkte den Blick, damit ihre Augen sie nicht verrieten.

»Wie es scheint, möchte mein Bruder Euch sprechen. Ich sollte Euch Bescheid geben!«

Ariel hob zögernd den Blick. »W-wisst Ihr, was er von mir will?« In dem Augenblick, als ihr diese Worte herausgerutscht waren, wünschte sie, sie hätte sie sich verkniffen. Es war eine dumme Frage. Justin sagte seiner Schwester niemals etwas, und ganz sicher würde er nicht mit ihr über Dinge reden, die Ariel betrafen.

Barbara lächelte boshaft. »Wenn mein Bruder unserem verstorbenen Vater auch nur im Geringsten ähnelt, dann ist er wahrscheinlich mittlerweile Euren etwas zweifelhaften Charme leid geworden.« Die roten Lippen verzogen sich verächtlich. »Aber keine Angst, ich bin sicher, er wird die

Angelegenheit sehr großzügig regeln. Es ist nicht die Tradition der Grevilles, eine Stadt voller verstimmter Dirnen zu hinterlassen.«

»Ich sagte es bereits – ich bin nicht seine Dirne.«

Barbara lüftete eine perfekte schwarze Braue. »Nicht? Nun, vielleicht ist es ja das, worüber er mit Euch sprechen will. Wenn er Euch noch nicht gehabt hat, dann ist er sicher entschlossen, das jetzt nachzuholen. Was auch immer, er erwartet Euch in seinem Arbeitszimmer!«

Die Lady verschwand, und die Röcke ihres wasserblauen Seidenkleides raschelten, als sie durch den Flur segelte.

Ariel holte tief Luft und bereitete sich darauf vor, dem Mann gegenüberzutreten, der mehr und mehr zu einem Teil ihres Lebens geworden war. Sie wusste nicht genau, auf welche Weise oder seit wann – eigentlich war es ihr gar nicht klar gewesen bis zu der Nacht, in der er nicht nach Hause kam. Sie hatte nicht mehr schlafen, nicht mehr essen können. Die Sorge um ihn war zu einem Dauerschmerz in ihrem Herzen geworden.

Ariel erschauerte, als sie den Flur durchmaß. Er war so wütend gewesen, als er die Kutsche verlassen hatte. Würde er jetzt endgültig von ihr verlangen, den Handel zu erfüllen? Ein Teil von ihr fürchtete sich vor der bevorstehenden Auseinandersetzung; doch ein anderer, geheimer Teil sehnte sich danach, ihn wiederzusehen – ganz gleich, was er einfordern würde.

Sie klopfte kurz an die Tür, und er bat sie, einzutreten. Justin stand an seinem Schreibtisch und kehrte ihr den Rücken zu; die Hände hatte er hinter sich verschränkt, und er starrte auf die Bücherregale, ohne sie wirklich zu sehen. Erst als sie sich näherte, wandte er sich um, und ihr Herz tat ihr weh, angesichts seiner Erschöpfung.

Er wirkte todmüde und wie geschlagen – so hatte sie ihn

noch nicht erlebt. Ariel tat einen Schritt vorwärts, tiefe Betroffenheit wütete in ihrer Brust.

»Danke, dass Ihr gekommen seid«, erklärte er förmlich und bedeutete ihr, sich ihm gegenüber zu setzen. Langsam sank sie auf den Stuhl und strich ihre Röcke glatt, weil sie Zeit brauchte, um sich zu fangen. Während die Sekunden vergingen, betrachtete sie sein Gesicht und suchte vergeblich nach einem Hinweis darauf, was er dachte.

Sie rang um Worte.

»Ich habe … wir haben uns alle Sorgen gemacht um Euch. Gottlob, Ihr seid sicher wieder zu Hause.«

Er sah sie an, seine durchdringenden grauen Augen waren dunkel, tiefe Schatten lagen darunter.

»Wirklich?«

»Ich …« Tapfer schaute sie ihm ins Gesicht. »Ja, ich bin sehr froh!«

Er antwortete nicht darauf, doch das Aufflackern eines Gefühles, das sie nicht benennen konnte, wurde für einen Moment in seinem Blick sichtbar. Nun nahm auch er hinter seinem Schreibtisch Platz und stützte die Ellbogen auf die Platte. »Ich denke, Ihr wisst schon, warum ich Euch sehen wollte.«

Sie strich eine Falte in ihrem Rock glatt. »Eigentlich nicht genau …«

»Die Tage vergehen. Es wird Zeit, dass wir über unseren Handel sprechen.«

Ihr Magen zog sich zusammen. Lieber Gott, sie fürchtete sich davor. Ariel fuhr sich über die Lippen und erinnerte sich an die Worte seiner Schwester. *»Wenn er Euch noch nicht gehabt hat, dann ist er sicher entschlossen, das jetzt nachzuholen.«* »Was … meint Ihr damit?«

Er reckte sich ein wenig und blickte auf eine Stelle über ihrem Kopf, als wäre es die interessanteste Stelle im ganzen

Raum. »Offensichtlich habe ich mich geirrt, als ich glaubte, dass Ihr mit der Zeit die ... Zuneigung ... erwidern könntet, die ich für Euch empfinde. Da für Euch der Gedanke, meine Geliebte zu werden, so abstoßend ist ...«

»Das stimmt nicht!«, unterbrach sie ihn, entsetzt über die Worte, die er gewählt hatte. »Ihr dürft nicht denken, dass es an Euch liegt, Mylord!«

»Nicht? Woran dann?«

Ariel suchte fieberhaft nach einer passenden Erklärung. »Es liegt nicht an Euch«, wiederholte sie. »Nun, vielleicht war das am Anfang so. Ich kannte Euch damals noch nicht, und um die Wahrheit zu sagen, Ihr könnt etwas einschüchternd wirken.«

Seine Mundwinkel zogen sich ein wenig hoch – es ist ein sehr feiner Mund, dachte sie und erinnerte sich daran, dass er sanfter war, als er aussah.

»Richtig, das mag sein.«

»Aber jetzt, wo ich Euch kenne, finde ich Euch ... Nun ja, ich finde, Ihr seid ein sehr attraktiver Mann, und jede Frau, die Ihr zu Eurer Geliebten wünscht, wäre zweifellos froh darüber, von Euch gewählt zu werden.«

»Aber diese Dame seid Ihr nicht«, bemerkte er spöttisch.

»Nein. Das heißt, ich möchte die Geliebte keines Mannes werden.«

»Nicht einmal die von Phillip Marlin?«

Sie errötete. Glaubte er wirklich, sie zöge Phillip Marlin ihm vor? Denn plötzlich wurde ihr deutlich klar, dass sie sich viel lieber mit dem Grafen einließe – wenn sie die Wahl hätte.

»Was ich meine: es ist so ganz anders, die Geliebte eines Mannes zu werden, als meine frühere Auffassung davon. Um die Wahrheit zu sagen, beim Abschluss des Handels habe ich keine Sekunde geglaubt, dass er auch einzulösen wäre. Ich hegte eher die Hoffnung … sobald die Zeit einmal gekommen wäre … würde ich schon einen anderen Weg finden, das Geld zurückzuzahlen. Jetzt, wo ich älter bin, ist mir klar, welche Zukunft einer solchen Frau blüht. Und ich … nun, ich lehne die Lösung ab, meinen Körper zu verkaufen wie eine Dirne.«

Ein Muskel zuckte in der Wange des Grafen. »In solch einem Zusammenhang habe ich auch nicht an Euch gedacht«, beteuerte er leise. Als Ariel ihm nicht antwortete, stieß er den Atem aus und stand auf. »Wie auch immer, es spielt keine Rolle mehr. Ich habe Euch einmal gesagt, ich würde Euch nicht in mein Bett zwingen. Aber vor ein paar Tagen ging mir auf, dass ich genau das tue, wenn ich Euch ständig daran erinnere, was Eure Erziehung gekostet hat. Von diesem Augenblick an, Ariel Summers, ist Eure Schuld vollständig und vollkommen beglichen!«

Ihr Herz vollführte einen kleinen Sprung. Sicher hatte sie ihn nicht richtig verstanden. Doch ihr Puls schlug schneller, und ihr Verstand sagte ihr, doch, er meint es aufrichtig. *Es ist vorbei! Ich bin frei!*, stammelte ihr Inneres. So wie sie es von Anfang an gehofft hatte, hatte der Graf sie aus dem Handel entlassen. Zitternd saß sie vor ihm, benommen vor Erleichterung, und fragte sich, warum sie nicht lächelte, nicht vor Freude laut lachte und jubelte …

»Ich werde einen Ort aussuchen, wo Ihr leben könnt«, fügte er hinzu. »Ihr erhaltet eine monatliche Summe …«

»Nein!« Der Protest kam ganz von selbst aus ihrem Mund; doch es war ihr vollkommen ernst damit.

Der Graf hob den Kopf. »Wie bitte?«

»Ich habe nein gesagt. Ich möchte Eure Wohltätigkeit nicht länger annehmen.«

Eine seiner schwarzen Brauen wanderte hoch. »Ihr wollt meine Wohltätigkeit nicht annehmen? Ihr habt keine Familie, kein Geld, niemanden, an den Ihr Euch wenden könnt. Wovon, um Himmels willen, redet Ihr überhaupt?«

»Es bleibt dabei, ich werde keinen Penny Eures Geldes mehr annehmen – Ihr habt mir bereits mehr als genug gegeben. Und ich möchte meine Schulden noch immer zurückzahlen.« Sie blickte auf den Stapel Papiere, der auf seinem Schreibtisch lag: Geschäftsbücher und Aktenmappen, einige von ihnen mit Eselsohren vom vielen Benutzen und alle gefüllt mit endlosen Zahlenkolonnen. »Lasst mich für Euch arbeiten, wie ich es ja schon einmal getan habe.«

Einen Augenblick war er sprachlos. »Das ist ganz unmöglich«, antwortete er schließlich.

»Warum denn? Zwischen Euren Pflichten als Graf und der Überwachung Eurer Investitionen arbeitet Ihr von morgens bis abends. Ihr habt selbst gesagt, dass Ihr es hasst, mit Zahlen umzugehen. Lasst mich das für Euch erledigen.«

»Anständige Frauen übernehmen solche Arbeiten nicht.«

»Anständige Frauen schließen auch nicht einen solchen Handel ab, wie ich das getan habe.«

Justin ließ sich in seinen Sessel fallen. »Und wo wollt Ihr wohnen?«

»Hier natürlich. Es gibt genügend Platz, und ich könnte meine Schulden viel schneller abbezahlen, wenn ich mir keine Sorgen um Miete und Essen machen müsste. Ihr habt Dutzende Diener, die im Haus leben. Ich könnte in die dritte Etage hinaufziehen, zu den anderen.«

Der Graf fuhr sich mit der Hand durchs Haar und zerzauste es ein wenig. »Das ist verrückt!«

Endlich hatte sie das Gefühl, lächeln zu dürfen. »Ihr habt mir zahllose Geschenke gemacht – meine Erziehung, meine Sprache, sogar die Kleidung, die ich trage. Ich habe die Absicht, Euch das zu vergelten, mit der Gegengabe meiner Arbeit. Was ist daran verrückt?«

Jetzt ruhte sein Blick eindringlich auf ihr. Ihr kam der Gedanke, dass er jedenfalls besser aussah als alle Männer, die sie je getroffen hatte – ob er nun müde war oder nicht, ob zornig oder freundlich.

»Es gibt da noch immer das Problem meiner Gefühle für Euch«, erklärte er. »Ich will Euch haben, Ariel. Und dieses Begehren wird nicht verschwinden, so lange Ihr hier seid.«

Ein kleiner Teufel in ihrem Inneren hob seine hässliche Fratze. »Ihr könnt doch immer wieder zu der Frau zurückkehren, bei der Ihr während der vergangenen Tage gewesen seid …«

»Ich war bei keiner Frau.«

»Natürlich geht mich das nicht unbedingt etwas an, aber …«

»Wenn Ihr es genau wissen wollt, ich war schrecklich betrunken, und zwar Tag und Nacht. Ich hatte auch noch einen Brummschädel, als ich nach Hause kam. Glaubt mir, diese Dummheit habe ich abgebüßt.«

Sie besaß genügend Anstand, zu erröten. »Es tut mir Leid. Wie ich schon sagte, es geht mich nicht wirklich etwas an.« Aber der kleine Teufel grinste fröhlich, und Ariel fühlte sich bei weitem glücklicher, als es sich schickte.

Justin kam um den Schreibtisch herum, und auch Ariel erhob sich.

Er blieb direkt vor ihr stehen. »Meinetwegen … ich nehme Euren Vorschlag an – stelle aber drei Bedingungen.«

Sie schaute mit einem Anflug von Misstrauen zu ihm auf. »Was sind das für Bedingungen?«

»Zunächst einmal werdet Ihr in dem Zimmer bleiben, das Ihr momentan bewohnt. Wir beide haben eine ganze Menge Arbeit in das Ziel gesteckt, Euch zu einer Lady zu machen. Aus diesem Grund sollt Ihr auch weiterhin wie eine solche behandelt werden.«

»Ich kann wohl kaum gegen die Annehmlichkeit protestieren. Und die zwei anderen Punkte?«

»Während Ihr hier arbeitet, werden wir entscheiden, was mit Eurer Zukunft geschieht.«

»Und?«

»Und Ihr werdet Euch von Phillip Marlin fernhalten!«

Na schön, sie dürfte Phillip nicht treffen, so lange sie unter diesem Dach weilte. Komisch, ihn aufzugeben, fiel ihr gar nicht mehr schwer.

Ariel lächelte zögernd, zum ersten Mal seit Jahren fühlte sie sich frei. Sie war frei und Herrin ihres eigenen Lebens. Was auch immer jetzt geschah, was die Zukunft für sie bereithalten mochte, sie trüge selbst die Verantwortung. »Einverstanden«, erklärte sie entschlossen. Dann grinste sie tatendurstig. »Wann fangen wir an?«

In dem Raucherzimmer des Brooks Club in der St. James Street lümmelte Clay Harcourt in einem braunen Ledersessel seinem Freund Justin Ross gegenüber. Bis vor kurzem hatte Justin diesen Club nur sehr selten besucht. In den letzten Wochen war er jedoch beinahe jeden Abend hier gewesen.

Clay zog gemächlich an seiner Zigarre, lehnte den Kopf zurück und ließ den Rauch in großen blauen Ringen zur Decke steigen. »Also ... wie laufen denn die Dinge mit deiner neuen Angestellten?«

Justin sah ihn an – es schien so, als versuche er, sich aus einem Nebel zu befreien. »Entschuldige bitte. Was hast du gesagt? Ich war gerade mit den Gedanken woanders.«

»Das sehe ich. Du hast nicht zufällig gerade über eine Frau nachgedacht? Vielleicht über ein keckes kleines Ding, mit dem Lächeln einer Heiligen und dem Gesicht eines silberhaarigen Engels?«

Lord Greville stieß ein verächtliches Schnauben aus. »Unglücklicherweise habe ich in den letzten Tagen kaum an etwas anderes denken können. Ich wünschte mir fast, meine Schwester wäre geblieben. Barbara hat alle unsere Nerven strapaziert, doch zumindest wie ein Puffer gewirkt. Ohne sie und Thomas zur Ablenkung ist es die verdammte Hölle.«

Clay lachte leise. Justin war oft grüblerisch und abwesend, aber so hatte Clay ihn noch nie erlebt – nicht einmal damals, als er glaubte, in Margaret Simmons verliebt zu sein. »Nur Mut, mein Freund! Sie wird ihre Schulden in ... na ja, sicher zehn Jahren abbezahlt haben?«

Justin sah ihn böse an. »Ich zahle ihr das Gehalt eines Königs für die Arbeit, die sie tut ... und ich finde deine Bemühungen, dich über diese Situation lustig zu machen, abstoßend!«

Sein Gegenüber räusperte sich. »Tut mir Leid«, sagte er, obwohl es das überhaupt nicht tat. Ab und zu musste man Justins sonst so unerschütterliches Benehmen ein wenig herausfordern. Und Clay war froh, dafür zuständig zu sein.

Er wirbelte den Brandy in seinem Schwenker herum und atmete tief seinen Duft ein. »Ariel hat doch schon vor der Ankunft deiner Schwester zusammen mit dir unter einem Dach gewohnt. Warum fällt es dir denn jetzt um so vieles schwerer?«

»Weil sie sich so anders verhält, seit ich ihr ihre Schulden erlassen habe. Davor war sie immer vorsichtig und hat sich gefürchtet vor meinen Reaktionen. Jetzt, wo sie von der Vergangenheit befreit ist, scheint sie mir neue Gefühle entgegenzubringen.«

»Vielleicht vertraut sie dir. Du hättest darauf bestehen können, dass sie den von ihr vorgeschlagenen Handel erfüllt – aber das hast du nicht getan. Du hast eine großzügigere Lösung gewählt. Und das könnte wirklich ein gewisses Maß an Vertrauen in ihr geweckt haben.«

»Schon möglich ... wenn es den Tatsachen entspräche. Genau genommen habe ich sehr selbstsüchtig gehandelt, und nur mein Gewissen beruhigt. Das war wohl kaum eine edle Geste.«

Clay sagte nichts darauf. Justin beurteilte sich immer sehr hart und gnadenlos, stellte sich ständig im schlechtesten Licht dar. Selbstverständlich wusste Clay, warum sein Freund so entschieden hatte – weil ihm an diesem Mädchen etwas lag, weil er sie bewunderte und respektierte – und daran war überhaupt nichts Selbstsüchtiges.

Justin seufzte. »Himmel, je mehr sie mir vertraut, je offener und argloser sie in meiner Nähe ist, desto mehr verlange ich nach ihr. Meine Vorstellung von Großmut schwindet immer mehr, das kann ich dir sagen. Jedes Mal, wenn sie mich anlächelt, würde ich ihr am liebsten die Kleider vom Leib reißen, sie auf den Teppich zerren und ihren süßen Körper besitzen. Ich weiß nicht, wie lange ich das noch aushalte.«

Clay nippte an seinem Brandy. »Wenn du dich so sehr nach ihr sehnst, dann könntest du sie ja heiraten.«

Unter seiner dunklen Haut wurde Justin ganz blass. »Sie heiraten?«

»Warum nicht? Du bist Junggeselle. Ariel ist in dem richtigen Alter. Natürlich gibt es da allerdings immer noch zu bedenken – auch wenn ich das nicht gern andeute –, dass sie von Anfang an geplant hat, dich in diese Falle zu locken.«

»Das ist lächerlich. Ich bin wohl kaum ein Kandidat auf dem Heiratsmarkt. Ariel weiß das.«

»Nun, du hast mir doch erzählt, wie klug sie ist. Dein Vater war wohl kaum einfach zu überzeugen, und dennoch hat sie es geschafft, bei ihm ihren Willen durchzusetzen.« Er grinste. »Und damals war sie erst vierzehn!«

Justin brummte nur. »Eine Ehe kommt nicht in Frage.«

»Warum denn nicht?«

»Weil eine solche Verpflichtung ein gewisses Maß an Gefühlen voraussetzt. Und alles, was ich für Ariel aufbringe, ist eine gesunde Lust.«

Abermals ließ Clay den Rauch seiner Zigarre zur Decke steigen. Er hatte nicht die Absicht, sich mit seinem Freund zu streiten, das würde sowieso nichts nützen. So weit Mr. Clayton Harcourt das beurteilen konnte, empfand sein Freund weit mehr als nur eine gesunde Lust für Ariel Summers. Justin würde das jedoch niemals zugeben – nicht einmal vor sich selbst.

»Vielleicht sollten wir noch einmal einen Besuch bei Madame Charbonnet arrangieren«, schlug Clay vor, einfach nur, um seine Theorie zu überprüfen. »Die Frauen dort sind sehr schön, und wir beide kennen ihre Talente.«

Justins Miene wurde abweisend. »Das kommt nicht in Frage. Wenigstens im Augenblick ...«

Er wollte keine andere Frau, sondern seine schlanke blonde Assistentin. Dass er seine Gefühl für Ariel Summers leugnete, überraschte Clay nicht. Nach dem Mangel an Aufmerksamkeit seitens seines Vaters, der Vernachlässigung durch seine Mutter und Margaret Simmons' Betrug hatte Justin seine Gefühle so tief in sich vergraben, dass er sie jetzt nicht wiederfinden konnte. Bei den seltenen Gelegenheiten, bei denen sie zu Tage traten, überzeugte er sich selbst davon, dass es etwas ganz anderes war – etwas wesentlich pragmatischeres als menschliche Gefühle.

Clay nippte fleißig an seinem Brandy; er überlegte, ob er Mitleid mit seinem Freund haben oder ob die ganze Sache ihn belustigen sollte. »Lass dir ein wenig Zeit«, riet er nun. »Diese Dinge regeln sich normalerweise von selbst.«

Justin antwortete nicht. Clay fragte sich, wann wohl der

Geduldsfaden seines Freundes risse. Es war bestimmt nur eine Frage der Zeit, bis sich Justins süßer, vertrauensvoller Engel flach auf dem Rücken in den Kissen des Grafen von Greville wiederfinden würde.

Doch vielleicht, so argumentierte Clay, war es tatsächlich das, was dieses kleine Luder gewollt hatte.

Der Oktober war angebrochen, der Herbst hatte Einzug gehalten, doch Ariel bemerkte das kaum. Heute Morgen summte sie vor sich hin, als sie durch den Flur in das Arbeitszimmer ging und eines der Geschäftsbücher zurückbrachte, das sie gestern noch mit zu sich genommen hatte. Sie arbeitete hart, manchmal sogar bis in den Abend hinein; aber zu ihrem Erstaunen stellte sie fest, wie viel Spaß ihr das machte.

Es war ein herrliches Gefühl, etwas Produktives zu tun, das Wissen zu nutzen, um das sie so hartnäckig gerungen hatte. Sie fragte sich, warum andere Frauen noch nicht herausgefunden hatten, dass Arbeit gar nicht eine solche Plackerei war, wie es bei den Männern oft den Anschein hatte. Wenn man etwas tat, wofür man Talent besaß, dann konnte das in der Tat Spaß machen.

Sie erreichte das Arbeitszimmer, drehte den silbernen Türknauf und trat ein, ohne anzuklopfen. Den Raum teilten sie sich jetzt: der Graf saß an seinem großen Schreibtisch, Ariel an einem kleineren auf der anderen Seite. Die Arbeit rangierte für beide an erster Stelle, ihr Umgang miteinander war einigermaßen neutral.

Greville blickte auf, er murmelte etwas vor sich hin; dann beugte er den Kopf mit dem dunklen Haar wieder über die Akten, die vor ihm lagen.

Ariel hielt einen Augenblick lang inne, um ihn zu betrachten. Er trug ein weißes Baumwollhemd und dunkelgraue Hosen, seinen burgunderfarbenen Rock hatte er über die Lehne eines Stuhles in der Nähe gehängt. Die hochgekrempelten Ärmel enthüllten Unterarme mit ansehnlichen Muskeln, die von krausem schwarzem Haar bedeckt waren.

Es herrschte trübes, feuchtkaltes Wetter, dunkle Wolken hielten das meiste Sonnenlicht ab. Eine Lampe brannte auf seinem Schreibtisch, sie warf einen Schatten über sein Gesicht und ließ die Höhlungen unter seinen Wangenknochen tiefer erscheinen. Sein schwarzes Haar, das sonst immer ordentlich geschnitten war, wuchs ihm jetzt in den Kragen und kräuselte sich über seiner schneeweißen Halsbinde.

Ariel fragte sich, ob sich das Haar wohl so weich und seidig anfühlte, wie es aussah – ob sein Nacken wohl so muskulös war wie seine Unterarme; bei diesem Gedanken verspürte sie ein eigenartiges Flattern im Bauch. Entsetzt über den Weg, den ihre Fantasie einschlug, umfasste sie das schwere Geschäftsbuch ein wenig fester und ging zu dem Regal hinter dem Schreibtisch, um es wegzustellen; dabei bemühte sie sich, den Blick geradeaus zu richten und sich auf ihre Arbeit zu konzentrieren.

Sie wollte das Buch auf das oberste Brett des Regals hieven, doch trotz ihrer Größe konnte sie es nicht erreichen. In dem Moment schob er seinen Stuhl zurück und trat hinter sie.

»Lasst mich helfen.« Er stand so nahe bei ihr, dass sein Oberkörper ihren Rücken berührte. Sie konnte fühlen, wie sich unter seinem Hemd seine Muskeln anspannten, als er das schwere Buch an seinen Platz schob. Die Sache war erledigt, doch keiner von beiden bewegte sich. Eine angenehme Wärme durchströmte Ariel. Die Uhr auf dem Kaminsims tickte ständig, im gleichen Rhythmus, wie das Herz in ihrer Brust klopfte.

Langsam, als fürchte er, sie würde weglaufen, senkte er die Arme und legte seine Hände mit den langen, schmalen Fingern auf ihre Schultern. Er roch ein wenig nach Tinte und nach einer Art Männlichkeit, die nur ihm zu Eigen schien. Sie fühlte, wie sich sein Oberkörper hob und senkte, spürte seinen warmen Atem an ihrer Wange, unter dem sich eine Strähne ihres Haares bewegte.

»Ariel ...«, flüsterte er, und seine Stimme klang rau. Es war wie eine Bitte, die ihr ins Herz drang. Ganz mechanisch drehte sie sich um und sah ihn an – in ihren Augen las er die Antwort auf seine Bitte.

Er strich ihr sanft über die Wange. Sein Daumen berührte ihre Unterlippe, und ein Schauder durchrieselte sie.

»Justin ...«, flüsterte sie, nur um der Freude willen, seinen Namen auszusprechen.

Ihre Blicke hielten einander gefangen, eindringliche Blicke, in denen Tausende unausgesprochener Gedanken lagen. »Ariel ... gütiger Himmel, was machst du nur mit mir!« Er holte tief und zitternd Luft, dann nahm er ihr Gesicht in beide Hände. Mit einem Aufstöhnen presste er seine Lippen auf ihre. Sein Kuss war sanft und doch eindringlich, ein hingebungsvoller, verlockender, in die Tiefe reichender Kuss. Ein feuchter, betörender Kuss, der ihre Sinne betäubte und nicht zu enden schien.

»Ich habe dagegen angekämpft«, flüsterte er und küsste ihre Mundwinkel; dann strichen seine Lippen noch einmal über ihre. »Du wirst niemals wissen, wie schwer es mir gefallen ist.« Er drehte ihren Kopf, dann küsste er sie wieder und wieder, drängender, saugte an ihrer Unterlippe und lockte sie, ihm ihre Lippen zu öffnen. Seine Zunge schob sich in ihren Mund wie heiße, feuchte Seide – er küsste sie voller Leidenschaft.

Ariel stöhnte auf und klammerte sich an ihn, ihre Arme

legten sich um seinen Hals, ihr Körper schwankte. Heiß stieg es in ihr auf. Ihre Beine fühlten sich schwach an, ihre Knie waren weich. In diesen Zustand hatte er sie noch nie zuvor versetzt – nicht ganz. Aber sie hatte sich ja auch lange vor ihm gefürchtet ... doch das war vorbei.

Justin küsste sie noch einmal. Er bewegte sich ein wenig, sie fühlte seine Hände an den Unterseiten ihrer Brüste, und ihre Spitzen richteten sich auf. Durch den Stoff ihres Kleides legten sich seine langen, dunklen Finger um die sanfte Fülle, er umfasste sie zärtlich.

»Ariel ...«, flüsterte er, knetete ihre Brüste sanft, strich über ihre Spitzen und sie hatte das Gefühl, als würden kleine Flammen über ihren Körper züngeln. Ariel klammerte sich an ihn, sie brannte und fühlte ein eigenartiges Gefühl tief in ihrem Unterleib. Sie wusste, dass sie ihn zurückhalten sollte – aber oje, das Gefühl war so herrlich, so wundervoll, dass ihr verräterischer Körper nicht auf ihren Kopf hören wollte.

Stattdessen drängte sie sich noch näher an ihn, lehnte sich gegen die unmissverständliche Schwellung seiner Männlichkeit. Justin küsste ihren Hals, presste seine Lippen noch einmal auf ihre, und Ariel wimmerte. Sie zitterte, ihr Herz raste. Sie fühlte, wie er nach den Knöpfen in ihrem Rücken griff – der erste öffnete sich, er nestelte an dem zweiten.

»Justin ...?« Sie hauchte seinen Namen, dennoch lag in ihrer Stimme deutlich Verzweiflung. Wenn sie ihn jetzt nicht zurückhielt, dann würde sie es nicht mehr schaffen.

Ein Schauder rann durch seinen Körper. Einige Sekunden lang stand er reglos da; seine herrlichen Hände bewegten sich nicht, während er sich bemühte, die Selbstbeherrschung zurückzugewinnen. Einen Augenblick lang wünschte sich Ariel, sie hätte geschwiegen, hätte zugelassen, dass er weitermachte, um herauszufinden, wie hell das Feuer brennen konnte. Doch sie war felsenfest überzeugt, dass dieser Weg ins Verderben führte.

Er holte zittrig Luft, dann reckte er sich, wurde beinahe starr. Sanft drehte er sie um und schloss den Knopf in ihrem Rücken wieder.

»Es tut mir Leid«, erklärte er heiser. »Ich habe das nicht gewollt.«

Eine Entschuldigung war eigentlich nicht nötig. Sie hatte gewollt, dass er sie küsste, hatte noch weitaus mehr gewollt. Aber das konnte sie ihm wohl kaum sagen.

»Es war nicht dein Fehler, sondern ist … einfach geschehen.«

In diesen eindringlichen grauen Augen, die sonst so unergründlich waren, blitzte ein verwirrender Funke auf. Doch dann rückte seine Maske wieder an ihren Platz. »Bedenke man die etwaigen Konsequenzen, wäre es wohl besser, wenn so etwas nicht wieder geschieht. In der Tat sollten wir einander eine Zeit lang nicht sehen.« Er trat einen Schritt von ihr weg, dann rollte er sorgfältig die Ärmel seines Hemdes herunter und schloss die Knöpfe. »Ich habe etliche Geschäfte außerhalb der Stadt zu erledigen, und werde einige Wochen abwesend sein.«

Ihr Herz schlug heftig. »Einige Wochen?« Sie weigerte sich, daran zu denken, wie es sich in diesem düsteren, großen, leeren Haus ohne ihn lebte. Sie würde ihn entsetzlich vermissen. »Aber du hast nie etwas davon gesagt, dass du London verlassen willst.«

Justin sah unbehaglich aus, und sie begriff, dass er diesen Entschluss ganz spontan gefasst hatte. Er verreiste ihretwegen; der Grund dafür war diese Intimität zwischen ihnen – eine Sache, die vielleicht sogar noch mehr ihr Fehler war als der seine.

»Es geht mir um die Fortschritte, die in der Textilfabrik erzielt worden sind. Ich lasse dir eine Liste von Dingen hier, die du erledigen kannst, während ich weg bin. Bestimmt wirst du eine ganze Menge an Arbeit schaffen, wenn niemand hier ist, der dich stört.«

»Ja … ich denke, das ist so.« Aber er störte sie doch nicht! In der Tat freute sie sich auf ihre lebhaften Diskussionen. Sie liebte es, mit ihm zusammenzuarbeiten, hatte sie festgestellt; es gefiel ihr, Dinge über seine Geschäfte zu erfahren, welche eine gute Investition war und welche nicht, welche Banken die höchsten Zinsen zahlten und wer sich eignete als Kandidat für einen Kredit.

Sie liebte es, mit ihm zu reden, zu wissen, dass er sich irgendwo im Haus zu schaffen machte.

Er nahm seine Jacke vom Stuhl und zog sie an. »Ich werde eine Weile ausgehen und komme erst spät zurück.«

Die verstummte Ariel sah nur, wie er mit großen Schritten hinausstürmte. In letzter Zeit blieb er immer öfter abends weg. Er versuchte, sie zu schützen, und vielleicht auch sich selbst – wollte sie vor dem Verlangen schützen, das ihn verzehrte.

Erst jetzt, lange nach ihrer Ankunft in dem Haus in der Brook Street begriff Ariel, dass sie den Schutz vor Graf Greville gar nicht mehr wollte.

12

Clayton Harcourt klopfte an Justins Portal; dann wartete er ungeduldig, dass der Butler ihn einließ.

»Guten Tag, Mr. Harcourt.« Knowles zog die schwere hölzerne Tür mit dem üblichen Mangel an Begeisterung auf.

»Es tut mir schrecklich Leid. Ich fürchte, Lord Greville ist im Augenblick nicht zu Hause. Ihr könnt ihm eine Nachricht hinterlassen, wenn Ihr möchtet.«

Clay runzelte die Stirn. Er musste mit Justin über Geschäfte sprechen, und viel Zeit hatte er nicht. »In Ordnung! Hier sind einige Papiere, die er sich ansehen soll. Ich werde sie in sein Arbeitszimmer legen, wenn ich darf.« Er trat in die Eingangshalle, die dunkel war und immer ein wenig trostlos aussah; seine lederne Tasche hielt er unter dem Arm. Er zog seine Wildlederhandschuhe aus, warf sie in den Hut und reichte beides dem Butler, der ihn durch den Flur zu Justins Arbeitszimmer führte.

Knowles riss die Tür auf, dann zuckte er erschrocken zusammen. »Entschuldigt, Miss Summers! Ich habe gar nicht gewusst, dass Ihr noch am Schreibtisch seid. Mr. Harcourt hat einige Papiere für Lord Greville. Er möchte ihm eine Nachricht hinterlassen.«

»Natürlich. Bitte, kommt doch herein.« Sie stand eilig auf, eine anmutige Erscheinung in Marineblau und Weiß, ihr blassblondes Haar hochgesteckt, wie immer. Lächelnd drehte sie das Schreibset aus Kristall auf ihrem Schreibtisch mit der Feder und der Tinte in seine Richtung.

»Danke. Es wird nur einen Augenblick dauern.« Sie war sogar noch hübscher, als er sie in Erinnerung hatte, so blond und hell, voller Licht und Sonnenschein – im Gegensatz zu Justins dunkler, grüblerischer Erscheinung. Clay konnte auf einen Blick erkennen, warum sein Freund sich von ihr so angezogen fühlte.

Und dennoch bereitete es ihm Kummer. Er vertraute nur sehr wenigen Frauen. Zu viele von ihnen hatte er kennen gelernt, die einem Mann alles antun würden, nur um zu sehen, wie er sich wand.

Knowles kehrte zu seinen Pflichten zurück, und Clay

richtete seine Aufmerksamkeit auf Ariel. Vielleicht würden ein paar Worte mit ihr seine Bedenken zerstreuen.

»Eigentlich hatte ich gehofft, Lord Greville anzutreffen«, begann er das Gespräch. »Ich bin da über ein Geschäft gestolpert, das er vielleicht interessant finden könnte. Nur selten lasse ich mich auf finanzielle Abenteuer ein; aber dieser kleine Handel erschien mir so verlockend, dass ich nicht widerstehen konnte.«

»Leider wird er erst spät zurückkommen. Und morgen will er nach Cadamon fahren. Offensichtlich hat er vor, mehrere Wochen fern zu bleiben.« Eine Tatsache, die sie gar nicht zu erfreuen schien.

»Meines Wissens habt Ihr ihn doch beim letzten Mal begleitet?«

»Das war etwas anderes.«

»Warum?«

Sie hob ein wenig das Kinn. »Damals hatte er die Absicht, mich zu seiner Geliebten zu machen – ich denke, das wisst Ihr.«

Er unterdrückte seine Belustigung. »Anscheinend hat sich das geändert.«

»Jawohl.« Aber auch das schien sie nicht sehr zu erfreuen.

Clay öffnete die Tasche, holte die Geschäftspapiere, die er mitgebracht hatte, daraus hervor und legte sie auf einen Stapel von Schriftstücken auf Justins Schreibtisch.

»Er hätte Euch gut behandelt. Justin ist ganz anders als sein Vater. Es zählt nicht zu seinen Gewohnheiten, Frauen auszuhalten. In der Tat hat er noch nie eine echte Geliebte gehabt – obwohl das nicht bedeuten soll, dass er bisher das Leben eines Mönchs geführt hat.«

»Sicher hat er das nicht – tatsächlich könnte ich mir vorstellen, dass es eine ganze Anzahl von Frauen gibt, die gern diesen Platz einnehmen würden.«

»Wenn er sie haben wollte, ja. Ich indessen möchte Euch hiermit versichern, dass Ihr ihm mehr bedeutet als eine flüchtige Affäre.«

Ariel antwortete nicht darauf. Sie machte es ihm wirklich schwer.

»Ich weiß nicht, wie gut Ihr ihn bereits kennen gelernt habt. Vielleicht habt Ihr mittlerweile begriffen, dass er nicht der Eiszapfen ist, der er zu sein scheint.«

Interesse blitzte in ihren Augen auf. »Wollt Ihr mir nicht etwas über ihn erzählen?«

Clay lächelte. »Was möchtet Ihr denn wissen?«

»Er scheint so schrecklich abweisend zu sein. Hat es eigentlich schon einmal jemanden gegeben, dem er nahe gestanden hat – jemand, der sich etwas aus ihm gemacht hat? Ich weiß, dass seine Mutter ihn im Stich gelassen hat und dass sein Vater nie für ihn da war. Auch seine Schwester scheint nur an sich selbst interessiert. Er hat einmal eine Großmutter erwähnt, aber er besucht sie seltsamerweise nie … und der kleine Thomas lebt die meiste Zeit mit seiner Mutter auf dem Land.«

»Mir liegt etwas an ihm«, gestand Clay.

Ariels blaue Augen richteten sich auf ihn; es waren wundervolle, arglose Augen … oder wenigstens schienen sie das zu sein. »Mir auch«, pflichtete sie ihm bei.

Clay dachte über diese Worte nach; er fragte sich, ob sie wohl ernst gemeint waren; würde es ihr gelingen, durch Justins hartes, zynisches Äußere den Mann auszumachen, der er wirklich war? »So wie ich gehört habe, habt auch Ihr niemanden, der sich um Euch sorgt. Vermutlich schafft das eine gewisse Gemeinsamkeit.«

Ihr Mund verzog sich zu einem sehnsüchtigen Lächeln. »In etwa schon. Aber im Gegensatz zu Justin wurde ich als Kind sehr geliebt. Ich hatte die wundervollste Mutter, die sich eine Tochter wünschen konnte, und zwei sehr liebevolle Großeltern. Erst nachdem sie gestorben waren und ich mit meinem Vater allein zurückblieb, fing meine Einsamkeit an. Ich weiß, wie wichtig Liebe ist. Aber ich glaube, Justin hat nicht die leiseste Ahnung davon.«

»Vielleicht könntet Ihr es ihm beibringen.«

»Es ihm beibringen?«

»Na ja, ein Mensch sollte eben wissen, wie es sich anfühlt, geliebt zu werden – ehe er selbst zu lieben beginnt. Das ist eine Sache der Erfahrung.«

»Schon möglich! Wenn ich genügend Mut hätte, könnte ich es versuchen. Doch leider ist mir das Risiko zu groß. Sobald meine Schulden abbezahlt sind, werde ich gehen. Lord Greville zahlt mir einen absurd hohen Lohn, aber ich erhebe beileibe keinen Widerspruch.« Sie lächelte schalkhaft. »Außerdem bin ich es wahrscheinlich sogar wert.«

Auch Clay lachte – ihm gefiel ihr Selbstvertrauen, das so ganz anders war als Justins eigene, düstere Komplexe.

»Wenn ich erst einmal meine Verpflichtungen erfüllt habe, hat Justin sich einverstanden erklärt, so eine Art Posten für mich zu finden. Ich vertraue auf sein Urteilsvermögen in dieser Hinsicht und werde auf alle Fälle mit der Stelle zufrieden sein, die er mir verschafft.«

»Selbstverständlich werdet Ihr das sein … wenigstens für den Augenblick.«

»Was wollt Ihr damit sagen?«

Er zuckte die Schultern und hoffte, es sähe lässig aus. »Ihr seid jung und äußerst attraktiv. Da liegt es doch in der Natur der Dinge, dass Ihr eines Tages heiratet.«

»Ich bin eine Frau, Mr. Harcourt, und unterscheide mich nicht von anderen Frauen. Es ist wirklich mein Wunsch, eines Tages eine eigene Familie zu haben.«

Clay nickte nur. Auf den ersten Blick schien sie in der Tat

all das zu sein, was Justin gesagt hatte – aufrecht und entschlossen, reizend ernsthaft. »Ich wünsche Euch Glück, Miss Summers! Bittet Justin, sich den Vorschlag anzusehen, den ich ihm auf den Schreibtisch gelegt habe. Richtet ihm aus, er soll bei mir vorbeikommen, ehe er die Stadt verlässt. Wir müssen schnell handeln, wenn wir dieses Geschäft abschließen wollen.«

»Ich werde ihm eine Notiz schreiben«, versprach Ariel ihm. »Falls er abreist, ehe ich ihn am Morgen sehe.«

»Danke.« Clay verabschiedete sich höflich, holte seinen Hut samt Handschuhen und verließ das Haus. In Gedanken war er noch bei der Unterhaltung, die er gerade geführt hatte. Als er im Club mit Justin über Ariel gesprochen hatte, war er mehr als überzeugt davon gewesen, sie sei noch immer das hinterhältige kleine Biest wie mit vierzehn.

Nach diesem Gespräch jedoch begann er zu glauben, dass er sich geirrt hatte. Wenn das der Fall war und Justin wirklich so sehr nach ihr verlangte, wie es schien, dann bot sich vielleicht doch eine Ehe an.

Clay nahm den Hut unter den Arm und streifte seine Handschuhe über. Sicher wäre es gar nicht so schlecht, verheiratet zu sein. Eine Menge Menschen heirateten. In Wirklichkeit hätte er nichts dagegen, eines Tages auch eine Frau und Kinder zu haben. Zwar war er wohl kaum ein Mann für nur eine Frau, aber das stellte sicher kein Problem dar – die meisten seiner Freunde tummelten sich weiter. Es würde Justin wahrscheinlich gut tun – ein paar Kinder, die im Haus herumhüpften, eine Frau, die ihm die Zuneigung schenkte, die er als Junge nie bekommen hatte. Vielleicht half sie ihm sogar dabei, diese verdammt irritierende Ruhe loszuwerden, die er wie einen eisernen Schutzschild zur Schau trug.

Oder am Ende war das Mädchen doch nicht so unschuldig, wie es den Anschein hatte. Möglicherweise packte sie es jetzt wesentlich raffinierter an, ihr Ziel zu erreichen als mit vierzehn. Er hoffte nur, dass Justin Manns genug war, die Wahrheit herauszufinden.

Und er schätzte sich verdammt glücklich, nicht an der Stelle seines Freundes zu sein.

Ariel starrte an den verblichenen blauen Himmel ihres Bettes. Draußen wütete ein Gewitter, und verdeckte den Mond und die Sterne. Ein heftiger Wind heulte ums Haus, Blitze zuckten an dem unheimlich schwarzen Firmament. Es war schon nach Mitternacht, doch konnte sie nicht einschlafen.

Sie dachte immer wieder an Justin, daran, was sich in seinem Arbeitszimmer zwischen ihnen abgespielt hatte. Wenn sie die Augen schloss, spürte sie noch immer die Hitze seines langen, harten Körpers, das heiße, süße Gefühl, das sie wie ein Flammenpfeil getroffen hatte. Allein der Gedanke daran ließ sie erzittern, so wie sie es in seinen Armen getan hatte.

Die Erfahrung war so berauschend gewesen, dass sie sich gewünscht hatte, es würde niemals zu Ende gehen. Genau wie Justin, das hatte sie gespürt. In Wirklichkeit war sie überrascht, dass er überhaupt aufgehört hatte. *Warum eigentlich?*, fragte sie sich. Aber in ihrem Herzen wusste sie es.

Seit Jahren hatte er ihre Briefe gelesen. Er kannte ihre innersten Erwägungen und Träume, wahrscheinlich kannte er sie besser als irgendjemand auf der Welt. Er wollte sie lieben, aber ohne Zweifel würde er dadurch all ihre Träume zerstören.

Ariel seufzte. Justin tat so, als sei er hart und gefühllos. Sie glaubte das längst nicht mehr. Da sie inzwischen so eng mit ihm zusammenarbeitete, war sie genau informiert, welche Veränderungen er in Cadamon vornahm – um den Gewinn zu vergrößern, hatte er behauptet. Zweifellos würden geschäftliche Erfolge das Endresultat sein; dennoch nahm sie es ihm nicht ab, dass die hübschen Steinhäuser mit den vier Zimmern, die er für die Arbeiter entworfen hatte, nur wegen des Geldes gebaut wurden, das er am Ende damit zu verdienen gedachte.

Und dann war da noch das Kind, der kleine Thomas, Justins Neffe. Fraglos liebte der Junge seinen Onkel von ganzem Herzen und dieser erwiderte das Gefühl. Justin hatte einen wilden Beschützerinstinkt für das Kind entwickelt. Wenn er glaubte, dass seine Schwester damit einverstanden wäre, so würde Justin den Jungen gerne bei sich in London behalten, davon war Ariel überzeugt. Aber ihr Kind aufzugeben, wäre dem Ruf von Barbara wohl kaum zuträglich, und der Gräfin von Haywood bedeutete ihr Ruf innerhalb der gehobenen Gesellschaft überaus viel. Also blieb der Junge bei seiner Mutter; Justin hingegen bezahlte die Rechnungen und sagte sich, dass das Ganze nur eine finanzielle Angelegenheit sei.

Zudem gab es den Handel, den Ariel mit seinem Vater abgeschlossen hatte. Durch die Großzügigkeit des Grafen hatte sie die Erziehung genossen, die sie sich so sehr gewünscht hatte. Statt nun die Kosten zurückzufordern, hatte Justin sie aus dem Vertrag entlassen, und wenn sie einverstanden wäre, würde er auch weiter für ihr Wohlergehen sorgen.

»Ich weiß nicht, wie gut Ihr ihn bereits kennen gelernt habt«, hatte Clayton Harcourt gesagt. *»Vielleicht habt Ihr mittlerweile begriffen, dass er nicht der Eiszapfen ist, der er zu sein scheint.«*

Justin war auf keinen Fall der gefühllose Schuft, für den sie ihn anfangs gehalten hatte.

Er war nur verzweifelt und schmerzlich einsam.

Ein Windstoß rüttelte an den Läden vor dem Fenster und

weckte ihre Aufmerksamkeit. Der Regen peitschte in grauen Schleiern an die rauen Mauern des Herrenhauses. Justin war dort draußen in dem Gewitter – ihretwegen –, weil er nicht sicher war, was geschehen würde, wenn er im Haus blieb. Er trieb sich dort draußen herum, und sie machte sich Sorgen um ihn.

Sie grämte sich und noch viel mehr. Ariel unterdrückte den schmerzlichen Ansturm der Gefühle und gestand sich zum ersten Mal die Wahrheit ein.

Allmächtiger, ich liebe ihn.

Bei diesem zuvor unvorstellbaren Tatbestand verspürte sie einen dicken Kloß in ihrem Hals. Wie war das geschehen? *Und wann?* Hatte es einen bestimmten Augenblick gegeben, eine besondere Minute, einen Tag X, oder hatte er sie ganz langsam für sich eingenommen, wie der Sand von der hereinbrechenden Flut überschwemmt wird? Vielleicht hatte es sie erwischt, als sie zum ersten Mal hinter die Reserviertheit in diesen kühlen grauen Augen geblickt und die turbulenten Gefühle entdeckt hatte, die er so sorgfältig zu verbergen pflegte. Ja, es konnte dieser Augenblick gewesen sein, als sie erkannte, dass seine Kälte nur Fassade darstellte, hinter der sich Einsamkeit und Verzweiflung türmten.

Tränen brannten in ihren Augen. Tränen um Justin und das leere Leben, das er führte. Tränen um sich selbst, weil sie einen Mann liebte, der ihre Gefühle niemals erwidern würde. Wie konnte nur ihre Wahl auf einen Menschen fallen, der die Bedeutung von Liebe überhaupt nicht kannte?

»Vielleicht könntet Ihr es ihm beibringen.«

Harcourts beiläufige Bemerkung verfolgte sie, seit er sie ausgesprochen hatte. War es möglich, dass ein Mann wie Justin lernen konnte zu lieben?

Und war sie im positiven Falle Frau genug, es ihm beizubringen?

Ja, noch wichtiger, hatte sie den Mut, das zu versuchen?

Sie hörte ihn genau in diesem Augenblick unten in der Eingangshalle. Einen Moment später waren die schleppenden Schritte auf der Treppe zu hören. Er trank nur sehr selten, und sie wusste, dass er auch jetzt nicht betrunken war. Er war nur müde und nass und einsam.

Morgen würde er abreisen. Sie hatte keine Ahnung, wann er zurückzukehren gedachte. Wochenlang war sie ihm aus dem Weg gegangen. Auf einmal schien es ihr unumgänglich, ihn zu sehen – heute Abend, in dieser Minute noch. Ariels Hände zitterten, als sie aus dem breiten Himmelbett glitt und ihren dicken blauen Morgenmantel um sich wickelte. Sie zog ihr zu einem losen Zopf geflochtenes Haar unter dem Kragen hervor und ließ ihn über ihren Rücken fallen; dann begab sie sich mit laut klopfendem Herzen und plötzlich ganz trockenem Mund auf den Weg.

Sie bewegte sich leise und vergewisserte sich, dass keiner der Diener in der Nähe war; entschlossen schlüpfte sie hinaus in den Flur. Eine silberne Lampe flackerte auf dem Tisch am anderen Ende und warf unheimliche Schatten an die Wände. Sie fröstelte wegen der Zugluft und lief schnell zu dem großen Schlafzimmer; nur einen Augenblick hielt sie inne, als sie davor angelangt war.

Auf der anderen Seite der schweren Tür hörte sie ihn auf und ab stapfen. Ariel holte tief Luft, um all ihren Mut zusammenzunehmen; dann griff sie nach dem silbernen Türknauf, ehe sie es sich anders überlegte, drehte ihn und trat in die nur schwach erhellten Räumlichkeiten. Sie stand in seinem Salon und konnte durch die offene Tür in sein Schlafzimmer blicken. Das Licht des Feuers flackerte im Kamin, und eine Öllampe brannte auf der marmornen Kommode. Justin stand davor und machte sich fertig zum Schlafengehen.

Einen Augenblick lang konnte Ariel nicht atmen. Er hatte seinen Rock, seine Weste und das weiße Baumwollhemd ausgezogen. Die nasse schwarze Hose klebte an seinen schmalen Hüften und zeigte seine langen, muskulösen Beine in den hohen schwarzen Stiefeln. Sein Haar war feucht vom Regen, es klebte ihm im Nacken, eine Locke hing ihm in die Stirn. Sein Oberkörper war nackt, breit und dunkel, bedeckt von krausem, schwarzen Haar, das zum flachen Bauch hin schmal auslief.

Unbewusst fuhr sich Ariel über die Lippen, ihr Blick hing an der herrlichen Männlichkeit seines Körpers. Sie bemerkte gar nicht, dass sie sich bewegte, langsam auf ihn zuging, bis er aufblickte, sie sah und erstarrte. Betroffenheit ersetzte die Überraschung auf seinen Zügen, und er runzelte die Brauen.

»Ariel? Was ist geschehen? Was hast du?« Er kam auf sie zu, mit drei großen Schritten erreichte er sie und fasste sie besorgt um die Schultern. »Ist alles in Ordnung mit dir?«

Sie biss sich auf die zitternden Lippen. »Ich musste kommen – musste dich sehen.«

»Ariel … Liebling … sag mir, was du hast!«

»Es ist alles in Ordnung. Ich … ich möchte nur nicht, dass du wegfährst.«

Er schwieg lange Zeit. »Ich verstehe nicht …«

»In gewisser Weise tue ich das auch nicht. Jedenfalls möchte ich nicht, dass du morgen abreist. Du sollst hier bei mir bleiben!«

Sein Gesichtsausdruck veränderte sich, wurde hart. Ein Muskel in seiner Wange zuckte. »Du weißt, warum ich abreise. Selbst du kannst nicht so naiv sein.«

Sie errötete ein wenig, aber schaute nicht weg. »Ich weiß, warum du abreist. Du willst einen Abstand schaffen, versuchst, mich zu schützen … um mir nicht wehzutun.«

Die verschiedensten Gefühle spiegelten sich in diesen unglaublich grauen Augen wider, dann aber war der Aufruhr wieder verschwunden. »Ich reise ab, weil ich dich haben will. Wenn ich bleibe, werde ich früher oder später über dich herfallen.«

Würde er das wirklich tun? Nicht, wenn sie es nicht auch wollte. Inzwischen kannte sie ihn so gut, um zu wissen, dass sie ihm vertrauen konnte.

»Verlangst du wirklich so sehr nach mir, Justin?«

Seine Kinnmuskeln spannten sich an. Ein Ausdruck, der heiß und voller Sehnsucht war, huschte über sein Gesicht. »Das weißt du doch.«

»Dann liebe mich! Jetzt. Heute Abend.«

Einen Augenblick lang wurden die Pupillen seiner Augen größer, dann schüttelte er langsam den Kopf. »Du weißt nicht, was du sagst.«

Sie streckte die Hände nach ihm aus, legte sie auf seinen Oberkörper. »Du irrst dich, Justin. Ich weiß es genau.« Und erst jetzt begriff sie, was sie dazu getrieben hatte, zu ihm zu gehen; auf einmal erkannte sie das Risiko und auch seine Unausweichlichkeit. »Du hast meine Schulden als getilgt erklärt und mir meine Freiheit zurückgegeben. Du hast es mir ermöglicht, meine eigene Wahl zu treffen, meine eigenen Entscheidungen zu fällen. Ich wähle das, was wir beide wollen.«

Justin starrte sie an, als sei sie eine Erscheinung – sein Blick war besorgt und eindringlich. »Du kannst das nicht wirklich meinen. Du hast dich dagegen gewehrt, seit dem Tag, an dem wir uns kennen lernten.«

»Ich will es mehr als je etwas in meinem Leben. Liebe mich, Justin … bitte!« Lange, beunruhigende Sekunden vergingen, dann durchrann ihn ein Schauder. Er streckte die Hände aus, legte sie um ihre Taille und zog sie in seine Arme.

Sein Oberkörper war noch feucht vom Regen. Sie spürte, wie sein Herz raste. Die Nässe seiner Hose drang durch ihren Morgenmantel, doch das kümmerte Ariel nicht. Irgendwann in den langen Stunden des Abends war alles überdeutlich für sie geworden. Von diesem Augenblick an würde sie der Stimme ihres Herzens folgen, ganz gleich, wohin es sie führen oder was es sie kosten würde.

Justin sah in ihr Gesicht, er musterte sie prüfend, schaute ihr in die Augen, wie um ihre Seele zu untersuchen. Dann senkte er den Kopf und küsste sie – es war der herrlichste, schmerzlich zärtlichste Kuss, den sie je erlebt hatte. Ein Kuss, der all die Dinge sagte, nach denen sie sich sehnte und die sie wahrscheinlich niemals von ihm hören würde. Ariel erwiderte seinen Kuss mit all der Liebe, die sie gerade erst entdeckt hatte, und, lieber Gott, es fühlte sich so richtig an, so gut. Kleine, sanfte Küsse drückte sie in seine Mundwinkel, an seinen Hals, und auf seine nackten Schultern – unter denen er erzitterte.

Justin holte tief Luft, dann nahm er sanft ihr Kinn in die Hand und zwang sie, ihn anzusehen. »Ariel, bist du dir ganz sicher?«

Absolut, dachte sie. Ich liebe dich. Aber sie sprach diese Worte nicht aus. Er konnte ja nicht wissen, wie er mit dieser Art von Gefühlen umgehen sollte – noch nicht. Sie hatte gerade erst selbst gelernt, sie zu akzeptieren. »Es ist richtig so, Justin!«

Sie legte die Arme um seinen Hals und vergrub die Finger in seinem feuchten schwarzen Haar; dann zog sie seinen Kopf zu sich hinunter und küsste seinen harten Mund, bis er ganz weich wurde, atmete tief seinen männlichen Duft ein. Justin küsste sie voller Leidenschaft, als könne er nicht genug von ihr bekommen; sein warmer Atem vermischte sich mit dem ihren, ihre Lippen waren feucht. Ariel schwankte und stellte voller Verwunderung fest, wie perfekt ihre Körper zueinander passten – sein harter, beschützender Brustkorb lockte sie.

Jetzt hob er sie hoch, trat durch die Tür in sein Schlafzimmer und legte sie auf das große Bett, von dem er die seidene Tagesdecke gezogen hatte. Er griff nach dem Band, mit dem ihr Morgenmantel am Hals geschlossen war, und zog ihn ihr über die Schultern. Eine heiße Röte der Verlegenheit stieg in ihre Wangen; doch versuchte sie nicht, sich zu bedecken. Nicht, als sie das anerkennende Aufblitzen in seinen Augen sah, die wie silberne Feuer leuchteten. Er entfernte das Band aus ihrem Haar, das den Zopf zusammengehalten hatte; dann fuhr er mit den Fingern hindurch und breitete das Haar auf dem Kissen aus.

»Du bist wunderschön«, flüsterte er mit rauer Stimme. »Noch viel bezaubernder, als ich es mir vorgestellt habe.« Er fuhr mit einem Finger über ihr Kinn, dann hinunter über ihren Hals und ihre Schultern, immer tiefer, über die rosigen Spitzen ihres Busens, und eine beglückende Wärme hüllte Ariel ein. Justin senkte den Kopf und küsste sie ausgiebig; dabei umfasste er eine Brust, streichelte die rosige Spitze, bis sie prickelte.

Er verließ sie gerade lange genug, um die Lampe auf seiner Kommode zu löschen und seine nasse Hose und die Stiefel auszuziehen; dann kehrte er zu ihr zurück, und sein Körper war noch feucht und ein wenig kühl, als er sich, mit einem Nebelblick aus seinen grauen Augen, über sie schob.

»Ich weiß, ich sollte dich wegschicken. Wenn ich tatsächlich ein herzloser Bastard wäre, dann würde ich das auch tun.« Er strich ihr eine Strähne ihres langen blonden Haares von der Wange. »Aber ich werde dich nicht gehen lassen. Das schaffe ich nicht. Ich sehne mich verteufelt nach dir!«

»Justin …« Sie streckte die Hand aus und umfasste sein kantiges Kinn. Es lag so viel in seinem Blick. Sie sah hinter das Verlangen, entdeckte dort die schmerzliche Hoffnung, das verzweifelte Bedürfnis nach Nähe; dann pressten sich seine Lippen auf ihre. Seine Zunge schob sich tief in ihren Mund, streichelte die ihre besitzergreifend, und eine Woge aus Feuer hüllte sie ein. Der Kuss ging weiter und weiter, sehnsüchtig, lange und prüfend; es war ein Kuss, bei dem sich ihre Brustspitzen aufrichteten und ihr Herz raste.

Draußen wurde das Gewitter immer heftiger, ein Unwetter, das dem Sturm in ihrem Inneren gleichkam. Justins Lippen glitten über ihren Hals und ihre Schultern, dann nahm er eine ihrer Brustspitzen zwischen die Zähne. Er saugte daran, nahm sie in seinen Mund, und wie Feuer rann es durch ihre Adern. Ariel stöhnte auf. Sie zitterte jetzt unkontrolliert, ihre Brüste prickelten unter dem Streicheln seiner Zunge, es war ein beinahe unerträgliches Gefühl. Seine Hand streichelte über ihre Rippen, ihren Nabel und glitt immer tiefer, berührte das blassblonde Haar zwischen ihren Schenkeln.

Ariel erstarrte. Sie wusste nicht viel darüber, wie ein Mann eine Frau liebte; sie hatte nur Kitts Mutmaßungen zur Verfügung.

»Ich werde dir nicht wehtun, Ariel«, versicherte er ihr leise. »Glaubst du mir?«

Schluckend nickte sie. »Ja …« Sie seufzte, als er sie wieder küsste, sie ließ sich von der Wärme einhüllen und entspannte sich. Mit einem langen Finger fuhr er vorsichtig zwischen ihre Schenkel, drängte sie auseinander und drang dann tief in sie ein. Heiß stieg es in ihr auf, wie eine Flutwelle. Justin begann, sie zu streicheln – im gleichen Rhythmus, in dem seine Zunge in ihren Mund drang, und mit unerhörter Hitze erwachte die Lust in ihr. Ihr stockte der

Atem, als er tiefer in sie eindrang, als er behutsam die feuchte Höhlung ihres Innersten erforschte.

Ariel erbebte unter dem Ansturm der Gefühle, die über sie hinwegspülten, sie wimmerte leise.

Justin küsste sie zärtlich. »Dein Körper ist bereit für mich, Ariel. Du bist heiß und feucht, du wartest nur darauf, dass ich mich mit dir verbinde.«

Ihre Zunge fuhr über ihre zitternden Lippen. »Was … was muss ich tun?«

Er schenkte ihr sein seltenes hinreißendes Lächeln, und ihr Herz schmolz vor Liebe. »Vertrau mir einfach! Ich übernehme das.«

Sie erwiderte sein Lächeln und entdeckte die unendliche Zärtlichkeit in seinem Blick, ehe er sich zwischen ihre Schenkel schob. Mit seinem harten, ungestümen Glied drang er vorsichtig in sie ein. Als er an ihr Jungfernhäutchen stieß, hielt er inne. Er blickte auf sie hinunter und sie sah die Mischung von Erleichterung und Seligkeit, zärtlich und süß, und ihre Sinne flogen ihm entgegen.

»Es tut nur einen kurzen Augenblick weh«, bereitete er sie vor. »Ich werde so behutsam sein, wie ich kann.«

Sie hatte nicht gewusst, dass es wehtun würde, und unbewusst verkrampfte sie sich. Dann begann er sie wieder zu küssen. Draußen vor dem Fenster krachte es laut. Blitze zuckten und der Donner grollte. Justin schob seine Zunge tief in ihren Mund, erfüllte ihr Herz mit Liebe und ihren Kopf mit Gedanken an ihn. Dann drang er in sie ein.

Sie sog scharf die Luft ein, doch sein Kuss erstickte ihren leisen Aufschrei, als er vollkommen in sie stieß. Ariel klammerte sich an ihn, sie tat ihr Bestes, sich an dieses eigenartige Gefühl zu gewöhnen. Justin hielt sich zurück, er stützte sich auf die Ellbogen, dabei konzentrierte er sich so sehr, dass ihm kleine Schweißperlen auf die Stirn traten.

»Ist alles in Ordnung mit dir?«

»Ich ... ja. Es war nicht ... es war nicht so schlimm.«

Erleichtert zogen sich seine Mundwinkel hoch. Er küsste sie hingebungsvoll und begann sich in ihr zu bewegen. Ariel hielt die Luft an bei dem Pulsieren, das ihren Körper ergriff. Sein hartes Glied suchte sich seinen Weg, füllte sie derartig aus, dass sie eine Gänsehaut überzog. Heiß stieg es in ihr auf, wie ein wildes Feuer rann es durch ihr Blut. Sie klammerte sich an ihn, ihre Fingernägel krallten sich in seine Schultern, ihr Körper hob sich ihm entgegen. Härter, tiefer, schneller, der Rhythmus der Ekstase raubte ihr den Verstand und versprach ihr so viel ... alles ...

Ihr Körper spannte sich an, schloss sich fester um seine Härte. Glühende Hitze durchzuckte sie, im gleichen Augenblick, als auch draußen vor dem Fenster ein weißer Blitz aufzuckte; dann erging es ihr wie den Regentropfen, die gegen die Fensterscheiben prasselten.

»Justin ...!« Mit aller Kraft klammerte sie sich an ihn, wagte es nicht, ihn loszulassen, weil sie sonst vergehen müsste. Sie fühlte, wie sich sein Körper anspannte, fühlte, wie etwas Heißes, Feuchtes in ihren Leib rann. Mit einem Aufstöhnen sank er in ihren Armen zusammen.

Lange lagen sie so beieinander, lauschten dem Gewitter draußen und dem rhythmischen Schlagen ihrer Herzen.

Es war richtig, zu ihm zu gehen, dachte sie. *Nichts Verbotenes könnte so vollkommen sein!*

Justin küsste sie inbrünstig. Er schob sich von ihr, legte sich neben sie und zog sie in seine Arme. »Es hat doch nicht zu sehr wehgetan?«

Ariel lächelte in der Dunkelheit. »Es war wundervoll.«

Sie ahnte, dass sich seine Mundwinkel hochzogen. »Das finde ich auch.«

»Hast du es dir ungefähr so vorgestellt?«

»Ungefähr – trotzdem war es tausend Mal besser!«

Sie räkelte sich und stimmte ihm insgeheim zu. Eigentlich wollte sie jetzt schlafen; doch neben ihm zu liegen, mit dem Kopf an seiner Schulter und ihrer Hand auf seinem Oberkörper, spürte sie, wie sich seine Muskeln bewegten, wenn er atmete. Sie fuhr mit der Hand über seine Rippen, glitt die Konturen entlang und erneut stieg Hitze in ihr auf.

»Du spielst mit dem Feuer, kleines Mädchen!«

Es lag ein Schalk in seiner Stimme, etwas, das sie noch nie zuvor gehört hatte, und es erregte sie. Kühn fuhr sie mit der Fingerspitze um seine Brustwarze. »Wirklich?«

Justin hielt ihr Handgelenk fest, zog es über seinen Bauch und schloss dann ihre Finger um sein Glied, das schon wieder hart war und unter ihren Fingern pulsierte.

»Oje!«

Sie hörte, wie er kicherte, das Geräusch gefiel ihr. Sie begann, seine Größe zu untersuchen, seine Länge, und fand, dass er genauso hart und groß war, wie er sich in ihr angefühlt hatte.

»Ich habe dich gewarnt«, brachte er krächzend heraus.

»Das hast du«, bestätigte sie, doch hörte sie nicht auf, ihn zu berühren. Dabei verspürte sie die gleiche heiße Ruhelosigkeit, die sie soeben gefühlt hatte, als er sie liebte. Doch jetzt wusste sie, dass sie ihn in sich haben wollte.

Ariel keuchte auf, als er sich über sie schob, ihre Schenkel auseinander drängte und mit einer einzigen schnellen Bewegung in sie stieß. »Das hättest du nicht tun sollen«, murmelte er. »Jetzt wirst du dich verbrennen.« Er senkte den Kopf und küsste sie.

Ariel erwiderte seinen Kuss, insgeheim frohlockte sie. Morgen war ihr neunzehnter Geburtstag. Als Kind hatte man sie gelehrt, sich vom Feuer fern zu halten. – heute Nacht hatte sie jedoch nichts dagegen, sich zu verbrennen.

13

Morgen ist mein Geburtstag. Ich werde sechzehn Jahre alt sein, obwohl ich mich in gewissen Dingen schon viel älter fühle. Die Eltern der anderen Mädchen schicken ihnen zur Feier Geschenke; aber wenn ich die Wahl hätte, würde ich lieber ein Picknick veranstalten oder vielleicht eine hübsche Reise irgendwohin machen. Ich habe es schon immer gemocht, neue Orte kennen zu lernen, obwohl ich nur sehr selten die Möglichkeit dazu hatte. Ich kann es kaum erwarten, London zu sehen. Bestimmt werde ich die Stadt lieben. Sie muss wirklich berauschend sein.

Justin stieg treppab, und verzog seinen Mund ein wenig bei der Erinnerung an Ariels Brief. Das fragliche Datum war der 27. Oktober. Er erinnerte sich ganz deutlich daran, weil er dafür gesorgt hatte, dass sie danach stets ein Geschenk an diesem Tag erhielt: einen hübschen, blauen Kaschmirschal mit Fransen im ersten Jahr, ein paar feine Chevreau-Handschuhe im nächsten. Er konnte sie damals nicht mit auf die Reise nehmen, die sie sich gewünscht hatte – doch heute hatte er die Absicht, das zu ändern.

Die Freude, die ihn erfüllte, steigerte sich noch, als er an diese Nacht der Liebe dachte. Ariel war all das gewesen, was er sich vorgestellt hatte und noch viel mehr – ihre unschuldige Leidenschaft war verlockender als die Künste der erfahrensten Kurtisane. Sie hatten sich zweimal in dieser Nacht geliebt und dann noch einmal kurz vor der Morgendämmerung. Danach hatte er sie schlafend in ihr Zimmer getragen, um ihr die Verlegenheit zu ersparen, wenn die Diener am Morgen kamen.

Gewärmt von den Ereignissen der Nacht ging er die

Treppe hinunter und entdeckte Knowles, der sofort anrückte. Der knochendürre Butler verbeugte sich vor ihm. »Guten Morgen, Mylord.«

»Guten Morgen, Knowles.«

»Eure Kutsche wartet, um Euch nach Cadamon zu bringen, Mylord – ganz, wie Ihr es gestern angeordnet habt.«

»Ja, also, da liegt jetzt eine Änderung in meinen Plänen vor.«

»Mylord?«

»Ich werde nach Tunbridge Wells reisen und nicht nach Cadamon – Miss Summers begleitet mich.«

Wenn Knowles überrascht war, so zeigte er es nicht. »Jawohl, Mylord.«

»Sorgt dafür, dass die Zofe von Miss Summers den Koffer für sie packt. Sie wird ein paar Abendkleider brauchen, zusätzlich zu ihren Tageskostümen. Und einer der Lakaien soll meine Reisetasche nach unten bringen. Sie ist fertig und steht am Fuß meines Bettes.« Er hatte keinen Kammerdiener, weil er sich nicht daran gewöhnen konnte, dass ein anderer Mann diese persönlichen Dinge für ihn erledigte.

»Ganz wie Ihr wünscht, Mylord.« Knowles eilte davon auf seinen dünnen Storchenbeinen – zwar war er nicht der attraktivste Butler, aber ganz sicher einer der fähigsten. Justin nahm sich vor, dem Mann seinen Lohn zu erhöhen, wenn er von Tunbridge Wells zurückkam.

Mit dem Gedanken bei der bevorstehenden Reise ging er in das Frühstückszimmer, setzte sich an seinen üblichen Platz am Tisch und winkte einem der Lakaien, ihm eine Tasse Kaffee einzugießen. Er konnte es kaum erwarten zu erfahren, was Ariel von seinen Plänen hielt. Nach dem, was in der letzten Nacht zwischen ihnen geschehen war, kam ihm eine Abreise aus London wie eine Erleuchtung der Götter vor. Justin wollte mehr Zeit mit ihr verbringen – er wollte die Möglichkeit haben, sie an seine Liebe zu gewöhnen, damit sie die Zukunft akzeptierte, die ihm für sie vorschwebte.

Tunbridge Wells schien genau der richtige Ort zu sein, um damit zu beginnen. Es lag in der Nähe der Hauptstadt, dennoch weit genug weg, damit sie unbehelligt blieben, und es gab dort eine ganze Anzahl unterhaltsamer Dinge, die sie unternehmen konnten. In Tunbridge Wells waren viele feine Restaurants, Geschäfte und Theater versammelt; man konnte dort auch wunderschöne abgelegene Landhäuser mieten. In dieser Jahreszeit sollte es nicht schwer sein, eines zu finden.

Der Gedanke, ganz allein mit Ariel zu sein, sie ohne die Zurückhaltung lieben zu können, die er in der vergangenen Nacht geübt hatte, erregte ihn sofort. Gütiger Himmel, sie dreimal zu besitzen, hatte nicht genügt, um seine Lust nach ihr zu befriedigen. Er wollte sie auf hundert verschiedene Weisen lieben, und vielleicht fiel ihm dann sogar noch mehr ein.

Er wünschte, er könnte ganz einfach hinaufgehen und zu ihr ins Bett steigen; resigniert seufzend gab er sich zufrieden mit der Erinnerung an die Leidenschaft, die sie in Tunbridge Wells fortsetzen würden.

Ariel reckte sich genüsslich unter den Laken; sie zuckte ein wenig zusammen, als sie fühlte, wie verkrampft ihre Muskeln waren und auch über den Schmerz an Stellen, an denen sie noch nie Schmerzen gefühlt hatte – dann riss sie die Augen auf. Verwirrt sah sie sich in ihrem Schlafzimmer um, entspannte sich aber gleich, als sie feststellte, dass sie in ihrem eigenen Zimmer und Justin nirgendwo zu sehen war.

Justin! Jemine, es war beinahe unvorstellbar, dass sie wirklich in der vergangenen Nacht zu ihm gegangen war, um sich ihm hinzugeben. Nur zögernd dachte sie an die intimen Dinge, die sie sich erlaubt hatten. Und dennoch war sie froh über ihre Initiative. Sie mochte diese Stunden in seinen Armen, in seinem Bett, um nichts auf der Welt missen.

Nicht einmal, wenn es bedeutete, dass es das Ende ihrer Träume war.

Der Gedanke machte sie unsicher. Sie schob ihn weit von sich, hinter die süßen Erinnerungen an Justin. Später würde sie an die Zukunft denken. Nicht heute.

Sie reckte sich noch einmal, legte die Hand vor den Mund, um ein Gähnen zu unterdrücken. Dann warf sie einen Blick auf die Kaminuhr und stellte fest, dass es beinahe elf Uhr morgens war. Schnell schwang sie die Beine aus dem Bett und kniff sie nur leicht zusammen. Silvie klopfte an die Tür, bevor sie eintrat. Dabei hoffte Ariel, dass ihre kleine Zofe nicht die von seinen Küssen geschwollenen Lippen bemerken würde und auch nicht die gerötete Haut an ihrem Hals, die Justins Bart hinterlassen hatte.

»Guten Morgen, Miss!« Mit ihrer üblichen Energie schlüpfte Silvie in das Zimmer. »Seine Lordschaft hat mich gebeten, einen Koffer für Euch zu packen.« Sie lächelte. »Offensichtlich werdet Ihr wieder eine Reise unternehmen.«

»Eine Reise?« Überrascht hob Ariel den Kopf. »Aber wohin?«

»Das hat seine Lordschaft nicht gesagt. Es ist wohl auch nicht angemessen, dass er seine Vorhaben mit mir bespricht.«

Ariel setzte sich auf den ein wenig verschlissenen blauen Stuhl vor ihren Spiegel und fuhr mit der Bürste durch ihre zerzausten Locken. Cadamon, natürlich. Justin wollte heute dorthin abreisen. Langsam breitete sich ein ahnungsvolles Lächeln auf ihrem Gesicht aus, weil er sich entschieden hatte, sie mitzunehmen.

»Oh!« Silvie kam auf sie zugelaufen. »Gütiger Himmel, das habe ich beinahe vergessen. Ein Diener hat heute Morgen vorbeigeschaut und nach Euch gefragt.« Sie suchte in der Tasche ihres Rockes und zog ein zusammengefaltetes Stück Papier daraus hervor. »Diese Botschaft ist für Euch! Und er hat gesagt, niemand anders dürfe diese Nachricht lesen als nur Ihr.«

Ariel runzelte die Stirn, als sie das teure Papier sah, das mit einem Tropfen roten Wachses versiegelt war. Ach ja, vielleicht stammte es von Kitt? Wenn Ariel ihre treueste Freundin brauchte, dann gerade jetzt. Eilig riss sie das Siegel auf.

Es war nicht von Kitt, und als sie den Namen las, der mit blauer Tinte unter der Botschaft stand, begann ihre Hand so sehr zu zittern, dass sie das Blatt beinahe fallen gelassen hätte. *Phillip.* Das hatte ihr gerade noch gefehlt – Phillip Marlin war der letzte Mensch, von dem sie im Augenblick hören wollte. Sie überflog die Nachricht:

Meine liebste Ariel,
Ihr könnt Euch nicht vorstellen, wie große Sorgen ich mir gemacht habe. Ich bete, dass dieser Hurensohn Greville Euch nicht auf die eine oder andere Art ein Leid angetan hat. Ich muss Euch sehen, muss mich davon überzeugen, dass es Euch gut geht. Es gibt da ein kleines Hotel in der Albermarle Street, das Quintain. Trefft mich in dem Vestibül dort um drei Uhr heute Nachmittag. Wenn Euch etwas an unserer Freundschaft liegt – falls Euch überhaupt etwas an mir liegt –, dann flehe ich Euch an, mich nicht zu enttäuschen.

Euer immer treuer
Phillip

Ariel zerknüllte das Papier in ihrer Hand und war dankbar, dass Justin es nicht gesehen hatte. Als sie an Phillip dachte, erwachte ein leises Schuldgefühl in ihr. Sie hatte ihn nicht verletzen wollen. Eigentlich war sie sogar ein wenig überrascht, dass sie ihm so viel bedeutete. Allerdings hatte sie ihm auch keine Versprechen gemacht, hatte sich ihm nie auf irgendeine Weise verpflichtet – obwohl es einmal eine Zeit gegeben hatte, in der sie vage mit diesem Gedanken gespielt hatte.

Leider, leider konnte sie Phillip heute Nachmittag nicht treffen – sie würde schon bald die Stadt verlassen –, und dennoch war es nicht fair, ihm Sorgen zu bereiten.

Genauso wenig durfte sie ihn weiterhin im Ungewissen, ihn glauben lassen, sie hegte Gefühle für ihn; denn jetzt kannte sie ihr Herz ganz genau und wusste, dass sie für ihn nicht mehr empfand als Freundschaft.

»Ich brauche einen Stift und Papier, Silvie. Würdest du bitte persönlich dem Gentlemen meine Antwort bringen! Und sorge dafür, dass Mr. Marlin sie bekommt und niemand anders.«

»Jawohl, Miss.« Silvie holte das kleine Schreibset aus dem Schrank, und Ariel machte sich an die Arbeit. Als sie damit fertig war, faltete sie das Blatt Papier, versiegelte es und schärfte Silvie Phillips Adresse ein.

»Warte, bis wir weg sind! Und dann achte darauf, dass die Nachricht richtig abgeliefert wird. Behalte es außerdem für dich. Lord Greville soll sich nicht unnötig aufregen.«

»Ihr braucht Euch keine Sorgen zu machen, Miss«, versicherte Silvie ihr.

Ariel hoffte, dass es so war. Sie wusste, was Justin von Phillip Marlin hielt, obwohl sie nicht glaubte, dass Phillip so schlecht war, wie Justin ihn schilderte. Es war einfach nur eine heftige Abneigung zwischen den beiden Männern, die

Justin daran hinderte, Phillip so zu sehen, wie er wirklich war.

Sie fragte sich, was wohl ursächlich zwischen den beiden Männern vorgefallen war, dass eine solche Abneigung bestand. Vielleicht konnte sie auf der Reise Justin dazu bringen, es ihr zu erzählen.

»Sollten wir heute Euer Haar flechten, Miss? Das würde unterwegs wahrscheinlich besser halten.«

»Ja, danke, das ist eine gute Idee.« Und so saß sie unruhig auf ihrem Stuhl, während Silvie ihr Haar flocht und es zu einer Krone auf ihrem Kopf hochsteckte. Danach setzte Silvie ihr eine pflaumenblaue seidene Haube auf und band sie unter dem Kinn. Die ganze Zeit über waren Ariels Gedanken bei Justin und bei dem leidenschaftlichen Liebesspiel der gestrigen Nacht.

Im Spiegel zeigten sich rote Flecken auf ihren Wangen, als sie ihn sich nackt vorstellte – wie sein herrlicher Körper sich über sie geschoben hatte und er tief in sie eingedrungen war.

Und sie wusste, dass er die Absicht hatte, das in dieser Nacht zu wiederholen.

Dann dachte sie an Phillip, dachte an Justins Zorn bei der Erwähnung seines Namens und bangte, was wohl geschehen würde, wenn der Graf entdecken sollte, dass Phillip sie noch immer verfolgte; ganz tief in ihrem Inneren regte sich die Ahnung bevorstehenden Unheils.

Justin lehnte sich auf dem Sitz der Kutsche zurück und beobachtete Ariel durch halb gesenkte Lider. Sie runzelte die Stirn, als die Kutsche die Außenbezirke von London erreichte und dann nach Süden fuhr – nicht nach Nordosten, auf die Straße nach Cadamon.

»Ist das nicht die falsche Richtung? Wenn ich mich recht erinnere, liegt Cadamon doch nördlich von hier?«

Einer seiner Mundwinkel zog sich hoch. »Wir fahren nicht nach Cadamon, sondern nach Tunbridge Wells. Es ist eine malerische kleine Stadt, sehr ruhig, sehr hübsch. Ich denke, es wird dir dort gefallen.« Sie sah bezaubernd aus heute, in einem pflaumenfarbenen seidenen Reisekleid, mit naturfarbener Spitze besetzt. Ihre Wangen waren gerötet, und ihre Lippen schienen noch immer ein wenig geschwollen von seinen Küssen. Das hatte er bewirkt. Und er freute sich, dass es erst der Anfang war.

Sie schenkte ihm ein strahlendes Lächeln, bei dem sich sein Körper anspannte und er einen Druck in seinem Unterleib fühlte.

»Oh, ja. Ich habe von Tunbridge gelesen. Es muss hinreißend sein.«

»Herzlichen Glückwunsch zum Geburtstag, Ariel!«

Ihre blauen Augen weiteten sich überrascht. »Diese Reise ist ein Geschenk? Ich hätte nie gedacht, dass du weißt, wann mein Geburtstag ist.«

»Nicht? Du hast aber die Geschenke bekommen, die ich dir pünktlich schickte – weil du dich in deinen Briefen bei mir dafür bedankt hast.«

Sie errötete sanft und wandte den Blick ab. »Ja, das stimmt. Aber ich nahm an, du hättest jemanden im Institut dafür bezahlt, mir die Geschenke in deinem Namen zu überreichen.«

Dazu fiel Justin nichts ein. Natürlich dachte sie so etwas. Er hatte ihr keine persönliche Nachricht geschickt, sondern es der Schulleiterin überlassen, ihr zu sagen, dass die Geschenke von ihm stammten. »Also … wie fühlt es sich an, neunzehn Jahre alt zu sein?«

Sie lächelte. »Nicht viel anders als achtzehn, bis auf …« Die Röte in ihren Wangen vertiefte sich noch, und er wusste, dass sie an die letzte Nacht dachte. Seine Erregung meldete sich beinahe schmerzlich. Er erwog, die Gardinen zuzuziehen und sie gleich hier in der Kutsche zu nehmen – doch für sie war das alles noch so neu und vielleicht sogar ein wenig beängstigend. Er wollte ihr nicht mit dem wahren Ausmaß seiner Leidenschaft Angst machen.

»Du bist jetzt eine Frau«, erklärte er leise und kämpfte gegen das Bild an, wie sie nackt unter ihm gelegen hatte in der neu erwachten Leidenschaft, zu der sie so bereit gewesen war. »Das ändert eine ganze Menge Dinge!«

»Ja, sicherlich ...«

»Wenn wir zurückkommen, werde ich für dich eine neue Bleibe suchen. Ein kleines Stadthaus, nicht weit weg von der Brook Street. Dort wirst du dich besser fühlen, und wir müssen uns keine Sorgen um Diener machen, die vielleicht klatschen könnten.«

Ariel senkte die Lider. »Mir wäre es lieber, über meine Zukunft zu reden, wenn wir zurückkommen; bist du einverstanden? Heute ist mein Geburtstag, und ich möchte ihn nicht durch eine Meinungsverschiedenheit verderben.«

Meinungsverschiedenheit? Wogegen könnte sie wohl etwas einzuwenden haben? Sie war zu ihm gekommen, um ihn zu lieben, wie er es sich schon seit langer Zeit gewünscht hatte. Aber das sprach er nicht laut aus. Wie Ariel ganz richtig sagte, war heute ihr Geburtstag. Alles andere konnte warten, bis sie nach London zurückkehrten.

»Wie alt bist du, Justin?« Ihre Frage traf ihn unerwartet.

»Achtundzwanzig.« Aber es gab Zeiten, da hatte er das Gefühl, hundert Jahre würden auf seinen Schultern lasten. »Du siehst überrascht aus. Hast du mich für älter geschätzt?«

»Manchmal schon. Aber dann gab es wieder Momente, da habe ich dich angesehen und geglaubt, du seist nicht viel älter als ich.«

Er lächelte spöttisch. Seine Jugend hatte er schon seit Jahren hinter sich gelassen … wenn er überhaupt jemals unbeschwert gewesen war.

»Du siehst jünger aus, wenn du lächelst. Hast du das gewusst? Du bist bei weitem nicht oft genug vergnügt.«

Justin schwieg. Was sollte er darauf sagen? Dass es einmal eine Zeit gegeben hatte, in der er das Leben geliebt hatte? Aber das war schon lange her, dass er sich kaum noch daran erinnern konnte.

»Was macht dich glücklich, Justin? Welche Dinge machen dir Freude?«

Er runzelte die Stirn bei dieser absurden Frage. »Ich habe keine Zeit, um mir über einen solchen Unsinn den Kopf zu zerbrechen«, brummte er; doch dann kam ihm der Gedanke, dass *sie* ihn glücklich machte. Genau jetzt, wo sie in einen Strahl des Sonnenlichtes gehüllt war, der durch das Fenster drang, wo sich ein paar Strähnen ihres silberblonden Haares aus der Haube gelöst hatten, erwachte etwas Süßes in seiner Brust. Es wärmte sein kaltes Herz und weckte eine eigenartige, unerklärliche Sehnsucht. Wonach, das konnte er nicht sagen. Er hatte angenommen, wenn er sie erst einmal besessen hätte, würde diese Sehnsucht wieder verschwinden. Stattdessen schien sie all das Grau um ihn herum zu erhellen, wann immer er sie ansah, wann immer sie ihn anlächelte auf diese unwiderstehliche Art – und seine Sehnsucht wurde noch heftiger. Ob er die wohl je wieder loswurde?

»In meiner Kindheit habe ich Gewitter geliebt«, erklärte sie ihm. »Ich bin immer auf das Dach unseres Hauses geklettert und habe die dicken schwarzen Wolken beobachtet, die daherbrausten. Ich habe es geliebt, die Blitze zu beobachten und dem Donner ringsum zu lauschen. Es war gefährlich, das habe ich gewusst, und dennoch hat es mich angezogen – diese Turbulenzen, die immer dichter werdende Dunkelheit. Ich wollte die Hand ausstrecken und diese Wolken berühren, wollte herausfinden, woraus sie gemacht waren.«

Vielleicht wollte sie das noch immer, überlegte er und dachte an seine eigene, persönliche Düsternis – die zu erhellen nur Ariel in der Lage schien.

Sie schwieg, als er darauf nichts sagte. Ihre Aufmerksamkeit kehrte zum Fenster zurück, und Justin war es zufrieden, sie beobachten zu können. Die Sehnsucht erwachte wieder in ihm, zusammen mit diesem schmerzlichen Verlangen nach ihr, das ihm seit ihrer Ankunft in London allzu gut bekannt war.

Er wollte sie, wollte sich in ihr verlieren. Justin wollte diesen Augenblick des strahlenden Sonnenlichts, den er zuvor gesehen hatte, festhalten. Es war eine Sehnsucht, die ihn nur sehr selten verließ. Jetzt erwachte sie mit wilder Macht und erregte ihn so sehr, dass seine Hose eng wurde. Sobald sie Tunbridge Wells erreichten, würde er ein hübsches kleines Landhaus mieten, würde Ariel ins Bett tragen und sie lieben, bis sein Körper von ihrer Wärme gesättigt, die Dunkelheit aus seinem Herzen verschwunden war. Wenigstens für eine Weile würde er den Strahl des Sonnenlichtes fühlen, der ganz tief aus seinem eigenen Inneren kam.

Es würde nicht andauern, natürlich nicht. Nichts konnte seine Schwermut auf Dauer verschwinden lassen. Die Dunkelheit würde ihn wieder einholen, würde sich wieder wie ein schwarzes Monster auf ihn senken, würde ihn mit ihren schattenhaften Tentakeln hinunterziehen.

So erging es ihm immer, aber nicht heute. Jetzt war Ariel hier – ein Lichtstrahl in der Finsternis. Wenigstens für eine Weile hatte er die Absicht, sich in ihrer Wärme zu sonnen.

Die Fahrt verging im Nu. Justin bemühte sich um eine höfliche Unterhaltung, er lächelte sogar ab und zu; doch unter seiner äußeren Gelassenheit entging Ariel nicht der brennende Hunger in seinem Blick. Er versuchte auch gar nicht, ihn vor ihr zu verbergen, wie er es vielleicht zuvor getan hatte; sie sollte ruhig die Wirkung sehen, die sie auf ihn ausübte. Als sie sein offenes Verlangen nach ihr erkannte und seine nur mühsam aufrechterhaltene Zurückhaltung wahrnahm, spannten sich die Muskeln ihres Unterleibes an, und sie spürte ein warmes Zittern in ihren Knien.

Es war später Nachmittag, als sie Tunbridge Wells erreichten. Justins Laune wurde wieder düsterer, eine drängende Ruhelosigkeit befiel ihn, die auch Ariel nicht entging. Er hielt vor dem Büro eines gewissen Harry Higginbottom an, eines Maklers, dessen Namen er sich in London hatte geben lassen. Es wurde vereinbart, ein Landhaus zu mieten, das sich dann als recht großes Anwesen herausstellte, mit Unterkünften für Bedienstete und einem Stall im hinteren Teil. Das zweistöckige Gebäude lag am Ende einer Allee am Rande der Stadt und war ganz mit Efeu bewachsen. Von den Fenstern aus hatte man einen hübschen Blick auf eine bezaubernde kleine Wiese inmitten von Bäumen, deren Blätter in den herrlichsten Herbstfarben leuchteten.

»Es ist bezaubernd«, schwärmte Ariel, als er sie in die mit Parkett ausgelegte Eingangshalle führte und sie sich dann die untere Etage ansahen, während die Lakaien ihre Koffer nach oben trugen. Auch wenn das Haus aus Stein gebaut war, wirkte es doch ganz anders als das Herrenhaus in der Brook Street. Mit den kleinen, geschmackvoll möblierten Salons, bunten Teppichen und Dutzenden von glänzenden Fenstern strahlte es Wärme und Charme aus.

Sie kehrten in die Eingangshalle zurück, Justin hielt Ariels Hand. Er blickte zu der geschwungenen Treppe hinüber. »Sollen wir schauen, was oben ist?« Seine Stimme klang ein wenig rau … Als sie ihn ansah, bemerkte sie, dass seine Augen ganz dunkel geworden waren. Ein heißes Feuer brannte darin und so viel Verlangen, dass ihr ganz warm wurde.

»Oben? Ja, ich … ich denke, das ist eine gute Idee.«

Sie sprangen die Treppe hinauf in die erste Etage, Hand in Hand, und lachten wie Kinder, als sie die schwere Tür erreicht hatten, die zu dem großen Schlafzimmer führte. Noch nie hatte sie ihn so unbeschwert lachen gehört. Sie hätte nicht geglaubt, dass er solch eine Glückseligkeit verströmen könnte. Sie starrten das Holz vor sich an, und erst allmählich schwand ihr Lachen.

»Hast du überhaupt eine Ahnung, wie sehr ich nach dir verlange?«

Ariel leckte sich über die Lippen, ihre Blicke hielten die seinen gefangen; es war ihr nicht möglich, sich von ihm abzuwenden. »Warum zeigst du es mir nicht?«

Ein Muskel in seiner Wange zuckte, und sein Kinn spannte sich an. Dann hob er sie hoch, betätigte die Klinke und trug sie über die Schwelle, mit dem Fuß stieß er die Tür hinter sich zu. Er stellte sie auf die Füße, nahm ihr Gesicht in beide Hände und küsste sie voller Leidenschaft. Es war ein tiefer, eindringlicher Kuss, der sie ganz schwach werden ließ und ein angenehmes Prickeln in ihrem Körper weckte.

Sie wollte ihn berühren, musste es tun. Mit Händen, die plötzlich zitterten, schob Ariel ihm die Jacke von den Schultern, zerrte das Hemd aus seiner Hose. Seine Haut war wie warmer Samt, ihre Handflächen glitten über die Muskeln an seinem Rücken.

Justin machte sich an den Knöpfen im Rücken ihres Kleides zu schaffen, und es dauerte nicht lange, bis sie nackt vor ihm stand. Seine Lippen pressten sich auf ihre. Seine Zunge streichelte ihre Unterlippe, und sie öffnete ihm willig ihren Mund. Er streichelte sie, fand den Quell ihrer Weiblichkeit und rieb über die kleine Knospe in der Mitte. Ariel stöhnte auf und beeilte sich, die Knöpfe an seiner Hose zu öffnen. Er hielt gerade lange genug inne, um sich auszuziehen; dann trug er sie zu dem weichen, großen Bett und sank mit ihr hinein.

»Ariel …« In seiner Stimme lag Verwunderung. Seine Hände streichelten ihre Brüste – geschickt, erfahren, entschlossen – und ein leises Keuchen entrang sich ihr. Er schob sich über sie, hielt sie fest und drang tief in sie ein.

Ein Schauder rann durch seinen Körper, und einen Augenblick lang hielt er inne.

Dann begann er, sich langsam in ihr zu bewegen.

Sie flüsterte seinen Namen, als er sich aus ihr zurückzog und erneut in sie eindrang, als er schneller in sie stieß und einen Rhythmus fand, bei dem ihr eigenes Verlangen erwachte. Er ließ ihr keine Zeit, nahm sich das, was er von ihr wollte, und sie stellte fest, dass auch sie es wollte. Sie gab sich seinen tiefen, drängenden Stößen hin, ließ sich einhüllen von dem heißen Glücksgefühl, und schon Augenblicke später erreichte sie den Höhepunkt; wirbelnde Gefühle erfüllten sie, schlugen wie Wogen über ihr zusammen. Justin erreichte nur wenige Augenblicke nach ihr seinen Höhepunkt und führte sie noch einmal zu den höchsten Gipfeln.

Ariel klammerte sich an ihn, als sie langsam wieder in die Wirklichkeit zurückkehrte; sie lächelte verträumt und dachte, wie sehr sie ihn liebte. Ganz gleich, welches Alter sie erreichte – dies war ein Geburtstag, den sie nie vergessen würde.

Tunbridge Wells, so stellte Ariel fest, war ein charmanter kleiner Ort, der um die Quellen mit dem eisenhaltigen Wasser herum erbaut worden war, die man im Jahre 1609 entdeckt hatte. Das Heilwasser wurde in Flaschen an die Reisenden verkauft, die zu den Quellen kamen, um dem geschäftigen Treiben Londons zu entgehen und die Kurhallen, eleganten Geschäfte und Theater zu genießen, sowie Linderung verschiedenster Leiden zu suchen.

Nach einem Abend herrlicher Liebesspiele verließen sie das Haus, in seiner Kutsche begleitete Ariel Justin in die Stadt. Sie aßen in einem kleinen Restaurant an der mit Bäumen bestandenen Pantiles Straße; dann spazierten sie an den Schaufenstern entlang. Sie blieben eine Weile stehen und lauschten einem Konzert auf der Promenade, sahen einer Gruppe von Akrobaten zu und warfen einem süßen kleinen Affen ein paar Münzen zu, der durch die Zuschauer wackelte mit artig gezogenem Hut.

Ein wenig später nahm Justin ihre Hand und führte sie in ein Geschäft, in dem herrlich gearbeiteter Schmuck verkauft wurde. Ein kleiner unscheinbarer Mann mit einer goldgerahmten Brille strahlte sie an, als sie die kostbaren Stücke in einem Glaskasten betrachteten; dann bat Justin ihn, ihm eine wunderschöne Halskette aus Diamanten und Perlen zu zeigen.

»Hervorragend, nicht wahr?«, meinte der Mann und reichte ihm das Juwel.

Justin lächelte nur. Er trat hinter Ariel und legte ihr die Kette um den Hals. »Zu deinem Geburtstag«, sagte er galant. Sie hatte gedacht, dass sie nur etwas Schönes bewundern wollten – niemals wäre ihr der Gedanke gekommen, er würde diese Kette wirklich für sie erwerben.

Er winkte dem Mann zu, dessen Lächeln süffisant und wissend wurde, als er auf ihre Hand blickte und keinen Ehering daran entdeckte. Ariel spürte, wie sich ihr Magen zusammenzog, und das Lächeln auf ihrem Gesicht erstarb.

Justin schien es nicht zu bemerken; er schickte sich an, das extravagante Geschenk zu bezahlen, als sei es nicht mehr als ein kleiner Anhänger.

Ariel sah zu ihm auf und schüttelte nervös den Kopf. »Nein, bitte, Mylord. Auf keinen Fall kann ich ...« Sie griff nach ihrem Nacken, öffnete den Verschluss und das Schmuckstück fiel in ihre zitternden Hände. Es war die Art von Geschenk, das ein Mann seiner Geliebten machte, so wie der Verkäufer es offensichtlich auch annahm; richtig, sie hatten einander erst vor einer Stunde leidenschaftlich geliebt, doch wollte Ariel sich nicht in diesem Licht sehen.

»Sie ist wunderschön ... wirklich, das ist sie, aber ich ...« Sie blickte von dem süffisanten Lächeln des Mannes in Justins Gesicht, sah seinen düsteren, fragenden Blick, und ihr Herz schlug schmerzlich, weil sie ihm deutlich wehtat. »Du meinst es sehr lieb, aber ich möchte nicht ... ich möchte kein solches Geschenk von dir.« Sein Blick ging an ihr vorbei zu dem Juwelier und dann wieder zu ihrem blassen Gesicht ... hielt den ihren gefangen, wissend und voller Verständnis.

Er protestierte nicht, sondern legte die Kostbarkeit zurück in die mit rotem Samt ausgeschlagene Schachtel und fasste dann die anderen Stücke in dem Glaskasten ins Auge.

»Ich möchte das da gern sehen.« Er deutete auf ein schlichtes goldenes Medaillon, das ihm der Mann mit wesentlich weniger Begeisterung reichte. Es war oval, fein verziert, und in der Mitte strahlte ein einzelner, kleiner Diamant.

»Vielleicht gefällt dir das ja besser.« Er legte das Medaillon um ihren Hals, und es fühlte sich auf ihrer Haut glatt und kühl an. »Schlicht, doch genauso hell und strahlend wie die Lady, die es tragen wird!«

Ariel blinzelte, weil ihr plötzlich Tränen in die Augen traten, und sie schenkte ihm ein zaghaftes Lächeln. Ihre zitternden Finger berührten das Medaillon. »Ich liebe es«, hauchte sie, »und werde es immer in Ehren halten. Danke, Justin.«

Etwas huschte über sein Gesicht. Er nahm ihre Rechte in seine, drehte sie um und drückte einen Kuss in ihre Handfläche. Ariel empfand diese warme Berührung wie Schwingen, die ihr Herz streiften.

»Es wird langsam spät«, meinte er. »Du bist bestimmt müde. Wir sollten uns auf den Heimweg begeben.« Die heiße Leidenschaft lag wieder in seinem Blick, und es bestand kein Zweifel darüber, was geschehen würde, wenn sie erst zurück im Haus waren.

Ariel strahlte ihn an, sie entspannte sich wieder, weil ihr dieser Gedanke gefiel. »Das ist eine ausgezeichnete Idee, Mylord.«

Justin erwiderte ihr Lächeln, und sie dachte bei sich, dass er in letzter Zeit viel öfter guter Dinge war. Vielleicht hatte Clayton Harcourt ja Recht, und sie konnte Justin wirklich beibringen, zu lieben.

Sie hoffte es inständig.

Jeden Tag liebte sie ihn ein wenig mehr. Die Aussicht, dass es ihr nicht gelingen würde, seine dauernde Liebe zu gewinnen, umgab ihr Herz wie ein eisernes Band.

14

Alles in allem war es ein perfekter Geburtstag! Abgesehen von der peinlichen Begegnung mit Lord Foxmoor, einem von Justins Geschäftsfreunden, der mit seiner Frau und seiner Tochter hier war, entzückte Ariel die charmante kleine Stadt und die herrlichen Stunden, die sie mit Justin hier verbrachte. Sie stellte fest, dass es ihr in der Seele Leid tat, hier wieder fort zu müssen – weil sie die Probleme kannte, die sie erwarteten, wenn sie nach London zurückkehrten.

Doch leider begannen die Schwierigkeiten bereits in dem Augenblick, als sie die Außenbezirke von London erreichten. Justin saß ihr gegenüber, und je näher sie der Brook Street kamen, desto mehr veränderte sich seine Haltung; aus dem fröhlichen, entspannten Gefährten in Tunbridge Wells wurde wieder der dunkle Grübler, der er gewesen war, ehe sie London verließen.

»Wir werden bald zu Hause sein«, unterbrach er ihr Sinnen. »Morgen werde ich mich mit meinem Anwalt in Verbindung setzen, damit er beginnt, nach einem Haus zu suchen, das für dich angemessen ist. Es wird vielleicht eine Weile dauern, aber schließlich finden wir sicher etwas, das auch dir gefällt.«

Der Atem stockte Ariel in der Brust. Vor diesem Augenblick hatte sie sich gefürchtet. Unterwegs war es ihr noch gelungen, alles zu verdrängen. Doch jetzt war der Moment da, und sie konnte den Tatsachen nicht länger ausweichen.

»Mir ist klar ... wie die Dinge nun zwischen uns stehen, ist es wohl nicht länger statthaft, in deinem Haus zu bleiben. Aber ich ... ich hatte gehofft, dass du mir helfen würdest, eine Unterkunft zu finden, die ich allein bezahlen kann. Es muss nichts Großartiges sein, eine kleine Wohnung würde mir genügen. Da meine Schulden an dich noch nicht gänzlich zurückgezahlt sind, könnte ich in meiner Freizeit weiter für dich arbeiten und sonst in einer Stellung, die du mir vielleicht beschaffst.«

Justins harter Blick lag auf ihrem Gesicht, ein Muskel in seiner Wange zuckte. »Wovon redest du überhaupt?«

»Ich rede davon, einen Broterwerb zu finden. Wir sind uns einig, dass unsere ... Beziehung es mir unmöglich macht, in deinem Haus zu bleiben. Unter diesen Umständen brauche ich ein Einkommen. Du hast mir versprochen, mir bei der Suche zu helfen. Alles, worum ich dich bitte, ist, dieses Versprechen jetzt auch einzuhalten.«

»Was du da vorhast, ergibt keinen Sinn. Ich bin der Mann, der dir deine Unschuld geraubt hat. Deshalb trage ich die Verantwortung für dich. Da ich mehr als genug Geld habe, um dich zu ernähren, ist es nicht nötig, dass du wie ein gemeiner Bauer arbeitest.«

»Ich bin ein gemeiner Bauer«, erklärte sie leise.

Justin schnaubte abwehrend. »Du bist eine Lady, du hast es selbst geschafft, durch harte Arbeit und Beharrlichkeit. Ich werde nicht zulassen, dass du das einfach so wegwirfst.«

Ariel schüttelte den Kopf, sie kämpfte gegen plötzliche Tränen. »Das verstehst du nicht.«

»Du bist noch jung, hast keine Erfahrung mit diesen Dingen. Vielleicht bist du es ja, die nicht versteht …«

Sie biss sich auf die Lippe, um deren Zittern zu unterbinden. »Du hast gesehen, wie sie mich musterten. Ich weiß, dass du es gesehen hast. Zwar hast du weggeschaut, aber es ist dir nicht entgangen. Lady Foxmoor hat kaum mit mir gesprochen – sie hätte es überhaupt nicht getan, wenn nicht ihr Mann sie dazu gezwungen hätte. Ich weiß, was sie gedacht hat – was sie alle denken. Es stand in ihren Augen, dass sie mich deine Dirne nennen.«

»Ariel … Liebling …«

»Daran gibt es nichts zu beschönigen. Wenn ich dir erlaube, meine Miete zu bezahlen, wenn ich mir von dir Schmuck schenken lasse und du mich weiter mit teuren Kleidern ausstaffierst – dann habe ich diese Bezeichnung auch verdient.«

Er reckte sich, sein Kopf stieß beinahe gegen das Dach der Kutsche. »Hoffentlich erinnerst du dich daran, dass du in der Nacht, in der du in mein Zimmer gekommen bist, es aus freiem Willen getan hast.«

Ariel blinzelte, um gegen die Tränen anzukämpfen – dann blickte sie weg. »Ich habe dich gewählt, Justin. Ich wollte, dass du mich liebst – aber in der Annahme, dass mein Leben immer noch mir gehören würde.«

Die Starre wich aus seinen Schultern, Justin setzte sich neben sie und nahm sie in seine Arme. »Du bist schon immer eine mutige junge Frau gewesen, Ariel, nicht wahr?«

»Kann sein …«

»Als du vierzehn Jahre alt warst, hast du mehr vom Leben gewollt, als das, was dich auf dem Pächterhof deines Vaters erwartete. Du hast einen Weg gefunden, um dein Ziel zu verwirklichen.«

»Es war die einzige Möglichkeit, die ich hatte.«

»Mit deinem Mut hast du eine Lösung für dein Problem gefunden. Nimm es jetzt auch beherzt an! Lass mich für dich sorgen.«

Es klang so einfach, so leicht. Sie könnte sich einfach von ihm versorgen lassen, so wie in der Vergangenheit. Es störte sie zwar, dass sie vorübergehend noch abhängiger werden würde, aber vielleicht würde sie genau die Zeit gewinnen, die sie brauchte. Sie wünschte sich die Gelegenheit, ihn die Liebe zu lehren. Je länger sie mit ihm zusammen war, desto größer wurde die Aussicht auf Erfolg.

»Es ist mir klar, dass sich nicht alles so entwickelt, wie du es dir vorgestellt hast«, erklärte er sanft. »Aber hast du auch schon einmal darüber nachgedacht, wie es weitergeht, wenn du schwanger wirst?«

Ihre wandernden Gedanken kehrten mit einem Ruck in die Gegenwart zurück. »Schwanger?«

»Du weißt, dass diese Möglichkeit besteht.«

»Nun ja, natürlich … ich wusste, dass das, was wir getan

haben … dazu führen könnte, aber das dauert doch sicher länger als ein paar Tage?«

»Es kann sogar in wenigen Minuten geschehen.« Er hob die Hand und strich über ihre Wange. »Unter Umständen bist du es bereits.«

Unwillkürlich legte sie die Hand auf ihren Bauch. Er war flach und fest unter ihrem rostfarbenen Reisekleid, aber wenn Justin Recht hatte, könnte sich das schnell ändern. Wäre es denn so schrecklich? Sie dachte an den kleinen Thomas mit seiner zarten Haut und den großen grauen Augen. Er war ein so süßer kleiner Junge. Justins Sohn würde sicher ähnlich aussehen.

Abrupt wandte sie sich ihm zu. »Ich hätte nichts dagegen, ein Kind von dir zu bekommen, Justin. In der Tat würde mir das sogar gefallen.«

Sein Gesichtsausdruck veränderte sich langsam, einige Turbulenzen erschienen in seinen Augen. Sein Blick wurde dunkel und rätselhaft, als er sie prüfend betrachtete; dann richtete er seine Aufmerksamkeit auf die Landschaft vor dem Fenster. Etliche Sekunden vergingen. Als er sie dann wieder ansah, war sein Blick so undurchdringlich wie sonst auch.

»Auf jeden Fall«, meinte er, »es wird, wie ich schon zuvor sagte, eine Weile dauern, etwas Passendes für dich zu finden. Wahrscheinlich hast du dich bis dahin an den Gedanken gewöhnt.«

»Vielleicht«, entgegnete Ariel ausweichend und legte den Kopf an seine Schulter.

Sie wollte keine von Justin ausgehaltene Frau sein – aber sie liebte ihn und hatte die Wahl schon getroffen, wie er behauptete, als sie sich ihm hingab. Wäre es denn wirklich so schlimm, seine Geliebte zu sein? Wenigstens könnten sie dann zusammenbleiben. Sie brauchte sich keine Sorgen über

Geld zu machen oder darüber, eine passende Anstellung zu finden. Und vor allem musste sie an Justin denken. Sie liebte ihn, wollte ihn glücklich machen. Ariel würde ihm helfen, die Dunkelheit zu vertreiben, die ihn wie ein schwerer schwarzer Mantel zu umgeben schien – und ihm beibringen, auch sie zu lieben.

Das schwor sie sich. Ihre Entscheidung war getroffen. Mit der Zeit würde sich schon alles klären.

Sie ignorierte das leise Gefühl des Verlustes, das sich in ihrem Herzen rührte.

Justin lief vor dem Kamin hin und her, in dem ein helles Feuer brannte. Draußen war es dunkel. Schon bald würden sich die Diener zurückziehen, und er könnte endlich zu ihr. Sie würden einander lieben, in dem weichen Himmelbett, und er bliebe bei ihr, bis die Morgendämmerung anbrach und er gezwungen war, in sein eigenes Zimmer zurückzukehren.

Eigentlich sollte er glücklich sein über die Wendung der Dinge, jubeln, dass ihm seine Verführung gelungen war. Obwohl Ariel bis jetzt sein Angebot noch nicht ausdrücklich angenommen hatte, war doch ihr Protest langsam verebbt. Es war nur eine Frage der Zeit, bis sie seinen Wünschen nachgäbe und er doch seine eigenen Ziele durchsetzte.

Was er von Beginn an gewollt hatte.

Justin fluchte leise. Er sah noch immer ihr Gesicht vor sich, mit dem sie die Kutsche verlassen hatte – ein wenig blasser, als es hätte sein sollen, nicht mehr so strahlend wie zuvor, sondern verschattet von einem Hauch Unsicherheit und Resignation. Den schwachen Schimmer von Tränen hatte er ebenfalls bemerkt.

Was war das für eine Frau, die weinte, weil ein Mann für sie sorgen wollte? Weil er sich um sie zu kümmern versprach, sie zu beschützen – damit ihr ein gewisses Maß an Sicherheit für ihre Zukunft zuteil würde?

Gütiger Himmel, verstand sie denn nicht, dass er ihre Interessen im Auge hatte? Er musste zugeben, dass er, selbstsüchtiger Bastard, der er nun einmal war, natürlich auch sein eigenes Bestes verfolgte.

Er fuhr sich mit der Hand durchs Haar und strich es sich aus der Stirn. Verdammt, er wollte bei ihr sein, wollte sie lieben, mit ihr lachen, genau so wie in Tunbridge Wells ...

»Der Himmel verschone mich vor den ungereimten Gedankengängen einer Frau«, brummte er und wünschte, es gäbe eine andere Möglichkeit, mit dieser Situation fertig zu werden – eine, die den gehetzten Blick aus ihren Augen vertreiben würde.

Wie Ariel es angedeutet hatte, waren auch ihm die süffisanten, wissenden Mienen in Tunbridge Wells nicht entgangen, die verächtlichen Blicke, das Getuschel. Es war natürlich zu erwarten gewesen, sagte er sich, dennoch störte es ihn. Offensichtlich waren auch Ariel die abfälligen Bemerkungen zu Ohren gekommen.

Er seufzte, als er sich niederkniete, um Holz auf das Feuer zu legen. Schon jetzt verlangte er nach ihr und wünschte, die Stunden würden schneller vergehen, statt sich so dahinzuschleppen. Wie schade, dass die Dinge nicht so geblieben waren wie in dem gemütlichen Haus in Tunbridge Wells.

Doch Illusionen kamen nicht in Frage – weil er nun einmal der Mann war, der er war.

Eine Woche verging, genau wie die nächste. Ariel betrachtete die Zahlen in der Kolonne auf der Seite vor ihr, Informationen über das Projekt, das Clayton Harcourt für Justin dagelassen hatte, ehe sie nach Tunbridge Wells gefahren waren: der Vorschlag, die Mehrheit an einer Kohlenmine in Northumberland zu kaufen.

Von den Zahlen, die sie betrachtete, schien es so, als hätte Clay einen guten Riecher gehabt. Der Gewinn würde ungeheuer sein, falls die Mine die Erwartungen erfüllte. Justin war auf den Vorschlag seines Freundes eingegangen; er hatte ein Gebot abgegeben, obwohl er das Geschäft nicht so schnell abschloss, wie Clay das wünschte. Justin war geduldiger als sein impulsiver Freund, und er wollte warten, bis Ariel ihre eigenen Untersuchungen abgeschlossen und bestätigt hätte, dass die Zahlen von Clay richtig waren.

So weit sie das beurteilen konnte, würde die Investition sich lohnen.

Ariel stellte den Stift zurück in den Halter und lehnte sich in dem Stuhl hinter ihrem Schreibtisch im Arbeitszimmer zurück. Sie war stolz auf ihre Rechenkünste und freute sich darüber, wie sehr sich Justin mittlerweile auf sie verließ.

Sie reckte sich ein wenig auf dem harten Stuhl, dann unterbrach ein Klopfen an der Tür die Stille. Ariel blickte auf und entdeckte Silvie, die herbeihuschte. Sie schien nervös zu sein, ihr Blick ging hin und her, und sofort übertrug sich dieses Gefühl auf Ariel.

»Was ist los, Silvie?« Ariel schob den Stuhl zurück, stand auf und kam um den Schreibtisch herum.

Silvie blickte über ihre Schulter, als fürchte sie, jemand sei ihr auf den Fersen, dann streckte sie die Hand aus. »Es ist eine weitere Botschaft für Euch abgegeben worden, am Dienstboteneingang. Mrs. Willis, die Köchin, hat sie mir sofort gebracht.«

Ariel nahm die mit Wachs versiegelte Nachricht, und die Vorahnung, dass sie wohl von Phillip war, machte sie unsicher. »Danke, Silvie!« Sie wandte sich um, öffnete das Papier und überflog den Inhalt mit einem Krampf im Magen.

Meine liebste Ariel,
die Tage vergehen, aber meine Sorge um Euch vergeht nicht. Ihr habt mir mitgeteilt, dass Ihr nur Freundschaft für mich empfindet; doch mein Herz weigert sich, das zu glauben. Ich muss Euch sehen. Wie Ihr zweifellos wisst, findet heute Abend das wöchentliche Geschäftstreffen Grevilles mit seinem Freund Clayton Harcourt statt. Da Ihr es ablehnt, mich zu treffen, werde ich Euch besuchen. Kommt um zehn Uhr in den Stall hinter dem Haus. Bitte, ich flehe Euch an, um Euretwegen und auch um meinetwegen, enttäuscht mich nicht!

Immer Euer Freund
Phillip

Lieber Gott im Himmel, Phillip klang beinahe verzweifelt, und das alles wegen ihr. Sie hätte ehrlich sein, ihm geradeheraus sagen sollen, dass sie sich in den Grafen verliebt hatte. Stattdessen hatte sie um den heißen Brei herumgeredet, und dadurch alles noch schlimmer gemacht.

Sie war nicht sicher, woher Phillip von den wöchentlichen Treffen mit Harcourt wusste; aber es war ein Jour fixe, den Justin nur selten verpasste. Normalerweise trafen sich die beiden in ihrem Club in St. James, und Justin kam immer erst weit nach Mitternacht nach Hause.

Justin wäre also nicht da, und vielleicht war das auch günstiger. Sie könnte die Dinge mit Phillip ein für alle Mal klären.

»Möchtet Ihr, dass ich eine Antwort hinbringe?«, fragte Silvie, und Ariel blickte das dunkelhaarige Mädchen überrascht an. Sie war so in Gedanken verloren, dass sie ihre Zofe ganz vergessen hatte.

»Ja … eine gute Idee!« Sie setzte sich wieder an ihren Schreibtisch und schrieb schnell ein paar Zeilen an Phillip, dass sie seinen Vorschlag akzeptiere. Sie versiegelte die Nachricht mit einem Tropfen Wachs und reichte sie ihrer Zofe.

»Ich sorge dafür, dass er sie sofort bekommt.«

»Danke, Silvie.« Sie sah dem Mädchen nach, als es davoneilte und fragte sich, was es wohl dachte. Hoffentlich glaubte sie nicht, dass es sich hier um eine Art verbotene Beziehung zwischen ihr und Phillip handelte. Sie hatte daran gedacht, dem Mädchen eine einfache Erklärung zu geben; doch eigentlich ging es Silvie gar nichts an, und was genau sollte sie ihr sagen? Hoffentlich würde das Problem nach dem heutigen Abend gelöst sein, und dann spielte es sowieso keine Rolle mehr.

Ariel seufzte und wünschte, sie müsste Phillip nicht noch einmal wehtun. Entschlossen, die bevorstehende Begegnung aus ihren Gedanken zu vertreiben, setzte sie sich wieder an ihren Schreibtisch und arbeitete weiter.

Eine warme Sonne schickte an diesem frühen Morgen ein rosiges Licht durch die bunten Glasfenster im Stadthaus von Clayton Harcourt. Er küsste die üppige junge Frau, die er nach unten gebracht hatte und leitete ihre Verabschiedung ein.

Er gab ihr einen kleinen Klaps auf den Hintern. »Sei ein gutes Mädchen, Lizzy, und geh nach Hause. Du hast mich in der letzten Nacht beinahe umgebracht. Noch ein paar Runden mehr, und ich erhole mich vielleicht nie wieder!«

Elizabeth Watkins, die gerade erst verwitwete Gräfin von May, lachte begeistert auf. »Du hast das Durchhaltevermögen eines Bullen, Clayton Harcourt. Ich glaube, du bist meiner einfach nur überdrüssig.«

»Wer könnte deiner jemals überdrüssig werden, mein Johannisapfel? Du hast Brüste wie reife Melonen, einen Mund wie ein Samthandschuh und eine …« Es klopfte an der Tür, und er behielt den Rest seiner deftigen Bemerkung für sich. Da er seinen Butler und die meisten seiner Diener weggeschickt hatte, um in der Nacht ungestört zu sein, blickte er selbst durch den Türspion. Zu seiner Überraschung entdeckte er Justin Ross neben der Statue mit dem Löwenkopf vor seinem Eingang.

Besorgnis beschlich ihn. Es war viel zu früh für einen normalen Besuch. Ihr geschäftliches Treffen sollte erst am Abend stattfinden. Was auch immer Justin von ihm wollte, musste wichtig sein.

Clay wandte sich zu Elizabeth, deren dichtes, lockiges Haar struppig abstand und deren Kleid nach einer Nacht, in der es auf dem Boden gelegen hatte, zerknittert war. Er lächelte. »Falls du meinem Freund Lord Greville nicht begegnen möchtest, würde ich vorschlagen, du nimmst den Hinterausgang. Ich sage dem Kutscher, dass er dich dort abholen soll.«

Dabei würde Justin kein Wort verlieren, wenn er sie am frühen Morgen in der Gesellschaft von Clay fand. Es war nicht die Diskretion seines Freundes, wegen der er sich Sorgen machte, es war die Empfindsamkeit der Lady.

»Vielleicht sehen wir uns später in der Woche noch einmal«, schlug Elizabeth vor und gab ihm einen letzten Kuss auf die Wange. Als Clay sich nicht festlegte und stattdessen einfach nur nickte, lief sie mit einem Schmollmund davon.

Justin klopfte noch einmal, und Clay öffnete die Tür. »Tut mir Leid, dass du warten musstest«, entschuldigte er sich. »Ich habe mich gerade von einer … Freundin verabschiedet.«

Justin zog eine Braue hoch, als Clay an ihm vorbei die Vordertreppe hinunterstieg und seinen Kutscher anwies, die

Lady hinter dem Haus abzuholen. Dann kam er mit großen Schritten zurück.

»Ich dachte, wir wollten uns heute Abend treffen«, wandte er sich an Justin und winkte seinem Freund, ihm zu folgen. Er war nicht gerade korrekt gekleidet für Besuch, sondern in die Hose geschlüpft, die er am gestrigen Abend achtlos neben das Bett geworfen hatte: seine Füße waren nackt, sein zerknittertes Hemd stand offen. Aber Justin sah so aus, als würde er das gar nicht bemerken.

»Bei unserem Treffen bleibt es«, bestätigte Greville und sah ein wenig ungemütlich aus, beinahe sogar verlegen. »Hier geht es nicht um Geschäfte, sondern um etwas Privates. Ich hatte gehofft, du könntest mir einen Rat geben.«

»Ah, dann hat es sicher etwas mit einer Frau zu tun.«

Zum ersten Mal bemerkte Justin Clays zerknitterte Kleidung. »Eines ist sicher – auf diesem Gebiet bist du Fachmann. Ich hoffe nur, diese hier war älter als die letzte.«

Betreten sah Clay ihn an. »Ich hatte keine Ahnung, dass das Mädchen erst sechzehn war. Sie sah eher wie fünfundzwanzig aus. Außerdem war sie definitiv keine Jungfrau mehr.« Er grinste und öffnete die Tür zum Frühstückszimmer. »Meine Neue ist eine Witwe, wenn das dein Gemüt beruhigt. Eine sehr bezaubernde, sehr entgegenkommende Witwe, wenn ich das mal so sagen darf.«

Justins Mundwinkel kräuselten sich ein wenig. Er folgte Clay in den sonnigen kleinen Raum, von dem aus man in den Garten hinter dem Haus blicken konnte, und sie setzten sich an den polierten Eichentisch. Die Köchin, eine untersetzte, grauhaarige Frau, die in den letzten vier Jahren Clay verwöhnte, erschien einige Minuten später, um das Frühstück zu servieren. Da der Lakai noch nicht angetreten war, goss sie ihnen beiden Kaffee ein, dann schlurfte sie zurück in die Küche.

Clay kippte seinen Stuhl zurück, bis er an der Wand lehnte und nippte lässig an seiner Tasse. »Also gut, was ist so wichtig, dass es nicht bis später warten kann?«

»Ich denke daran, zu heiraten«, platzte Justin heraus, und Clays Stuhl polterte mit einem Ruck auf den Boden zurück.

»Heiraten? Du! Ich dachte, du hättest dein Leben lang der Ehe abgeschworen.«

»Das hatte ich auch!« Er seufzte. »Jedenfalls bis gestern Abend. Aber in letzter Zeit ging mir viel durch den Kopf. Glaubst du, dass man als verheirateter Mann noch glücklich sein kann?«

Clay betrachtete ihn über den Rand seiner Kaffeetasse hinweg. »Der Begriff Glück hat wohl kaum etwas mit einer Ehe zu tun«, meinte er und dachte an seine arme verstorbene Mutter und ihre unerwiderte Liebe zu seinem bereits verheirateten Vater. »Meistens wird doch des Geldes wegen geheiratet oder wegen eines Titels. Aber wenn du von Ariel sprichst, wäre es denkbar. Warum willst du denn heiraten? Sicher ist es doch noch zu früh für das Mädchen, um *enceinte* zu sein. Spielt sie die verletzte Jungfrau? Verlangt sie von dir, das ›Richtige‹ zu tun?«

»Um die Wahrheit zu sagen, ist ihr der Gedanke an eine Ehe sicher niemals gekommen. Ich bin ein Graf. Ariel ist die Tochter eines armen Pächters. Nach außen hin spielt sie die Rolle der Lady untadelig; aber in ihrem Inneren sieht sie sich noch immer als das niedrige Bauernmädchen, als das sie auf die Welt kam.«

»Sie ist deine Geliebte geworden. Das hast du doch gewollt? Warum machst du nicht einfach so weiter?«

Justin schüttelte den Kopf. »Weil ich finde, dass es nicht genug ist. Ich kann dir das nicht genau erklären. Es ist einfach nur so, wann immer ich sie ansehe, erkenne ich ihre Lauterkeit, und die möchte ich nicht beschmutzen. Das

Licht in ihr soll immer weiter so hell brennen wie in der Gegenwart.«

Justins lange Finger legten sich um den Griff seiner Kaffeetasse, doch er trank nicht. »Ich kenne das Risiko, das ich eingehe. Der Himmel weiß, dass ich wahrscheinlich einen entsetzlichen Ehemann abgeben werde. Aber wenigstens kann sie den Kopf hochhalten, wenn sie über die Straße geht. Ich kann sie nicht so lieben, wie ein anderer Mann das vielleicht könnte – ich habe nicht die leiseste Ahnung, wie ich das bewerkstelligen sollte –, aber ich kann ihr etwas anderes geben. Eine gesellschaftliche Grundlage. Eine Ehe mit mir würde ihr Achtung einbringen. Ich kann sie offiziell zu der Lady machen, die sie immer sein wollte.«

Clay sagte nichts auf diese Bemerkung. Würde es für seinen Freund tunlich sein, Ariel Summers zu heiraten? Justin glaubte vielleicht, dass er nicht fähig wäre, sie zu lieben – aber Clay war davon überzeugt, dass er sich bereits bis über den Kragen in dieses Mädchen verliebt hatte.

»Wenn wir so weitermachen wie jetzt«, fuhr Justin fort, »dann besteht die Möglichkeit, dass es früher oder später Kinder geben wird. Sie werden Bastarde sein, Clay. Ich glaube nicht, dass Ariel eine Ahnung hat, was das bedeutet – aber ich weiß es.« Sein Blick ruhte auf Clay. »Du auch!«

Das war die Wahrheit. Und Clay sah ein, dass Justin, wenn ihm nur halb so viel an der Frau lag, wie es den Anschein hatte, ihr und den Kindern den Schmerz ersparen wollte, den er und Justin erlitten hatten – also Grund genug, sie zu heiraten.

»Ich glaube nicht, dass du meinen Rat brauchst«, meinte Clay nach einer Weile. »Eigentlich hast du dich bereits entschieden.« Er lächelte und streckte ihm die Hand hin. »Glückwunsch, mein Freund!«

Justin schüttelte seine Hand und schenkte ihm ein so

strahlendes Lächeln, wie Clay es nur selten an ihm gesehen hatte. Erleichterung lag in diesem Lächeln und so wie Clay es sah, auch ein Haufen Freude.

Der Graf erhob sich. »Ich gehe wohl besser, es ist noch eine Menge zu erledigen. Weißt du, damit alles perfekt ist, wenn ich sie frage …«

»Wir sehen uns heute Abend im Club«, meinte Clay und winkte, als Justin hinaussteuerte.

»Ich werde da sein!«, rief Justin über seine Schulter. In seiner Stimme lag eine Leichtigkeit, die vorher nicht darin gewesen war, und Clay lächelte. Justin hatte ein wenig Glück verdient. Der Himmel allein wusste, dass es davon in seinem Leben viel zu wenig gegeben hatte. Clay hoffte nur, dass Ariel Summers die Frau war, die Justin in ihr sah.

Er biss die Zähne zusammen. Der Allmächtige sei ihr gnädig, wenn sich etwas anderes herausstellte.

Der Chef von Sanborn und Söhnen, Juweliere in Ludgate Hill, stand hinter seiner Theke und betrachtete den gut gekleideten Herrn, der gerade das Geschäft betreten hatte – eine Persönlichkeit der besten Gesellschaft, nach seinem eleganten taubengrauen Rock und dem Rubinring zu urteilen, der an seinem Finger blitzte. Ganz sicher ein Mitglied des Adels.

Der Juwelier, ein Mann in den Vierzigern, mit einer breiten Nase und einem fliehenden Kinn, eilte vor. »Guten Tag, Mylord. Kann ich Euch behilflich sein?«

»Ein Freund hat mir Euren Laden empfohlen. Er sagte, Ihr hättet den Ruf, ehrlich zu sein und Schmuck der höchsten Qualität zu verkaufen.«

Der Mann fühlte sich von dieser Bemerkung geschmeichelt, die zweifellos der Wahrheit entsprach. »Meine Familie ist schon seit über fünfzig Jahren in dem Geschäft.«

»Ich suche einen Ring«, erklärte der Kunde. Er beugte sich über den Glaskasten, um die ausgestellten Stücke zu betrachten, seine geraden schwarzen Brauen zogen sich zusammen. »Saphire wären am besten, denke ich, sie passen zu den Augen der Dame, und Diamanten natürlich. Etwas Kostbares, aber nicht zu auffallend. Etwas, das für einen Ehering geeignet ist.«

Der Ladenbesitzer strahlte. Die meisten Konservativen beschenkten ihre Bräute mit antiken Ringen, vielleicht mit solchen, die schon ihre Mütter getragen hatten. Dieser Herr wollte offensichtlich etwas Persönliches, einen Ring, den er selbst ausgewählt hatte.

»Wir können natürlich anfertigen, was auch immer Ihr wünscht – aber wenn Ihr mir einen Augenblick Zeit gebt, hole ich Anschauungsmaterial aus der Werkstatt. Einer davon wird vielleicht der Richtige sein.« Der Ring, an den er dachte, war mit perfekt geschliffenen Saphiren besetzt, umgeben von reinsten Diamanten. Groß genug, um auch der verwöhntesten Lady zu gefallen und dennoch weder aufdringlich noch protzig.

Er eilte in den hinteren Teil des Ladens und kam mit drei der teuersten Stücke herein, die er besaß. Die legte er auf ein Tuch aus schwarzem Samt unter eine darüber hängende Lampe, die die Ringe vorteilhaft beleuchtete.

Während der Gentleman sie jeweils einzeln hochhob und betrachtete, studierte der Juwelier seinen Kunden. Er war ein gut aussehender Mann, groß und breitschultrig, sogar ein wenig einschüchternd. Die Schmuckstücke in diesem Laden waren von der höchsten Qualität, was der Besitzer natürlich wusste. Zweifellos hatte der Mann einen sehr kritischen Blick und es wäre sicher nicht ratsam, ihn zu verärgern.

Er nahm den letzten Ring von dem Tuch in die Hand und

prüfte ihn genau – eine ganze Anzahl widersprüchlicher Gefühle lagen in dem Blick seiner grauen Augen. Nervosität, Liebe, Verlangen? Eines allerdings ließ sich deutlich erkennen: und zwar Hoffnung – was dem Ladenbesitzer ein Lächeln entlockte.

Ab und zu wurden die Arbeiten, die er mit solcher Sorgfalt und Ergebenheit kreierte, von einem würdigen Käufer erworben.

»Ich werde diesen hier nehmen.« Er hielt einen kostbaren Ring mit perfekt geschliffenen Steinen hoch.

»Ausgezeichnete Wahl, Mylord! Es ist genau derjenige, den auch ich gewählt hätte.« Er räumte die anderen Stücke wieder weg und kam mit einer kleinen Samtschatulle zurück, die mit weißer Seide verbrämt war. Nach der Bezahlung legte er ihn in das Kästchen und reichte es dem Kunden. »Ich wünsche Euch Glück zu Eurer bevorstehenden Vermählung, Mylord.«

»Danke!« Der große Mann verstaute die Errungenschaft umständlich in der Innentasche seines perfekt geschneiderten Rocks, dann wandte er sich um und verließ das Geschäft.

Der Juwelier sah ihm nach und fand, dass seine Schritte leichter, beschwingter waren als zuvor, als er bei ihm eingetreten war.

Aber vielleicht bildete er sich das ja auch nur ein.

15

Die Dunkelheit brach an. Nebel wehte von Norden heran und hüllte die Stadt in einen geisterhaften Grauschleier. Ariel stand im Roten Salon und starrte aus dem Fenster in die Dämmerung, in Gedanken war sie bei dem bevorstehenden Treffen mit Phillip.

»Ariel?« Justin stand nur ein paar Schritte hinter ihr, seine Stimme riss sie mit einem Ruck in die Gegenwart zurück.

»Ja, Mylord?«

Er bereitete sich auf sein Treffen mit Clayton Harcourt vor und gab ihr die Möglichkeit, die Dinge mit Phillip ins Reine zu bringen – etwas, das sie schon viel früher hätte tun sollen.

»Du scheinst heute Abend zerstreut. Stimmt etwas nicht?«

Ihr Herz machte einen kleinen Sprung. »N-nein, Mylord, natürlich ist alles in Ordnung.« Sie zwang sich zu einem Lächeln. »Ich habe ein wenig Kopfschmerzen, das ist alles. Am besten gehe ich früh ins Bett.«

»Wenn du krank bist, sollte ich vielleicht mein Treffen absagen und bei dir zu Hause bleiben.«

»Nein! Ich meine, übertreibe bitte nicht! Wenn du zurückkommst, wird es mir schon wieder gut gehen.«

Er betrachtete sie einen Augenblick lang, und sie hoffte, er würde nicht allzu alarmiert sein von ihrer Unruhe. Endlich nickte er. »Na schön! Ich denke, es ist an der Zeit, aufzubrechen.«

Ariel küsste ihn pflichtschuldigst, sie folgte ihm in die Eingangshalle, wo Knowles ihm den Umhang um die Schultern legte; als er durch die schwere Eichentür verschwand, stieß sie einen Seufzer der Erleichterung aus.

Dann warf sie einen Blick auf die große Standuhr, dachte an ihr Treffen mit Phillip, und die Nervosität schüttelte sie förmlich. Mit hängenden Schultern stieg sie nach oben. Die Zeit schien sich endlos hinzuziehen, unruhig lief sie vor dem Fenster auf und ab, und wartete auf die Stunde ihres Treffens. Sie freute sich nicht darauf, dennoch war sie eigentlich froh, es bald hinter sich zu haben.

Ihr Leben ging weiter. Justins Anwalt, Mr. Whipple, hatte zwar noch nicht das richtige Haus gefunden, in das sie ziehen konnte; aber sicherlich würde es nicht mehr lange dauern. Inzwischen kam Justin jede Nacht in ihr Bett, und sie liebten einander wild und leidenschaftlich. Er blieb bis fast zur Morgendämmerung, Ariel schmiegte sich friedlich in seine Arme; dann verließ er sie widerstrebend.

Auch er machte sich jeden Tag mehr aus ihr, davon war sie überzeugt. Sie wollte nicht, dass durch Phillip irgendwelche Probleme zwischen sie traten.

Ariel stand am Fenster ihres Schlafzimmers und starrte in die Nacht hinaus; sie sah, wie sich der wirbelnde Nebel über die Stadt legte, und wägte jedes Wort ab, das sie Phillip sagen würde. Sie würde ihm sehr deutlich erklären, dass sie ihn nicht liebte. In Wahrheit wusste sie jetzt, dass sie ihn niemals geliebt hatte. Was auch immer Phillips Gefühle für sie sein mochten, sie erwiderte sie ganz einfach nicht.

Er sollte sie in Ruhe lassen, sie wollte die Bedrohung ihres Glücks, die er für sie darstellte, nicht mehr haben.

Ein Blick auf die Kaminuhr zeigte ihr, dass es fünf Minuten vor zehn war, Zeit, zu gehen! Sie nahm ihren warmen blauen Schal vom Bett und schlang ihn um ihre Schultern; dann schlich sie sich über die Dienstbotentreppe nach unten. Die meisten der Leute hatten sich schon zurückgezogen. Ariel trippelte auf Zehenspitzen nach draußen und lief dann über den gepflasterten Weg zu den Ställen im hinteren Teil des Anwesens.

In dem Stalldunkel spendete nur eine einzelne Laterne ein wenig Licht. Es roch nach Einreibemittel und Dung, nach frisch geöltem Leder und getrocknetem Heu. Sie lenkte ihre Schritte vorwärts, hörte das Stampfen der Hufe im Stroh. Ariel sah sich um, um sicherzugehen, dass keiner der Pferdeknechte in der Nähe war, dann hielt sie in den Schatten nach Phillip Ausschau.

»Ariel …« Leise rief er ihren Namen und trat unvermittelt aus einer leeren Box. »Ich bin so froh, dass Ihr gekommen seid. Schon fürchtete ich, Ihr würdet mich wieder einmal enttäuschen!«

Sie ging auf ihn zu und blieb in einem gewissen Abstand stehen. »Ich hatte niemals die Absicht, Euch zu enttäuschen, Phillip. Manchmal nehmen eben die Dinge einen anderen Lauf.«

Er trat näher. Sie konnte den Duft seines Rasierwassers riechen und den goldenen Schimmer seines Haares erkennen. Phillip streckte die Hand aus und legte sie an ihre Wange. »Wisst Ihr eigentlich, wie sehr ich Euch vermisst habe? Wie sehr ich Euch wiedersehen wollte?«

Ariel wandte sich schweren Gewissens ab. »Ich muss Euch etwas sagen. Ich hatte gedacht … gehofft, wenn Ihr meine Nachricht lesen würdet, würdet Ihr verstehen …«

Im Licht der Laterne erkannte sie, wie seine Kinnmuskeln sich anspannten. »Was soll ich verstehen? Dass Greville Euch verführt hat? Dass er Euch getäuscht und mit einem Trick in sein Bett geholt hat? Glaubt Ihr eigentlich, dass ich ein Dummkopf bin, Ariel? Glaubt Ihr, ich hätte das nicht schon längst vermutet?«

Ariel öffnete den Mund, um ihm zu widersprechen; doch die Worte blieben ihr im Hals stecken, und nur ein abwehrendes Geräusch kam heraus.

»Ihr kennt ihn nicht so, wie ich ihn kenne«, sprach Phillip weiter. »Ihr begreift nicht, wozu dieser Mann fähig ist. Ich habe versucht, es Euch zu erklären. Ich habe versucht, Euch zu warnen, aber Ihr wolltet ja nicht auf mich hören.«

Die junge Frau schüttelte den Kopf. »So ist er nicht. Er ist gut und anständig, weiß es nur leider nicht.«

»Er ist ein Schurke, Ariel. Er hat Euch die Unschuld geraubt – wollt Ihr das etwa bestreiten?«

Sie wandte den Blick ab, eine leichte Röte stieg in ihre Wangen und bestätigte seine Behauptung. »Ich liebe ihn.«

Phillip packte sie bei den Schultern. »Er benutzt Euch, seht Ihr das denn nicht? Sobald er Eurer müde ist, wird er Euch beiseite werfen wie Strandgut.«

Tränen brannten in ihren Augen. »Ihr irrt Euch! Justin würde so etwas niemals tun.«

»Ariel, Ihr dürft ihm nicht trauen. Ihr müsst diesen Ort verlassen, jetzt, heute Nacht noch. Kommt mit mir, Liebste. Was geschehen ist, ist vorbei. Ich werde von jetzt an für Euch sorgen, werde Euch vor Greville beschützen.«

Sie schüttelte den Kopf und hob das Kinn. »Ich habe Euch gesagt, wie ich fühle. Bitte, Phillip, ich bitte Euch, zu gehen. Es ist gefährlich für Euch, hier zu sein. Wenn Lord Greville wüsste, dass Ihr hier seid …« Sie keuchte auf, als er sie plötzlich an sich riss, ihr die Hand an den Hinterkopf legte und seine Lippen gewaltsam auf ihre presste. Er schob seine Zunge so tief zwischen ihre Zähne, dass Ariel fast erstickte.

Mit beiden Händen stemmte sie seinen Oberkörper von sich, versuchte, den Kopf abzuwenden, sich aus seiner Umarmung zu befreien; dann erstarrte sie, als sie fühlte, wie Phillip die Hände in das Mieder ihres Kleides schob. Er packte ihre Brust und drückte fest zu.

»Ihr gehört mir«, flüsterte er. »Ich habe Euch zuerst entdeckt.« Ihr Kleid zerriss, dann ihr Hemd, als er in ihre Brustspitze kniff. Ariel unterdrückte ein Aufschluchzen; sie versuchte, nach ihm zu treten, aber er war stärker, als er aussah. Bald hing ihr Rock in Fetzen herab und sie verlor ihre Haarnadeln. Sie kämpfte härter gegen ihn, jetzt begann sie, sich wirklich zu fürchten. Ihr Fuß glitt aus, verfing sich im

Saum ihres Kleides, und sie fielen beide ins Stroh, das auf dem Boden der Box lag.

»Lasst ab von mir!«, keuchte sie und versuchte, sich von seinem Gewicht zu befreien.

»Ich werde Euch besitzen – das schwöre ich! Ihr seid den Geruch des Stalles gewöhnt – immerhin seid Ihr da geboren. Gleich am Anfang hätte ich Euch so nehmen sollen!«

Ariel wollte schreien, doch er legte eine Hand auf ihren Mund; mit der anderen versuchte er fieberhaft, ihre Röcke hochzuschieben. Sie bemühte sich, ihn zu beißen, sich von ihm befreien, als sie fühlte, wie er nach dem Verschluss seiner Hose griff – doch dann flog sein Gewicht plötzlich von ihr, als hätte eine übernatürliche Macht ihn ergriffen. Phillip wirbelte herum, um sich zu verteidigen, als eine harte Faust gegen sein Kinn schlug und er an der Wand landete. Dabei löste sich ein ledernes Pferdegeschirr und fiel ihm auf den Kopf.

Ariel erkannte den großen, untersetzten Rotschopf, der mit geballten Fäusten und gespreizten Beinen vor Phillip stand – Cyrus McCullough, Justins Stallmeister. Sie begann zu zittern, es gelang ihr kaum, ein Wort herauszubringen. »Mr. McCullough … G-Gott sei Dank, dass Ihr gekommen seid!«

Phillip stöhnte, seine Augen öffneten sich. Seine Brust hob und senkte sich heftig in einem unnatürlichen Rhythmus, und ein paar Blutstropfen rannen aus seinem Mundwinkel. Er wischte sie mit dem Handrücken weg. »Was, zum Teufel, bildet Ihr Euch eigentlich ein?«

»Wo ich herkomme, Junge«, grunzte Cyrus, »sehen wir es nicht gern, wenn ein Mann sich an einem unwilligen Mädchen vergreift.«

Phillip biss die Zähne zusammen, er schob das Pferdegeschirr von sich und rappelte sich hoch. Ariel warf ihr zerzaustes Haar über die Schulter und versuchte, sich das Stroh vom Rock zu klopfen – doch ihre Hände zitterten zu sehr. »W-woher habt Ihr gewusst, dass wir hier sind?«

»Ich habe die Geräusche oben in meinem Zimmer gehört. Deshalb bin ich runtergekommen, um nachzusehen, was hier los ist.«

»Danke. Ich weiß nicht, was geschehen wäre, wenn Ihr mich nicht gerade in diesem Augenblick befreit hättet.«

Ein paar Schritte weiter ballte Phillip die Hände zu Fäusten. Er bedachte Cyrus McCullough mit einem mörderischen Blick. »Ich bin der Sohn eines Grafen. Weißt du eigentlich, was das bedeutet, du alte Ratte? Dafür, was du dir gerade erlaubt hast, wirst du die nächsten zwanzig Jahre in Newgate absitzen.«

»Nein, das wird er nicht«, erklärte Ariel mit fester Stimme und warf Phillip einen genauso vernichtenden Blick zu. »Wenn Ihr diese Sache auch nur mit einem einzigen Wort irgendjemandem gegenüber andeutet, werde ich zu Greville gehen. Ich werde ihm sagen, dass Ihr versucht habt, mich zu vergewaltigen.« Selbst in der Dunkelheit sah sie, wie Phillip blass wurde. »Ich möchte keinen Ärger, und das solltet auch Ihr nicht wollen! Keiner von uns wird jemals erwähnen, was heute Abend hier vorgefallen ist. Habt Ihr mich verstanden, Phillip?«

Er fluchte unflätig, dann fuhr er sich mit den Händen durchs Haar. Zögernd nickte er.

»Ihr geht besser zurück ins Haus, junge Lady! Ehe jemand merkt, dass Ihr nicht da seid.«

Ariel schenkte Cyrus McCullough ein gerührtes Lächeln. »Noch einmal, ich danke Euch!« Mit einem letzten Blick auf Phillip wandte sie sich um und lief davon. Die Tür schloss sich hinter ihr und daher hörte sie nicht mehr, wie die schwere Faust noch ein letztes Mal gegen Phillip Marlins Kinn krachte.

Justin stand am Fenster seines dunklen Schlafzimmers, als Ariel den Stall verließ. Im Licht des Mondes, der sich zwischen den Wolken hervorwagte, konnte er sehen, dass das Mieder ihres Kleides an der Seite aufklaffte. Blonde Strähnen wehten um ihr Gesicht, sie hatten sich aus den Haarnadeln gelöst, die ihre Frisur sonst zu halten pflegten. Der Schal, den sie zuvor um ihre Schultern getragen hatte, war nicht mehr da, und als sie durch die Hintertür im Haus verschwand, bemerkte er das Stroh und den Schmutz an ihrem zerfetzten Rock.

Er schloss die Augen, kämpfte gegen eine Woge der Übelkeit an, und der schwere Druck auf seiner Brust machte es ihm beinahe unmöglich, zu atmen.

Nur Minuten nachdem er das Haus verlassen hatte, war er wieder zurückgekehrt, durch eine Seitentür eingetreten und nach oben geeilt. Schon zuvor hatte er sie den ganzen Abend über beobachtet und bemerkt, wie sie immer nervöser wurde.

Natürlich hatte er gewusst, dass sie log. Und er fasste den Entschluss herauszufinden, warum.

Jetzt wusste er es.

Wut mischte sich mit bitterer Verzweiflung, und ein Schauder rann durch seinen Körper. Es war ein reiner Zufall gewesen, dass er Phillip Marlin auf dem Weg hinter dem Haus entdeckt und gesehen hatte, wie er sich in den Stall verdrückte. Davor hatte er gelauscht, ob Ariel ihr Zimmer verließ; er war ganz sicher gewesen, dass sie die Absicht hatte, sich aus dem Haus zu schleichen und hatte sich gefragt, wohin sie wohl wollte und zwar heimlich, damit er davon nichts erfuhr.

In dem Augenblick, als Marlin im Stall verschwand, hatte ihn die Wahrheit wie ein Hieb getroffen – obwohl er sich zuerst noch geweigert hatte, das zu glauben. Er hatte gewartet und beobachtet und gehofft, dass er sich irrte, hatte gebetet, dass Ariel nicht zu ihm gehen würde, dass es eine andere Erklärung für sein Auftauchen geben musste. Er hatte daran gedacht, die beiden zu stellen, doch er hatte sich schon einmal vor Marlin erniedrigt, und würde das nicht ein zweites Mal tun.

Stattdessen stand er einfach nur als Beobachter da; sein Magen hob sich, seine Hände schwitzten, und er betete, dass er sich irrte.

Und dann war Ariel schließlich aus dem Stall gekommen, ihre Kleider voller Schmutz und Stroh, ihr Haar offen und zerzaust. Zweifellos hatte sie mit Marlin ein Stelldichein gehabt, und die Qual in seinem Inneren drohte ihn zu verschlingen. Es tat so weh, dass er sich elend und krank fühlte, und nur noch sterben wollte.

Justin hatte nicht geglaubt, dass er fähig wäre, so heftig und unerträglich zu leiden. Das war Ariel zuzuschreiben: Sie hatte den Schutzwall durchbrochen, den er so sorgfältig um sich herum aufgerichtet hatte, und hatte ihn verletzlich, zerbrochen und blutend, ohne die Schale des harten, vollkommen beherrschten Mannes zurückgelassen, der er zuvor einmal gewesen war.

Dafür hasste er sie. Er hasste sie sogar noch mehr dafür, dass er nun ihretwegen das Gefühl hatte, schwach zu sein, als dafür, weil sie ihn mit Marlin betrogen hatte. Hölzern bewegte er sich in dem dunklen Zimmer auf und ab, geführt nur von den schwachen Strahlen des Mondlichts, das durch die Fenster fiel. Erschöpft sank er auf den Stuhl vor dem Kamin und starrte auf die nicht angezündeten Scheite; dabei schüttelte er sich vor Kälte, die ihn einhüllte.

In seiner Brust schlug sein Herz dumpf, ein toter, erstarrter Klumpen – der eigentlich hätte taub sein müssen, sich jedoch mit einem pulsierenden Schmerz meldete. Was war da eigentlich geschehen? Wie hatte er zulassen können, dass er so vollkommen hinters Licht geführt wurde?

Ariel. Allein der Klang ihres Namens, der aus den Windungen seines Gedächtnisses stieg, war wie eine offene Wunde in ihm. Mit ihrem falschen Strahlen und ihrer heuchlerischen Wärme hatte sie den eisigen Schild geschmolzen, der sein zuverlässiger Schutz gewesen war. Sie hatte ihn verzaubert, ihn dann betrogen, und zuletzt praktisch entmannt.

Der Graf starrte in die kalte Asche des Kamins und dachte, dass dies die Jahre seines Lebens widerspiegelte. Kalt und verbraucht, mit achtundzwanzig Jahren im Besitz eines erstarrten Herzens und einer eisigen Seele.

Diese Bilanz entlockte seiner Kehle ein hartes Lachen. Mit zittriger Hand fuhr er sich über das Gesicht und stellte überrascht fest, dass die Tränen aus seinen Augen, während sie über seine Wangen rannen, nicht zu Eis erstarrten.

Spät am nächsten Morgen ließ Justin Ariel zu sich rufen. Er hatte nicht eine Sekunde geschlafen; auch wenn nun der Spiegel ihm zeigte, dass seine Augen eingesunken und trübe blickten, zeigte sein Gesicht keinerlei Regung. Das ließ er nicht zu. Nicht heute. Und überhaupt niemals mehr.

Während er in seinem Arbeitszimmer auf sie wartete, zupfte er sich ein Stäubchen von seinem makellosen schwarzen Rock und rückte die Manschetten seines weißen Baumwollhemdes zurecht. An diesem Morgen hatte er sich mit aller Sorgfalt gekleidet, eine unauffällige Garderobe gewählt, die vielleicht ein Zeichen für das Ende dieser ganz besonderen Phase seines Lebens war.

Ariel klopfte nur kurz, dann trat sie ein und schloss die Tür hinter sich. Sie schenkte ihm ein sanftes Lächeln zur Begrüßung, obwohl ein Hauch von Unsicherheit auf ihren Zügen lag. Er war in der letzten Nacht nicht zu ihr gekommen. Wahrscheinlich fragte sie sich nach dem Grund dafür.

»Guten Morgen, Mylord.«

»Guten Morgen, Ariel. Ich hoffe, du hast gut geschlafen.«

Ihre Wangen röteten sich ein wenig. »Nicht so gut wie sonst.«

Die Anspielung auf seine Abwesenheit hätte ihm noch vorgestern Freude gemacht. Jetzt bewirkte sie nur, dass sich die Muskeln seines Kinns anspannten.

»Ich habe dich vermisst, Mylord. Ich dachte ... hatte gehofft, du würdest zu mir kommen, als du heimkehrtest.«

Wie machte sie das nur? Wie war es möglich, dass sie manchmal eine so schlechte Lügnerin war und zu anderen Zeiten diese Aufgabe meisterhaft löste?

»Unsere Besprechung hat lange gedauert. Und danach waren Clayton und ich ... abgelenkt.«

Ihr hübsches Gesicht verzog sich ein wenig. »Oh!« Sie trug ein Kleid aus weicher gelber Wolle, ihr silberblondes Haar hatte sie an den Seiten mit den Perlmuttkämmen zurückgesteckt, die aus Tunbridge Wells stammten.

Himmel, war sie bezaubernd! Sie besaß die glatteste Haut und die blauesten Augen, die er je gesehen hatte. Erstaunlich, dass er immer noch nach ihr verlangte, obwohl er sie doch so sehr verachtete. Sein Unterleib zog sich bei ihrem Anblick zusammen, sein Glied wurde hart. Ihm war der Gedanke gar nicht gekommen, sie noch einmal zu besitzen, ehe er sie wegschickte – aber warum nicht? Er und Marlin hatten sich auch schon zuvor eine Frau geteilt. Irgendwie schien es folgerichtig zu sein.

»Komm her, Ariel!«

Sie sah zu ihm auf und lächelte, aber die Wärme in ihrem Blick erreichte ihn nicht mehr. Ein neuer Panzer aus Eis schützte sein Herz, und er würde Acht geben, dass er nie wieder durchbrochen wurde. Sie trat auf ihn zu, während er sich lässig gegen das Bücherregal lehnte.

»Ich habe gestern eine ganze Menge Arbeit erledigt«, berichtete sie und blieb vor ihm stehen. »Ich habe all die neuen Zahlen, die du haben wolltest und …«

Er erstickte ihre Worte mit einem groben, fordernden Kuss und überraschte sie damit sichtlich. Einen Augenblick lang wehrte sich ihr Körper, doch dann sank sie gegen ihn, und ihr Mund wurde weich und nachgiebig. Justin zügelte sich ein wenig. Er wollte diese letzte Vereinigung im Gedächtnis behalten. Die seltenen Male, wenn er es sich erlauben würde, an sie zu denken, wollte er den süßen Sieg auskosten, sie noch einmal besessen zu haben, gründlich und vollkommen – ehe er sie zu Marlin schickte.

Mylord küsste sie noch einmal; tief drang seine Zunge in ihren Mund, seine Hände legten sich um ihre Brüste, er streichelte ihre Spitzen, bis sie sich ihm verlangend entgegenreckten und vor Verlangen pulsierten. Sie ächzte leise, und ihre Hände legten sich um seinen Nacken. Justin drehte sich um, er drängte sie weiter, bis ihre Schultern das Bücherregal berührten. Dann schob er seinen Schenkel zwischen ihre Beine und hob sie ein wenig hoch. Er hörte, wie sie scharf den Atem einsog, und ihre Finger gruben sich in seine Schultern.

Kurz entschlossen lüftete er ihren Rock und fuhr mit der Hand ihr Bein hoch zu ihrem Oberschenkel, während er gleichzeitig den weichen gelben Stoff bis zu ihrer Taille hob. Sein Kuss wurde eindringlicher, seine Hand schob sich an die Stelle, an der zuvor sein Knie gewesen war, glitt zwischen ihre Schenkel und streichelte sie, bis sie feucht war und bereit für ihn.

Wieder küsste er sie fordernd, öffnete die Knöpfe an seiner Hose, und sein Glied drängte sich hervor. Es war so hart wie Stein und pulsierte vor Verlangen.

»Öffne deine Schenkel für mich, Ariel.«

Sie schwankte ein wenig, ihr Herz schlug heftig; doch sie tat wie befohlen, öffnete sich ihm, vertraute ihm so, wie er einst auch ihr vertraut hatte. Er schob die weichen Falten ihrer Scheide auseinander, dann drang er mit einem einzigen, tiefen Stoß vollständig in sie ein.

Ariel stöhnte auf, als er sich zu bewegen begann, hart und tief in ihr, jetzt hob er sie ein wenig vom Boden empor. Ihr Körper zitterte, ihr Kopf fiel zurück. Justin küsste ihre Kehle, leicht biss er in ihre Halskuhle, und sie drängte sich an ihn. Bei seinen nachhaltigen Stößen klammerte sie sich an seine Schultern und hauchte seinen Namen.

Innerlich lächelte er, als sich ihr Körper fester um ihn schloss, als sie ihn sanft molk, während sie einen machtvollen Höhepunkt erreichte. Dennoch stieß er immer weiter in sie hinein, bis sie noch einmal die höchsten Höhen der Lust erfuhr. Erst dann erlaubte er es sich selbst, seine Erfüllung zu finden; gnadenlos drängte er in sie hinein, nahm sich, was er brauchte, und ergoss seinen heißen Samen in sie.

Sekunden später wandte er sich ab, kehrte ihr den Rücken zu und wartete, bis sich sein wild schlagendes Herz ein wenig beruhigt hatte; unterdessen schloss er die Knöpfe an seiner Hose. Es musste etwas in seinem Gesichtsausdruck gelegen haben – oder vielleicht war es ja auch der Mangel an Gefühlen, den er gezeigt hatte –, der sie alarmierte.

»Justin …?«

Er wandte sich zu ihr um, mit einer Reserviertheit, die sie blass werden ließ. »Ich habe dich aus einem bestimmten Grund hierher gerufen«, erklärte er nebenbei. »Allmählich wird es Zeit, ihn dir zu erklären.«

»Was … was ist das für ein Grund? Was hast du, Justin?«

Seine Miene blieb ausdruckslos. »In der letzten Nacht sind Clayton und ich … nun ja, wir sind einigen recht unterhaltsamen Gefährten begegnet.« Natürlich war das eine Lüge; er hatte sein Schlafzimmer nie verlassen, doch schuldete er ihr nicht länger die Wahrheit, oder?

»Unterhaltsamen Gefährten? Du sprichst doch nicht von … von Frauen?«

»Es tut mir Leid, meine Liebe – aber du wusstest doch, dass so etwas früher oder später geschehen würde. Du warst recht gut, wirklich, besser, als ich es erwartet hatte … aber der Geschmack eines Mannes ändert sich nun einmal. Und da dies der Fall ist, schlage ich vor, du verlässt das Haus.«

»Du … du schickst mich weg?«

»Betrachte es eher als eine Art Ende deiner Beschäftigung!«

Sie sah ihn entsetzt an. »Aber was ist mit … mit dem, was wir gerade getan haben?«

»Ich habe dich nicht rufen lassen, um mit dir hier Geschlechtsverkehr zu haben – aber es ist doch eine recht nette Erinnerung zum Abschied, findest du nicht auch?«

Ein ersticktes Keuchen drang aus ihrem Mund. Ariel wurde kreidebleich, sie griff nach der Tischkante, um sich festzuhalten. »Du sagst mir, dass es zwischen uns aus ist? Du sagst, dass du mich … dass du mich nicht länger willst?«

Er zuckte die Schultern. »Du bist ein nettes kleines Ding. Mit dir zu schlafen war nicht unbedingt eine Last. Es gibt da ganz einfach nur jemanden, den ich momentan lieber hätte.«

Ihre Augen füllten sich mit Tränen. Große, glänzende Tränen begannen über ihre Wangen zu rinnen. In der Vergangenheit hätte dieser Anblick ihn gepeinigt. Doch jetzt nicht mehr.

Mit zitternder Hand wischte Ariel sich das Gesicht trocken und hob das Kinn. »Ich muss eine Unterkunft finden. Gib mir einen Tag Zeit oder zwei …«

»Es wäre besser, wenn du auf der Stelle gehen würdest.«

Er griff in die Tasche seiner Weste, holte eine einzelne Goldguinee heraus und drückte ihr diese in die Hand. »Das sollte dir für eine Weile reichen – lange genug, um einen neuen Beschützer zu finden.« Da Marlin schon wartete, würde es überhaupt keine Verzögerung geben.

Der Gedanke, dass sie zu ihm zog, ließ seine Galle hochsteigen. Justin biss die Zähne so fest zusammen, dass sich ein Muskel in seiner Wange verkrampfte.

Ariels Finger schlossen sich um die Münze, und sie hob den Blick zu seinem Gesicht. »Ich hatte doch Recht mit meinem ersten Eindruck von dir«, murmelte sie. »Du bist boshaft und grausam. Du bist der herzloseste Mann, den ich je getroffen habe. Wie konnte ich nur ein solcher Dummkopf sein?«

Dazu sagte Justin nichts; er sah nur, wie sie das Kinn hob, die Schultern reckte und mit ruhiger Würde den Raum verließ.

Wenn irgendjemand ein Dummkopf war, so er! Aber das würde ihm nie wieder passieren. Er dachte an den wunderschönen Ring, den er gekauft hatte, an das Leben, das er sich mit Ariel ausgemalt hatte – und verspürte wieder den scharfen, stechenden Schmerz in seiner Brust. Dieser verhärtete sich zu einer neuerlichen Eisschicht, die alle anderen Gefühle blockierte; indessen entschwand sie seinen Augen.

Ariel kämpfte mit den Tränen; sie war ganz benommen vor Schock und Schmerz, als sie die Tür des Schrankes in ihrem Schlafzimmer schloss und all die teuren Kleidungsstücke zurückließ, mit denen Greville sie ausgestattet hatte. Nur ein paar Dinge hatte sie zusammengepackt, die sie brauchen würde; sie hatte sich von einer völlig aufgelösten Silvie verabschiedet, ihren kleinen Koffer genommen und das Haus verlassen.

Als sie schließlich auf der Straße stand, flossen die Tränen, gegen die sie bisher angekämpft hatte, mit aller Macht; sie verschleierten ihr den Blick, bis sie kaum noch etwas sah.

Herr im Himmel, wie konnte er nur? Ein bitteres Aufschluchzen kam aus ihrem Mund. Sie hatte geglaubt, ihn zu kennen, hatte ihm vertraut ... hatte sich in ihn verliebt.

Aber den kalten, abweisenden, rücksichtslosen Chauvinisten kannte sie nicht, dem sie vorhin in seinem Arbeitszimmer begegnet war. Das war ein Mann, der sie benutzt hatte, um seine augenblickliche Lust zu stillen und sie dann wie einen ausgetretenen Schuh beiseite zu werfen.

Oh, lieber Gott! Ariel schlang die Arme um sich und sank leise aufstöhnend zusammen. In all den Jahren, in denen ihr Vater sie misshandelt hatte, hatte sie niemals eine solche Pein gefühlt wie jetzt, niemals eine solche Qual erlebt, solch unerträgliches Leid. Nie hatte sie sich so vollkommen verloren gefühlt, so ohne jegliche Zukunft. Sie wusste nicht, wohin sie gehen sollte, besaß nur das wenige Geld, das er ihr gegeben hatte und war absolut ratlos. Höchstens ihre einzige Freundin hätte sie um Hilfe bitten können – Kassandra Wentworth –, und Kitt war irgendwo in Italien, Hunderte von Meilen entfernt. Vormals hätte sie vielleicht Phillip aufgesucht; aber nach der jüngsten Begegnung war sie klüger.

Phillip – genau wie Justin, grob und gefühllos! Lügnerisch und ein Betrüger. Vielleicht kam der Hass, der zwischen den beiden Männern schwelte, ja daher, dass sie einander so ähnelten.

Sie schwankte unsicher, ihr Herz tat ihr weh, die Augen standen voller Tränen. Ariel stolperte und wäre beinahe gefallen. Aber sie fing sich, lehnte sich gegen ein schmiedeeisernes Gitter, um Luft zu holen und zu überlegen, wohin sie sich wenden sollte; doch ihr Kopf war ganz benommen, und während die Stunden vergingen, trugen ihre Beine sie ziellos von einer Straße in die nächste.

Der Tag neigte sich dem Ende zu. Schon bald würde es dunkel sein, und sie brauchte eine Unterkunft. Ariel blickte auf ihre Hände und hatte das Gefühl, sie würden gar nicht zu ihrem Körper gehören. Sie sah, dass sie noch immer ihren kleinen Koffer trug, und erinnerte sich daran, dass sich in ihm ihr ganzer Besitz befand – auch die Münze, die der Graf ihr gegeben hatte. Wenn sie sparsam war, würde sie vielleicht lange genug reichen, bis sie eine Art Stellung fand.

Nach einem tiefen Atemzug sah sie sich um. Sie war viel weiter gegangen als gedacht. Die Gebäude in diesem Teil der Stadt waren ein wenig heruntergekommen, etliche Fenster zerbrochen; sie hingen schief in den Angeln. Ihr fehlte völlig die Orientierung, die Gegend war viel schäbiger als diejenige rings um die Brook Street. Aber sie entdeckte ein kleines Hotel in der Mitte des Häuserblocks vor ihr. Möglicherweise fand sie dort eine billige Bleibe.

Sie betrat die trübe Eingangshalle und stellte den Koffer auf den verschlissenen Teppich. »Sir? Könntet Ihr mir vielleicht helfen?«

Der Mann mit dem roten Gesicht blickte von seinen Papieren auf und runzelte die Stirn; unter dem braunen Schirm seiner Mütze musterte er sie gründlich. »Ihr wollt ein Zimmer?«

»Das ist richtig. Nicht so teuer, es kann ein einfaches ein.«

Er sah sich um und entdeckte sonst niemanden. »Ein Zimmer nur für Euch?«

Ariel nickte. »Ja, bitte.«

Der Portier betrachtete ihre Kleidung, ein schlichtes braunes Wollkleid und einen Kragen aus weißem Musselin, dazu eine einfache braune Haube, die unter ihrem Kinn gebunden war. »Wo ist Euer Mann? Ihr seid ihm doch nicht etwa weggelaufen?«

»Nein! Ich bin nicht … nicht verheiratet.«

Der Blick des Mannes wurde noch düsterer, und er schüttelte den Kopf. »Tut mir Leid. Ladys wie Ihr machen nur Schwierigkeiten. Und die wollen wir hier nicht.«

Ariels Gesicht lief hochrot an. Du große Güte, er glaubte, sie sei eine Dirne! »Ich versichere Euch, Sir, ich bin nicht …nicht so eine. Ich war … ich war nur …« Verzweifelt suchte sie in ihrem benommenen Kopf nach einer plausiblen Geschichte – irgendetwas, das erklären würde, was eine junge Frau allein in der Stadt machte. »Ich sollte meine Kusine heute treffen. Es muss etwas geschehen sein – sie hat sich verspätet. Ich brauche nur ein Zimmer, bis sie eintrifft.«

Er schüttelte nur den Kopf. »Versucht es anderswo.«

Sie begriff, dass es nichts nützen würde, wenn sie noch länger bettelte. Ariel stolperte zurück auf die Straße, sie blinzelte, weil neue Tränen in ihre Augen stiegen. Justin musste gewusst haben, was sie erwartete, als er sie weggeschickt hatte. Ihre Hoffnung auf seine Liebe war falsch gewesen. Er hatte sich niemals etwas aus ihr gemacht. Sie bedeutete ihm gar nichts. Ihr Herz schmerzte unerträglich.

Sie versuchte es in zwei weiteren Hotels, doch auch hier ohne Erfolg; schließlich fand sie ein stickiges Dachzimmer über einem Gasthaus am Strand. Der Schankraum war gleich unter ihr. Dröhnendes Gelächter drang bis zu ihr herauf; doch wenigstens war es sauber, und es gab ein Schloss an der Tür.

Ariel sank auf das schmale Bett, das an der Wand stand. Sie dachte an Justin und grübelte über ihren schrecklichen Irrtum nach. Warum hatte sie ihn nicht als den Mann gesehen, der er wirklich war? Wie konnte sie sich in ihm nur so getäuscht haben? Aber die Antworten blieben aus und nach weiteren unruhigen Stunden rollte sie sich auf dem Bett zusammen, versuchte, in ihren Kleidern einzuschlafen.

Noch lange wälzte sie sich vor Schmerz und Kummer hin und her. Als die Sonne am nächsten Morgen aufging, verbat sie es sich, an den zärtlichen, liebevollen Mann zu denken, den Justin gemimt hatte; doch immer wieder kamen die Erinnerungen. Sie lachten zusammen in Tunbridge Wells. Sie half ihm mit seinen Geschäftsbüchern, sie schmiedeten Pläne, Steinhäuser für die Arbeiter in Cadamon zu bauen. Und sie liebten einander zärtlich in dem gemütlichen Landhaus, das er gemietet hatte.

Der Morgen verging, es wurde Nachmittag. Immer wieder machte sie Anstalten, aufzustehen; doch sie war so erschöpft, so ausgelaugt, dass sie keinen Entschluss fassen konnte. Aber selbst wenn sie gewusst hätte, was sie tun sollte, besaß sie nicht die Willenskraft, sich zu etwas aufzuraffen. Stattdessen hockte sie bewegungslos auf dem Bett, ihre Hände und Füße waren vor Kälte taub, und sie spürte den schwachen Schlag ihres Herzens, das in zwei Teile gebrochen war.

So schleppte sich die Zeit dahin. Die Gedanken an Justin wurden vager, die Qual ihrer zerschlagenen Hoffnungen und Träume ließ nach. Es war alles eine Lüge gewesen, das wusste sie. Sein seltenes, wundervolles Lachen, seine zärtliche Fürsorge, seine Betroffenheit, nichts davon hatte gestimmt. Langsam verbannte sie die Erinnerungen daran, schob sie in den hintersten Teil ihres Gedächtnisses, vergrub sie tief in ihrem Herzen.

Als sie am folgenden Morgen das Zimmer verließ, ganz schwach vor Hunger und mit vom Weinen geschwollenen und roten Augen, hatte Ariel sich damit abgefunden, dass Justin Ross immer schon der kalte, herzlose Mann war wie derjenige vor drei Tagen, der sie, ohne mit der Wimper zu zucken, weggeschickt hatte.

Und sie hasste ihn dafür.

Genauso wie sich selbst, weil sie so leicht auf ihn hereingefallen war. Sie schwor sich, nie wieder naiv zu sein und einem Menschen zu vertrauen. Ariel hatte eine böse Lektion erteilt bekommen – aber sie war noch jung, und das Leben ging weiter. Sie würde einen Weg finden, zu überleben – wie damals, als sie vierzehn Jahre alt gewesen war.

Nur diesmal würde sie es allein schaffen, sich bei niemandem verschulden. Sie würde ihren eigenen Weg einschlagen, ganz gleich, was es ihr abforderte. Ganz gleich, wie hart sie arbeiten und welche Opfer sie bringen musste.

Und immer, wenn sie sich davor fürchtete zu versagen, würde sie an jenen gefühllosen Eiszapfen denken, den sie seinerzeit meinte zu lieben. Dann würde sie ganz einfach dankbar sein dafür, dass sie von ihm befreit war.

16

Clayton Harcourt betrat Justins Arbeitszimmer. Er hatte seinen Freund seit über einer Woche nicht mehr gesehen. Justin war nicht zu ihrem geplanten Treffen im Club erschienen; er hatte ihm nur am nächsten Tag eine Nachricht geschickt, sich entschuldigt und sein Bedauern ausgedrückt. Seither hatte Clay kein Lebenszeichen mehr von ihm erhalten, und ehrlich gesagt, machte er sich Sorgen.

Es war so gar nicht Justins Art, seine geschäftlichen Interessen aus den Augen zu lassen.

Clay traf ihn hinter seinem Schreibtisch an. Er stand auf bei Clays Eintreten; und als Letzterer ihn ins Auge fasste, blieb er wie angewurzelt stehen. Dünn und ausgemergelt, die Wangen eingesunken, sah Justin aus wie jemand, der an einer unheilbaren Krankheit litt. Aber es war der Ausdruck seiner Augen, bei dem Clays Brust plötzlich ganz eng wurde. Sie sahen leer aus, ohne jegliches Gefühl, und Clay wusste sofort, dass das, was geschehen war, irgendwie mit Ariel Summers zusammenhing.

»Es ist schön, dich zu sehen«, murmelte Justin und hob den Arm zur Begrüßung. Clay schüttelte ihm die Hand. »Das mit dem Treffen tut mir Leid ... es ist etwas Unerwartetes dazwischengekommen.«

»Deshalb wollte ich einmal nach dir schauen. Es sieht dir so gar nicht ähnlich, dringende Geschäfte links liegen zu lassen.«

»Nun ja, verzeih mir! Ich habe die notwendigen Papiere alle unterschrieben. Wir können den Vertrag mit der Mine abschließen, wann immer du es möchtest.«

Clay nickte nur. Er blickte den Mann mit dem verhärmten Gesicht prüfend an. »Anscheinend ist etwas passiert«, begann er vorsichtig. »Was auch immer – hat es etwas mit dem Mädchen zu tun?«

Justin wandte sich ab. »Ich möchte lieber nicht darüber reden, wenn du nichts dagegen hast. Hiermit erkläre ich nur, dass die Hochzeit nicht stattfinden wird.«

»Einfach so?«

Justin zuckte die Schultern. »Es ist wahrscheinlich besser so. Ich bin wohl kaum geschaffen für die Rolle eines Ehemannes.«

»Wo ist sie?«

Justin griff nach dem Stapel Papiere am Rand seines Schreibtisches und fing an, ihn durchzublättern. »Vermutlich hat sie mittlerweile einen anderen Beschützer gefunden.«

Er sprach diese Worte unbeteiligt aus; doch als er aufsah,

lag ein so großer Schmerz in seinem Blick, dass es Clay wie mit einer Keule traf. Clay wollte noch einmal nachhaken, was geschehen war; doch Justin zu einer Mitteilung zu drängen, würde überhaupt nichts nutzen. Seine Haushälterin, Mrs. Daniels, hatte Freunde unter den Dienern dieses Hauses. Er würde sie fragen, ob sie herausfinden konnte, was geschehen war.

»Bist du sicher, dass alles mit dir in Ordnung ist?«, fragte Clay. »Du siehst nicht sehr gut aus.« Erst einmal in seinem Leben hatte er seinen Freund so abwesend erlebt, so schmerzlich in sich selbst zurückgezogen – nach der Entdeckung von Margaret Simmons mit Phillip Marlin im Bett.

Marlin? Sicher nicht. Der Himmel würde nicht so grausam sein … Aber Ariel hatte sich mit Marlin eingelassen, als Justin sie zum ersten Mal erblickte – und Phillip hatte schon immer ein Händchen für Frauen gehabt.

»Es geht mir gut«, versicherte Justin ihm. »Ich bin nur ein wenig müde, mehr nicht.«

So, wie er aussah, war das die Untertreibung des Jahres. Clay zwang sich zu einem Lächeln. »Da du also wieder frei bist, statten wir doch einfach Madame Charbonnet einen Besuch ab?« Er hatte diese Frage nur gestellt, um Justins Reaktion zu testen.

Justins Mund verzog sich zu dem kältesten Lächeln, das Clay je an ihm gesehen hatte. »Das scheint mir eine sehr gute Idee zu sein. Ich muss eine kurze Reise machen; doch sobald ich wieder zurück bin, nehme ich dich beim Wort. Immerhin ist eine Frau so gut wie die andere, wenn sie erst einmal flach auf dem Rücken unter dir liegt.«

Die bitteren Worte, die sogar für Justin grob klangen, jagten Clay einen Schauder über den Rücken. Wenn Justin schon zuvor kalt und argwöhnisch gewesen war, so wirkte er jetzt wie ein Mann aus Eis.

Clay dachte an Ariel Summers und wünschte, er könnte seine Hände um ihren schlanken Hals legen und zudrücken.

Genauso, wie sie es mit dem Herzen seines Freundes getan hatte.

Der heftige Herbstwind blies durch die Spalten in den Wänden der kleinen Dachkammer über dem Golden-Partridge-Gasthaus. Ariel zitterte und versuchte, sich warm zu halten. Ihr Geld hatte sie inzwischen aufgebraucht; doch der Eigentümer war damit einverstanden gewesen, dass sie in der Küche arbeitete – als Ersatz für Daisy Gibbons, die in den letzten Wochen ihrer Schwangerschaft krank geworden war. Aber der Lohn betrug nur Pfennige, und er hatte eigentlich genügend Aushilfen. Wenn das Baby erst geboren war, würde Daisy zurückkommen, und Ariel müsste endgültig gehen.

»Was soll ich nur tun?«, sagte sie mehr zu sich selbst als zu Agnes Bimms, der Köchin, als sie den angebrannten Boden eines riesigen eisernen Kessels in der Küche schrubbte. »Mr. Drummond hat mich freundlicherweise eingestellt; aber Daisys Baby kann jetzt jeden Tag kommen. Sie braucht das Geld, wird wieder arbeiten wollen, sobald sie das kann. Ich habe auf Anzeigen in der Zeitung geantwortet, habe an Türen geklopft und versucht, durch eine Arbeitsagentur eine Stelle zu finden. Ich habe alles getan, was mir eingefallen ist. Ohne Referenzen will mich niemand nehmen.«

»Was für eine verflixte Schande, mit all deiner Schulausbildung! Du würdest eine feine Gouvernante abgeben, für einen dieser Nabobs im West End. Eine Schande ist das!«

»Mir macht es nichts aus, was für eine Arbeit es ist – ich würde alles nehmen, was ich bekommen kann.«

Agnes zog eine ihrer buschigen Brauen hoch. Sie war eine kleine, untersetzte Frau mit Haaren am Kinn und freundlichen blauen Augen. »Da gibt es noch etwas, wo du es probieren könntest.«

Ariel hob den Kopf. »Was denn, Aggie?«

»An diesem Samstag ist Schrubbermarkt im Park an der Ecke. Vielleicht willst du es dort einmal versuchen?«

»Ein Schrubbermarkt? Leider habe ich nicht die leiseste Ahnung, was du damit meinst.«

»Das ist ein Markt, bei dem Arbeitskräfte eingestellt werden. Du gehst einfach hin; wer immer einen Diener oder Arbeiter braucht, sieht dich an, und wenn du ihnen gefällst, stellen sie dich für ein Jahr lang ein. Erweise dich als tüchtig und du hast eine Stelle auf Dauer!«

Ariel lächelte, ein Hoffnungsschimmer erwachte in ihr. »Oh, Aggie – das ist eine wundervolle Gelegenheit. Sicher wird jemand eine fleißige Hilfskraft brauchen können.«

»Na ja, man weiß nie, Liebes ...« Agnes reichte ihr noch einen schweren Topf, den sie reinigen sollte; aber selbst die harte Arbeit konnte nicht das Lächeln aus Ariels Gesicht vertreiben. Diesmal würde sie Arbeit finden, sie war überzeugt davon.

Am Freitag kehrte Daisy Gibbons an ihren Platz in der Küche zurück, und am Samstag packte Ariel ihre Sachen, verließ die zugige Dachkammer und machte sich auf den Weg zum Schrubbermarkt. Gekleidet in ihrem schlichten braunen Rock und eine weiße Bluse, mit den kräftigsten Schuhen, die sie besaß, war sie unter den Ersten, die dort anlangten. Sie hatte erwogen, ein hübscheres Kleid anzuziehen – vielleicht das weiche graue aus Wolle, eines von zwei eleganteren Stücken, die sie eingepackt hatte in der Hoffnung, vielleicht eine Stellung als Gouvernante zu finden. Dort könnte sie wenigstens ihre so schwer errungene Erziehung anbringen. Doch eine innere Stimme sagte ihr, dass sie ohne Referenzen wenig Chancen hatte, und sie wahrscheinlich eher Arbeit finden würde, wenn sie unauffällig gekleidet war.

Ein paar Stunden später ging es auf den Schrubbermarkt hoch her. An einem Ende der Wiese war eine Plattform aufgebaut worden, um die sich eine Menschenmenge versammelte. Einige der Leute sahen honorig aus; offensichtlich waren sie gekommen, um jemanden einzustellen – der Rest trug Kittel und Schürzen. Leute, die einen Posten suchten, kletterten auf die Plattform, um den potenziellen Arbeitgebern einen besseren Blick auf sie zu ermöglichen.

Es kommt mir vor, als würde man eine Kuh oder ein Schwein auf einem Bauernmarkt kaufen, dachte Ariel, und unterdrückte ihr Unbehagen. Diese Art Demütigung hätte sie lieber vermieden; aber das konnte sie sich nicht leisten. Eine Weile sah sie einfach nur zu und bemerkte, dass einige der Leute eine bestimmte Kluft trugen oder ein Symbol, an denen man erkannte, welche Arbeit sie verrichteten. Transporteure trugen ein Stück Peitschenschnur um den Hut, Dachdecker hatten ein Stück geflochtenes Stroh bei sich.

Sie war nicht sicher, welches Symbol eine einfache Hausangestellte kennzeichnete, deshalb wartete sie noch ein wenig. Prüfend blickte sie über die Menge und hoffte, dass vielleicht jemand eine Gouvernante brauchte – doch entdeckte sie niemanden. Zusammen mit einer Gruppe junger Frauen, die sich als Zofen verdingen wollten, betrat sie dann die Plattform; doch die anderen besaßen alle Erfahrung oder Referenzen, und sie wurde nicht ausgewählt. Noch zwei Mal stieg sie auf die Plattform, einmal für eine Stelle als Küchenhelferin und später für die einer Haushälterin – doch es war immer das Gleiche. Schließlich meldete sich ein Mann, der ein Zimmermädchen suchte. Entschlossen, sich nicht entmutigen zu lassen, trat Ariel wieder vor.

Der gut gekleidete Interessent mit dünnem braunem Haar stand vor ihnen und musterte jede der jungen Frauen, die Arbeit suchten. Ariel war schon so viele Male übergangen worden, dass sie zuerst noch stehen blieb, als der Mann auf sie deutete, und ihr winkte, vorzutreten.

Voller Hoffnung setzte sie sich schließlich in Bewegung und versuchte, ihr wild schlagendes Herz unter Kontrolle zu halten. Bestimmt würde er sie fragen, wie lange sie schon als Zimmermädchen gearbeitet hatte; doch diesmal schien ihr Mangel an Erfahrung nicht ausschlaggebend zu sein.

»Wie alt bist du?«, fragte er stattdessen.

»Neunzehn.«

»Woher kommst du?«

Ariel fuhr sich nervös über die Lippen. Sie hatte kein Nachtquartier und auch kein Geld mehr. Deshalb schickte sie ein Stoßgebet gen Himmel, dass es diesmal klappen möge. »Ich wurde auf einem Bauernhof in der Nähe des Ortes Greville geboren.«

»Hast du Familie hier in London?«

Ariel schüttelte den Kopf.

»Dann wirst du also auch Unterkunft und Verpflegung brauchen?«

»Jawohl, Sir.«

Er nickte und schien zufrieden. »Hol deine Sachen!«, befahl er knapp.

»Ihr gebt mir die Stelle?« Sie konnte ihr Glück kaum fassen und hüpfte fast zu der Treppe, die von der Plattform führte – ihr Herz schlug vor Aufregung.

»Lord Horwick ist dein Arbeitgeber. Ich bin sein Verwalter, Martin Holmes.« Als sie neben ihm stand, wandte er sich um und deutete auf eine Kutsche. »Warte dort auf mich. Wenn ich hier fertig bin, nehme ich dich mit, und du kannst dich im Haus einrichten.«

»Jawohl, Sir.« Sie machte einen kleinen Knicks. »Danke, Sir!« Ariel fiel ein Stein vom Herzen. Wenigstens hatte sie jetzt ein Dach über dem Kopf und musste nicht hungern. Und vielleicht hatte Lord Horwick ja Kinder oder er kannte eine kinderreiche Familie. Mit der Zeit, wenn sie sich als anstellig erwies, würde sie vielleicht doch noch irgendwo als Gouvernante unterkommen.

Ihre Laune war bestens auf dem Weg zur Kutsche, bis sie zwei Frauen hörte, die miteinander tuschelten, als sie an ihr vorbeigingen. »Das arme Mädchen! Sie weiß nichts über den Bock Horwick. Dieser alte Lüstling wird ihr die Röcke heben und sie schwängern, noch ehe zwei Monate um sind.«

Ariel wurde über und über rot und schritt tapfer weiter. Was auch immer Lord Horwick für ein Mann war, sie brauchte diese Arbeit. Wenn es Probleme gab, würde sie ihm einfach klar machen, dass sie ein Zimmermädchen war und kein Dirne.

Die Erinnerung daran, dass Phillip Marlin sie beinahe vergewaltigt hatte, gefolgt von dem schmerzlichen Bild von Greville, stieg wieder in ihr auf. So gesehen war sie schon mit viel Schlimmerem fertig geworden als einem lüsternen alten Aristokraten. Sollte Horwick etwas anderes im Sinn haben mit dem neuen Zimmermädchen, dann würde es nicht lange dauern, bis sie ihm diese Flausen ausgetrieben hätte.

Justin lehnte sich in dem mit Goldbrokat bezogenen Sessel in Madame Charbonnets Haus der Freuden zurück. Clay saß direkt neben ihm, ein Bein lässig über das andere gekreuzt, während sie eine Parade wunderschöner nackter Frauen an sich vorüberziehen ließen. Clay hatte eine Rothaarige ausgewählt mit einem leichten französischen Akzent. Sie stand hinter ihm und massierte ihm leicht den Nacken, während er seinen Brandy austrank und darauf wartete, dass auch Justin sich entschied.

»Wie wäre es denn mit der Brünetten?«, schlug Celeste Charbonnet vor. Celeste war eine elegante Dreißigjährige mit dunklem Haar; sie besaß einen ausgezeichneten Geschmack, angefangen von ihrer Kleidung bis hin zu jeder Sorte von Genüssen. Sie hatte ein Vermögen damit verdient, die Vorlieben und Abartigkeiten von Männern zu befriedigen, und die Frauen, die sie beschäftigte, waren die schönsten – und talentiertesten – von ganz London.

»Gabrielle hat eine Haut so weich und glatt wie die eines Babys, und Hände … Solch wundervolle Hände könnten auch den kritischsten Mann beglücken.« Die Frau mit dem kastanienbraunen Haar vor ihnen war in der Tat bezaubernd, doch Justin schüttelte den Kopf.

»Blond, denke ich, für den heutigen Abend.«

Gabrielle quittierte die Ablehnung mit einem Lächeln. Es gab eine ganze Anzahl Kunden, die warteten. Sie würde keine Schwierigkeiten haben, jemanden in dieser Nacht zu beglücken.

Justins Aufmerksamkeit richtete sich auf eine Gardine aus goldenem Samt. Sie öffnete sich, und eine junge Blonde kam dahinter hervor, zierlich, aber dennoch mit weiblichen Rundungen. Sie lächelte verführerisch und tänzelte auf ihn zu, in nichts anderes gekleidet als ein durchsichtiges Stück lila Seide, das von ihren Schultern bis zu ihrem Gesäß fiel.

Der Graf runzelte die Stirn. »Zu klein. Ich bin in der Stimmung für eine ein wenig größere Dame.«

Diesmal kamen zwei Blondinen hinter dem Vorhang hervor, norwegische Zwillinge, mit wunderschönen, kräftigen und eleganten Figuren.

»Zwei Gespielinnen werden sicher die Freuden verdoppeln«, meinte Celeste. Aber etwas stimmte nicht. Die Farbe der Augen vielleicht. Er konnte es nicht so recht erklären. Jedenfalls waren sie nicht die Richtigen, um seine Bedürfnisse heute Nacht zu befriedigen.

»Ich möchte eine Frau, die schlanker ist, mit blauen Augen und mehr ...« Mitten im Satz hielt Justin inne, während er mit Entsetzen begriff, wen er da beschrieb. Er warf Clay einen Blick zu und sah, dass sein Freund die Stirn runzelte.

Justin senkte die Lider, und Celeste schnippte mit den Fingern. Eine weitere Blondine betrat den Raum, eine bezaubernde englische Rose, nackt bis zur Taille, mit weißen Seidenstrümpfen und blauen, seidenen Strumpfbändern. In jeder Hinsicht war sie perfekt, aber trotzdem nicht die Richtige ...

... nicht Ariel Summers.

Er erhob sich aus dem Sessel, verfluchte sich selbst und verfluchte Ariel – für das, was sie ihm angetan hatte. »Vielleicht war das doch kein so guter Gedanke«, sagte er zu Clay, der ihn besorgt betrachtete und die Rothaarige ignorierte, die jetzt auf dessen Schoß saß und ihre nackten Brüste gegen seinen Oberkörper presste.

»Da könntest du Recht haben«, pflichtete Clay ihm bei, stellte das Mädchen auf die Füße und stand auf.

»Lass dir von mir nicht den Abend verderben. Es gibt keinen Grund für dich, auch zu gehen.«

»Schon in Ordnung! Ich bin sowieso nicht in Stimmung.« Er lächelte Madame Charbonnet zu. »Ein anderes Mal vielleicht!« Clay ließ eine prall gefüllte Börse in ihre Hand fallen. »Damit die Mädchen uns nicht vergessen!«

»Keine Sorge, M'sieur. Sie werden Euch in bester Erinnerung behalten. Dessen könnt Ihr sicher sein!«

Justin hatte die Worte der Madame kaum gehört, er ging zur Tür und öffnete sie. Draußen blieb er stehen, um tief

Luft zu holen. »Tut mir Leid«, sagte er zu Clay. »Ich wollte dich nicht enttäuschen. Mir ist gar nicht so recht klar, was da drinnen geschehen ist.«

»Mir schon«, entgegnete Clay verständnisvoll. »Es macht nichts. Wir werden irgendwann wiederkommen.«

Justin nickte nur. Er tat sein Bestes, Ariel aus seinen Gedanken zu vertreiben, und die meiste Zeit gelang ihm das auch. Ab und zu, beispielsweise am heutigen Abend, erinnerte er sich jedoch an die Frau, für die er sie dummerweise gehalten hatte – erinnerte sich an ihr sanftes Lachen, ihre Intelligenz, an das süße, unschuldige Mädchen aus ihren Briefen. Ihm schwebte die Frau vor Augen, die er geliebt, der er vertraut hatte wie keiner anderen zuvor; und ein erbarmungsloser Schmerz wütete in seinem Herzen.

Er biss die Zähne zusammen. Dann atmete er tief ein und ließ die Luft ganz langsam entweichen. »Ich bin doch müder, als ich dachte. Am liebsten ginge ich nach Hause, wenn du nichts dagegen hast.«

»Nein«, versicherte ihm Clay, »schon gut! Pass auf dich auf, mein Freund.«

Eilig wandte Justin sich ab; er wünschte, er wäre nicht gekommen, wünschte, er hätte die hübsche Blondine nicht gesehen, die ihn an Ariel erinnerte – so wie daran, dass sie genauso eine Dirne war wie die Mädchen bei Madame Charbonnet.

Für den Grafen von Horwick zu arbeiten, stellte sich als schwierige Aufgabe heraus. Das Haus war riesig, und es gab nur wenige Bedienstete. In dem alten Gemäuer zog es, war alles voller Staub und schwer sauber zu halten. Der anspruchsvolle Arbeitgeber ließ seine Angestellten von morgens bis abends schuften, ließ ihnen auch Mahlzeiten servieren, die man kaum essen konnte; außerdem war er der alte

Lustmolch, wie die Frauen auf dem Schrubbermarkt ihn bezeichnet hatten.

Er war ein abscheulicher Fettwanst mit dicken Lippen, und roch ständig nach Alkohol und Zigarren. Zwei Mal war er Ariel schon im Flur begegnet, hatte sie gegen die Wand gedrängt und versucht, sie zu küssen. Doch stets konnte sie seinen Zudringlichkeiten entkommen und vor ihm fliehen.

Sie hasste es, für einen solchen Widerling zu arbeiten, und in den nächsten Wochen ging sie ihm so weit wie möglich aus dem Weg. Es galt einen anderen Posten zu finden; aber sie hatte gehört, was er sich mit den Mädchen erlaube, die ihn verlassen hatten. Er weigerte sich, ihnen eine Referenz zu geben, verbreitete Lügen über sie und machte es ihnen fast unmöglich, woanders unterzukommen. Sie würde ihr Geld sparen müssen und abwarten; an ihren freien Tagen würde sie regelmäßig Ausschau halten. Wenn sie erst einmal etwas Passendes gefunden hatte, könnte sie ruckzuck verschwinden.

»Wir müssen die Laken in den letzten vier Schlafzimmern im Ostflügel wechseln.« Mrs. O'Grady, die Haushälterin, begegnete ihr ihm Flur. »Lady Horwick wird morgen von ihrem Landsitz zurückkehren. Sie hat vor, die üblichen Partys zu besuchen und möchte einen Ball geben anlässlich des Geburtstags ihrer Nichte. Es werden Unmengen von Verwandten teilnehmen.«

»Ich fange sofort an, Mrs. O'Grady.« Sie verbeugte sich ein wenig vor der grauhaarigen Irin, die das Haus des Grafen mit dem wenigen Geld führte, das er ihr dazu zur Verfügung stellte. Ariel mochte die untersetzte kleine Person, sie erachtete sie beinahe als Freundin. Energisch schnappte sie sich den Besen und ging nach oben; dabei hoffte sie nur, dass der alte Horwick nicht in der Nähe war und freute sich gleichzeitig über Lady Horwicks baldige Ankunft. Sicher würde der geile alte Bock es nicht wagen, sich ihr zu nähern, wenn seine Frau im Haus war.

Ariel arbeitete den ganzen Morgen und auch noch am Nachmittag. Im Gegensatz zu vielen Nebenräumen waren einige der Gästezimmer und auch die Salons in der unteren Etage üppig eingerichtet und wiesen nichts von der Abnutzung auf, die im schäbigen Rest des Hauses herrschte. Gerade hatte sie das letzte Gästezimmer fertig, als sich die Tür öffnete und ein ekliger Fettkloß auf der Schwelle erschien.

»Hallo, meine Liebe«, begrüßte Horwick sie. »Ich habe Euch überall gesucht. »Gut, dass ich Euch endlich finde.«

Ariels Herz sank. »Ihr habt nach mir gesucht? Was wünscht Ihr?«

Horwick runzelte die Stirn. »Ihr fürchtet Euch nicht? Dazu besteht auch keinerlei Anlass. Ihr müsst doch mittlerweile bemerkt haben, wie attraktiv ich Euch finde.«

»Ich habe Arbeit, die erledigt werden muss«, erklärte Ariel und wich vorsichtig zurück, als er näher rückte.

»Ja. Das kann ich mir vorstellen. Ich käme Euch in dieser Hinsicht gerne entgegen, müsst Ihr wissen. Wenn Ihr ein wenig bereitwilliger wärt, dann hättet Ihr hier ein wesentlich leichteres Leben.«

»Ich habe nichts gegen die Arbeit.« Sie stand mit dem Rücken gegen eine Kommode aus Rosenholz. Horwick befand sich ein wenig rechts von ihr, deshalb wich sie nach links aus und hoffte, ihm so zu entkommen. »Ich verrichte die Arbeit, für die ich eingestellt wurde.«

»Ja, das tut Ihr, und dazu noch sehr gut, möchte ich behaupten. Vielleicht würde Euch eine kleine Erhöhung Eures Lohnes ein wenig … freundlicher stimmen.«

Er trat vor, um ihr den Weg zu blockieren, und Ariel erstarrte. »Ich bin ein Zimmermädchen, Mylord. Es wäre unschicklich für mich, gegenüber einem Mann Eures Standes …

freundlich … zu sein. Wenn Ihr mich jetzt bitte entschuldigen würdet …« Sie wich nach links aus; doch so rundlich wie er war, so behände war er auch und bewegte sich sehr flink. Horwick breitete seine kurzen dicken Arme aus, um sie wie eine Fliege in seinem Netz zu fangen. Ariel schrie auf, als seine Pranke schmerzhaft ihren Hintern umfasste.

Der Lord lachte, als sie sich befreite, zur Tür lief und aus dem Zimmer rannte, als seien die Höllenhunde hinter ihr her. Ihr Gesicht war hochrot angelaufen. Sie rieb sich das Gesäß. Dieser alte Bastard sollte verdammt sein! Wenn er das nächste Mal so etwas versuchte, dann würde sie … würde sie … Was konnte sie schon tun? Sie brauchte diese Arbeit, wenigstens noch für einige Zeit. Doch sie müsste so bald wie möglich seinen Klauen entkommen.

Keuchend hastete Ariel den Flur entlang, in Gedanken beschimpfte sie Horwick mit den schlimmsten Ausdrücken. Sie plagte sich den Rest des Tages bis spät in den Abend hinein. Am nächsten Tag reiste Lady Horwick an.

Ariel war mehr als dankbar. Wenigstens für eine Weile würde sie vor dem lüsternen Gatten dieser Frau sicher sein. Doch nun hatte sich Ariels Aufgabenbereich auch verdoppelt durch all die Feierlichkeiten, die die Lady plante.

Sie war erschöpft, als das Haus für die erste Party von Lady Horwick vorbereitet war – eine kleine Abendgesellschaft für eine Gruppe von Freunden und Geschäftspartnern ihres Mannes. Selbst nach dem arbeitsreichen Tag, den Ariel hinter sich hatte, erwartete diese Dame von ihr, die Erfrischungen zu servieren. Ariel steckte eine Haarsträhne unter ihre Haube und ließ die Schultern hängen. Sie hörte die Musik eines Streichorchesters aus der Bibliothek. Es kamen noch immer Gäste an. Sobald die Darbietung – eine von Horwicks Verwandten spielte Klavier – vorüber war, sollte ein spätes Buffet auf dem Tisch im Salon nebenan fertig sein.

Ariel trug eine Platte mit verschiedenen Fleischsorten aus der Küche durch den Flur. Beinahe hatte sie die Tür des Salons erreicht, als sie die Stimme des Butlers vernahm, der einen weiteren Gast willkommen hieß.

»Wenn ich Euren Hut und Mantel haben dürfte, Mylord, dann werde ich Eure Ankunft ankündigen.«

»Natürlich. Danke!« Augenblicklich erstarrte Ariel mitten in der Bewegung, ihr Kopf fuhr herum, in Richtung der bekannten tiefen Stimme. Sie sah die große, beeindruckende Gestalt, fast ganz schwarz gekleidet, und ihr Herz setzte einen Moment aus. Sie wollte fliehen, doch ihre Füße versagten ihr den Dienst. Ariel wollte verschwinden, sich auflösen wie eine Rauchwolke und nie wieder gesehen werden – in ihrem schlichten Rock und der weißen Baumwollbluse, mit der lächerlichen kleinen Haube, die schief auf ihrem Kopf saß.

Reine Willenskraft brachte sie dazu, sich in Bewegung zu setzen. Sie huschte durch den Flur zurück, stieß beinahe mit einem Lakai zusammen, der in die andere Richtung unterwegs war. Sie drückte ihm das Tablett in die Hand und hastete weiter. Beinahe hatte sie die Sicherheit der Küche erreicht, als die Schritte eines Mannes hinter ihr erklangen.

»Ariel! Ariel, bist du das?«

Blindlings eilte sie weiter, an der Küche vorbei, zur Hintertür hinaus in die mondhelle Nacht – bloß weg von ihm! Sie hörte, wie die Tür hinter ihr zuschlug, hörte seine Schritte auf dem Kiesweg, spürte seine langen Finger, die sich um ihren Arm schlossen, die ihre Flucht beendeten und sie zwangen, sich zu ihm umzudrehen. Als das geschah, zog sich eine seiner schwarzen Brauen hoch, als traue er seinen Augen nicht.

»Du bist es also doch«, meinte er mit düsterer Stimme.

»Was tust du hier?« Er betrachtete sie von Kopf bis Fuß, sah ihre schlichte Kleidung. Dann runzelte er die Stirn. »Und warum bist du gekleidet wie eine Bedienstete?«

Sie wollte ihm ins Gesicht lachen – oder weinen. Stattdessen hob sie das Kinn und zwang sich, ihn anzusehen. »Ich bin hier, weil ich hier arbeite … und trage Dienstbotenkleidung, weil ich genau das bin!«

Die Falten auf seiner Stirn vertieften sich. »Und was ist mit Marlin? Ich hatte angenommen …«

»Du hast was angenommen?« Sie konnte den Zorn in ihrer Stimme nicht unterdrücken, versuchte es nicht einmal. »Bitte, Eure Lordschaft, erklärt es mir! Ich würde wirklich gern wissen, was Ihr angenommen habt.«

»Lass uns keine Spielchen treiben, Ariel! Ich habe dich zusammen mit Marlin gesehen. An dem Abend, als du ihn im Stall trafst … vom Fenster aus habe ich dich beobachtet …«

Einen Moment lang fiel es ihr schwer zu begreifen, was er ihr da eröffnete. Sie hatte die Gedanken an ihn so tief in ihrem Inneren vergraben, dass es einen Augenblick dauerte, sich an jene Szene zu erinnern. Auf einmal begriff sie, dass er geglaubt hatte, sie hätte ein Stelldichein mit Marlin, und ihr Hals wurde ganz eng. Hysterisches Lachen wollte ihrem Mund entweichen, doch sie unterdrückte es. Der Zorn, den sie fühlte, gewann die Oberhand.

»Du hast uns also an diesem Abend gesehen? Hast du das wirklich? Du meinst, du hast uns beide in den Stall gehen sehen – das ist es doch, was du sagen willst. Zu schade, dass du nicht auch durch die Wände des Stalles blicken konntest. Zu schade, dass du nicht mitbekommen hast, was in dem Stall geschehen ist. Denn wenn das so gewesen wäre, dann hättest du vielleicht auch gesehen, dass ich ihm gesagt habe, er solle mich in Ruhe lassen. Du wärst Zeuge geworden, wie er deshalb in Rage geriet. So wütend, dass er versuchte, mir die Kleider vom Leib zu reißen. So wütend, dass er versucht hat, mich zu« – sie schluckte, weil ein dicker Kloß in ihrem Hals saß – »sich mir aufzuzwingen. Wenn Mr. McCullough nicht rechtzeitig eingeschritten wäre, dein Stallknecht, dann hätte er das vielleicht sogar geschafft. Und jetzt – wenn du mich entschuldigen würdest –, ich muss ins Haus zurück! Ich habe zu tun.«

Sie wollte sich an ihm vorbeischlängeln, doch Justin trat ihr in den Weg. »Du lügst.«

Sie hob das Kinn. Tränen des Zorns brannten in ihren Augen. »Wirklich? Du bist der Lügner, Justin. Alles, was du getan hat, alles, was du je in die Hand genommen hast, war eine Lüge. Ich bin froh über deinen Rauswurf. Gott allein weiß, wie viele deiner Lügen ich sonst noch geglaubt hätte.« Abrupt wandte sie sich ab, blinzelte die Tränen weg, die ihr den Blick verschleierten, rannte zurück ins Haus und die Dienstbotentreppe hinauf.

Auf einem Absatz hielt sie inne und lauschte, ob Greville zu der Abendgesellschaft zurückkehrte. Doch sie hörte nichts. Anscheinend hatte der Graf kehrtgemacht, vor Lord Horwicks Begrüßung; doch sie vergewisserte sich nicht, wie es weiterging.

Sie wollte nicht an ihn denken. Nicht jetzt und auch sonst nie wieder.

Es kümmerte sie nicht, wie er ausgesehen hatte im Mondlicht vor ihr – so groß und unerträglich schön. Auch die plötzliche Blässe seines sonst so gesunden Teints, als sie ihm die Ereignisse jener Nacht in dem Stall schilderte, war ihr gleichgültig.

Die Kutsche donnerte den Weg hinterm Haus in einem Wirbel von Staub und trockenem Laub entlang, und Justin sprang hinaus, noch ehe sie richtig angehalten hatte. Obwohl es schon spät war, stürmte er direkt in den Stall.

»Wo ist McCullough?« Er weckte einen der Pferdeknechte auf seinem Lager und wartete ungeduldig, als der Junge namens Mickey nervös zu stottern begann, angesichts seines zähnefletschenden Arbeitgebers.

»Er ist ... er ist ...« Mickey schluckte. »Ich glaube, er ist oben in seinem Zimmer.« Justin stampfte auf die Treppe zu, als er die Stimme des Schotten hörte.

»Ich bin hier, Mylord!« Der kräftige Mann kam aus einer von einer Laterne erhellten Box und wischte sich die Hände an einem Lappen ab, mit dem er gerade den Sattel eingeölt hatte.

Justin sah sich um, er entdeckte einige der Stalljungen, die über die Verschläge spähten. »Ich muss mit Euch reden ... allein.«

Der Schotte deutete mit dem Kinn auf die Treppe. »Wir können hinaufgehen.«

Justin nickte. »Gut!« Sie erklommen die schmalen Stufen, und sobald McCullough die Tür seiner Kammer hinter sich geschlossen hatte, wandte sich Justin zu ihm um. »Ich will wissen, was in der Nacht geschehen ist, als Miss Summers hier mit Phillip Marlin zusammentraf.«

Plötzlich sah der Stallmeister sehr vorsichtig aus. »Mir wäre lieber, wenn das Mädchen Euch das selbst erzählen würde.«

»Miss Summers ist nicht mehr hier, wie Ihr vielleicht gehört habt. Ich bitte also Euch, mir die Ereignisse zu schildern.«

McCullough kratzte sich den roten Bart, dann schnaubte er. »Es war schon spät. Ich hatte Schwierigkeiten, einzuschlafen, und von unten drangen Geräusche herauf. Da dachte ich, es wäre wohl besser, wenn ich einmal nachsehe.«

»Und was genau habt Ihr gesehen?«

»Ich … die beiden, den blonden Mann – Phillip hat sie ihn genannt – und das Mädchen, Miss Summers. Sie hat wirklich sehr freundlich mit ihm gesprochen, hat ihm gesagt, dass es ihr Leid täte, doch dass sie nun einmal keinerlei Gefühle für ihn hege – nicht die Art jedenfalls, die er von ihr erwarte. Sie hat ihn ermahnt, jetzt besser zu gehen – denn es würde Euch nicht gefallen, wenn Ihr von seinem Besuch hier erfahrt.«

»Und was sonst noch?«

»Sie hat ihm gesagt … sie hat gesagt, dass sie Euch liebt.«

In Justins Kopf drehte sich alles. Das war ganz unmöglich, so stimmte es wohl nicht. Doch ein Blick in die Augen des treuen Dieners bestätigte ihm, dass es die Wahrheit war. Sein Herz wollte fast aufhören zu schlagen. Einen Augenblick lang glaubte er, sich übergeben zu müssen. »Seid Ihr auch ganz sicher, dass es das ist, was sie gesagt hat?«

»Aye, Sir. Ich liebe ihn. Das hat das Mädchen verkündet.«

Er schwitzte jetzt. Es war kalt in dem Stall, und sein Hemd klebte vor Schweiß. »Und was ist dann geschehen?«

»Ich wollte mich wieder trollen. Diese Sache ging mich nichts an, müsst Ihr wissen. Und ich hatte auch nicht im Sinn, der Unterhaltung der beiden zu lauschen. Doch dann hörte ich den Mann knurren, dass er sie trotzdem haben würde – ob sie es nun wollte oder nicht.« Er schüttelte den Kopf. »Ich bin kein stummer Zuschauer, wenn ein Mann von einem Mädchen das haben will, was sie ihm nicht geben möchte.«

Justin schloss die Augen, der Schmerz in seiner Brust fühlte sich an wie Glasscherben, die sich in sein Herz bohrten.

»Ich habe ihn von ihr heruntergezogen«, sprach der Schotte weiter. »Als ich ihm einen Hieb verpasste, ist er zu

Boden gegangen. Dann habe ich das Mädchen zurück ins Haus geschickt.« Er grinste. »Und dann hatte er noch einen Kinnhaken verdient.«

Wenn er in der Lage gewesen wäre, dann hätte Justin gelächelt. Doch so, wie er sich fühlte, würde er nie wieder lächeln. »Danke, Mr. McCullogh für die Wahrheit ... und dass Ihr Euch um sie gekümmert habt.« Er machte auf dem Absatz kehrt, wandte sich aber noch einmal um. »Eine letzte Frage, bitte!«

»Ja, Sir?«

»Warum habt Ihr niemandem davon erzählt?«

»Der Mann war der Sohn eines Grafen. Er hat damit gedroht, mich ins Gefängnis werfen zu lassen, weil ich ihn tätlich angegriffen habe. Das Mädchen hat ihm aber erklärt, es wäre besser, wenn er seinen Mund hielte, denn sonst würde sie zu Euch gehen und Euch berichten, was er getan hat. Sie sagte, keiner von uns sollte je wieder über die Sache reden. Und daran habe ich mich gehalten, bis zu diesem Moment!«

Justin nickte nur. Ariel war in den Stall gekommen, um Marlin zu sagen, dass sie einen anderen liebte. So, wie er sie kannte, hatte sie wohl das Gefühl, das Phillip schuldig zu sein. Für ihre Ehrlichkeit wäre sie beinahe vergewaltigt worden, und statt sie zu beschützen, statt sie zu fragen, warum sie sich mit Marlin getroffen hatte, hatte er sie kurzerhand des Betrugs beschuldigt und sie aus dem Haus geworfen.

Doch Ariel hatte ihn niemals betrogen, weder am Anfang noch in dieser Nacht mit Marlin.

Er, Justin Bedford Ross, war der Betrüger. Er hatte ihr die Unschuld genommen, hatte sie an jenem Morgen in seinem Arbeitszimmer böse ausgenutzt und sie wie eine neu erblühte Blume unter dem Absatz seines Stiefels zertreten.

Justin blieb auf dem Weg zum Haus stehen. Schweißtropfen standen auf seiner Stirn, und sein Magen hob sich vor Übelkeit. Er wandte sich um, wankte einige große Schritte dahin, beugte den Kopf und übergab sich heftig unter den Ästen eines Rosenbusches im Garten.

17

Ariel wischte sich die schwitzenden Schläfen und schrubbte weiter den Boden des Schlafzimmers. Lady Horwick hatte sich entschieden, noch einige weitere der muffigen, schlecht riechenden Räume zu öffnen, die schon seit Jahren nicht mehr benutzt worden waren; die Hauptlast der Arbeit war Ariel zugefallen. Sobald sie diese beendet hatte, gab es Schränke voller angelaufenem Silber, das poliert werden musste, die Teppiche in den Salons mussten ausgeklopft, dann Wäschestücke gefaltet und weggeräumt werden. Danach würde sie noch …

»Ich muss Euch kurz unterbrechen, meine Liebe, aber da unten ist ein Gentleman, der Euch zu sprechen wünscht.« Mrs. O'Grady lächelte. »Einer der Geschäftsfreunde von Lord Horwick! Er hält sich im Weißen Salon auf. Beeilt Euch bitte – Ihr wollt ihn doch sicher nicht warten lassen!«

Ein dicker Kloß saß in Ariels Kehle. Ein Gentleman? Das konnte nicht sein. Ganz sicher nicht. Aber gestern Abend war Greville zufällig über sie gestolpert – es schien ein absurder Zufall zu sein. Ihr Puls begann dumpf und stetig schneller zu schlagen. Der Graf würde nicht kommen, er hatte sie weggeschickt, um sie nicht länger sehen zu müssen. Er machte sich nichts aus ihr! Aber wer sonst könnte es wohl sein? Und wenn er es war, warum war er gekommen?

Ihre Hände zitterten, als sie den Schrubber beiseite stellte und zur Tür ging; dabei strich sie sich ein paar Haarsträhnen von den Wangen und schob sie unter ihre Haube. Sie tappte die frisch reparierte Dienstbotentreppe hinunter und dann durch den Flur zum Weißen Salon. Wie die meisten der Räume in der unteren Etage, so war auch dieser elegant eingerichtet und zeigte nicht die Abnutzungserscheinungen wie der größere Teil des Hauses.

Ariel blieb vor der weißen, geschnitzten und mit Gold verzierten Tür stehen, die in den Salon führte; sie holte tief Luft und straffte die Schultern. Greville wandte sich im selben Augenblick zu ihr um, und sie sog scharf den Atem ein bei seinem Anblick. Statt des gut aussehenden beherrschten Aristokraten, der sie am vergangenen Abend bis in den Garten verfolgt hatte, war der Mann, der jetzt vor ihr stand, totenbleich und hatte dunkle Ringe unter den Augen, seine Gestalt wirkte zusammengesunken.

»Danke, dass du gekommen bist«, murmelte er. »Ich hatte schon Angst, dass du dich weigern würdest, mit mir zu sprechen.«

»Ich arbeite hier, und tue das, was man mir aufträgt. Da du ein Freund von Lord Horwick bist, hatte ich keine andere Wahl …«

Er nickte und blickte weg. »Es gilt, einiges zu klären. Ich habe keine Ahnung, was du denken wirst oder ob die leise Chance besteht, dass du mir glaubst.«

»Dann fange an! Ich habe zu tun.«

»Das ist sehr schwierig für mich.« Er blickte zu Boden, dann schaute er wieder auf; er war so nervös, wie sie ihn noch nie zuvor erlebt hatte. »Solche Worte fallen einem Mann wie mir sehr schwer.« Ariel blieb stumm. Es lag etwas in seinem Blick, etwas so Gehetztes, dass ihr Herz schneller schlug. »Es tut mir Leid, was ich dir angetan habe – mehr, als du je wissen wirst!« Er rieb sich mit der Hand die Stirn. »Damals wusste ich, dass du an jenem Abend logst, als ich mich mit Clay im Club treffen wollte. Warum, fragte ich mich. Ich habe nur so getan, als verließe ich in dieser Nacht das Haus.«

Sie war nicht überrascht, nicht mehr – wo sie das Ausmaß seines Betruges kannte.

»Ich habe gesehen, wie Marlin in den Stall gegangen ist«, fuhr er fort. »Und auch, dass du ihm gefolgt bist. Als du dann wieder herauskamst, mit zerzausten Kleidern und offenem Haar … da habe ich das Schlimmste angenommen.« Er vermied ihren Blick, seine Miene war wie versteinert. »Ich habe mich geirrt.«

Die Worte kamen rau und eintönig aus seinem Mund. Ariel ignorierte die Gefühle, die in ihr tobten.

»Ich wollte dich verletzen«, sprach er weiter, »wollte dir das zurückzahlen, was du mir meiner Einbildung nach angetan hattest.«

Zum ersten Mal ergab alles, was geschehen war, einen Sinn. Bis zu diesem Augenblick hatte sie sich geweigert, darüber nachzudenken, wollte ihn nie wieder in ihre Gedanken lassen, nicht einmal für einen Augenblick. Ihre Beine begannen zu zittern. Sie fürchtete, dass sie ihr den Dienst versagen würden. Langsam sank sie auf die Kante eines Sessels in der Nähe.

»Als ich dich wegschickte, dachte ich, du würdest zu Marlin gehen. Ich wusste, dass er dich begehrte. Mir ist gar nicht der Gedanke gekommen, dass du eigentlich nirgendwohin konntest, dass es sonst niemanden gab, der sich um dich kümmern würde.«

»Was bedeutet das jetzt noch?«, fragte sie bitter. »Du hast bekommen, was du wolltest. Du warst meiner müde. Das hast du mir an jenem Morgen deutlich gemacht. Du hast gesagt …« Bei ihren letzten Worten brach ihre Stimme; und so sehr sie es auch versuchte, sie konnte nicht verhindern, dass Tränen in ihre Augen traten.

Sofort war Justin neben ihr, er sank auf ein Knie und griff nach ihren eisigen Fingern, die er zwischen seine Hände nahm. Sie fühlten sich noch kälter an als die ihren.

Ariel rückte ein Stück von ihm ab, sie stand auf, wandte sich um und ging mit weichen Knien zum Fenster hinüber. Sie hörte seine Stimme hinter sich, nur wenige Schritte von ihr entfernt.

»Du hattest Recht, mit dem, was du gesagt hast. Ich *war* ein Lügner. Ich habe dich an jenem Morgen angelogen, aber nicht so, wie du glaubst. Diese andere Frau hatte ich erfunden – es gab keine andere. Was noch schlimmer ist: Ich habe gelogen, als ich sagte, ich wollte dich nicht. Ich habe dich immer gewollt, Ariel. Vom ersten Augenblick an, als ich dich erblickte … Ich sehe dich jetzt an und will dich mehr denn je!«

Ariels Hals schnürte sich zusammen, als sie herumwirbelte. »Schluss jetzt! Kein weiteres Wort!« Sie eilte zur Tür, doch er trat vor sie und verstellte ihr den Weg.

»Du gehörst nicht hierher. Das steht fest – völlig unabhängig von mir –, dies ist kein Ort, an dem du leben solltest. Geh nach oben und hole deine Sachen. Ich bringe dich hier weg.«

Ariel kämpfte gegen einen Anflug von Zorn an. »Was bildest du dir eigentlich ein? Ich werde nirgendwo hingehen mit dir. Keinen Schritt werde ich mit dir aus diesem Haus tun.«

»Natürlich hasst du mich. Du hast jeden Grund, so zu empfinden, aber …«

»Ich werde nicht mit Euch gehen, Lord Greville. Nicht jetzt und auch nicht in der Zukunft!«

Seine Haltung versteifte sich, er sah jetzt wieder größer aus als in Wirklichkeit. »Ariel, hör mir zu! Du kannst unmöglich weiter hier leben. Du weißt doch sicher mittlerweile, wie Horwick ist. Er steht in dem Ruf, die jungen Frauen, die für ihn arbeiten, zu ruinieren. Um Himmels willen, sein verdammter Verwalter geht los und schleppt sie für ihn an. Komm mit zu mir, dann werde ich …«

»Was wirst du? Mir erlauben, wieder dein Bett zu wärmen? Du wirst mich lieben, bis du eine andere findest, die du vorziehst. Lass mich dir dies deutlich machen, Mylord. Ich war nicht daran interessiert, Phillips Geliebte zu werden. Und ich bin auch für dich nicht mehr zu haben!« Sie starrte direkt in diese durchdringenden grauen Augen. »Ich habe etwas gelernt, seit ich nach London gekommen bin. Eine Lady zu sein, hat nichts zu tun mit Geld und modischer Kleidung. Es hat etwas mit Stolz und Selbstwertgefühl zu tun. Ich bin als Zimmermädchen mehr wert, als ich es je als deine Dirne war.«

Ein Muskel in seiner Wange zuckte, und etwas, das Bedauern hätte sein können, blitzte in seinen Augen auf. Ariel ignorierte den Schmerz, der ihr das Herz zusammenpresste, und ließ ihn einfach stehen. Diesmal versuchte er nicht, sie aufzuhalten. Als sie die Hintertreppe erreicht hatte, hämmerte ihr Herz wild; eine schwere Last lag auf ihrer Brust und machte es ihr schier unmöglich, zu atmen.

Ariel ging weiter. Sie hatte genug unter Justin Ross gelitten. Was auch immer für ein Schicksal sie erwartete, sie wollte ihn niemals wieder sehen.

Den Rest des Tages über putzte Ariel bis zur Erschöpfung; erst als es dunkel wurde, zog sie sich in ihr Zimmer in der dritten Etage zurück und sank auf das schmale Bett, als wäre ihr Körper mit Blei gefüllt. Sie wollte nicht an Justin denken, verscheuchte seinen verzweifelten Gesichtsausdruck vor ihrem inneren Auge.

Den ganzen Nachmittag über war die Arbeit ihre Rettung gewesen; durch sie hatte sie ihre Gefühle unterdrücken und den Schmerz im Zaum halten können. Während des Tages war ihr Bewusstsein sicher vor ihm – doch jetzt, in der Nacht, vermochte sie nicht, ihn aus ihren Träumen zu verbannen.

Sie waren erfüllt von bösen Bildern, von Visionen des rücksichtslosen Mannes, der er an jenem Morgen gewesen war, als er sie geliebt und dann auf die Straße gesetzt hatte. Die eisige Miene zeigte es, die Kälte schien durch seine Haut zu dringen. Seine frostigen Augen hatten sie wie gefrorene Steine durchbohrt und sie bis auf die Knochen entkräftet.

»Du wusstest doch, dass so etwas früher oder später einmal geschehen würde … Es wäre besser, wenn du auf der Stelle gehen würdest.«

»Justin …«, flüsterte sie in die Dunkelheit, ihr Herz brach, und der Klang ihrer rauen Stimme drängte den schrecklichen Traum in den Hintergrund.

Durch das winzige Fenster über ihrem Bett erhob sich eine fahle Sonne im Osten. Ariel zitterte vor Kälte in ihrer Kammer; sie schob den blonden Zopf über ihre Schulter und kletterte erschöpft aus dem Bett. Ein paar Minuten später hatte sie ihren dunklen Rock sowie die weiße Bluse an und ging nach unten, um ihr anstrengendes Tagewerk zu beginnen.

Sie ließ das Frühstück ausfallen, da sie keinen Bissen hinunterbringen würde. Ihr Kopf schmerzte, und ihre Muskeln verkrampften sich wegen des Mangels an Schlaf. Sie hatte erst ein paar Stunden gearbeitet, und der Tag erstreckte sich endlos vor ihr, als Mrs. O'Grady sie suchte.

»Ihr habt ein Paket bekommen, meine Liebe. Es ist vor

einigen Minuten von einer Kutsche gebracht worden, und liegt auf dem Tisch in der Eingangshalle.«

Es war eine einzelne rote Rose in einer kostbaren Vase aus Silber. Auf der Karte stand nur: »*Verzeih mir!*« Eine Unterschrift erübrigte sich. Sie wusste nur zu gut, von wem sie stammte.

Aber sie konnte ihm nicht verzeihen. Nicht die Dinge, die er ihr zugetraut hatte. Nicht die grobe Art, wie er sie behandelt hatte. Nicht, dass er ihr das Herz gebrochen hatte.

Am nächsten Tag kam ein weiteres Geschenk, eine zierliche Spieluhr, die eine Melodie aus einem Bach-Konzert spielte, dem sie im Park von Tunbridge Wells gelauscht hatten. Bei diesem Geschenk war keine Karte, auch nicht bei denen, die anschließend eintrafen. Ariel schickte sie alle zurück. Jedes weitere Geschenk samt Brief trat den Rückweg an.

Keine dieser Gaben zählte. Kein Geschenk, ganz gleich, wie teuer es war, auch nicht der wundervollste Brief konnte sie davon abbringen, dass dieser gefühllose Egoist, den sie an jenem Morgen in seinem Arbeitszimmer erlebt hatte, der wirkliche Justin Ross war.

Greville betrat das kleine private Speisezimmer in einem von Clays Lieblingsrestaurants: Rules, Maiden Lange, Covent Garden. Er war nicht hungrig. Seit er Ariel gesehen hatte in der Kleidung eines Zimmermädchens, die für diesen Lüstling, Fletcher Giles, arbeitete, hatte er überhaupt keinen Appetit mehr.

Justin hatte den Grafen von Horwick noch nie gemocht; doch besaß dieser Klotz ein großes geschäftliches Geschick, und sie waren Partner bei einigen Investitionen. Er verabscheute den Mann noch mehr, als er die ersten Gerüchte hörte, dass der Graf über Jahre hinweg seine Aufmerksamkeit etlichen jungen Frauen in seinen Diensten aufgezwungen hatte.

Jetzt war auch Ariel unter den armen Dingern, die für ihn arbeiteten, und Justin wusste ganz genau, warum Horwick sie eingestellt hatte.

»Du siehst schrecklich aus.« Clays Stimme unterbrach seine Gedanken. »Setz dich lieber, ehe du noch umfällst.« Clay rief einen der Kellner an den Tisch und bestellte etwas von der Speisekarte für sie beide. »Wahrscheinlich hast du schon seit einer Woche nichts mehr gegessen.«

Erschöpft seufzte Justin. »Ich habe keinen Appetit.« Er saß auf dem mit rotem Samt gepolsterten Stuhl in dem überladenen Raum, und in der nächsten halben Stunde erzählte er die Geschichte, was mit Ariel im Stall passiert war und wie brutal er sie am folgenden Morgen benutzt und dann weggeschickt hatte – und dass sie jetzt in Horwicks Diensten stehe.

Clay fluchte leise. »Nun, du hast schon öfter in deinem Leben ein fürchterliches Durcheinander angerichtet – aber noch nie ein so schlimmes wie dieses.«

»Sie weigert sich, mich zu empfangen. Sie öffnet meine Briefe nicht, hat mir jedes meiner Geschenke zurückgeschickt. Was soll ich nur tun?«

»Vielleicht solltest du ihr bloß sagen, wie viel dir an ihr liegt. Denn dass das so ist, liegt auf der Hand.«

Justin schüttelte den Kopf. »Für sie nicht. Sie will gar nicht hören, was ich ihr zu sagen habe, und wenn doch, würde sie mir nicht glauben.«

»Nun, auf keinen Fall kann sie weiter für Horwick arbeiten. Früher oder später wird dieser alte Bastard sich an sie ranmachen. Es sei denn – du hättest ihn gewarnt, das zu tun.«

»Dazu hatte ich noch keine Möglichkeit. Er war die ganze letzte Woche geschäftlich unterwegs. Glücklicherweise ist seine Frau jetzt gekommen. Er wird sich vorbildlich benehmen – wenigstens so lange, bis sie wieder weg ist.«

»Angeblich wird sie schon heute Morgen abreisen. Vor zwei Tagen hat sie einen Geburtstagsball für ihre Lieblingsnichte gegeben, jetzt will sie wieder zurück aufs Land.«

»Warst du da?«

»Ich habe nur einmal kurz vorbeigeschaut, da ich ziemlich sicher war, dass diese bezaubernde junge Witwe, die ich neulich erwähnte, auch dort sein würde.«

»Du hast nicht zufällig Ariel gesehen?«

Clay schüttelte den Kopf. »Tut mir Leid. Wie ich schon sagte, ich bin nicht lange geblieben. Die Lady und ich haben entschieden, dass wir unsere Zeit mit angenehmeren Dingen verbringen könnten, als Lady Horwick zuzuhören, wie sie die Tugenden ihrer Nichte mit den vorstehenden Zähnen preist.«

In diesem Augenblick kam ihr Essen: Austern, eine knusprige Taubenpastete, dicke Scheiben von Wild in Rahmsauce, Erbsen.

»Iss deinen Teller leer! Du wirst Kraft brauchen, wenn wir einen Weg aus diesem Schlamassel finden wollen, das du dir eingebrockst hast.«

Justin aß nur halbherzig; aber natürlich nützte er Ariel wenig, wenn er krank würde.

Clay nippte an seinem Wein. »Sie habe ich bei Horwick zwar nicht gesehen, aber deine Schwester!«

»Richtig«, nickte Justin. »Barbara ist in der Stadt. Sie besucht Lady Cadbury, glaube ich.«

»Ganz besonders freundlich war sie zu deinem guten Freund Phillip Marlin. Ich fand, die beiden geben ein wundervolles Paar ab.«

Der Graf blickte von seinem Essen auf. »Ich werde ihn fordern!«

Vorsichtig stellte Clay sein Weinglas ab. »Das ist keine gute Idee – nicht dass der Bastard das nicht verdient hätte. Aber wenn du ihn umbringst, wirst du nur noch mehr Schwierigkeiten bekommen. Ariels Name wird in den Schmutz gezogen werden. Und das ist dieser Kerl nicht wert.«

»Ich kann doch nicht einfach ignorieren, was er ihr angetan hat!«

»Doch, das kannst du. Wenigstens für den Augenblick. Denk an Ariel! Sie muss deine erste Sorge sein.«

Darauf antworte Justin nichts. Sein Freund hatte Recht. Er musste zuerst an Ariel denken, dann würde er mit Marlin abrechnen. Er zwang noch ein Stück Fleisch seine Kehle hinunter, doch alles schmeckte wie Sand.

»Es könnte noch viel schlimmer sein. Wenigstens hast du herausgefunden, dass sie nichts mit Marlin hatte. Und definitiv ist sie nicht in ihn verliebt.«

»Stimmt, das ist sie nicht«, erklärte Justin leise. »Sie hat gesagt, dass sie mich liebt.«

Die Auster, die Clay gerade auf der Gabel hatte, schwebte eine Weile in der Luft. Dann legte Clay die silberne Gabel zurück auf seinen Teller. »Himmel!«

»Genau das habe ich auch gefühlt.«

»Was willst du tun?«

»Ich weiß es nicht. Sie wiedersehen. Versuchen, sie dort wegzulocken. Ich muss einen Ort für sie finden, an dem sie leben kann – wo sie in Sicherheit ist.«

»Sie wird glauben, dass du vorhast …«

»Selbstverständlich wird sie das glauben; aber das ist völlig absurd; ich werde nicht in ihre Nähe gehen. Sie will mich nicht sehen, und ich mache ihr deswegen auch keinen Vorwurf.«

»Jeder begeht Fehler«, versicherte ihm Clay. »Du bist ein guter Mann, Justin, ob du es nun glaubst oder nicht. Du hast Gefühle wie jeder andere auch. Manchmal bringen einen diese Gefühle in Teufels Küche. Sie machen einen blind, und man sieht die Dinge nicht so, wie sie wirklich sind. Du versuchst, sie zu verdrängen, aber sie sind immer noch da. Wenn du so tust, als hättest du diese Gefühle nicht, hilft dir das auch nicht weiter.«

Justin schwieg.

»Du hast ihr nicht wehtun wollen«, fuhr Clay fort. »Vielleicht wird Ariel das mit der Zeit verstehen.«

Wieder blieb die Antwort aus. So wie Justin sie behandelt hatte, würde Ariel das nie verstehen. Es machte nichts. Er musste für sie sorgen. So viel war er ihr schuldig. Das und noch viel mehr …

Ariel zog die Laken von dem großen Himmelbett. Der letzte Ball, den Lady Horwick gegeben hatte, war vor zwei Tagen gewesen – dem Himmel sei Dank. Die meisten der Gäste waren bereits abgereist und die Schlusslichter ebenfalls dabei, aufzubrechen.

Sie reckte sich und gähnte, dann rieb sie sich den schmerzenden Rücken. Jetzt packte sie das Ende des sauberen weißen Lakens und warf es über die Federmatratze. Gerade wollte sie die Ecken des Lakens unter die Matratze stecken, als sie hörte, wie die Tür geöffnet und sofort leise wieder geschlossen wurde. Sie erwartete, Miss O'Grady zu sehen oder eines der anderen Zimmermädchen; doch als sie sich aufrichtete, erschien Lord Horwicks rundliche Gestalt in ihrem Blickfeld.

»Nun, meine Liebe! Endlich sind wir allein.«

Ariel erstarrte. »Ihr meint, Eure Frau ist abgereist, und jetzt seid *Ihr* wieder allein.«

Er fuhr sich mit der Zungenspitze über die dicken Lippen und grunzte. »Ich meine, *wir* sind allein, meine Liebe. Mir ist klar, dass Ihr Euch noch nicht dem Unvermeidlichen gefügt habt – aber wenn ich dieses Zimmer wieder verlasse, dann wird das der Fall sein.«

Ariel presste die Lippen zusammen. Sie war eher zornig als verängstigt, und hatte die lächerlichen Anspielungen von Lord Horwick satt, dass sie früher oder später seine abscheulichen Annäherungsversuche akzeptieren würde. »Ich habe Euch gesagt, ich bin ein Zimmermädchen, mehr nicht! Wenn Euch das nicht genügt, werde ich gezwungen sein, meine Stellung hier aufzugeben.« Es war eine entmutigende Aussicht, weil sie so viel Schwierigkeiten gehabt hatte, überhaupt eine Arbeit zu finden. Vielleicht würde er sie ja endlich in Ruhe lassen, wenn sie nur entschieden genug auftrat.

Horwick lächelte. »Für eine junge Frau ohne Referenzen gibt es leider kaum Stellen …« Er kam näher, zog seinen Rock mit dem Samtkragen aus und warf ihn auf das halb gemachte Bett. »Warum wollt Ihr eine solche Mühe auf Euch nehmen, wo Ihr doch Eure Position hier ganz angenehm gestalten könnt – wenn Ihr mir dafür ab und zu zu Gefallen seid?«

Sie verbiss sich eine patzige Antwort und begann, sich von ihm weg in Richtung Tür zu bewegen. »Ich habe weder den Wunsch, Euch zu Gefallen zu sein, noch jemand anderem. Und jetzt erlaubt mir bitte, zu gehen.«

Er schüttelte einfach nur den Kopf. »Ich bin mehr als geduldig gewesen. Es wird Zeit, dass Ihr einseht, wer hier der Herr und wer der Diener ist.« Horwick sprang auf sie los, und Ariel gelang es, vor seinem Zugriff zu flüchten. Sie erreichte die Tür und schrie dann zornig auf, als sie feststellte, dass sie verschlossen war. Ariel wirbelte herum, um Horwick gegenüberzutreten; doch im gleichen Augenblick warf sein bulliger Körper sie gegen die Tür.

»Lasst mich los!« Sie versuchte, sich zu befreien; doch eine fleischige Hand zog sie nach unten, und dicke, feuchte Lippen schlossen sich über ihren. Wut stieg brennend in ihr auf, und Ariel biss ihn in die Lippen. Horwick brüllte empört. Er fluchte laut, doch ließ er sie nicht los. Stattdessen spürte sie seine dicken Finger an ihrer Brust, und die ganze Wut, die sie auf ihn hatte – die sie auf alle Männer hatte –, kam mit Macht in ihr hoch.

Aus den Augenwinkeln entdeckte sie eine schwere chinesische Vase. Sie schlängelte sich an die Vase heran; dann packte sie diese, schwang sie herum und schlug sie dem Grafen auf den Schädel.

Ein empörter Schrei drang aus seinem Mund. Er fluchte unflätig und hielt sich den schmerzenden Kopf, der aus einem Schnitt blutete; dann sank er auf die Knie und lehnte sich gegen eine Kommode.

Ariel hoffte, dass sie keinen bleibenden Schaden angerichtet hatte; sie blickte wild um sich, auf der Suche nach dem Schlüssel. Hilfe, er musste in der Tasche seines Rockes sein! Sein Rock lag auf dem Bett. Sie stürzte darauf zu und durchwühlte verzweifelt die Taschen. Sie fand den Schlüssel; doch ihre Hände zitterten so sehr; dass sie ihn kaum festhalten konnte.

»Du kleines Luder!«

Beim Klang von Horwicks Stimme wirbelte Ariel herum. Er war wieder auf den Beinen, schwankte unsicher, und Blut rann ihm über Hals und Gesicht. »Dafür wirst du büßen!«, brüllte er. »Bei Gott, du wirst büßen!«

Ariel flog zur Tür, schob den Schlüssel ins Loch und drehte ihn. Dann hastete sie hinaus, gerade in dem Augenblick, als zwei der Lakaien des Lords durch den Flur geeilt kamen.

»Haltet sie auf!«, schrie Horwick. »Die Frau hatte die Absicht, mich umzubringen!«

Alle Farbe wich aus ihrem Gesicht. Allmächtiger! Sie versuchte, sich an den Männern vorbeizuzwängen; doch einer von ihnen packte sie um die Taille, der andere griff nach ihrem Arm und drehte ihn ihr grob auf den Rücken. Durch die offene Tür des Schlafzimmers stolperte Lord Horwick in den Flur.

»Ruft eine Wache!«, verlangte er. »Ich will Gerechtigkeit. Diese Frau soll büßen für das, was sie mir angetan hat!«

Verzweifelt wandte Ariel sich an den Grafen. »Bitte ... ich wollte Euch nicht verletzen. Ich habe nur versucht, mich selbst zu schützen!«

Doch der ganze Haushalt war bereits in Aufruhr; die Küchenhelfer kamen angelaufen, um den Grund des Lärms zu erfahren, ein Lakai und zwei Fackelträger rannten herbei. Ein paar Minuten später polterte eine Truppe von Wachleuten die Treppe herauf. Horwick tobte und raste; er erfand eine Geschichte von versuchtem Mord und befahl, sie ins Gefängnis zu werfen.

»Er lügt!«, rief Ariel, als die Männer sie durch den Flur davonzerrten. »Der Graf hat mich angegriffen! Deshalb wollte ich mich verteidigen!«

Aber niemand glaubte ihr, nicht einmal die anderen Diener. Und selbst wenn sie ihr geglaubt hätten, so hatten sie nicht den Mut, sich einzumischen. Arbeitsstellen waren einfach viel zu rar.

Als sie sich dem Hauptportal näherten, sah sich Ariel hastig um; sie suchte nach Mrs. O'Grady – doch dann fiel ihr ein, dass die Haushälterin ein paar Tage Urlaub genommen hatte, um Verwandte zu besuchen, die außerhalb der Stadt wohnten.

»Lieber Gott«, flüsterte sie, als die Wachleute sie die

Vordertreppe hinunter und in die wartende Amtskutsche schubsten. Sie war völlig verschreckt und hatte nicht die leiseste Ahnung, was sie tun sollte. Einen Augenblick lang dachte sie an Justin – aber sie bezweifelte, dass er ihr helfen würde ... selbst wenn sie einen Weg fände, ihn zu benachrichtigen. Und wenn er ihr half, dann ahnte sie bereits, was er dafür von ihr erwartete.

Ariel kämpfte mit den Tränen und lehnte sich in dem zerschlissenen Ledersitz der Kutsche zurück. Sie starrte in die mitleidlosen Gesichter ringsum und fragte sich, wie das wunderschöne Leben, das sie sich früher einmal erträumt hatte, nur so aus dem Ruder laufen konnte.

Zum zweiten Mal rückte Justin den Knoten seiner weißen Krawatte zurecht und zog an den Manschetten seines feinen Baumwollhemdes. Er war gekleidet in einen taubengrauen Rock, eine Weste aus Silberbrokat und burgunderfarbene Hosen – ein letztes Mal überprüfte er sein Aussehen vor dem Spiegel, dann begab er sich in die Halle.

Er war auf dem Weg zu Lord Horwicks Haus, entschlossen, Ariel davon zu überzeugen, dass sie in das Stadtdomizil zöge, das er für sie gemietet hatte. Vor vier Tagen hatte er dem Grafen eine Aufforderung zu einem Treffen geschickt, weil er ihm deutlich machen wollte, dass Ariel unter seinem Schutz stand; Horwick sollte es niemals mehr wagen, ihr nachzustellen – doch offensichtlich hatte der Graf die Stadt verlassen.

Justin dankte dem Himmel dafür. Sie also in Sicherheit wissend, hatte er die nächsten drei Tage mit gründlichen Überlegungen verbracht, was er sagen wollte. Am Ende nahm er sich ganz einfach vor, sie mit Gewalt wegzubringen – falls sie sich weigerte, seine Argumente anzuhören.

Mit diesem Ziel im Sinn sprang er die Vortreppe hinunter und in seine Kutsche.

Es dauerte nicht lange, bis er die gewünschte Adresse erreicht hatte. Nachdrücklich betätigte er den Türklopfer aus Messing und der untersetzte Butler öffnete ihm.

»Guten Tag, Mylord. Es tut mir Leid, Euch mitteilen zu müssen, dass Lord Horwick nicht zu Hause ist.«

»Das weiß ich. Ich bin gekommen, um Miss Summers zu besuchen.«

»Miss Summers?«

»Ganz richtig!« Justin starrte an dem dicken Zwerg vorbei in die Eingangshalle. »Ich habe es ziemlich eilig, mit ihr zu sprechen. Wenn Ihr ihr freundlicherweise ausrichten würdet, dass ich hier bin ...«

»Es tut mir Leid, Mylord, aber Miss Summers ist nicht ... Miss Summers ist nicht mehr bei Lord Horwick angestellt.«

Justins Blick durchbohrte den Butler und dessen Gesicht nahm eine leicht grünliche Färbung an. »Soll das heißen, dass sie nicht im Haus ist?«

»Hm, Mylord ...«

Ein Gefühl der Übelkeit machte sich in seinem Magen breit. »Wohin ist sie gegangen?«

»Ich bin nicht ... bin nicht sicher, Mylord.«

Es lag etwas Verdächtiges im Verhalten des Mannes. Justins Hand fuhr vor, er packte den Stumpen an seinem weißen Hemd und zog ihn hoch. »Dann findet jemand, der es sicher weiß – und zwar sofort!«

Justin ließ ihn wieder los, der entsetzte Angestellte rannte davon und verschwand im Inneren des Hauses. Justin lief unruhig in der Halle hin und her, während er auf seine Rückkehr wartete; Furcht begann in ihm aufzusteigen. Wohin war sie gegangen? Warum war er nicht schon früher gekommen?

Als die Uhr die nächste Stundenzahl schlug und der Butler nicht zurückkehrte, machte sich Justin auf in die Richtung, in der er verschwunden war.

Er hatte erst ein paar Schritte getan, als die Haushälterin, eine robuste, grauhaarige Frau herbeigeeilt kam. »Lord Greville, Gott sei Dank seid Ihr hier! Ich bin Mrs. O'Grady – Lord Horwicks Haushälterin.«

Bei Horwicks Namen verspürte Justin einen dicken Kloß im Hals.

»Ich bin außer mir gewesen, als ich die Geschichte erfuhr«, sprudelte es aus ihr heraus. »Ich war weg, müsst Ihr wissen, zu Besuch bei meiner Tante, und bin erst heute Morgen zurückgekommen.«

»Wo ist sie? Wo ist Ariel?«

»Oh, Mylord, wir haben eine schreckliche Sache.«

Justin packte die Frau an beiden Armen. »Mrs. O'Grady, bitte ... sagt mir, was geschehen ist!«

Ihr besorgter Blick ruhte auf seinem Gesicht. »Es hat eine ... eine Art Auseinandersetzung gegeben, vor vier Tagen. Lord Horwick hat Ariel beschuldigt, dass sie ihn umbringen wollte. Die Polizei ist gekommen und hat sie mitgenommen. Das arme, liebe Ding wurde im Gefängnis von Newgate eingesperrt.«

Justin jagte bereits los zu der wartenden Kutsche.

»Sie hat nur versucht, sich zu verteidigen!«, rief Mrs. O'Grady ihm nach und keuchte hinter ihm her. »Einige der Diener haben Geld gesammelt und es den Wachen gegeben, damit sie nicht ... damit niemand ihr ein Leid antut.«

Er biss die Zähne zusammen, riss nur den Wagenschlag auf.

Mrs. O'Grady sah noch besorgter aus als zuvor, sie streckte die Hand aus und hielt ihn am Rock fest. »Bitte, Mylord, es gibt niemanden sonst, der ihr helfen könnte.«

Er wandte sich zu ihr um, und als er den Kummer in ihrem Mondgesicht sah, zwang er sich zu einem beruhigenden Lächeln. »Macht Euch keine Sorgen, Mrs. O'Grady! Ariel steht unter meinem Schutz. Ich sorge für alles!«

Erleichtert sank sie in sich zusammen und wischte sich eine Träne von der Wange. »Ich wusste es. Ich habe es in Euren Augen gelesen an dem Tag, als Ihr sie besucht habt. Man sah, dass sie sich auf Euch verlassen kann.«

Justin nickte nur. Natürlich konnte sie sich auf ihn verlassen. Sie glaubte es bloß nicht. Verdammt, warum war er nicht mit mehr Autorität aufgetreten, warum hatte er sie nicht gezwungen, dieses elende Haus zu verlassen? Dann wäre sie jetzt nicht im Gefängnis!

Noch ein Versagen mehr.

Eine Kerbe mehr in seiner schwarzen Seele.

Eine weitere Sünde, die sie ihm nie verzeihen würde.

18

Die Kutsche holperte mit höchster Geschwindigkeit durch die Straßen von London und trug Justin in aller Eile nach Newgate, dem Hauptgefängnis der Stadt. Er befahl dem Kutscher, vor dem Eingang zu warten, dann suchte er umgehend das Büro des Aufsehers. Einige Minuten der Unterhaltung, eine sichtlich gefüllte Börse, die in dankbare Hände gedrückt wurde, und er erhielt Einlass.

»Hier entlang, Mylord«, sagte einer der Wärter, ein großer, skelettdürrer Kerl mit faulen Zähnen, der ihn eine Treppe hinunterführte, die nur von flackernden Binsenlichtern erhellt wurde. Der Geruch von ungewaschenen Körpern, von Urin und Erbrochenem wurde schlimmer mit jedem Schritt, den er tiefer in das Innere des Gefängnisses machte.

Am Ende der hölzernen Treppe erstreckten sich lange Reihen von feuchten, dunklen Zellen vor ihm; in jeder davon waren bis zu zehn Gefangene eingepfercht. Er konnte Frauen weinen hören. Eine von ihnen schrie hässliche Flüche, während eine andere irre lachte – das unheimliche Geräusch hallte von den Wänden wider. Die meisten von ihnen starrten einfach nur durch die Gitterstäbe mit trüben, tiefliegenden Augen, die nichts zu sehen schienen.

Innerlich waffnete sich Justin. Ariel lebte schon seit vier Tagen in dieser Hölle von Gestank und Unrat. Er wusste, wie die Wärter manchmal weibliche Gefangene behandelten und hoffte verzweifelt, dass man sie aufgrund des Geldes, das Horwicks Dienerschaft gesammelt hatte, nicht behelligte.

»Nicht mehr weit«, meinte der Wärter und hob die Laterne in seiner Hand. »Nur noch ein kleines Stück!«

Der nun vorauseilende Justin zwang den Wachmann, schneller zu gehen, damit er mit ihm Schritt halten konnte. Der dürre Zaunpfahl blieb vor einer überfüllten Zelle stehen und hielt die Laterne hoch. Durch die Gitterstäbe sah Justin auf einen Blick, dass es keine Betten gab; nur feuchtes, schmutziges Stroh lag auf dem kalten Steinboden. Einige der Frauen drückten sich an die Wände, andere dösten. Ariel saß mit dem Rücken gegen die grobe Mauer gelehnt und starrte vor sich hin. Ihr einfacher schwarzer Rock war an einigen Stellen zerrissen, ihre weiße Bluse schmutzig grau. Da der Saum ihres Rockes hochgerutscht war, sah er ihre bloßen Füße. Ihr Gesicht war schmutzig, und ihre langen blonden Haare hingen grau und stumpf herab, Strohhalme hatten sich darin verfangen.

Justins Herz krampfte sich zusammen. Er zwang sich, seine Lungen mit der dumpfen, ekelhaft riechenden Luft zu füllen und tat einen Schritt auf die Zelle zu. »Ariel?« Er sprach leise. »Ich bin Justin – und bin gekommen, um dich nach Hause zu holen.«

Sie regte sich nicht; ihre Gedanken waren weit weg von dieser schauerlichen Umgebung … sie merkte nicht einmal, dass er da war.

»Ariel? Kannst du mich hören?« Als sie sich noch immer nicht rührte, wandte er sich zu dem Wärter und bedachte ihn mit einem Furcht erregenden Blick. »Öffnet die Zelle!«

Der Kalfakter gehorchte, das rostige Schloss knirschte, die eiserne Tür schwang auf. Justin trat in die Zelle und bahnte sich einen Weg durch die Frauen, die auf dem Boden lagen; diejenigen, die standen, schob er beiseite.

»He, Schätzchen!«, rief eine von ihnen. »Bist du meinetwegen gekommen?« Einige der Insassinnen lachten, doch Justin ignorierte sie. Als er die Stelle erreichte, wo Ariel hockte, kniete er langsam neben ihr nieder. Im Licht der Laterne sah ihre Haut so blass aus wie Marmor, ihre Augen waren so ausdruckslos, dass es ihm die Kehle zuschnürte.

»Ariel, Liebling, ich bin Justin. Kannst du mich hören?«

Ihre Augen flackerten, langsam ging ihr Blick zu seinem Gesicht. »Justin?«

»Ich bin gekommen, um dich nach Hause zu holen.« Er bückte sich, schob die Arme unter ihre Knie und hob sie an seine Brust, Ariel drückte ihr Gesicht an seine Schulter. Er fühlte, wie sie zitterte und zu weinen begann.

Der Kloß in seinem Hals schmerzte. Justin trat durch die schwere Eisentür, marschierte an den langen Reihen der Zellen vorbei und dann die Treppe hinauf. Er blieb erst stehen, als er vor dem Gebäude angekommen war, den Sonnenschein auf seiner Haut spürte und frische Luft in seine Lungen pumpte. Weiter ging es durch das große Haupttor, über den gepflasterten Weg, bis er seine Kutsche erreichte. Schnell stieg er ein, nahm Ariel auf den Schoß und legte beschützend einen Arm um sie. Ein Lakai schloss den Schlag, und ein paar Sekunden später rollte die Kutsche los.

»Es ist alles gut«, versicherte er ihr sanft und strich ihr eine Haarsträhne aus der Stirn. »Alles wird wieder gut.« Sie fühlte sich so zerbrechlich an, so schwach. Offensichtlich hatte sie nichts gegessen. Die Ringe unter ihren Augen verrieten ihm, dass sie auch nicht geschlafen hatte.

Ariel gab ein leises, wimmerndes Geräusch von sich, und Justin zog sie noch fester in seine Arme. Er flüsterte beruhigende Worte und wiegte sie zärtlich, bis sie in der Brook Street angekommen waren. Dort brachte er sie auf schnellstem Wege ins Haus.

Knowles kam auf ihn zugelaufen, sein sonst so stoisches Gesicht war alarmiert. »Gütiger Himmel!«

»Lasst eine Wanne vorbereiten und bringt sie in ihr Schlafzimmer.«

»Jawohl, Mylord!«

»Sie wird auch etwas zu essen brauchen.«

»Ich werde mich persönlich darum kümmern.«

Justin nickte dankbar und trug Ariel in das Zimmer, in dem sie zuvor geschlafen hatte; vorsichtig setzte er sie auf die Kante des Himmelbettes. »Bist du verletzt?«, fragte er sanft.

Einen Augenblick lang schlossen sich ihre Augen, und sie schüttelte langsam den Kopf. Sie sagte gar nichts, starrte nur auf ihre Hände, die sie im Schoß gefaltet hatte. Als Justin in ihr erschöpftes Gesicht blickte, zögerte er einen Augenblick, dann begann er, die Knöpfe ihrer schmutzigen Baumwollbluse zu öffnen.

»Die Jungen bringen eine Wanne«, erklärte er ihr leise. »Wir müssen dich erst einmal aus diesen alten Sachen holen.«

Ariels Hand hielt die seine fest. Große blaue Augen richteten sich auf sein Gesicht. »Es geht schon – ich kann das allein.«

»Bist du auch sicher, dass du nicht verletzt bist? Die Wachen haben dich doch nicht … sie haben dir nicht wehgetan?«

Sie schluckte. »Nein.«

Ein paar Jungen kamen mit einer Wanne dampfenden Wassers. Justin wartete, bis sie sie mitten in das Zimmer gestellt hatten, dann stand er auf und wollte gehen.

»Ich schicke dir Silvie, damit sie dir hilft.«

»Danke.«

Er rief nach Silvie, die ihr als Zofe gedient hatte; dann lief er nervös vor der Tür des Schlafzimmers auf und ab, bis das dunkelhaarige Mädchen sie schließlich öffnete und wieder in den Flur trat.

»Wie geht es ihr?«, fragte er im gleichen Augenblick, als sich die Tür hinter ihr schloss.

»Sie schläft, Mylord. Vor lauter Erschöpfung ist sie eingeschlafen, noch ehe sie die Möglichkeit hatte, etwas zu essen.«

Justin stieß den Atem aus. »Ich werde eine Weile bei ihr sitzen bleiben … weil sie jetzt nicht allein sein soll.«

»Aye, Mylord!«

Auf Zehenspitzen trat er ein, sorgfältig bemüht, sie nicht aufzuwecken, und setzte sich in einen Sessel neben dem Bett. Sie schlief unruhig und schien unangenehme Träume zu haben. Immer, wenn sie begann, sich hin und her zu werfen, hielt Justin ihre Hände. Dadurch beruhigte sie sich sofort und schlummerte wieder ein.

Sie schlief den ganzen Tag, bis zum Abend und spät in die Nacht hinein. Er sagte sich, dass er gehen würde, ehe sie aufwachte – ehe sie bemerkte, dass er hier war; doch kurz vor der Morgendämmerung rutschte auch ihm der Kopf zur

Seite. Er träumte von Ariel, und in seinen Träumen lächelte sie ihn an – so wie damals in Tunbridge Wells.

Die Morgensonne fiel durch die Gardinen ins Gesicht Ariels. Sie blinzelte mehrmals bei dem hellen Licht hinter ihren geschlossenen Augen, dann öffnete sie die Lider einen Spalt. Der Geruch von Lilien stieg aus ihrem Haar. Ein sauberes weißes Kissen lag unter ihrer Wange, und ein weiches Baumwollnachthemd reichte ihr bis zu den Knien.

Einen Moment lang glaubte sie zu träumen; sie glaubte, sie sei noch immer in Newgate, und wenn sie aufwachte, würde sie den Gestank einatmen und noch immer von den jammernden Frauen umgeben sein.

Doch jetzt erinnerte sie sich an Justin. Daran, dass er zu ihr gekommen war und dass sie jetzt wieder in seinem Haus war. Sie wollte sich aufsetzen – da entdeckte sie ihn in einem Sessel neben dem Bett, die Augen geschlossen, seine langen schmalen Hände hielten ihre Hand.

Schmerzliche Gefühle stürmten auf sie ein. Vorübergehend bekam Ariel keine Luft. Justin war gekommen, hatte sie vor einem Schicksal gerettet, das sie sich nicht einmal vorzustellen wagte. Wie konnte das geschehen?

Vorsichtig entzog sie ihm ihre Hand und schwang dann die Beine aus dem Bett; ein wenig zuckte sie zusammen, weil sie so steif waren. Eine Weile blieb sie auf der Bettkante sitzen und betrachtete ihn. Er sah beinahe so müde aus wie sie – die Haut unter seinen Augen war dunkel, tiefe Falten hatten sich in seine Stirn gegraben. Und dennoch lag auf seinen Zügen einen Jungenhaftigkeit, die sie noch nie zuvor gesehen hatte, eine Sanftheit, die sich nur im Schlaf zeigte. Sein Haar war zerzaust, eine dunkle Locke hing ihm in die Stirn. Dichte schwarze Wimpern lagen wie Halbmonde auf seinen schmalen Wangen.

Er bewegte sich, öffnete langsam die Augen und setzte sich dann abrupt auf. »Ariel … es tut mir Leid. Ich muss eingeschlafen sein.«

»Ja … sieht so aus!«

Seine grauen Augen suchten ihren Blick, und anstatt der Reserve, die bei ihrem letzten Treffen in ihnen gelegen hatte, erkannte sie jetzt unmissverständliche Bangnis. »Wie fühlst du dich?«

Sie dachte an die schrecklichen Tage und Nächte, die sie im Gefängnis verbracht hatte, und Tränen brannten in ihren Augen. »Es war furchtbar. Der Schmutz und der ekelhafte Gestank! Die Art, wie sie die Frauen behandelt haben!« Ihr Hals tat ihr weh. »So lange ich lebe, werde ich das niemals vergessen.«

»Es ist meine Schuld. Ich hätte dich nicht hinauswerfen dürfen. Ich wollte es. Ich …«

»Nein – das hat Horwick zu verantworten. Er ist derjenige, der eingesperrt werden sollte.« Sie sah zu ihm auf, sah die Reue in seinem Blick, und etwas in ihrem Inneren löste sich. »Mir geht es viel besser, seit ich mich ausgeruht habe«, versicherte sie ihm. »Woher hast du von meiner Verhaftung gewusst?«

Ein wenig der Anspannung wich aus seiner Miene. »Ich wollte dich besuchen. Der Butler hat mir gesagt, du würdest nicht mehr dort arbeiten. Als ich versucht habe, herauszufinden, wo du warst, erschien Mrs. O'Grady. Sie hat mir alles berichtet.«

Mrs. O'Grady! Eine so liebe, nette Lady, und im Grunde die Einzige, die genug Mut hatte, sich gegen Lord Horwick auf ihre Seite zu schlagen. Der Gedanke weckte neues Entsetzen. »Horwick – jemine! Wenn er entdeckt, dass du mich befreit hast, wird er mich verfolgen. Ich muss dann wieder zurück ins Gefängnis … und …«

»Du wirst nicht wieder nach Newgate müssen. Nie wieder! Das verspreche ich dir. Und Horwick werde ich mir persönlich vorknöpfen.«

»Aber wie hast du mich nur dort herausbekommen? Der Graf klagt mich an, ich hätte vorgehabt, ihn umzubringen. So etwas würde ich natürlich niemals tun. Ich habe ihm eine Vase auf den Kopf gehauen – aber nur, um ihn von mir fern zu halten ... er hatte es mehr als verdient.«

Seine Mundwinkel zogen sich hoch. »Ich bin sicher, dass er es verdient hat. Aber jetzt befindest du dich in meiner Obhut. Sobald ich mit Horwick gesprochen habe, wird die Angelegenheit erledigt sein.«

»Wie kannst du dir dessen so sicher sein? Vielleicht wird er nicht zustimmen. Vielleicht ...«

Ein eisiger Blick trat in diese stahlgrauen Augen, ein Blick, an den Ariel sich nur zu gut erinnerte.

»Überlasse Horwick mir«, erklärte Justin mit tödlicher Ruhe, die keinen Zweifel daran ließ, dass der Mann sich seinem Willen fügen oder aber den Preis dafür entrichten würde. Ariel erschauderte.

Justin stand von dem Stuhl auf. »Ich sage Silvie, dass du wach bist und ihre Hilfe brauchst.«

»Danke.«

Ohne einen Blick zurückzuwerfen, verließ er sie. Ariel sah ihm nach, ihre Gedanken wirbelten durcheinander. Sie war wieder dort, wo alles angefangen hatte – lebte in Grevilles Haus und war ihm wieder einmal, ohne Geld oder Zufluchtsort, verpflichtet. Selbst das Geld, das sie bei Lord Horwick verdient hatte, war verloren; sie hatte es unter dem Kopfkissen in ihrer Kammer versteckt, und es gab keine Möglichkeit, es sich zu holen. Es war nicht fair, ganz einfach ein unfaires Schicksal!

Seufzend erhob sie sich, zerbrach sich das Hirn, was sie

jetzt tun sollte. Sie besaß eine sehr teure Erziehung, doch was hatte die ihr genützt? Anschließend hatte sie gearbeitet, um sich selbst durchzuschlagen, doch dabei elend versagt. Stattdessen war all ihr Verdienst weg, sie im Gefängnis und schließlich wieder unter der Kontrolle des Grafen gelandet.

Doch das naive junge Mädchen, das sie zuvor gewesen war, gab es nicht mehr. Sie wusste, was für ein Mann Justin war. Er tat nichts, wo er nicht einen eigenen Vorteil sah. Welchen Preis würde er diesmal verlangen?

Ariel unterdrückte einen eisigen Schauder.

Justin saß hinter seinem Schreibtisch im Arbeitszimmer und las den Artikel im *London Chronicle* schon zum zweiten Mal heute Morgen, dann fluchte er. Da die Bediensteten den Vorfall bei Graf Horwick mitbekommen hatten und auch Ariels darauf folgende Verhaftung, hätte er sich zusammenreimen können, dass ein Artikel darüber in der Zeitung erscheinen würde. Obwohl Initialen benutzt wurden und nur Ariels Name vollständig erschien, war es ziemlich eindeutig, welche Mitglieder der Aristokratie in den Fall verwickelt waren, und es würde nicht lange dauern, bis sich die Geschichte in der gehobenen Gesellschaft herumgesprochen hatte.

Verdammt, er hatte geglaubt, er könnte die ganze Angelegenheit geheim halten. Er hätte es eigentlich besser wissen müssen. Bis auf seine Geschäfte war ihm das Glück wirklich nicht hold! Während er sich die müden Augen rieb und wünschte, alles wäre anders gekommen, öffnete sich die Tür, und Clay trat ein, mit einer Ausgabe der Zeitung in der Hand.

»Hast du das gelesen?«

»Allerdings! Einer der Diener des alten Horwick wollte sich wohl damit ein paar Guineen verdienen.«

»Das denke ich auch. Horwick und Greville, zwei der bedeutendsten Aristokraten Londons, in einen Skandal verwickelt, in dem es um Sex geht, um versuchten Mord und eine wunderschöne, geheimnisvolle Frau! Insgesamt einfach unwiderstehlich für den Mann …«

»Ich bin sicher, es hat ihm eine hübsche Summe eingebracht«, meinte Justin säuerlich.

Clay klopfte auf die Zeitung. »Hier steht, dass Ariel Lord H.s Geliebte war. Es wird behauptet, dass er sie dabei erwischt hat, wie sie versuchte, sein Geld zu stehlen – deshalb soll sie ihn niedergeschlagen haben. Offensichtlich glaubt man, dass du – Lord G. – sie bei Horwick kennen gelernt hast und dich in sie verguckt hast. Das sei der Grund, warum du dich entschieden hast, ihr zu helfen.« Clay warf die Zeitung auf den Schreibtisch. »Was wirst du tun?«

»Gestern habe ich mit Horwick gesprochen. Er war einverstanden, die Anklage zurückzuziehen.«

Clay grinste. »Ich kann mir vorstellen, dass du ihm ziemlich deutlich gemacht hast, was mit ihm geschehen wird, wenn er das nicht tut.«

Justins Mundwinkel zogen sich hoch. »Mehr als deutlich!«

»Und was ist mit Ariel? Wenn sie nicht schon zuvor ruiniert war, dann ist sie es ganz sicher jetzt. Wie wird sie damit fertig?«

»Ich werde sie von hier wegbringen. Silvie packt bereits ihre Sachen. In einer Stunde reisen wir nach Greville Hall.«

Die Tür öffnete sich zum zweiten Mal in wenigen Minuten, diesmal stürmte Ariel herein. In den beiden Tagen seit ihrer Rettung aus Newgate hatte sie sich erholt; zusätzlich verwöhnten alle Diener sie, und jetzt schien sie bereits wieder ganz die alte zu sein. Ihre Haut leuchtete, und in ihrem blonden Haar glänzten silberne Lichter. Kaum zu glauben, dass dies das schmutzige Häuflein Elend war, das er aus dem Gefängnis nach Hause getragen hatte!

Heute brannte Feuer in ihren Augen. Sie blitzte ihn wütend an, die schlanken Hände hatte sie in die Hüften gestemmt. »Ich will wissen, was hier los ist. Silvie hat gesagt, du hättest ihr befohlen, meine Sachen zu packen. Angeblich bringst du mich aus London weg! Mir ist klar, dass ich wieder einmal in deiner Schuld stehe, weil du mir geholfen hast … mit meinen Problemen mit Lord Horwick – aber das gibt dir nicht das Recht, Entscheidungen zu treffen, die in mein Leben eingreifen! Wenn du die Stadt verlassen willst, dann kannst du das gern tun, aber ich komme nicht mit. Ich bin bis dahin meinen eigenen Weg gegangen, und das habe ich auch weiterhin vor. In der Tat wäre es mir lieber, wenn ich ganz auf mich allein gestellt wäre.«

Justin erinnerte sie nicht an das klägliche Scheitern ihres letzten Versuchs. Er griff einfach nach der Zeitung, die Clay auf den Schreibtisch gelegt hatte, und reichte sie ihr. »Vierter Absatz unten«, war alles, was er sagte.

Mit einem unsicheren Blick faltete Ariel die Zeitung auseinander und begann zu lesen. Schnell überflog sie den Artikel; dann las sie ihn noch einmal, langsamer diesmal, ihre rosige Haut wurde langsam blass. »Das stimmt nicht. Nicht ein einziges Wort davon ist wahr!«

Justin nahm ihr die Zeitung aus den zitternden Händen. »Ich möchte, dass du weit weg bist von all dem Klatsch. In Greville Hall wirst du vor den spitzen Zungen geschützt sein. Dort ist es ruhig. Du wirst Zeit haben, zu entscheiden, was du mit deiner Zukunft anfangen willst.«

»Aber deine Schwester lebt dort. Sie wird wütend sein über die Einquartierung.«

»Ich habe ihr bereits eine Nachricht geschickt, dass wir kommen. Außerdem gehört das Haus mir und nicht ihr.

Barbara lebt dort, weil ich es ihr gestatte. Wenn ich eine Woche dort bleiben will – oder auch ein ganzes Jahr –, dann geht sie das gar nichts an.«

Blaue Augen richteten sich auf ihn. »Ich lebe auch von deiner Wohltätigkeit. Was für eine Bezahlung erwartest du von mir?«

Justin wich ihr aus, der Vorwurf in ihrem Blick ließ ihn sich schuldig und unbehaglich fühlen. Was er von ihr wollte, war die Wärme ihres Lächelns. Was er wollte, war der Klang ihres Lachens, zu hören, wie sie leise seinen Namen murmelte. Doch er erwartete es nicht wirklich.

»Du wirst dort mein Gast sein, das ist alles. Ich möchte dich nur in Sicherheit wissen.«

»Warum? Warum tust du das?«

»Weil mir etwas an dir liegt, verdammt! Ist das denn so schwierig zu verstehen?«

Ariel sah ganz benommen aus. Justin starrte sie an; er verspürte eine Mischung aus Zorn und noch etwas anderem – einem Gefühl, das so verwirrend war, dass er ihm keinen Namen geben konnte.

Ein paar Meter weiter weg murmelte Clay etwas, dann räusperte er sich. »Ich möchte dich nicht von deiner Reise abhalten. Du hast eine ziemliche Strecke zu bewältigen bis nach Greville Hall.« Dann wandte er sich Ariel zu. »Manchmal im Leben übersehen wir das Nächstliegende«, sagte er sanft. »Fahrt mit ihm, Liebes. Mit der Zeit wird sich alles finden.«

Lange Zeit schwieg Ariel, dann nickte sie.

Justin war erleichtert. »Ich habe noch ein paar Dinge zu erledigen, ehe wir aufbrechen«, meinte er. »Wir treffen uns dann in einer halben Stunde in der Halle.«

Wortlos wandte sich Ariel ab und schloss die Tür leise hinter sich.

»Ich werde hier ein Auge auf alles werfen«, bot Clay an. »Wenn du irgendetwas brauchst, lasse es mich wissen.«

Justin verzog den Mund zu einem dankbaren Lächeln. »Danke, Clay. Für alles.« Er konnte sich glücklich schätzen, einen Freund wie Clay zu haben. Justin sah ihm nach, als er das Arbeitszimmer verließ; dann wandte er sich wieder den Papieren auf seinem Schreibtisch zu. Doch trotz guten Willens konnte er sich nicht konzentrieren; die Zeilen auf den Seiten schienen vor seinem Blick zu verschwimmen. Er legte die Akten beiseite und zog die unterste Schublade seines Schreibtisches auf. Ganz hinten lag eine kleine Samtschatulle an der Rückwand, als besäße sie nicht mehr Wert als ein zerknülltes Blatt Papier. Er holte das Behältnis hervor und öffnete es. In einem Bett aus weißer Seide blitzten ihm perfekt geschliffene Saphire entgegen, die eisig weißen Diamanten darum herum leuchteten in kalter Anklage.

Von dem Augenblick an, in dem er ihren ersten Brief gelesen hatte, hatte er ihr nur helfen wollen. Stattdessen hatte er nichts anderes getan, als sie zu verletzen. Er hatte ihr die Unschuld genommen und sie betrogen. Niedergeschlagen blickte er auf die Steine, die aus der mit Seide ausgeschlagenen Schatulle blitzten. Sie zu heiraten wäre wohl der größte Betrug von allem …

Justin nahm den wunderschönen Ring in die Hand; er betrachtete jeden der leuchtenden, geschliffenen Steine einzeln und wünschte, er hätte Ariel das perfekte, strahlende Leben geboten, das dieser Ring symbolisierte.

Aber das würde er niemals schaffen. In ihm lag keinerlei Helle, nur Dunkelheit. Ariel war das Licht gewesen, die Helligkeit, das Feuer. Irgendwie war es ihm gelungen, selbst das zu dämmen.

Seine Finger schlossen sich um die herrlichen Saphire, bis die Steine sich in seine Handfläche gruben. Er ballte sie zur

Faust und drückte sie so zu, dass sich die Saphire spürbar in seine Haut pressten, doch er quälte sich weiter, linderte den Schmerz nicht.

Erst als er die klebrige Feuchtigkeit seines Blutes fühlte, das zwischen seinen Fingern hindurchrann, öffnete er die Hand wieder.

19

Clay holte Ariel am Treppenabsatz ein. »Miss Summers? Ariel …?«

Sie blieb stehen und wandte sich mit abweisender Miene zu ihm um. Ihm entging nicht der Aufruhr, der ihre blauen Augen verdunkelte. »Ich muss mich beeilen. Ich habe nicht viel Zeit.«

»Richtig! Es ist nur so … ich weiß, dass Ihr erregt seid, und dass es eine schreckliche Erfahrung für Euch war – aber es war auch eine schlimme Zeit für Justin.«

Sie presste die Lippen zusammen. »Schlimm? Schlimm in welcher Weise? Sicher wollt Ihr doch nicht hier behaupten, dass er einsam war? Ich kann mir vorstellen, dass er eine ganze Anzahl von Frauen gehabt hat, die ihm Gesellschaft geleistet haben, nachdem ich weg war. Ich bezweifle, dass einer von euch beiden große Schwierigkeiten hat, eine willige Begleiterin zu finden!«

»Nein, es hat niemals Mangel an Damen für uns gegeben, das stimmt.« Sie wollte auf dem Absatz kehrtmachen, doch Clay hielt ihren Arm fest. »Justin interessiert sich nicht für andere Frauen. Er hat sich nicht mehr dafür interessiert, seit dem Tag, an dem er Euch kennen lernte. Versteht Ihr denn nicht? Ihr seid es, an der ihm etwas liegt.«

Sie blickte weg, sah zu Boden, studierte die Muster im Marmor. »Wie auch immer – jedenfalls ich bin nicht interessiert an einem Mann, der mir nicht vertraut – der mich der Untreue bezichtigt!«

»Vielleicht wäre das anders, wenn Ihr seine Geschichte genauer erfahrt – dann würdet Ihr ihn sicher verstehen. Hat Justin Euch je von Margaret erzählt?«

»Margaret? War das der Name seiner Mutter?«

»Margaret war eine junge Frau, in die sich Justin unglücklicherweise verliebt hat. Es ist natürlich schon sehr lange her. Damals waren die beiden noch auf dem College und wesentlich jünger. Margaret, ein wunderschönes kokettes Fräulein, hat ihm gesagt, dass sie ihn liebt. Zum ersten Mal seit Jahren hat er sich Gefühle erlaubt. Er dachte, dass sie später heiraten würden. Stattdessen hat er sie im Bett erwischt, zusammen mit Phillip Marlin.«

Ariels Augen weiteten sich erschrocken.

»Als er Euch neulich beobachtete und annahm, dass Ihr Euch mit Phillip Marlin eingelassen habt, genau wie Margaret damals, muss er ein wenig durchgedreht sein.«

Ihre Lippen zitterten, doch sie hob ihr Kinn. »Er hätte mich fragen sollen, hätte mir wenigstens die Möglichkeit einräumen sollen, alles zu erklären. Er hätte mir vertrauen müssen. Stattdessen hat er geglaubt, dass ich wie … wie sie bin. Ich bin aber ganz und gar nicht so.«

»Justin hat sich geirrt, Ariel. Er hat einen Fehler begangen, allen Menschen passiert das. In der Vergangenheit ist Justin tief verletzt worden. Das macht in wesentlich vorsichtiger, misstrauischer als andere Männer. Aber er ist kein Dummkopf. Er ist ein Mann, der aus seinen Irrtümern lernt, der gleiche wird ihm nicht noch einmal unterlaufen.«

Ariel schwieg, doch in ihren Augen lag ein ganzes Meer von Schmerzen.

»Denkt darüber nach«, riet Clay ihr sanft. Ihr betrübter Blick folgte ihm, als er sich verabschiedet hatte.

In einem Kleid aus amethystfarbener Seide, das einen großen Teil ihrer milchweißen Brüste enthüllte, schwebte Barbara Ross Townsend durch die hohe, vergoldete Doppeltür des eleganten Rosa Salon von Greville Hall. Das Sonnenlicht fiel durch die großen Fenster mit den Damastgardinen an den Seiten und spiegelte sich in den herrlichen Kronleuchtern.

Barbara lächelte den Mann mit dem goldenen Haar an, der auf sie wartete und sich erhob, als sie über die Schwelle trat.

»Lady Haywood … Barbara! Ich bin so schnell gekommen, wie ich nur konnte.«

»Phillip, mein Lieber, es ist wundervoll, dich zu sehen.« Sie nahm seine Hände in die ihren; Phillip lehnte sich vor und küsste sie auf beide Wangen.

»Du siehst bezaubernd aus, wie immer.« Er lächelte. »Wir hatten bei weitem nicht genug Zeit in London. Ich habe an dich jede Minute gedacht – seit deiner Abreise.«

Sie kannte Phillip Marlin jahrelang; doch erst in jüngster Zeit schenkte sie ihm einige Aufmerksamkeit. Seit ihren letzten Besuchen in London. Sie war Gast bei Lady Cadbury gewesen und hatte die jährliche Abendgesellschaft der Marquise besucht. Phillip war auch eingeladen, und sie hatten ein paar Mal zusammen getanzt. Er hatte sich ihr höflich gewidmet, besonders weil er merkte, dass er ihr gefiel.

Einige Male in der Vergangenheit hatte er sie bereits wissen lassen, dass er sie attraktiv fand – wahrscheinlich wegen der Feindschaft, die zwischen ihm und ihrem Halbbruder existierte. Doch bis vor einiger Zeit hatte sie seine Annäherungsversuche ignoriert. Jetzt war sie froh, dass sie gewartet hatte.

Barbara kannte ihre Wirkung auf Männer genau. Mit ihrem schwarzen Haar, der hellen Haut und den blassgrauen Augen strahlte sie eine sinnliche, ein wenig exotische Anziehungskraft aus, der die Männer verfielen; ihre recht unangenehme Erfahrung mit der Geburt ihres Kindes hatte der Schönheit ihres Körpers übrigens keinen Abbruch getan. Ihre Brüste mit den rosigen Spitzen waren hoch und fest, ihre Taille war schlank geblieben. Sie besaß all die weiblichen Attribute, die auf einen Mann wie Phillip Marlin wirkten; und dass sie Justins Halbschwester war, machte sie in seinen Augen noch begehrenswerter.

Nach ihrem Tanz bei der Abendgesellschaft hatte Phillip sie zum Essen eingeladen. Am Ende ihres dritten gemeinsamen Abends begann ihre wilde Affäre.

Barbara lächelte, als sein Blick zu ihren Brüsten ging. »Deine Botschaft klang dringend. Du hast gesagt, es gäbe eine wichtige Sache, über die wir sprechen müssen.«

»So ist es. Aber jetzt, wo du einmal hier bist, haben wir sicher später noch genügend Zeit dafür.« Sie strich herausfordernd über sein Kinn; dann nahm sie sein Gesicht in beide Hände und zog seinen Kopf zu sich herunter, um ihn zu küssen. Unter seinem Rock schlug sein Herz schneller. Sie spürte seine Erregung und lächelte innerlich. »Warum gehen wir nicht für eine Weile nach oben? Vielleicht … danach … sind wir beide eher in der Stimmung für eine ernsthafte Unterhaltung.«

Phillips sinnliche Lippen hoben sich ein wenig. »Ich denke, das würde mir gefallen.« Er küsste sie noch einmal, eindringlicher diesmal und schob seine Zunge tief in ihren Mund, presste ihren Körper zwischen seine Schenkeln. »Ja, ich denke, das würde mir sehr gefallen.«

Erst zwei Stunden später fanden sie Zeit für die Unterhaltung, derenthalben sie ihn zu sich gerufen hatte. Sie stellte erfreut fest, dass Phillip noch eifriger auf ihre Vorschläge einging, als sie das gehofft hatte.

Sie verließen das Schlafzimmer und kehrten nach unten zurück, dabei hielt Barbara seine Hand. Sie hatten sich einen gemütlichen gemeinsamen Nachmittag vorgestellt; doch stattdessen kam ein Bote, und sie war gezwungen, ihre Pläne zu ändern.

»Ich kann es nicht glauben! So eine Frechheit!« Sie reichte Phillip das Blatt Papier. »Er trifft heute hier ein. Ohne Vorwarnung, ohne Nachricht, kommt einfach her, als sei das sein angestammtes Recht!« Natürlich war es das auch, aber das interessierte Barbara nicht. »Ich fürchte, du wirst abreisen müssen, mein Lieber. Es tut mir Leid, dass du den ganzen Weg umsonst gemacht hast.«

»Wohl kaum umsonst!« Phillip lächelte. Sein Blick glitt über ihren Körper, langsam und erregt, mit deutlicher Erinnerung daran, was sie oben miteinander getrieben hatten. »So wie ich Greville kenne, wird er nicht lange bleiben. Nicht, wenn er so viele dringende Geschäfte in London zu erledigen hat!«

Barbara hob die langen schwarzen Wimpern und schenkte ihm ein verführerisches Lächeln. »Wirst du zurückkommen, wenn er wieder weg ist?«

»Natürlich, Liebling.« Er trat hinter sie, legte die Arme um ihre Taille und zog sie an sich. »Wir haben noch ein ganze Menge Dinge zu besprechen, und dann gibt es weitere« – er küsste sie auf den Hals – »erregendere Gründe für einen Besuch.«

Strahlend drehte Barbara sich um und fuhr mit den Fingern über die Aufschläge seines Rockes. »Ich schicke dir eine Nachricht, sobald Ruhe eingekehrt ist. In der Zwischenzeit könntest du vielleicht über die Vorgehensweise bei unserem Plan nachdenken.«

»Ganz bestimmt, das werde ich!« Ein langer, eindringlicher Kuss noch, dann war er verschwunden.

Barbara lächelte, als sie daran dachte, wie leicht er zu beeinflussen war, wie sehr ihre Interessen und Wünsche einander ähnelten und wie sie mit seiner Hilfe die Dinge so geschickt ins Rollen brachte. Dann dachte sie an den Mann, der schon bald hier ankommen würde, und ihre Zufriedenheit verließ sie schlagartig.

Justin Bedford Ross war ihre Nemesis, ein Dorn in ihrem Fleisch, seit dem Tag, an dem sie von seiner Existenz erfahren hatte – ein Eindringling, der das rechtmäßige Erbe ihres Sohnes gestohlen hatte. Himmel, wie sie ihn hasste!

Beinahe so sehr wie den Mann, der ihn adoptiert und zum Erben von Greville gemacht hatte …

Ihr Vater – der Ruin ihres Lebens!

Die Reise nach Greville Hall verlief größtenteils schweigend. Justins Laune war düster, durch Ariels Kopf wirbelten die Gedanken, die sie nicht im Zaum halten konnte.

Weil mir etwas an dir liegt! Ist das denn so schwierig zu verstehen? Justins Worte gingen ihr nicht aus dem Sinn. Vor einer Woche hätte sie noch ja gesagt, es war in der Tat unmöglich. Sie war davon überzeugt gewesen, dass dem Grafen von Greville an niemandem etwas lag, außer an sich selbst. Dass dieser grausame Bösewicht es genossen hatte, sie zu benutzen und dann davonzujagen.

Aber so erschien er ihr, ehe er sie bei Lord Horwick antraf und sie spontan bat, ihm zu verzeihen. Ehe sie ins Gefängnis geworfen wurde und er sie dort herausgeholt, sie von diesem schrecklichen Ort weggebracht hatte, mit einem so trostlosen Gesichtsausdruck, so erfüllt von Selbstverachtung, dass sich bei seinem Anblick ein eisernes Band um ihr Herz gelegt hatte.

Ehe sie aufgewacht war und festgestellt hatte, dass er ihre Hand hielt.

Jetzt sah sie ihn an, auf dem Sitz in der Kutsche ihr gegenüber; blicklos starrte er aus dem Fenster – mit weit entfernten Gedanken –, und ihr fiel Clays Geschichte ein, von dem Mädchen, das Justin einmal geliebt und das ihn so rücksichtslos betrogen hatte. Von seinem Vater verstoßen, von seiner Mutter verlassen. Wer hatte ihn überhaupt je geliebt?

Niemand, außer ihr.

Die Erkenntnis versetzte ihr einen scharfen, stechenden Schmerz. Sie hatte ihn einmal geliebt. Doch diese Liebe war jetzt tot, so tief in ihr vergraben, dass sie sie niemals wieder finden würde … wollte …

Oder doch?

Unter halb gesenkten Lidern musterte sie sein kantiges Kinn und erinnerte sich daran, wie sanft er aussah, wenn er schlief – dass sein Äußeres dann beinahe jungenhaft wirkte. Sie erinnerte sich an den wilden beschützenden Blick in seinen Augen, als er ihr versicherte, dass sie nie wieder zurück ins Gefängnis müsse. Und sie erinnerte sich an die zärtliche Art, wie er sie ansah, wenn er sich unbeobachtet fühlte.

Ariel schüttelte den Kopf. Sie fantasierte, stellte sich Dinge vor und tat so, als wäre er jemand, der er niemals sein würde. Selbst wenn er sich etwas aus ihr machte, bedeutete das noch lange nicht, dass er sie liebte. Justin war ein Mann, der nicht lieben konnte. Er besaß diese Fähigkeit gar nicht.

Ihre Gedanken vollführten Bocksprünge, bis ihre Schläfen schmerzten. Sie schloss die Augen und lehnte den Kopf gegen die gepolsterten Samtkissen; sie lauschte dem Knarren des Pferdegeschirrs, dem Rattern der Räder auf der unbefestigten Straße, entschlossen, ihr Selbstgespräch in eine andere Richtung zu lenken. Also versuchte sie, sich darauf zu konzentrieren, was sie mit ihrer Zukunft anfangen würde, wenn erst einmal der Skandal vergessen und sie wieder auf sich selbst gestellt wäre. Er würde ihr helfen bei einem neuen Anfang, das glaubte sie jetzt. Wenigstens in dieser Hinsicht war sie sicher, dass er die Wahrheit gesagt hatte. Über alles, was darüber hinausging, wollte sie lieber noch nicht nachdenken.

Jedenfalls musste sie sich eines merken. Sie durfte nicht aufhören, wachsam zu bleiben, nicht einmal für einen Moment. Denn wenn sie das tat, würden diese eindringlichen Augen und die heißen Blicke Erinnerungen in ihr wecken, die sie lieber verdrängte. Erinnerungen daran, wie es sich angefühlt hatte, als er sie küsste, sie berührte, sie liebte. Wie ihr Blut sang, wenn er in sie eingedrungen war. Wenn sie über diese Dinge nachdachte, würde sie wieder nach ihm verlangen, und nach ihm verlangen bedeutete, ihn zu lieben. Das war ein Ablauf, den sie nicht riskieren durfte. Sie hatte es einmal überlebt, ihn zu lieben. Noch einmal würde sie das nicht schaffen.

Ein zweites zerbrochenes und blutendes Herz hielte sie nicht aus.

Greville Hall war noch herrlicher, als Ariel es in Erinnerung hatte. In den Jahren ihrer Abwesenheit war es ihr völlig entfallen, wie sich das riesige Landschloss in das geschützte grüne Tal schmiegte, wie eine Perle zwischen den Hügeln – sie hatte vergessen, wie die blassgelben Steine milde im Licht der Sonne leuchteten. Drei Stockwerke hoch mit den majestätischen Giebeldächern, einem Meer von Schornsteinen und einer glänzenden Kuppel, die sich in den blauen Novemberhimmel erhob, schien das Anwesen zu leuchten wie ein Juwel.

Die Kutsche hielt unter einer auf weißen Pfeilern stehenden Galerie, die die Gäste bei ihrer Ankunft schützte, und ein Lakai empfing sie. Breite Steintreppen erstreckten sich vor dem Haus, und Ariel fühlte Justins Hand in ihrem Rücken, als sie die Stufen hinaufstieg und durch eine der massiven Doppeltüren trat, die der Butler für sie geöffnet hatte.

»Willkommen in Greville Hall, Mylord.«

»Danke. Perkins, nicht wahr?«

Der alternde Butler strahlte, weil der Graf, der sich erst einmal im Haus hatte blicken lassen, sich an seinen Namen erinnerte. »Jawohl, Mylord. Harold Perkins.« Während Justin sich mit dem Mann über einige Dinge unterhielt, die die Organisation betrafen, sah sich Ariel verwundert in der Eingangshalle um. Über ihren Köpfen fiel das Licht durch eine prächtige Kuppel, in die bunte Glasfenster eingelassen waren. In tiefem Rubinrot, Smaragdgrün und Saphirblau fiel das Licht auf antike römischen Statuen und goldgerahmte Bilder, die an den Wänden hingen.

»Es ist unglaublich«, flüsterte sie, als Justin zu ihr trat und ihr seinen Arm anbot. »Viel, viel schöner, als ich es im Gedächtnis habe.«

Etwas in seinen kühlen grauen Augen wurde ganz sanft. »Da es dir so sehr gefällt, werden wir uns später das ganze Haus ansehen. Allerdings warne ich dich, ich habe keine Ahnung, wo wir landen werden. Ich kenne es selbst nicht genau.«

Wie eigenartig, dachte Ariel, einen solchen Schatz zu besitzen und ihn noch nie erforscht zu haben. Wenn sie die Hausherrin von Greville Hall wäre, würde sie jeden Winkel auskundschaften, jedes Gemälde, jede Blume im Garten.

Dann hörte sie den scharfen, schrillen Klang der zornigen Stimme seiner Schwester. Lady Barbara betrat die Halle, und Ariel wusste sofort den Grund dafür, warum Justin sich hier nie aufgehalten hatte.

»Wie ich sehe, bist du angekommen – genau zu der Zeit, die du in deiner Nachricht angegeben hast. Immer pünktlich, vollkommen vorhersagbar – ein überbraver Langweiler!«

Justins Miene blieb ausdruckslos. »Da du das so empfindest, werden wir dich mit unserer Gesellschaft weitmöglichst verschonen.«

Barbara zog eine Braue hoch. Obwohl sich ihre Oberlippe hob, lag keine Freundlichkeit in ihrem Lächeln. »Du scheinst ganz sicher keine Gesellschaft zu benötigen, solange du hier bist, nicht wahr? Nicht, solange deine hübsche kleine Dirne dich unterhält. Warum sollen wir uns denn um Anstand Sorgen machen! Nur weil dein unschuldiger junger Neffe zufällig in diesem Haus lebt, solltest du darauf verzichten, deine Geliebte mitzubringen?«

Jetzt verhärtete Justins Gesicht sich, sein Blick wurde eisig. Er biss die Zähne zusammen, seine Augen wurden so dunkel, dass sie beinahe schwarz aussahen. Er ballte eine seiner Hände zur Faust, und ein Muskel in seiner Wange zuckte.

Sein schneidender Blick traf seine Schwester wie ein Messer. »Du irrst, meine Liebe, Ariel ist nicht meine Geliebte.« Sein Blick ging zu Ariel, doch nur für eine Sekunde, dann pressten sich seine Lippen warnend zusammen. »Aber sie wird bald meine Ehefrau sein.«

Der Atem, den Ariel angehalten hatte, wich aus ihren Lungen. Justins Blick hielt den ihren gefangen, und er ließ sie nicht los. Seine Bitte lag deutlicher in seinen Augen als alle anderen Worte, die er je ausgesprochen hatte:

Sage nicht nein. Lass mich das für dich tun. Selbst wenn eine Ehe nicht seine Absicht gewesen war, bevor sie das

Haus betraten – so bestand doch jetzt kein Zweifel daran, dass er jedes Wort ernst meinte. Er würde sie heiraten, würde sie vor grausamen, boshaften Menschen wie seiner Schwester beschützen. Zwar liebte er sie nicht, aber er würde ihr seinen Namen geben – und eine Zukunft.

Sein Blick verweilte noch für den Bruchteil einer Sekunde auf ihr; in den rauchigen Tiefen seiner Augen entdeckte Ariel einen Hauch von etwas anderem, etwas derart Starkes, Mächtiges, dass sie sich festhalten musste, weil ihre Beine ihr plötzlich den Dienst versagten.

Sie irrte sich nicht bei der Deutung dieses Blicks: Ariel sah das Verlangen, diese grenzenlose Sehnsucht, die sie nie zuvor in seinen Augen gelesen hatte. Es war nicht möglich, diese schweigende Bitte zu übergehen, die sie dazu drängte, ja zu sagen.

Es verblüffte sie, so wie ein jäher Windstoß, und gleichzeitig wusste sie, dass die Liebe, die sie für ihn empfunden hatte, niemals wirklich gestorben war. Sie war noch immer in ihrem Herzen, trotz aller Widrigkeiten. Und jetzt machte sie sich wieder bemerkbar.

Sie liebte ihn, und während sie sein Gesicht betrachtete und dieses unbändige Verlangen sah, das sich unter seiner kühlen, distanzierten Fassade verbarg, hatte sie keine andere Wahl, als ja zu sagen. Sie würde jedes Risiko eingehen, ganz gleich, wie groß oder gefährlich es auch war – denn eventuell würde er sie eines Tages auch lieben.

Tränen brannten in ihren Augen. Kein Wort kam aus ihrem Mund, und selbst wenn ihr welche auf der Zunge gelegen wären, hätte sie sie nicht aussprechen können. Stattdessen trat sie auf ihn zu, streckte die Hand aus und nahm seine Hand in ihre. Seine Finger verschränkten sich mit ihren und drückten beinahe schmerzhaft zu. Er zog sie näher und legte beschützend einen Arm um ihre Taille.

Justin starrte seiner Schwester in die Augen. »Ariel wird schon bald die nächste Gräfin von Greville sein.«

Barbara schnitt eine hässliche Grimasse, sie zwang sich zu einem angespannten Lächeln. »Und wann genau soll dieses ungeheure Ereignis stattfinden?«

»Wir werden mit einer Sondergenehmigung heiraten, sobald ich das regeln kann.« Er schaute Ariel an, und zum zweiten Mal innerhalb weniger Sekunden entdeckte sie einen Blick in seinen Augen, den sie zuvor noch nie gesehen hatte. Urplötzlich erkannte sie, dass es Hoffnung war – was für sie so unerwartet kam, und sie so sehr rührte, dass sie einen dicken Kloß in ihrem Hals verspürte.

»Nun – inzwischen«, meinte er und lenkte seine Aufmerksamkeit wieder auf seine Schwester, »nehme ich an, hast du unsere Zimmer vorbereiten lassen.«

Sie wies zur Treppe. »Ich habe den Raum neben dem deinen herrichten lassen. Schließlich hatte ich keine Ahnung, dass du eine angemessenere Unterkunft wünschtest.«

Er knirschte mit den Zähnen, aber er sagte nichts. Stattdessen wandte er sich an den Lakai, der neben der Tür stand. »Kümmert Euch bitte um das Gepäck. Die Lady ist zweifellos müde und möchte sich ein wenig ausruhen. Ich würde gern meinen Neffen sehen, und dann werde auch ich mich vor dem Essen noch eine Weile zurückziehen.«

»Aye, Mylord.« Der junge Lakai beeilte sich, dem Befehl des Grafen nachzukommen.

Ariel folgte dem Butler die Treppe hinauf. Die Tür zu ihrem Zimmer stand offen, und eine Kammerjungfer beeilte sich, die letzten Handgriffe anzubringen. Es war so hell und hübsch wie das gesamte Haus und vom Fenster aus hatte man einen herrlichen Blick auf die üppigen Gärten hinter dem Haus. Es war in Schattierungen von Creme und Rosa eingerichtet, mit wunderschönen Gardinen aus Seidendamast vor den Fenstern sowie einem kunstvoll geschnitzten Bett aus Rosenholz auf einer Empore im Erker. Ariel wartete, bis ihr Gepäck gebracht wurde: Kleider, die sie in Justins Haus zurückgelassen hatte, als er sie weggeschickt hatte; einen Augenblick später trug ein Lakai alles herein.

Mit dem Gepäck traf auch Silvie ein, die in der zweiten Kutsche zusammen mit dem Personal gereist war. Sie half Ariel aus ihren, von der Reise staubigen Kleidern und zog ihr den blauen, gesteppten Hausmantel über. Während Silvie ihre Sachen auspackte, setzte sich Ariel erschöpft auf einen Sessel vor das Feuer.

Gütiger Himmel, was habe ich getan? Obwohl es warm im Zimmer war, rann ein Schauder durch ihren Körper. Alles war so schnell geschehen. Justin hatte seiner Schwester erklärt, dass sie heiraten würden. Wortlos – ohne jeglichen Widerstand – hatte Ariel zugestimmt. Lieber Gott, sie musste verrückt geworden sein, hatte vollkommen den Kopf verloren!

Die Erinnerung an sein Gesicht stieg wieder in ihr auf; doch diesmal lag nicht dieses Verlangen, diese tiefe Sehnsucht in seinem Blick. Was, wenn sie sich alles nur eingebildet hatte? Was, wenn sie nun heirateten und sie danach feststellte, dass er wirklich der kalte, herzlose Mann war, wie es den Anschein gehabt hatte?

Sie musste mit ihm reden, herausfinden, was er tatsächlich dachte – und ob sie das Richtige tat.

Ariel durchquerte den Raum und setzte sich an den antiken französischen Schreibtisch in der Ecke, schrieb eine kleine Botschaft, in der sie ihn bat, sie um sieben Uhr heute Abend im Garten zu treffen. Dann reichte sie Silvie die Nachricht und bat sie, sie dem Grafen zu bringen. Silvie knickste schnell, machte sich auf die Suche nach ihm, und

Ariel legte sich auf das Bett. Ein wenig Ruhe würde genügen, anschließend könnte sie sicher wieder klar denken.

Doch zwei Stunden später war sie immer noch wach, ihre Gedanken bewegten sich genauso im Kreis wie zu dem Zeitpunkt, als sie sich hingelegt hatte, um etwas Schlaf zu finden.

Unruhig lief Barbara vor dem Kamin mit dem Sims aus Marmor in ihren elegant eingerichteten Räumen auf und ab. Die große Zimmerflucht. Das Schlafzimmer des vormaligen Grafen. Die Räume, die Barbara bewohnte, seit sie nach dem Tod ihres Gemahls in dieses Haus zurückgekehrt war. Mit der üppigen Ausstattung in Silber und Blau stellten sie die eleganteste Suite im ganzen Haus dar. Warum sollte sie sie nicht benutzen? Justin kam nie nach Greville Hall, und das einzige Mal, als er seinen Besuch hier gemacht hatte, war er vollkommen zufrieden gewesen, die kleineren Räume zu benutzen, in denen er auch jetzt logierte.

Barbara ging zum Fenster, dann wandte sie sich wieder um. Dabei flog der weiche Stoff ihres rubinroten Samtkleides hoch, die Muskeln in ihren Schultern schmerzten von der Anspannung. *Rechtmäßig sollte dieses alles Thomas gehören.* Denn ihr Sohn und nicht der Bastard ihres Vaters war der legitime Erbe.

Der Gedanke ließ das Bild dieses Teufels in Menschengestalt, ihres kalten, bösen Halbbruders, vor ihr auferstehen, und eine neue Woge von Zorn hüllte sie ein. Wie konnte er es wagen, einfach in Greville Hall hereinzuspazieren und zu erklären, dass er seine neueste Dirne heiraten wollte! Wie konnte er das wagen! Seit Jahren hatte er geschworen, niemals zu heiraten. Er könne nichts anfangen mit einer Frau und Kindern, hatte er behauptet, er sei nicht die Art von Mann für eine Familie …

Und sie war so dumm gewesen, ihm zu glauben. Letztendlich hatte sie doch ihren Sohn als Erben von Greville gesehen. Fälschlicherweise hatte sie gedacht, es sei nicht so dringend, diesen Prozess zu beschleunigen. Doch jetzt, nachdem sie bemerkt hatte, wie ihr Bruder Ariel Summers anschaute, als wäre sie ein herrliches Bankett, an dem er sich zu laben gedachte – bestand kein Zweifel mehr, dass er mit diesem Frauenzimmer schlafen würde, bis sie endlich schwanger war, und angesichts seiner Männlichkeit würde es wahrscheinlich sogar ein Sohn werden.

Ein Sohn, der dann den Titel der Grevilles beanspruchte und auch den Reichtum, der eigentlich Thomas gehören sollte.

Barbara wandte sich zum Kamin und schlug mit der Faust auf den Sims. Sie musste noch einmal mit Phillip reden, um ihn von dieser letzten Wendung der Dinge zu unterrichten, und mit ihm beraten, was sie tun sollten. Sie würde ihm eine Nachricht schicken und sich mit ihm im Dorfgasthaus treffen.

Zum ersten Mal seit der Ankunft ihres Bruders lächelte sie wieder.

Vielleicht war es ja ein Segen und gar kein Fluch, Justin und seine Dirne in Greville Hall zu haben. Sie würde über seine Pläne, seinen Aufenthalt im Bilde sein, solange er hier blieb. Und draußen im Gelände konnte allerlei passieren. Jagdunfälle, ein Sturz von einem Pferd, ein tödliches Ende durch verdorbenes Picknick-Essen. Die Möglichkeiten waren endlos.

Barbara setzte sich – jetzt ruhiger – an ihren Schreibtisch und schrieb eine Nachricht. Sie würde dafür sorgen, dass sie noch an diesem Tag zugestellt würde; denn hierin gab sie Phillip Bescheid, die Abfolge ihres Planes ein wenig zu beschleunigen. Zum ersten Mal kam ihr der Gedanke, dass

Justins kleine Dirne vielleicht schon schwanger war; das könnte auch der Grund sein, warum er sich so Hals über Kopf entschieden hatte, sie zu heiraten. In diesem Fall würde Barbara es schon herausfinden.

Mit Justin würde sie abrechnen, und wenn wirklich bereits ein Kind unterwegs war, dann auch mit dieser unverschämten Dirne.

Justin schlenderte die Gartenwege entlang. Es war wunderschön hier, das musste er zugeben, sogar noch Mitte November. Die gewundenen Kieswege wurden von flackernden Fackeln erhellt. Perfekt geschnittene Hecken formten ein hübsches Geviert auf der Wiese. Ein altmodischer Irrgarten lag in einiger Entfernung, aus Büschen geschnittene Skulpturen von Vögeln standen an seinem Eingang.

Er ging hinüber zu dem Brunnen, der in der Mitte des Gartens plätscherte, dann setzte er sich auf eine der marmornen Bänke, die ihn umgaben. Da er ein wenig zu früh dran war für sein Treffen mit Ariel, rückte er die Manschetten seines Hemdes gerade und fingerte am Knoten seiner Krawatte.

Genau gesagt wollte er die Zeit, die er noch hatte, damit verbringen, darüber nachzudenken, was er ihr sagen würde, wenn sie kam – doch bis jetzt war ihm noch nichts eingefallen. Er rätselte herum, warum sie ihm diese Nachricht geschickt hatte. Vielleicht wollte sie ganz einfach der giftigen Zunge seiner Schwester entgehen, wenn auch nur für einen Augenblick.

Während Justin in der Dunkelheit saß und auf sie wartete, erinnerte er sich an einen ihrer Briefe:

Obwohl sie den jungen Mann schon seit einigen Jahren kennt, haben ihre Eltern sie bis vor kurzem noch für zu jung gehalten, um zu heiraten. Inzwischen haben sie nachgegeben, wie es scheint, und einer Verlobung zugestimmt. Cynthia ist unerhört glücklich. Ich kann mir vorstellen, wie wundervoll es sein muss, wenn man sich verliebt, heiratet und eine Familie hat. Manchmal frage ich mich, ob ich wohl jemals so glücklich sein werde wie sie.

Justin dachte an diesen Brief und überlegte, ob Ariel sich wohl glücklich schätzte, ihn zu heiraten. Sie hatte einmal gesagt, dass sie ihn liebte. Er grübelte, ob das damals wirklich die Wahrheit gewesen war. Oder vielleicht hatte sie das ja auch nur gesagt, um Phillip Marlin zu entmutigen. Nun stellte er Überlegungen an, welche Frau ihn je geliebt hatte. Nicht Margaret, das stand fest. Nicht seine Mutter, wenigstens nicht so sehr, dass sie ihn nicht verließ, um nie mehr zurückzukehren. Vielleicht seine Großmutter – aber das war schon so lange her, dass er sich nicht mehr daran erinnerte.

Jetzt schaute er um sich, und suchte auf den leeren Wegen nach Ariel. Es war still im Garten, bis auf das Knistern der brennenden Fackeln und dem Plätschern des Brunnens. Hier draußen in der Dunkelheit herrschte Kühle, die Nacht war frisch und klar, die Sterne blinkten wie Juwelen am schwarzen Himmel über ihm. Hoffentlich hatte sie daran gedacht, einen Schal umzulegen.

Leichte Schritte auf dem Kies brachten ihn dazu, aufzustehen, er war nervös und wurde immer unsicherer. Liebe Güte, was sollte er nur sagen?

»Justin?«

»Ich bin hier … am Brunnen.« Sie wandte sich um und kam auf ihn zu, ihr Gesichtsausdruck war genauso unsicher wie der seine. Einen Augenblick lang sagte keiner von beiden etwas. Dann begannen beide gleichzeitig zu reden und schwiegen daraufhin nervös.

»Ich bin nicht sicher, wo ich anfangen soll«, begann Ariel schließlich und blickte zu ihm auf. »Hast du das, was du deiner Schwester gesagt hast, wirklich ernst gemeint?«

»Du musst doch wissen, dass es mein Ernst war.«

»Warum? Warum willst du mich heiraten?«

Er hatte keine Ahnung, was er ihr darauf antworten sollte – was war denn eigentlich sein Beweggrund? »Es wird höchste Zeit, dass ich heirate.« Das war der beste Grund, der ihm einfiel. »Ich brauche eine Frau. Du brauchst einen Ehemann, oder wenigstens jemanden, der sich um dich kümmert. Damit hätten wir die Antwort auf all unsere Probleme.«

»Du hast gesagt, du wärst kein Mann für eine Ehe.«

»Vielleicht habe ich das geglaubt ... damals, als ich es sagte. Aber das Leben geht weiter, die Menschen ändern sich. Du hast mich einmal gefragt, ob ich die Absicht hätte, Kinder zu haben. Seinerzeit konnte ich mir das nicht vorstellen, aber vielleicht war ich zu hastig mit meiner Aussage. Jetzt, denke ich, würde ich sehr gern Kinder haben.« *Solange es auch deine Kinder sind.*

»Ich verstehe.«

Aber sie schien über seine Argumentation nicht sehr glücklich. Vielleicht hatte er ihr das alles nicht deutlich genug erklärt. »Ich habe dich mit Thomas gesehen, und weiß, dass du Kinder liebst. Wahrscheinlich würdest du eine gute Mutter sein. Und ich kann dir das geben, was du dir schon immer gewünscht hast: Du wirst eine Gräfin, Ariel. Lady Greville! Du würdest Geld haben und eine Stellung in der Gesellschaft. Niemand könnte dich je wieder verletzen.«

Ariel wandte sich von ihm ab, sie ging hinüber zu dem Brunnen und fuhr mit dem Finger über die Oberfläche des kalten, dunklen Wassers. »Wenn du die Absicht hast, Kinder zu haben, dann musst du auch die Absicht haben, Zeit in meinem Bett zu verbringen. Und sollte das der Fall sein …«

»Ich will dich, Ariel – habe dich schon immer gewollt. Es soll nicht nur eine Ehe auf dem Papier sein.«

Sekunden vergingen. »Offen gestanden, Justin, habe ich Angst. Ich habe dir schon einmal vertraut, und fürchte mich davor, es noch einmal zu tun.«

Bedauern hüllte ihn wie ein feuchter Winternebel ein. Er ging zu ihr, nahm ihr Kinn in die Hand und drehte ihr Gesicht langsam zu sich. »Ich kann die Vergangenheit nicht ungeschehen machen. Nur, lass mich dir versprechen, dass so etwas nie wieder geschehen wird.«

Ihre Augen, die im Licht der Fackeln blau leuchteten, glitten über seine Züge. »Liebst du mich, Justin? Auch nur ein ganz klein wenig?«

Ein eisernes Band schien seine Brust zusammenzuschnüren. Er wünschte, er könnte die Worte aussprechen, die sie so gern hören wollte; schmerzlich sehnte er sich danach, ihre mädchenhaften Träume wahr zu machen, doch er wusste nicht, wie es war, jemanden zu lieben – und er wollte sie nie mehr anlügen.

»Mir liegt sehr viel an dir, Ariel. Mehr, als ich es jemals für möglich gehalten hätte. Aber Liebe …? Liebe ist etwas, wovon ich keine Ahnung habe. In Wirklichkeit glaube ich nicht, dass ich dieses Gefühls fähig bin. Ich kann dir nur versprechen, gut für dich zu sorgen – und für unsere Kinder. Und ich werde mein Bestes tun, dich glücklich zu machen.«

Zweifelnd biss sie sich auf die Unterlippe. »Ich … ich weiß nicht.«

Ihre Worte trafen ihn. Die Enge in seiner Brust war so beklemmend, dass er kaum atmen konnte. »Lass mich für dich sorgen, so wie du es verdient hast. Bitte, Ariel!« *Ich brauche dich.* »Sage, dass du meine Frau werden willst.«

Sie blickte in sein Gesicht, und er fragte sich, was sie dort wohl las, welche Geheimnisse die harten Linien und Schatten verbargen. Was auch immer es war, vorübergehend glänzten Tränen in ihren Augen. »Ich werde dich heiraten, Justin.«

Er hatte sie nicht küssen wollen. Nur als er in ihre wunderschönen und feuchten Augen blickte, konnte er sich nicht zurückhalten. Justin nahm ihren Kopf in beide Hände und küsste sie mit all der Sehnsucht, die er verspürte, seit er sie weggeschickt hatte. Bedauern wegen seines Betruges mischte sich mit der Gewissheit, dass sie bald ihm gehören würde, und sein Verlangen nach ihr wuchs. Wie ein Feuer erwachte es in seinem Blut.

Einen Augenblick lang ließ er seiner Leidenschaft freien Lauf, zog sie in seine Arme und küsste sie inbrünstig; er fühlte, wie sich ihre Finger in seine Schultern krallten. Voller Erregung sehnte er sich schmerzlich danach, in sie einzudringen. Er küsste sie noch einmal; dann riss er sich von ihr los, beendete diesen Zauber, ehe er zu weit ging und etwas tat, das er später bedauern würde.

Ein Schauder rann durch seinen Körper, als er sich bemühte, die Selbstbeherrschung zurückzugewinnen. Seine Brust hob und senkte sich, als wäre er zu schnell gelaufen. »Ich denke, es wäre das Beste, wenn du zurück ins Haus gehst«, drängte er sie. »Denn wenn du das nicht tust, gerate ich in Versuchung, das Versprechen zu brechen, das ich dir gegeben habe, als wir hierher kamen.«

Ariel blickte zu ihm auf, ihr Gesicht war sanft gerötet, ihre Lippen noch feucht von seinem Kuss. Er sah die Unsicherheit in ihrem Blick und hasste sich dafür. Mit seiner Rechten berührte er leicht ihre Wange.

Besorgt lächelnd wandte sie sich um und ließ ihn stehen.

Justin sah ihr nach; er kämpfte gegen das Verlangen, das

noch immer wie Feuer in seinem Blut loderte. In den letzten Tagen war es ihm gelungen, es unter Kontrolle zu halten. Jetzt, wo sie zugestimmt hatte, ihn zu heiraten, richtete es Verheerungen in ihm an, wie die Klauen eines wilden Tieres.

Lust, dieses Gefühl kannte er.

Es war die Zärtlichkeit, die er für sie fühlte, als er sah, wie sie im Haus verschwand, und die ihn erstaunte. Einen Augenblick lang war ihm nicht einmal klar, worum es sich wirklich handelte.

Erschöpft sank er auf die Bank, rieb sich den Nacken und versuchte, seine verwirrten Gefühle zu klären. Zuvor hatte er eine Nachricht an seinen Anwalt geschickt und ihn gebeten, eine Sondergenehmigung zur Eheschließung für ihn zu beantragen. In wenigen Tagen schon könnten sie heiraten.

Er starrte auf seine Hand, bewegte die Finger und merkte, wie die Muskeln in seinem Unterarm sich anspannten. Trotz zunehmender Jahre hatte er sich körperlich in Form gehalten und geistig rege – beziehungsweise sich selbst beigebracht, furchtlos zu sein, und diese Furchtlosigkeit benutzt, um ein Vermögen anzuhäufen und seinen eigenen Weg zu finden.

Jetzt, wo er in die Zukunft sah, die eine Ehe einschließen würde und mit der Zeit wahrscheinlich sogar Kinder, entdeckte er in sich eine wachsende Zaghaftigkeit, wie er sie nicht kannte. Eigentlich war er noch nie ängstlicher gewesen als in diesem Augenblick, wo er allein in dem abendlichen Garten saß und über die eigenartige Wendung des Schicksals nachdachte, die es ihm nun auf einmal beschert hatte.

20

Ein Gewitter brach los. Die große Zypresse im Garten schwankte gefährlich, sie beugte sich dem bitteren Nordwind, der durch das Tal fuhr. Regen prasselte hernieder und schlug gegen die Fenster. Unheimliche Blitze erhellten die trübe Landschaft, und der Donner rollte von den Hügeln.

Es war beinahe Nacht. Der Vikar war erst spät eingetroffen, doch Justin weigerte sich, noch einen Tag länger zu warten. In einem kleinen, aber sehr eleganten Salon, der in Blassblau und Gold gehalten war, sollte gleich die Trauung beginnen.

Nur wenige Leute nahmen teil: Barbara und Thomas, Clayton Harcourt, der auf Justins Bitte hin aus London gekommen war, Ariels kleine Zofe Silvie, die Haushälterin, Mrs. Wilson, und der Butler, Harold Perkins – die letzten drei standen als Bedienstete ein wenig abseits. Der Vikar, ein Mann namens Richard Woods, wartete darauf, mit der Trauung zu beginnen; seine rundliche Frau Emily, die schon jetzt zu weinen begann, hatte sich neben Clay postiert.

Die Trauung sollte nun ihren Anfang nehmen. In wenigen Minuten würde aus Ariel Summers, geboren als Bauernmädchen, Tochter eines verarmten und ungebildeten Pächters, Ariel Ross werden, die fünfte Gräfin von Greville.

In einem Kleid aus blassblauem Samt mit hoher Taille, das mit naturfarbener Spitze besetzt war, stand Ariel neben Justin – ihre Hände zitterten ein wenig, ihr Gesicht war kalt und taub. Als der Vikar mit der Zeremonie begann, starrte Justin geradeaus, sein Kinn angespannt; sein Blick verriet nichts von seinen Gedanken.

Ariel versuchte, ihre eigene Unruhe zu unterdrücken und sich auf die Worte des Vikars zu konzentrieren.

»Christus hat gesagt, ›So wie der Vater mich geliebt hat, so hat er auch Euch geliebt. Dies ist mein Befehl – von diesem Zeitpunkt an –, dass Ihr einander lieben sollt.‹«

»... dass Ihr einander lieben sollt.« Es war Gottes Befehl, und Ariel wusste in ihrem Herzen, dass sie sich daran halten würde. Sie liebte Justin Ross. Aber sie wollte, dass auch er sie liebte. Aus den Augenwinkeln entdeckte sie Clay Harcourt, der sie anlächelte, als hätte er ihre Gedanken gelesen. Vor einiger Zeit hatte er sie herausgefordert, hatte in ihr die Idee geweckt, Justin das Lieben zu lehren. Vielleicht würde sie jetzt gar nicht hier stehen, wenn dieses Gespräch damals nicht stattgefunden hätte.

»Reicht euch die rechte Hand«, befahl der Vikar. Sie fühlte, wie Justin ihre Rechte ergriff, fest und kräftig. Ihre Hand zitterte. »Willst du, Justin Ross, Graf von Greville, diese Frau, Ariel Summers, zu deiner Ehefrau nehmen? Sie bei dir halten, von diesem Tage an, in guten und in schlechten Zeiten, in Reichtum und Armut, in Gesundheit und Krankheit, sie lieben und ehren, bis dass der Tod euch scheidet?«

»Ich will«, sagte Justin mit dröhnender Stimme.

Der Vikar wandte sich an sie, wiederholte den Eheschwur und bat sie um ihre Antwort. »Ich will«, bestätigte sie leise.

»Darf ich den Ring haben?«

Justin zog ihn aus der Tasche seiner Brokatweste und reichte ihn dem Vikar. Im Licht der Kerzen versprühten elegante Saphire blaues Feuer, Diamanten glänzten wie reines, klares Eis. Ariel starrte überrascht auf das Juwel – noch nie hatte sie so etwas Überwältigendes gesehen.

»Dieser Ring wird gegeben als Zeichen, dass Ihr diesen Schwur halten werdet. Mylord, gelobt Ihr das?«

Wieder antwortete Justin: »Ich gelobe es.«

»Ihr dürft jetzt den Ring an ihren Finger stecken.« Der Vikar reichte Justin den Ring zurück, und er schob ihn an Ariels linke Hand. Er fühlte sich kühl an und ein wenig schwer, doch nicht unangenehm. Wiewohl dezent, war er so herrlich, dass Ariel Tränen in die Augen stiegen.

Wo hatte er diesen Ring her? Für Justin gab es keine Gelegenheit, ihn zu kaufen. Clay musste ihn aus London mitgebracht haben. Es verwunderte sie, dass er einen Ring ausgewählt hatte, der so perfekt zu ihr passte.

Wieder ertönte die Stimme des Vikars. »Da Ihr, Justin Ross und Ihr, Ariel Summers, zugestimmt habt, in heiliger Ehe zu leben – geschworen im Angesicht Gottes und in Anwesenheit dieser Menschen hier –, so erkläre ich euch im Namen des Vaters, des Sohnes und des Heiligen Geistes zu Mann und Frau. Was Gott vereint hat, soll der Mensch nicht scheiden.« Er lächelte. »Ihr dürft jetzt die Braut küssen, Mylord!«

Aber Justin hatte sich bereits vorgebeugt und drückte seine Lippen auf ihre. Sein Kuss war sanft erotisch und erstaunlich zärtlich – dennoch brannte ein Feuer in ihm, das Ariel erschauern ließ. Seit Wochen hatte sie die Gedanken an seine sinnlichen Küsse aus ihrer Erinnerung vertrieben, an seinen schlanken, muskulösen Körper, an seine eleganten Hände mit den langen Fingern, die so geschickt über ihre empfindliche Haut glitten. Jetzt stürmten all diese Erinnerungen wieder auf sie ein, wie mit der Macht des Gewitters draußen vor dem Fenster.

Unsicherheit meldete sich, Sorge um die Zukunft – was erwartete sie? Ariel schob alles beiseite. Stattdessen warf sie einen Blick auf die Kaminuhr und dachte daran, wie endlos die Stunden sein würden, bis sie sich nach oben zurückziehen konnten und er sie endlich wieder lieben würde.

»Meine Glückwünsche«, sagte Clayton Harcourt und beugte sich vor, um ihr einen Kuss auf die Wange zu geben. »Ich gratuliere euch beiden!«

»Danke.«

Er schlug Justin auf den Rücken. »Also warst du doch schlau genug, sie wirklich zu heiraten. Ich habe mich schon gewundert.«

»Ich denke, es wäre angemessener zu sagen, die Lady war dumm genug, einverstanden zu sein.«

Clay lachte leise. Man sah es ihm an, dass er sich für seinen Freund freute, und dass er mit der Frau einverstanden war, die Justin erwählt hatte. Es freute sie, dass der beste Freund ihres Mannes sie so vollkommen akzeptierte.

Der kleine Thomas kam auf sie zugelaufen und griente von einem Ohr zum anderen; dort, wo ein kleiner Zahn hätte sein sollen, war ein großes Loch. »Bist du jetzt verheiratet, Onkel Justin?«

Schmunzelnd nahm er den Jungen auf den Arm und drückte ihn an seine Brust. »So sieht es aus. Ariel und ich sind jetzt ein Ehepaar – das bedeutet, dass sie jetzt Lady Greville ist und deine neue Tante.«

»Meine Tante?«

»Richtig! Von jetzt an musst du sie Tante Ariel nennen.«

Das Kind warf ihr einen schüchternen Blick zu, unter dichten schwarzen Wimpern hervor, die denen von Justin so ähnlich waren. »Tante Ariel?«

Sie lächelte, wie immer war sie verzaubert von diesem hinreißenden Wesen. »Ich habe noch nie zuvor einen Neffen gehabt. Es wird mir sehr gut gefallen, deine Tante zu sein.«

Thomas lachte fröhlich, einen Arm legte er um Justins Hals. »Mir auch, Tante Ariel.«

Mehr und mehr erwärmte sie sich bei dem Gedanken,

während sie zusah, wie Justin den Jungen wieder auf die Beine stellte.

»Warum gehst du nicht in das Zimmer nebenan und holst dir etwas zu essen?«, schlug Justin dem Kleinen vor. »Ich glaube, ich habe da Apfelkuchen gesehen, der ganz besonders lecker aussah.« Durch die offen stehende Nebentür fiel der Blick auf einen Tisch, der sich bog unter einladenden silbernen Platten: Schüsseln mit köstlichem Gänsefleisch, geröstetem Lamm, Hummercurry, Fasanenpastete, eine Anzahl dampfender Gemüse – und herrliche Desserts wie eine dicke Schokoladencreme, ein stolzer Mandelpudding, Vanillesoufflé, Fruchtkompott und natürlich Apfelkuchen.

Große weiße Bienenwachskerzen brannten in festlichen silbernen Leuchtern und ein Stapel Porzellanteller mit silbernem Rand stand daneben, damit die hungrigen Gäste sich bedienen konnten.

Der kleine Junge hüpfte davon, und aus den Augenwinkeln sah Ariel, dass jemand auf sie zukam. Ihre Hochstimmung verflog, ihr Mund wurde trocken, als sie Lady Barbara entdeckte, die näher kam. Mit einem Glas Champagner in der Hand und dem eleganten Rock, der hinter ihr herwehte, sah sie aus wie ein einlaufendes Schiff. Direkt vor den beiden blieb Barbara stehen.

Ihr Mund verzog sich zu einem ihrer katzenhaften Lächeln. »Ich nehme an, ich sollte dem glücklichen Paar gratulieren. Nun, in der Tat hätte ich das niemals erwartet. Was Vater wohl gesagt hätte, wenn er gewusst hätte, dass sein Sohn sich verheiratet mit einer …«

»An deiner Stelle würde ich sehr vorsichtige Worte wählen«, warnte Justin sie. Wie es schien, war er nicht länger bereit, die unbarmherzigen Spielchen seiner Schwester zu dulden. Unbewusst trat Ariel näher zu ihm, und er legte beschützend einen Arm um sie.

»Ich wollte nur sagen, was Vater wohl gedacht hätte, wenn er gewusst hätte, dass die Tochter einer seiner Pächter die Gräfin von Greville werden würde.« Ariel war nicht sicher, woher sie diese Information hatte – doch Barbara war immer für eine Überraschung gut.

»Wenn man bedenkt, wie sehr er sich gewünscht hat, dass seine Familie nicht ausstirbt, könnte ich mir vorstellen, dass er sich eher um Nachkommenschaft sorgte, als darum, ob die Lady meiner Wahl dem gesellschaftlichen Stand seiner Tochter entspricht.«

Barbara nippte an ihrem Champagner und warf ihnen einen düsteren Blick zu. »Vielleicht hast du Recht. Vater hat sich immer mehr für Jugend und Schönheit interessiert als für einen guten Namen.«

Ariel wurde blass. Justin ignorierte die Bemerkung, doch in seiner Wange zuckte ein Muskel. Ein Diener erschien mit einem Tablett voller Kristallgläser, und Barbara machte sich auf die Suche nach einem interessanteren Opfer; die beiden waren ein wenig abseits von den anderen Gästen sich selbst überlassen.

»Möchtest du ein Glas Champagner?«, fragte Justin. »Ich denke, wir könnten etwas gebrauchen, das unsere Nerven entspannt.«

Ariel nickte nur. Tatsächlich brauchte sie dringend etwas zur Auflockerung. »Danke.« Sie nahm ihm das Glas ab und nippte daran, fühlte die prickelnden Blasen auf ihrer Zunge und gleichzeitig den prüfenden Blick aus seinen grauen Augen. Doch sie verbarg sorgfältig ihre Gekränktheit vor ihm.

»Es ist offensichtlich, dass du beunruhigt bist«, meinte er. »Wenn du dir Sorgen machst wegen heute Nacht, ist das überflüssig.«

Ihr Magen zog sich zusammen. »Heute Nacht?«

»Mir ist klar, dass sich deine Gefühle für mich in den letzten Wochen beträchtlich verändert haben. Wir sind verheiratet. Als dein Ehemann habe ich gewisse … Ansprüche, die ich dir gegenüber geltend machen könnte. Aber ich habe nicht die Absicht, mich dir aufzudrängen, ehe du dazu bereit bist.«

Das Glas mit dem Champagner in ihrer Hand zitterte, einige Tropfen von dem Getränk schwappten über. »Aber ich dachte …« Ihr Herz schien langsamer zu schlagen. »Ich dachte, du wolltest mich, Justin.«

In diesem Moment war sein sorgfältig abgeschotteter Blick verschwunden. In seinen Augen, die so grau waren wie der Himmel draußen, lag eine Sehnsucht, die sie förmlich auf ihrer Haut spürte. »Ich will dich, Ariel. Immer träume ich von deiner Schönheit, wenn du nackt neben mir liegst – wie es sich anfühlt, wenn ich deine herrlichen Brüste küsse, wie heiß und eng du bist, wenn ich in dich eindringe. Ich will dich so, wie ein Verschmachtender das Leben will. Aber ich werde dich nicht um etwas bitten, was du nicht bereit bist, mir zu geben.«

Ariel stand ganz einfach nur da und empfand das Feuer, das in seinen Worten loderte. Die Luft schien heiß und brennend um sie zu wirbeln – mit einer Macht, die fast greifbar war.

»Du bist mein Ehemann«, hörte sie sich selbst sagen. »Heute ist unsere Hochzeitsnacht. Ich bin bereit, meine Pflichten als Ehefrau zu erfüllen.«

Das Feuer in seinen Augen schien schwächer zu werden und erstarb dann vollends. »Vielleicht wirst du mit der Zeit dazu bereit sein, mehr zu tun, als nur deine Pflichten zu erfüllen. Womöglich erinnerst du dich daran, wie es in der Vergangenheit mit uns beiden war. Hoffentlich wirst du irgendwann zu mir kommen, wenn du mich willst.«

Abrupt wandte er sich ab und ging, Ariel fühlte sich

plötzlich ganz leer. Sie hatte sich zurückgehalten – hatte ihm nicht die ganze Wahrheit gesagt. Sie erinnerte sich, gar keine Frage, sie verlangte bereits nach ihm. Was auch immer er für sie empfand, welche Probleme vor ihnen liegen mochten, ihr Verlangen nach ihm brannte in ihr. Es genügte, ihn nur zu beobachten, wie er am anderen Ende des Raumes stand und sich mit Clayton Harcourt unterhielt – da schlug ihr Herz schon schneller und ein eigenartig warmes Gefühl erwachte in ihrem Bauch.

In den taubengrauen Hosen, die sich eng an seine muskulösen Schenkel schmiegten, dem dunkelblauen Rock, der seine breiten Schultern umfasste, sah er mächtig aus, sehr männlich und unglaublich attraktiv. Er war schlank und hart und voller Leben, ihr Ehemann – auch wenn er sie nicht liebte, so verlangte er doch nach ihr.

Und Ariel verlangte nach ihm.

Heute war ihre Hochzeitsnacht. Als Mädchen hatte sie davon geträumt. Als Frau wusste sie, wenn es der Richtige war, würde die Nacht herrliche Freuden bringen. Sie hatte Justin geheiratet, war das Risiko eingegangen, ihn etwas zu lehren. Jetzt sehnte sie sich danach, dass er zu ihr kam und sie liebte. Ihr Verstand riet ihr, Vorsicht walten zu lassen, doch ihr Körper verlangte nach ihm wie seit eh und je.

Ariel schob ihre Zweifel beiseite. Justin war ihr Mann. Sie würde ihren Stolz überwinden und ihm die Wahrheit sagen. Während sie ihn noch einen Augenblick beobachtete, versuchte sie, sich selbst zu überzeugen. *Tu es sofort, drängte ihre innere Stimme, ehe du vollends den Mut verlierst.*

Im Licht der Kerzen schienen die Diamanten in seiner Krawattennadel sie anzulocken, sie herbeizuwinken. Sie nahm noch einen Schluck Champagner, der sie aufmuntern sollte – dann stellte sie das Glas auf einen Tisch in der Nähe und ging zu ihm hinüber. Er wandte sich um, als sie sich näherte, und kurzfristig entdeckte sie das gleiche brennende Verlangen in seinem Blick, das sie auch schon zuvor gesehen hatte. Doch sofort riss er sich wieder zusammen.

»Entschuldigt mich«, bat Clay mit einem kleinen Lächeln. »Ich glaube, ich bin plötzlich ganz hungrig geworden.« Er zwinkerte ihr zu und entfernte sich absichtlich von den beiden, um ihnen einen Moment allein zu gönnen.

Ariel holte tief Luft und richtete dann ihre Aufmerksamkeit auf ihren Mann. »Es gibt da etwas, das ich dir sagen möchte. Etwas, wozu ich eben noch zu verlegen war. Aber jetzt will ich es dir ganz schnell sagen, bevor ich den Mut verliere.«

Seine schwarzen Brauen zogen sich nach unten. Er stellte das Glas Champagner beiseite, von dem er kaum etwas getrunken hatte, ein vorsichtiger Blick lag in seinen Augen. »Dann solltest du besser gleich herauskommen mit der Sprache.«

Sie fuhr sich über die Lippen, die Worte fielen ihr schwerer, als sie es sich vorgestellt hatte. »Gerade ... als wir über unsere Hochzeitsnacht gesprochen haben ... da habe ich von Pflichterfüllung geredet. Es fiel mir schwer, dir die Wahrheit zu gestehen. Ich hätte von Verlangen sprechen müssen und nicht von Pflichterfüllung. Die Nächte, die wir zusammen verbracht haben, habe ich nicht vergessen ... werde sie niemals vergessen. Ich habe dich vermisst, Justin, in diesen letzten, schrecklichen Wochen, und ich möchte, dass du mich liebst. Heute Abend wünsche ich mir eine richtige Hochzeitsnacht ... wenn dir das recht ist.«

Etwas brannte in seinem Blick, mit dem gleichen weiß glühenden Feuer wie die Blitze vor dem Fenster. Seine Augen wurden ganz dunkel. Ariel keuchte leise auf, als er die Zähne zusammenbiss und sie plötzlich auf seine Arme hob.

»Was ... was tust du?«

»Ich bringe meine Frau ins Hochzeitsgemach!« Mit langen, entschlossenen Schritten trug er sie zur Tür, die Diener flohen wie Mäuse aus seinem Weg. »Sie hat selbst zugegeben, dass dies der Ort ist, an dem sie am liebsten sein möchte. Und der Himmel weiß, dass das auch mein Wunsch ist.« Ariel schlang die Arme um seinen Hals und blickte über seine Schulter. Ihr Gesicht lief rot an, als er durch den Salon eilte und sie das wissende Lächeln von einigen der jungen Lakaien hinter ihnen bemerkte. Sie hörte Clay Harcourts raues Lachen und sah, dass das Gesicht von Lady Barbara vor Ärger rot anlief.

Justin ignorierte sie alle.

»Was ist mit dem Vikar und seiner Frau?«, flüsterte Ariel ihm ins Ohr. »Und mit deinem Freund, Mr. Harcourt?«

»Der enormen Masse an Essen auf ihren Tellern nach, bezweifle ich, dass der Vikar oder seine Frau überhaupt bemerken werden, dass wir nicht mehr da sind. Und Clay hat zweifellos Verständnis.« Er nahm zwei Stufen der breiten Marmortreppe auf einmal, dann keuchte er durch den von Wandleuchtern erhellten Flur auf seine Räume zu. Er drehte den silbernen Knauf, schob mit der Schulter die Tür auf und trug sie in seinen persönlichen Salon. Mit dem Fuß machte er hinter ihnen zu.

»Außerdem«, sprach er weiter, als er sie an den Tischchen mit den Marmorintarsien vorbei in das Schlafzimmer trug, »schere ich mich den Teufel um das, was sie denken. Mir liegt daran, dich zu lieben. Und da das auch dein Wunsch ist, stimmen wir genau überein!«

Seine Worte weckten ein warmes Gefühl in ihrem Inneren. Eine Woge der Unsicherheit folgte, Sorge, dass sie einen weiteren Fehler machte. Ariel gab sich einen Ruck. Sie verschloss die Augen vor der Furcht und klammerte sich an ihn.

Das Gewitter wurde noch heftiger. Der Wind heulte um das Haus, er ließ die Fenster klappern und die Kerzen flackern. Justin löste seine Arme, sodass sie langsam an seinem Körper hinunterglitt. Sie konnte seine Erregung spüren, und als Antwort darauf begann ein leichtes Pulsieren in ihrem Unterleib. Die Luft in dem Raum schien aufgeladen, man glaubte förmlich, sie knistern zu hören – als würden sie an einem steilen Abhang in Wind und Regen stehen.

Ariel blickte zu ihm auf, es gelang ihr nicht, den Blick von seinem Gesicht loszureißen. Sie war seine Frau, und sie verlangte nach ihm, brauchte ihn! Doch die Angst vor der Zukunft lauerte wie ein Schatten in ihrem Gemüt. Mit jeder sanften Berührung, jedem geflüsterten Wort, gehörte sie ihm mehr, liebte sie ihn mehr. Sie kannte die Gefahr, wusste, wie groß das Risiko war, das sie einging. Denn wenn sie sich ihm so vollkommen hingab, riskierte sie ihre Seele.

Justin berührte zärtlich ihre Wange, sanft strich er mit dem Finger über ihr Kinn. »Ariel«, hauchte er, und seine Stimme war wie eine Liebkosung. Er sah ihr in die Augen, senkte den Kopf und küsste sie, seine Lippen pressten sich auf ihre, sein Kuss wurde eindringlicher. Es war ein überwältigender Kuss, der ein heißes Feuer in ihr weckte. Ariel öffnete ihm die Lippen, und seine Zunge schob sich tief in ihren Mund wie ein Sonnenstrahl. Sie erwiderte seinen Kuss, heißer noch, kühner, suchender – er vertrieb all ihre Furcht. Heute war er ihr Ehemann, ihr Geliebter. Er gehörte ihr, und sie gehörte ihm. Morgen würde die Furcht zurückkehren, aber nicht jetzt, nicht heute Nacht.

Ihre Hände glitten in den Ausschnitt seines dunkelblauen Rockes, und sie schob ihn von seinen Schultern. Sie mühte sich ab mit der diamantenen Krawattennadel, schließlich gelang es ihr, sie zu entfernen; sie öffnete den Knoten seiner weißen Krawatte und zog sie ihm vom Hals. Dann machte sie sich an den Knöpfen seines Hemds zu schaffen und enthüllte die festen Muskeln und die dunkle Haut mit dem krausen schwarzen Haar.

Justin küsste sie noch einmal zärtlich, zog ihr eine Nadel nach der anderen aus dem Haar. In blassen Wogen fielen ihr die Locken über die Schultern. Er drehte sie in seinen Armen herum, schob ihre silbergoldene Pracht beiseite und küsste ihren Nacken; dann begann er, ihr das blassblaue Samtkleid auszuziehen. Es dauerte nur Minuten, bis sie nackt vor ihm stand, und er küsste sie wieder.

Seine Hände strichen über ihre Schultern, ihre Brüste. Er drückte kleine, schmetterlingshafte Küsse in ihre Mundwinkel, dann küsste er sie wieder eindringlicher. Sie glaubte, dass er sich beeilen würde, dass sein wildes Verlangen ihn dazu treiben würde, sie ohne viel Umstände zu nehmen. Doch er hielt inne, legte die Hände um ihre Taille, hob sie hoch und setzte sie auf das Bett. Noch einmal küsste er sie voller Leidenschaft, dann drängte er sie in die Laken zurück und schob sich zwischen ihre geöffneten Schenkel.

Sie glaubte, dass er sich jetzt beeilen würde, dass er seine Hose öffnen und tief in sie eindringen würde, wie sie es sich so verzweifelt wünschte. Doch als sie nach ihm griff, schüttelte er nur den Kopf.

»Ich lasse mich nicht von meinem Verlangen treiben. Nicht in meiner Hochzeitsnacht! Du gehörst jetzt mir, und ich habe die Absicht, dir die Ehre zu erweisen, so wie ich es schon vor langer Zeit hätte tun sollen.«

Es war ein so wundervolles Gefühl, dass sie ihn nicht fragte, was er damit meinte, als er sie noch einmal küsste, so sanft und doch so wild. Auch nicht, als er noch näher rückte, bis er die Stelle an ihrem Hals küsste, wo ihr Puls heftig schlug und sein Mund dann über ihre Schultern glitt – um mit der Zunge die Spitzen ihres Busens zu umfahren, bis sie sich aufrichteten und zu prickeln begannen. Er nahm sie in seinen Mund und saugte sanft daran, Ariel fühlte es an den empfindsamsten Stellen ihres Körpers.

Sie hob ihm ihren Leib entgegen, als sein Mund zu wandern begann, er Küsse auf ihre Rippen drückte und mit der Zungenspitze ihren Nabel antippte – als er die flache Stelle zwischen ihren Hüften küsste und immer tiefer glitt, bis er das weiche helle Haar zwischen ihren Schenkeln küsste.

Sie keuchte auf, als er die heiße, feuchte Stelle am Quell ihrer Weiblichkeit fand, mit der Zunge die Falten auseinander schob und sich dann sein Mund um die kleine Knospe ihres Verlangen schloss.

»Justin!«, schrie sie und grub die Zähne in ihre Unterlippe; ihre Hände griffen zitternd nach ihm und ihre Finger vergruben sich in seinem dichten, schwarzen Haar. »Oh, lieber Gott!« Sie hatte die Absicht, ihn dazu zu bringen, aufzuhören; denn momentan beging er doch sicher eine Sünde – aber das Glücksgefühl war so süß, das Feuer brannte so heiß, dass sie den Protest nicht über die Lippen ließ.

Sie schloss die Hand um seine Schulter und fühlte den weichen Stoff seines Hemdes unter ihren Fingern, dachte daran, dass er noch immer angekleidet war, während sie nackt und bloß vor ihm lag. Das Bild war so sinnlich, so äußerst erotisch, dass der Quell ihrer Weiblichkeit erneut feucht wurde. Justin schob beide Hände unter ihr Gesäß und hielt sie fest, setzte sie so dem gnadenlosen Angriff seiner Zunge aus. Ihr Körper erbebte unter dem Ansturm von Gefühlen, und Ariel hörte, wie sie aufstöhnte. Mit den Schultern schob er ihre Schenkel noch weiter auseinander und liebkoste sie tief und voller Geschicklichkeit.

Entschlossen.

Das heiße Glücksgefühl wuchs, wurde beinahe unerträglich. Feuer breitete sich in ihrem Bauch aus, hüllte sie ganz ein. Ihre Haut brannte. Der Atem, der aus ihrer Lunge strömte, schien ihren Mund zu verbrennen. Sie wand sich auf dem Bett, hob sich ihm entgegen, flehte um die Erfüllung, die er ihr unbedingt schenken wollte.

Sie kam mit erstaunlicher Macht, eine Woge des Glücks hüllte sie ein, die so herrlich süß war, so vollkommen verzehrend, dass sich ihr sein Name wie ein Schluchzen entrang. Ariel weinte, Tränen rannen über ihre Wangen, als er sich über sie beugte und sanft ihre Lippen küsste.

Er verließ sie gerade lange genug, um sich endgültig zu entkleiden, dann legte er sich neben sie. Lange Augenblicke hielt er sie nur in seinen Armen, zog sie eng an seine Brust. Seine Erregung drängte sich zwischen sie, hart wie Stahl, heiß wie Feuer, und sie wusste, was es ihn kostete, sich zurückzuhalten.

Die Hitze seines Körpers drang durch ihre Haut. Seine harte, männliche Kraft erneuerte ihr Verlangen nach ihm. Ariel legte die Hand an seine Wange, beugte sich vor und küsste ihn; tief schob sie die Zunge in seinen Mund, und die Muskeln an seinem Oberkörper spannten sich an. Mit einem leisen Aufstöhnen erwiderte Justin den Kuss, heiß und wild, und hüllte sie ein in sinnliche Gefühle.

Blitze zuckten, sie erhellten den Raum, und sie sah das Begehren in Justins Augen. Der Donner ließ die Fenster erbeben. Und dann lag sie unter ihm, sein Körper hob sich über sie. Mit dem Knie schob er ihre Schenkel auseinander und drang mit einem einzigen Stoß tief in sie ein, füllte sie vollkommen aus und ließ das Feuer in ihr erneut hell auflodern.

Sicherlich würde er sich jetzt beeilen, sein Verlangen musste so groß sein, dass er wohl nicht warten konnte. Stattdessen aber blieb sein Rhythmus langsam und tief; sie hob sich ihm entgegen, schlang die Beine um seine Taille, öffnete sich ihm mehr mit jedem seiner kraftvollen Stöße. Feuer und Lust bauten sich auf. Ariel schrie, als sie den Höhepunkt der Erfüllung erreichte, und Justin folgte ihr einige Sekunden später, sein Körper erbebte, spannte sich an und pulsierte tief in ihrem Inneren.

Danach blieben sie eng umschlungen liegen, ihre Herzen rasten, ihre Körper waren feucht. *Ich liebe dich*, dachte sie, doch sprach sie die Worte nicht aus. Die Furcht war schneller zurückgekehrt, als sie es sich vorgestellt hatte, und sie verschloss die Worte in ihrem Inneren. Stattdessen lag sie schweigend neben ihm, lauschte dem Echo des Donners und dem Heulen des Windes und machte sich Gedanken über die Zukunft.

Schon einmal zuvor hatte sie sich so gefühlt, hatte an ihn geglaubt – wie sie es jetzt wieder tun wollte. Sie war auf der Straße gelandet, ohne Geld, ohne Zuflucht – mit einem Herz, das in tausend Stücke zerbrochen war. Wie schnell hatte er sie das vergessen lassen!

Inständig wünschte sie, sie könnte so tun, als sei es nie geschehen. Dennoch lag sie in der Dunkelheit und erinnerte sich an den Schmerz, an die Qual seiner Abweisung. Und sie fragte sich, wie dumm sie nur hatte sein können, ihm noch einmal ihr Herz anzuvertrauen.

Neben ihr bewegte er sich, stützte sich auf einen Ellbogen. Augen, so dunkel wie die Nacht draußen, musterten sie prüfend. Sie wusste, dass er die Furcht in ihrem Blick las. Dass er sie sogar gespürt hatte, als er sie liebte. Sie konnte es in seinem Gesicht sehen, entnahm es dem langen, schmerzlichen Seufzer, der über seine Lippen kam.

»Wir hätten warten sollen«, sagte er und zog sich ein wenig von ihr zurück, dabei spannten sich die Muskeln in seinen Schultern an. »Du wolltest mich, aber hast nicht wirklich Vertrauen zu mir. Deine Augen verraten es mir.«

Ariel biss sich auf die Lippen, sie schüttelte den Kopf und versuchte, die Tränen zurückzudrängen. »Es tut mir Leid. Mit der Zeit …«

Ganz plötzlich bewegte Justin sich, wie ein Panter sprang er vom Bett und ans Fenster. Ein Blitz beleuchtete seinen nackten Körper, die langen, glatten Muskeln in seinen Beinen, die Sehnen auf seinem flachen Bauch. »Zeit … ja! Wir sind jetzt verheiratet und haben all die Zeit, die wir brauchen.«

Er stand Augenblicke am Fenster, Augenblicke, die wie Stunden schienen; dann wandte er sich um und kam leise zurück. Behutsam nahm er sie in die Arme und küsste sie zärtlich, doch streichelte er sie nicht mehr und wurde auch nicht mehr intim.

21

Das Wetter blieb unfreundlich, die Straßen waren viel zu schlammig, um zu reisen; dennoch wagten der Vikar und seine Frau die ungemütliche Fahrt zurück zu ihrem Pfarrhaus im Dorf.

Erschöpft und etwas deprimiert vom Verlauf seiner Hochzeitsnacht stieg Justin die Treppe hinunter. Im Orientalischen Salon stolperte er über Clay, der wesentlich ausgeschlafener aussah als er selbst.

»Nun, wie ich sehe, hast du die Nacht überstanden«, meinte Clay und grinste ihn an; er lümmelte in einem Sessel vor dem Kamin, eine Zeitung lag auf der Armlehne. »Wie fühlt es sich an, ein verheirateter Mann zu sein?«

Justin warf ihm einen düsteren Blick zu. »Um dir die Wahrheit zu sagen, ich bin mir da nicht so ganz sicher.«

Clay zog eine Braue hoch. »Schon jetzt Misstöne im Paradies?«

»Ich hätte nicht mit ihr schlafen sollen. Nach allem, was geschehen ist, war das einfach zu früh.«

Clay stand von seinem Sessel auf und kam auf ihn zu, neben einer Zinnober-Vase blieb er stehen. »Vielleicht hast du Recht. Alles ging so Hals über Kopf, dass Ariel wahrscheinlich ein wenig verwirrt ist. Doch bei ihrer Klugheit wird es nicht lange dauern, bis sie alles begriffen hat.« Clay nahm die Vase in die Hand und betrachtete die kunstvollen Verzierungen. »Übrigens«, meinte er nebenbei – doch Justin glaubte, eine schwache Anspannung in seinen Schultern zu erkennen – »eine Freundin deiner Frau ist heute Morgen eingetroffen. Kassandra Wentworth. Offensichtlich hat sie gerade eine Reise auf dem Kontinent hinter sich. Ich glaube, du kennst ihren Vater.«

»Lady Kassandra ist hier?«

Clay nickte. »Seit einer halben Stunde.«

»Ich kenne Lord Stockton. Wir hatten geschäftlich miteinander zu tun.« Er kannte den Vicomte wirklich, Kassandra Wentworths' Vater. Bei einer Gelegenheit hatte der Vicomte sogar seiner Verärgerung über seine ungebärdige Tochter Ausdruck verliehen, während er gleichzeitig ihre Schönheit gepriesen und Justin erklärt hatte, dass sie bald in einem Alter sein würde, in dem sie heiraten sollte.

Justin war nicht so sicher gewesen, ob der Mann ihn um Rat gebeten oder gehofft hatte, in Justin das Interesse an einer Verbindung zwischen ihm und seiner Tochter zu wecken.

»Ich kenne dieses Mädchen noch nicht«, meinte er. »Aber Ariel spricht oft von ihr. Woher hat sie gewusst, dass wir hier sind?«

»Laut Auskunft deiner Schwester hat Kassandra in der Zeitung eine Notiz gelesen, dass der Graf von Greville heiratet. Ich nehme an, dass sie schon zuvor mit Ariel über eine Verbindung zwischen euch beiden gesprochen hatte. Miss Wentworth hat ganz einfach die Bruchstücke dessen, was sie wusste, zusammengesetzt, ist zu deinem Haus in der Brook Street gefahren und hat deinen Butler beschwatzt, ihr zu verraten, wohin du gereist bist.«

Justin war neugierig geworden. Knowles ließ sich normalerweise nicht so leicht einschüchtern, und schon gar nicht von einem jungen Mädchen. »Wo ist sie jetzt?«

»Oben, in dem Zimmer, das deine Schwester ihr brummig überlassen hat. Barbara war nicht gerade begeistert, noch einen Hausgast zu haben – aber Kassandra hat ein gewisses Auftreten.« Ein Lächeln, das ein wenig amüsiert zu sein schien, umspielte seine Lippen. »Sie ist ein recht entschlossenes kleines Ding!«

Auch Justin kräuselte die Mundwinkel. »In diesem Fall werde ich wohl besser meine Frau rufen. Ariel mag dieses Mädchen wirklich sehr. Sie wird sich freuen, wenn sie erfährt, dass sie hier ist.« Trotzdem waren sie nicht immer Freundinnen gewesen, erinnerte er sich und dachte an eine Stelle in einem von Ariels Briefen.

Heute ist ein neues Mädchen in der Schule angekommen. Sie heißt Kassandra Wentworth, ist die jüngste Tochter eines Vicomte, reich und schrecklich verwöhnt. Ich schwöre, sie trägt die Nase so hoch, dass sie meiner Meinung nach damit Fliegen fangen könnte. Ich mag sie nicht sehr, und sie scheint auch mich nicht zu mögen.

Diese Einstellung änderte sich jedoch mit den Jahren. Ariel hatte ihm einmal erzählt, dass Kitt Wentworth die einzige wirkliche Freundin war, die sie auf der ganzen Welt besaß – der einzige Mensch, dem sie vollkommen vertraute.

Der Gedanke störte ihn. Ariel mochte seine Frau sein – aber sie hatte inzwischen auch das wenige Vertrauen verloren, dass sie je in ihn gesetzt hatte. Sie traute ihm nicht, würde es vielleicht nie wieder tun.

»Ich nehme an, du hast bereits gegessen«, wandte er sich an Clay und dachte, dass er besser etwas essen sollte, obwohl er eigentlich gar keinen Hunger hatte.

»Das habe ich – aber schon vor Stunden!«

Justin fand, dass er mindestens eine Tasse starken, schwarzen Kaffee gebrauchen konnte; deshalb öffnete er die Tür, und ein rothaariger Wirbelwind sauste an ihm vorbei in das Zimmer. Kitt Wentworth, so stellte er fest, war klein und bezaubernd, mit strahlend grünen Augen, einer hellen Haut und, wie es schien, einer üppigen Figur. Sie starrte Clay an – oder eher starrte sie an ihm vorbei – und suchte in dem Raum nach Ariel. Enttäuscht, sie nicht anzutreffen, wandte sie ihre Aufmerksamkeit Justin zu.

»Lord Greville, denke ich …«

»Das ist richtig, und Ihr seid Lady Kassandra Wentworth, wie ich hörte.«

»Die bin ich.« Sie starrte zu ihm auf. »Wo ist sie? Was habt Ihr mit ihr gemacht?«

Justin hätte ihr verraten können, dass er die intimsten Dinge getan hatte, die man sich vorstellen konnte, und dass er sich schmerzlich danach sehnte, sie zu wiederholen. Doch mit äußerster Selbstkontrolle hielt er sich zurück. »Meine Frau ruht noch.« Er konnte es sich aber nicht verkneifen hinzuzufügen: »Immerhin war gestern ihre Hochzeitsnacht.«

Rote Flecken erschienen auf Kitts Wangen, doch sie wandte den Blick nicht ab. »Ich würde sie gern sehen! Weil ich selbst feststellen möchte, ob es ihr gut geht!«

Ein Anflug von Ärger stieg in ihm auf. »Ich versichere

Euch, meine Frau befindet sich bei bester Gesundheit. Und wenn Ihr jetzt Euer Temperament ein wenig zügeln würdet, werde ich dafür sorgen, dass jemand sie weckt – dann könnt Ihr Euch selbst von ihrem Wohlsein überzeugen.«

Sie betrachtete ihn einen Augenblick, dann nickte sie kurz. Justin trat in den Flur und befahl dem Butler, Silvie zu informieren, dass Lady Kassandra angekommen sei und unten wartete; anschließend ging er zurück in den Salon.

Er traf auf eisiges Schweigen. Clay stand steif da, Kitt hatte kampflustig das Kinn vorgeschoben.

»Ich habe meine Pflichten als Gastgeber vernachlässigt«, erklärte Justin verbindlich, als er die feindselige Haltung seiner beiden schlecht gelaunten Gäste bemerkte und sich über den Grund dafür wunderte. »Es ist wohl angebracht, dass ich euch einander vorstelle. Lady Kassandra, darf ich Euch meinen guten Freund ...«

»Es ist nicht nötig, dass Ihr uns einander vorstellt«, erklärte sie kühl. »Mr. Harcourt und ich sind einander bereits begegnet.«

Justin lüftete die Brauen. »Ist das so?« Sehr interessant, dass Clay das nicht erwähnt hatte.

Sein Freund erntete von Kassandra einen missbilligenden Blick. »Mr. Harcourt war am letzten Dienstagabend zum Essen in unser Stadthaus eingeladen.« Sie bedachte ihn mit einem verächtlichen Lächeln. »Später habe ich festgestellt, dass mein Vater wirklich mit dem Gedanken spielte, uns miteinander zu verkuppeln. Natürlich habe ich dieser lächerlichen Idee sofort ein Ende gesetzt.«

»Wirklich?«, fragte Clay gedehnt, und sein Gesicht hatte einen gefährlichen Ausdruck angenommen. »Das entspricht allerdings nicht meinem persönlichen Eindruck. Ganz besonders nicht, weil *mein* abtrünniger Erzeuger, Seine Ehren der Herzog von Rathmore, wiederholt erwähnte, wie glücklich ich mich schätzen dürfte, wenn ich einverstanden wäre, Euren Vater von Euch zu erlösen.«

Kassandra wirbelte zu ihm herum. »Wie bitte?«

»Der Herzog und der Vicomte scheinen das als eine geschäftliche Vereinigung anzusehen, da sie zusammen in eine ganze Anzahl finanzieller Transaktionen verwickelt sind.«

»Ihr lügt!«

»Angeblich soll es noch andere Vorteile bieten. Jetzt, wo er wieder verheiratet ist, möchte Euer Vater seine verwöhnte, impertinente jüngere Tochter loswerden, während der meine es als eine Gelegenheit ansieht, seinen wertlosen Sohn zu retten.«

Es wurde ganz still im Raum, man hörte nur noch Kassandras schnellen Atem. *Wertlos* hatte Clay sich selbst genannt. Wohl kaum das richtige Wort für Clay, dachte Justin, obwohl das der Eindruck war, den sein Freund erwecken zu wollen schien – ganz besonders seinem Vater gegenüber, der, genau wie Justins verstorbener Erzeuger, sich weigerte, die Geburt seines ältesten Sohnes anzuerkennen. Mit Justins Hilfe hatte Clay das beachtliche Taschengeld und das Geld, das er beim Spiel verdient hatte, in ein kleines Vermögen verwandelt, über das er aber eisernes Stillschweigen bewahrte.

Justins Blick ruhte auf dem Mädchen. Sie war wütend, ihre Lippen hatte sie zu einem schmalen Strich zusammengepresst; doch in ihrem Blick lag auch Schmerz, als würden Clays Worte ihr Pein bereiten.

Keiner von ihnen sagte etwas. Clay malte mit den Kiefern, und Kitt sah ihn böse an.

Endlich öffnete sich die Tür, und Ariel kam hereingestürmt. Sie lächelte strahlend, als sie ihre Freundin entdeckte, die vergnügt mit weit geöffneten Armen auf sie zulief.

Die beiden Mädchen begrüßten sich glucksend und kichernd, beide wischten sich Freudentränen aus den Augen. »Ich freue mich so, dich zu sehen«, schniefte Ariel. »Woher hast du gewusst, dass ich hier bin?«

Kassandra wiederholte die Geschichte, die Clay bereits Justin erzählt hatte; allerdings ließ sie aus, dass sie Knowles unter Druck gesetzt hatte und wahrscheinlich auch Barbara.

»Ich nehme an, du hast meinen Ehemann bereits kennen gelernt«, meinte Ariel und vermied es, ihn anzusehen.

Kassandra nickte ein wenig steif. »Ja.«

»Und Mr. Harcourt?«

Der böse Blick des Mädchens kehrte zurück. »Wir hatten bereits die Ehre.«

Ariel fing Clays wütenden Blick auf, und Justin sah, dass ihre Gedanken angesichts der Feindseligkeit zwischen den beiden zu arbeiten begannen. Sie ignorierte Clays Empörung und Kitts Verachtung, streckte die Hand aus und packte ihre Freundin am Arm.

»Gentlemen, wenn ihr nichts dagegen habt, werdet ihr uns sicher entschuldigen. Wir haben uns sehr lange nicht gesehen. Da gibt es eine ganze Menge zu erzählen!«

Die beiden Herren stimmten mit einer höflichen Verbeugung zu, obwohl Justin bemerkte, dass Clay noch immer mit den Zähnen knirschte.

Ariel schenkte Justin ein zögerndes Lächeln, dann strahlte sie Kassandra warm an. »Ich kann es kaum erwarten, alles über Italien zu hören«, sagte sie, als sie gemeinsam hinausstrebten.

Kitt warf Justin noch einen letzten, forschenden Blick zu. »Und ich kann mir vorstellen, dass auch du mir eine ganze Menge zu berichten hast.«

Justin bestätigte das wortlos. Er fragte sich, was Kassandra Wentworth wohl von einem Mann hielt, der dafür verantwortlich war, dass man ihre beste Freundin ins Gefängnis gebracht hatte.

Die beiden saßen sich in dem kleinen, von der Sonne erwärmten Salon, von dem aus man in den Garten sehen konnte, gegenüber. Es war das Lieblingszimmer der früheren Lady Greville gewesen, gemäß Perkins. Mary Ross hatte sich immer in diesen bezaubernden Salon zurückgezogen, vielleicht, so dachte Ariel, als Zuflucht vor ihrem Ehemann, einem Mann, der öffentlich mit seinen Liebesaffären prahlte.

Das Zimmer war in sanften Schattierungen von Gelb und Creme eingerichtet und weniger üppig möbliert als der Rest des Hauses. Es wurde von den Familienmitgliedern nur selten benutzt; doch seine feine Eleganz hatte es auch zu Ariels Lieblingsraum gemacht.

»Nun, der Mann sieht wirklich ausgesprochen gut aus«, meinte Kitt und räkelte sich auf dem Sofa vor dem Kamin. »Nach allem, was ich von ihm gehört habe, stellte ich mir Greville als so eine Art Monster vor.«

Ariels Hände zitterten, als sie die Teekanne aus Porzellan in die Hand nahm; eine plötzlich Szene stieg in ihr auf, wie Justin sie an jenem Morgen aus dem Haus gewiesen hatte. War er wirklich der fürsorgliche Ritter, der er so oft zu sein schien – oder der herzlose Schuft, der sie benutzt und dann ohne die geringsten Skrupel davongejagt hatte?

Sie umfasste die Kanne fester und goss ihnen beiden Tee ein. »Justin hat eine schwierige Vergangenheit zu bewältigen. Er hat sich selbst Härte beigebracht, um zu überleben; aber ich kenne mittlerweile auch seine weichere Seite.« Sie stellte die Kanne wieder zurück auf den Servierwagen. »Er ist nicht leicht zu verstehen. Selbst ich bin mir noch nicht vollkommen sicher über sein Wesen.«

»Aber warum hast du ihn dann geheiratet?«

Ariel schüttelte den Kopf und fragte sich, wie sie das wohl erklären konnte, wo sie selbst noch am Rätseln war. Sie setzte sich neben Kitt und begann, ihr die Ereignisse zu schildern. Dabei sah sie, dass die Augen ihrer Freundin bei jedem Wort größer und runder wurden.

»Ich weiß, welches Risiko ich eingegangen bin. Aber ich liebe ihn, Kitt; gleichzeitig ist mir nicht klar, ob ich jemals den Mann lieben kann, der er manchmal zu sein scheint.«

Ariel erzählte ihre Geschichte weiter; sie berichtete ihrer Freundin haarklein alle Einzelheiten, seit Kassandra nach Italien abgereist war – auch die Begegnung mit Horwick, die schrecklichen Tage in Newgate und Justins heldenhafte Rettung.

»Er ist zu mir gekommen, Kitt. Entsetzlich, was geschehen wäre – ohne ihn!«

»Ach, wäre ich doch hier gewesen! Du hättest von Anfang an zu mir kommen können, und all das nicht erleiden müssen.«

»Vielleicht. Aber es mag ja auch einfach nur Schicksal gewesen sein. Ich bin jetzt Justins Frau, und kann nicht sagen, dass es mir Leid tut.« Noch nicht. Sie hatte nur schreckliche, entsetzliche Angst.

»Du sagst, dass du ihn liebst. Aber liebt er dich auch?«

Ariel starrte in ihre Teetasse, die sie in ihrem Schoß balancierte. »Nein.« Sie bemerkte gar nicht, dass die Tasse gefährlich wackelte, bis Kitt die Hand ausstreckte, sie ihr vorsichtig wegnahm und auf den Tisch vor ihnen stellte.

»Vielleicht irrst du dich«, sagte sie sanft. »Wenn Greville dich nicht liebt, warum sollte er dich dann heiraten? Du besitzt kein Vermögen, keinen Titel. Er hat nichts dabei zu gewinnen.«

Ariel blickte auf. Phillip hatte behauptet, dass Justin niemals etwas tat, wenn er sich davon keinen Gewinn versprach. »Er braucht einen Erben. Das wäre ein Grund.«

»Der Mann sieht unerträglich gut aus – und er ist so reich wie Krösus, nach allem, was mein Vater behauptet. Es gibt zahllose Frauen, die sich mehr als glücklich schätzen würden, ihn zu heiraten und ihm einen Erben zu schenken.«

Jetzt seufzte Ariel. »Er fühlt sich von mir angezogen. Vielleicht ist es deshalb ...«

»Angezogen? Du meinst, er wollte dich in seinem Bett«, meinte Kassandra mit düsterer Stimme.

Eine heiße Röte stieg in Ariels Wangen. Er wollte sie, ja – wenigstens in der letzten Nacht. Aber er hatte auch ihr Zögern gespürt, ihre Unsicherheit, und hatte sie nicht noch einmal geliebt. »Er ist mein Ehemann. Ich verlange auch nach ihm. Oh, Kitt, ich kann einfach nicht beschreiben, wie es ist, wenn wir zusammen sind.«

Darauf sagte Kassandra nichts, doch sie sah ein wenig verwirrt aus. Ariel fragte sich, wie schon zuvor, ob es wohl in Kitts Vergangenheit etwas gab, über das sie nie gesprochen hatte.

Ihre Freundin beugte sich vor und griff nach Ariels Hand. »Mit der Zeit wird sich alles finden. Daran musst du glauben, Ariel.«

»Das möchte ich. Die Dinge sind so konfus.« Wie konnte sich da je etwas finden? Sie liebte einen Mann, er sie aber nicht. Wie Kitt sagte, war Justin ein gut aussehender Mann. Clay hatte zugegeben, dass es eine ganze Menge Frauen gab, die ihn attraktiv fanden. Ohne die Liebe, die sie miteinander verband, würde er ihrer früher oder später müde werden. Würde er sich dann auch eine Geliebte nehmen, wie es die meisten verheirateten Männer taten?

Bei dem Gedanken, dass Justin mit einer anderen Frau schlafen könnte, hob sich ihr Magen, und ihr wurde übel.

Zweifel plagten sie, und eine namenlose Angst vor der Zukunft. Das waren Sorgen, die sie nicht einmal mit ihrer liebsten Freundin teilen mochte.

Sie zwang sich zu einem Lächeln und wechselte dann das Thema. »Also … erzähle mir von dir und Clayton Harcourt. Nach den bösen Blicken, die du ihm zugeworfen hast, nehme ich an, gehört er nicht gerade zu deinen bevorzugten Bekannten.« Ariel hoffte, dass Kitt das leugnen würde. Ihr gefiel der Gedanke nicht, dass die beiden besten Freunde von ihr und Justin sich offensichtlich nicht leiden konnten.

»Selbstverständlich ist er ein enger Freund von Lord Greville, aber um Himmels willen, Ariel, der Mann gilt als einer der berüchtigsten Salonlöwen Londons. Er hat mit der Hälfte der Frauen der höchsten Kreise geschlafen, und die andere Hälfte kann es kaum erwarten, in sein Bett zu klettern. Er ist arrogant und launisch. Er ist rüde und überheblich und …«

»… eine herrliche Erscheinung! Clay ist beinahe so groß wie Justin, hat eine fabelhafte Figur, und gibt sich die meiste Zeit sehr scharmant. Willst du etwa behaupten, du findest ihn überhaupt nicht attraktiv?«

»Attraktiv? Ich kann seinen Anblick nicht ertragen. Mir ist es schleierhaft, wie mein Vater an eine Verbindung zwischen uns auch nur denken konnte.«

Ariel lauschte, als Kitt die Bemühungen des Vicomte beschrieb, eine Verlobung zwischen ihnen zustande zu bringen, und was Clay im Orientalischen Salon behauptet hatte.

»Er ist grausam und abscheulich!« Sie blickte auf, Tränen standen in ihren Augen. »Und jedes Wort aus seinem Mund war die Wahrheit.«

»Oh, Kitt!« Ariel streckte die Arme aus und drückte die

Freundin an sich. »Ganz sicher liebt dein Vater dich. Vielleicht glaubt er, Clay sei für dich ein sehr guter Ehemann.«

»Er will mich nur los sein, Harcourt hat den Nagel auf den Kopf getroffen.«

»Es sieht Clay aber nicht ähnlich, mit Absicht grausam zu sein. Nach deiner Darstellung hast du den Gedanken an eine Heirat beinahe lächerlich klingen lassen. Wahrscheinlich hast du damit seine Gefühle verletzt, und er revanchierte sich mit harten Worten.«

Kitt wischte sich die Tränen von den Wangen. »Der Mann besitzt keinerlei Gefühle. Er ist selbstsüchtig und … und ich kann das tierische Aufblitzen in seinen Augen sehen, wann immer er mich ansieht.«

Trotz allem musste Ariel lachen. »Nun, so hat er mich auf jeden Fall noch nie angeblickt. Vielleicht solltest du dich geschmeichelt fühlen.«

»Nun, das kommt nicht in Frage! Und ich bin ganz sicher nicht daran interessiert, ihn zu heiraten. Um ganz ehrlich zu sein, möchte ich überhaupt nicht heiraten.«

Darauf antwortete Ariel nicht. Sie wusste, dass Kassandra mit der Zeit gezwungen sein würde, zu heiraten. So war das nun einmal in der Aristokratie, und das Los der Frauen allgemein. Ariel hielt sich für das perfekte Beispiel dessen, was mit einer Frau geschah, die auf sich allein gestellt sein wollte – in einer von Männern bestimmten Gesellschaft.

Welch ernüchternde Erkenntnis! Sie war verheiratet, ihr Leben lag in der Hand eines Mannes, den sie nicht verstand. Stand ihr erneut Einsamkeit bevor? Was würde die Zukunft bringen? Sie sah ihre Freundin an, die auch ganz nachdenklich geworden war.

Was für eine Zukunft erwartete sie beide?

Zwei Tage später kehrte Kassandra nach London zurück, Clay Harcourt folgte ihr am Nachmittag desselben Tages. Ariel sah ihre Abreise mit gemischten Gefühlen. Sie wollte Zeit mit ihrem frisch gebackenen Ehemann verbringen, aber jetzt, wo Kitt nicht mehr da war, hatte sie auch keine Freundin, der sie sich anvertrauen konnte. Sie dachte an Kitts besorgte Miene und fragte sich, ob Lord Stockton wohl seine Versuche fortsetzen würde, seine Tochter zu verkuppeln und ob Clay Harcourt doch ein Interesse daran hatte, eine Ehe zwischen ihnen in Betracht zu ziehen. Ariel bezweifelte das. Die beiden schafften es kaum, allein in einem Zimmer zu sein, ohne sofort einen Streit zu beginnen.

Sie seufzte bei diesem Gedanken. Clay kannte Kitts Ruf. Nach außen hin war sie verwöhnt und eigensinnig, und definitiv war sie viel zu leichtsinnig. Meistens tat sie genau das, was sie wollte, und niemand, nicht einmal ihr Vater, schien sich die Mühe machen zu wollen, sie zu bremsen. Kitt hatte schon bei mehr als einer Gelegenheit kurz davor gestanden, ihren Ruf zu ruinieren. Es war kein Wunder, dass ihr Vater es kaum erwarten konnte, sie unter die Haube zu bringen.

Dennoch war Kassandra Wentworth unter all ihrem Wagemut einsam und sehnte sich verzweifelt nach Liebe. Ariel betete, dass Kitt einen Mann finden möge, der ihr diese Liebe entgegenbrachte.

Genau wie sie für sich selbst betete!

Sie blickte aus dem Fenster des intimen gelben Salons und hörte das Geräusch sich nähernder Schritte. Als sie sich umwandte, stand Justin in der Tür.

»Ich dachte mir, dass ich dich hier finden würde.« Sein Lächeln war sanft; doch sein Blick verriet nichts von seinen Gedanken, die er sorgfältig vor ihr verbarg.

Ariel zwang sich zu Munterkeit. »Ich wollte ein wenig lesen. Kassandra hat mir ein Buch geliehen – einen von Mrs.

Radcliffes historischen Romanen. Wolltest du mich sprechen?«

»Ich habe Neuigkeiten. Ein Brief von meiner Großmutter ist angekommen. Knowles hat ihn Jonathan mitgegeben, und der hat ihn zu einigen Geschäftspapieren gelegt, die ich mir ansehen muss.«

»Deine Großmutter? Wie wundervoll.«

»Ich höre immer um diese Jahreszeit von ihr. Sie gibt stets vor Weihnachten eine Dinnerparty und hofft auf mein Kommen. Von dir weiß sie noch gar nichts. Ich werde ihr in einem Brief von dir erzählen, und mich natürlich für die Einladung bedanken.«

Ariel erhob sich vom Sofa. »Oh, Justin, wir müssen sie besuchen! Du hast nur eine so kleine Familie, und ich habe überhaupt keine. Ich würde sie so gern kennen lernen.«

Er blickte auf den Brief. »Seit vielen Jahren nehme ich mir nun schon vor, sie zu besuchen; aber immer kommt irgendetwas dazwischen. Vermutlich macht es ihr nicht sehr viel aus. Ich habe ein paar entfernte Cousins, die zweifellos an ihrer Weihnachtsparty teilnehmen, und im Übrigen gefällt es Großmutter – allein zu leben – mit den wenigen Dienern, die sie in dem alten Haus umsorgen dürfen.«

»Wie lange ist es schon her, seit du sie zum letzten Mal gesehen hast?«

»Seit meiner Jugend habe ich sie nicht mehr gesehen. Natürlich schicke ich ihr Geld, und wir schreiben uns ein paar Mal im Jahr. Ich könnte mir vorstellen, dass sie recht alt geworden ist.«

»Bitte, sage, dass wir sie besuchen! Eine Familie ist so wichtig, und deine Großmutter vermisst dich zweifellos.«

Er zögerte so lange, dass sie schon sicher war, er würde ihre Bitte ablehnen. »Also gut«, gab er dann endlich nach. »Wenn es dein Wunsch ist, werden wir hinfahren.«

Ihr Lächeln fiel ihr leicht, es war voller Wärme, weil sie seine Bemühung anerkannte, ihr eine Freude zu machen. Er sah es, und sein Blick hielt den ihren gefangen – seine Augen waren dunkler geworden, erfüllt von einem unbestimmten Gefühl.

»Ich liebe dein Lächeln seit jeher«, gestand er ihr leise. »Es wärmt mich wie ein Feuer im Winter.«

Ariel sah ihn überrascht an, erstaunt, dass er so etwas sagte. Sie fühlte sich hingezogen zu seiner kühlen Schönheit, wollte, dass er sie küsste, sie berührte – und wusste doch, dass dieser Wunsch Enttäuschung beinhaltete.

Als hätte er ihre Gedanken gelesen, verschloss sich sein Gesicht, seine Maske kehrte zurück. Ein Klopfen an der Tür rettete sie in diesem unangenehmen Augenblick.

»Es tut mir Leid, zu stören, Mylord«, meldete sich der Butler. »Aber Euer Anwalt, Mr. Whipple, möchte Euch sprechen.«

Justin nickte nur. »Führt ihn in das Arbeitszimmer und sagt ihm, ich komme sofort.«

»Jawohl, Mylord.« Perkins eilte davon, um die Anordnung des Grafen zu befolgen, und Justin richtete seine Aufmerksamkeit wieder auf seine Frau; seine Miene war ausdruckslos.

»Ich freue mich darauf, dich beim Essen zu sehen«, meinte er und verbeugte sich förmlich. Ariel sah ihm nach, ein warmes Gefühl breitete sich in ihrem Bauch aus. Hoffnung erwachte in ihr, wie immer. Erneut schenkte sie ihm ihr Vertrauen, ging wieder einmal das Risiko ein.

Sie hoffte bei allem, was ihr heilig war, dass sie nicht abermals einem schrecklichen Irrtum unterlag.

Phillip Marlin lief unruhig vor dem Kamin in dem Privatraum über dem Stall im hinteren Teil der Cocks-Crow-Taverne hin und her. Das Gasthaus lag an einer Straßenkreuzung nicht weit vom Dorf Ewhurst entfernt, in einem kurzen Ritt von Greville Hall und von London aus bequem zu erreichen. Barbara hatte dieses Gasthaus wegen seiner Lage ausgewählt, aber auch wegen der Diskretion des Eigentümers, einem gewissen Harley Reed.

Vor zwei Stunden war Phillip angekommen und wurde jetzt langsam ungeduldig. Als Antwort auf die drängende Nachricht Barbaras war er in großer Eile eingetroffen. Er konnte es kaum erwarten, mit ihr über die Pläne zu sprechen, die sie gerade erst zu formulieren begonnen hatten.

Und eigenartigerweise erschien es ihm genauso wichtig, sie wiederzusehen.

Leichte Schritte auf der Treppe verrieten ihm ihre Ankunft. Er ging zur Tür und riss sie auf. Barbara schlüpfte an ihm vorbei in das Zimmer und schob die Kapuze ihres mit Pelz gefütterten Umhangs zurück.

Überwältigende graue Augen sahen ihn an, es traf ihn wie ein Blitz. Als sie lächelte, erinnerte er sich an den Druck ihrer sanften roten Lippen, an den Geschmack ihrer milchweißen Haut, und heiß stieg es in ihm auf.

»Barbara …« Erstickt kam ihr Name aus seinem Mund, als sie das Band öffnete, das ihren Umhang hielt und ihn dann über einen Stuhl in der Nähe warf. Und schon lag sie in seinen Armen, presste ihre vollen roten Lippen auf seine, verschlang ihn auf eine Art, die er noch nie bei einer anderen Frau erlebt hatte. »Ich habe dich vermisst«, gestand er ihr und erwiderte ihren Kuss voller Leidenschaft.

»Phillip, mein Liebster!« Noch einmal drückte sie ihre Lippen auf seine. Er wollte ihr die Kleider vom Leib reißen, wollte sie unter sich auf das schmale Bett in der Ecke zerren und gnadenlos in sie eindringen. Er wollte fühlen, wie sich ihre Fingernägel in seinen Rücken krallten, wie sie ihre Zähne in die Muskeln seiner Schulter grub und ihm zusammen mit dem Schmerz ein heißes Glücksgefühl schenkte.

»Wir müssen reden«, flüsterte sie, fuhr mit der Zungenspitze über sein Ohr, zupfte an seinem Ohrläppchen und küsste ihn dann noch einmal. »Ich möchte wissen, wie unsere Pläne vorankommen.«

Aber Phillip war bereits so weit, dass er nicht mehr hörte, was sie sagte. Stattdessen drängte er sie zurück, bis sie mit den Beinen gegen das Bett stieß und darauf fiel. Er schob sich über sie, stützte sich auf die Ellbogen, hob den Rock ihres roten Samtkleides hoch und legte die Hand auf den Quell ihrer Weiblichkeit. Scharf sog sie den Atem ein. Und noch ehe er mit dem Finger in sie eindringen konnte, hielt Barbara seine Hand fest.

»Noch nicht, Liebster«, schnurrte sie. »Ich bin bereit für das, was du willst – aber du wirst noch ein wenig warten müssen. So wird es besser sein … das weißt du doch!«

Heiß brannte es in seinem Unterleib. Er war immer derjenige gewesen, der sich zurückhalten konnte, oder hatte sich sein Recht rücksichtslos genommen, wenn es sein musste. Stattdessen hielt sie ihn an der Leine, weigerte sich, sich einfach zu unterwerfen. Sie war wunderschön und exotisch, und mindestens so rücksichtslos wie er.

Barbara erregte ihn mehr als jede andere Frau, die er je gekannt hatte, und er würde alles tun, um ihr zu gefallen.

»Hast du die Vorbereitungen getroffen?«, fragte sie und stand wieder von dem Bett auf. Sie betrachtete ihn von oben herab.

»Ich habe mich umgehört und die Dinge ins Rollen gebracht. Wenn das erst einmal überstanden ist, haben wir alles, was wir wollen – und wir werden den Rest unseres Lebens zusammen sein.«

»Ja …« Sie kam auf ihn zu, vergrub ihre Finger in seinem

dichten, goldenen Haar und zog seinen Kopf an sich, um ihn zu küssen. »Hilf mir mit meinem Kleid«, flüsterte sie an seinen Lippen.

Er gehorchte sofort, trat vor sie, kniete vor ihr nieder, um ihr die weichen Wildlederschuhe auszuziehen. Ihre Füße waren elegant gewölbt und anmutig, blass im Schein des Mondes, der durch das Fenster schien. Phillip streichelte die Innenseite ihres Fußes, fuhr mit der Hand über ihren Unterschenkel, über die zarte weiße Seide, die unter ihrem Knie endete.

»Und jetzt die Strumpfbänder und Strümpfe.«

Sein Unterleib zog sich zusammen. Willig tat er wie geheißen, rollte die cremefarbene Seide hinunter; dann warf er sich vor ihr nieder, um ihre Zehen zu küssen. Quälend langsam, mit Blicken auf ihre perfekte weiße Haut, zog Barbara jedes einzelne Kleidungsstück aus; sie ließ sich Zeit und verführte ihn nach allen Regeln der Kunst.

»Warum kommst du nicht zu mir?«, forderte sie ihn auf, als sie nackt war. Bei ihren Worten pulsierte sein hart aufgerichtetes Glied. Hastig warf er alles von sich: sein Hemd, seine Hose, seine Unterwäsche. Er fühlte den Blick ihrer stahlgrauen Augen auf seinem Körper; abschätzend ruhte er auf dem mächtigen Glied, das sich gegen seinen Bauch drängte. Dann lagerte sie sich genüsslich auf dem Bett.

»Komm zu mir, mein Liebster!« Barbara lächelte, als sie die Schenkel spreizte, und ein Beben der Vorfreude ging durch seinen Körper. Phillip eilte zu ihr, verzweifelt sehnte er sich danach, in sie einzudringen.

»Bist du auch ganz sicher, dass du das arrangieren kannst?«, flüsterte sie in sein Ohr, als sie ihn auf sich zog.

»Vertrau mir, ich werde dich nicht enttäuschen.« Er presste die Lippen an ihr Schlüsselbein und begann, ihren Körper zu küssen. »Uns beide werde ich nicht enttäuschen!«

Er spürte ihre Finger in seinem Haar. »Ich weiß, dass du mich nicht enttäuschen wirst, Liebster.« Sie legte die Hand auf seinen Kopf und drängte ihn tiefer, schweigend befahl sie ihm, sie zu befriedigen. Phillip gab sich ganz dieser Aufgabe hin; sein Glied schmerzte, und dennoch machte ihn seine Pflicht glücklich, während er gleichzeitig darum betete, dass sie ihn bald von seinen Leiden erlösen würde.

Phillip dachte an ihr Versprechen; er dachte an ihre gemeinsamen Pläne für Greville, und seine Erregung stieg noch mehr, als er sich den Niedergang des Feindes vorstellte.

Danach sehnte er sich noch mehr als nach dem wilden Höhepunkt, den er schon bald in Barbaras Armen finden würde.

22

Der November neigte sich dem Ende zu. Barbara nahm Justins Pläne überraschend freundlich auf, für die kommenden Feiertage in Greville Hall zu bleiben.

»Der Klatsch wird wieder neu aufflammen, sobald wir in die Stadt zurückkehren«, erklärte er seiner Schwester. »Ich weigere mich, meine Frau diesen bösen spitzen Zungen auszuliefern. In einem Monat oder zwei, nachdem Clay sie wieder an Horwicks ekelhaften Ruf erinnert und Kassandra genug Andeutungen von einer Liebesheirat fallen lassen hat, wird die ganze Sache endgültig vergessen sein.«

Ariel wusste, dass ihre Freunde das gerne übernahmen – sie würden sich jede Mühe geben, ihr den Weg zurück in die Gesellschaft zu ebnen. Sie waren ihr treu und ergeben. Hoffentlich würde der Tag kommen, wo jeder von beiden den Wert des anderen zu schätzen lernte.

Inzwischen wurde das Leben mit Justin immer angespannter. Es war ihm unmöglich, sein Verlangen nach ihr zu unterdrücken, und er versuchte auch nicht länger, es vor ihr zu verbergen – es lag glühend heiß in seinem Blick, wann immer er sie ansah. Dennoch kam er nicht in ihr Bett.

Es war ein Fluch.

Und eine Gnadenfrist.

Nur ein wenig mehr Zeit, sagte sie sich. Sie brauchte eine Weile, um ihn zu verstehen, musste sicher sein, dass sie ihm wirklich vertrauen konnte ... sich schützen, so lange es möglich war.

Die Tage vergingen. Die Feiertage kamen sehr schnell näher, und Ariel bereitete alles vor für das Geschenk, das sie sich für seine Großmutter ausgedacht hatte. Als er an diesem Abend von seinem Ritt ins Dorf zurückkam, wartete sie mit Papier und Schere auf ihn in der Bibliothek.

»Es tut mir Leid, dass ich so spät komme«, entschuldigte er sich erschöpft, zog seine Reitjacke aus und warf sie über einen Stuhl. »Ich hoffe, du hast nicht mit dem Essen gewartet.«

»Eigentlich hatte ich gedacht, wir könnten hier essen ... nachdem wir fertig sind.«

Er zog eine schwarze Braue hoch. »Und womit sollen wir fertig sein?«

Sie lächelte ihn aufmunternd an. »Wir fabrizieren den Scherenschnitt, den ich dir versprochen habe. Es wird ein perfektes Geschenk für deine Großmutter.«

Ein eigenartiger Blick erschien auf seinem Gesicht. Sie hätte schwören können, dass es Verlegenheit war.

»Komm schon«, neckte sie ihn, als er noch immer zögerte. »Ich verspreche dir, es tut gar nicht weh. Du warst doch damit einverstanden, dass ich ein Umrissbild von deinem Profil mache, und jetzt musst du dein Versprechen einlösen.«

Er blickte zu ihr hinüber, sah die Kerze, die sie angezündet hatte, die Staffelei, das Papier und seufzte resigniert auf. »Also werde ich wohl mit dem Essen warten müssen, bis dein artistischer Eifer befriedigt ist.«

Sie lachte. »Nun, wir können auch vorher essen, da du furchtbar ausgehungert zu sein scheinst.«

Seine Augen wurden ein wenig dunkler. »Ich bin hungrig, Ariel«, erklärte er leise. »Aber nicht notwendigerweise nach Essen.«

Ariel antwortete nicht, doch eine angenehme Wärme stieg in ihrem Inneren auf. Sie tat so, als würde sie ihre Sachen zurechtrücken und bemühte sich, ihre Stimme leicht klingen zu lassen. »Essen oder das Profil, Mylord?«

Weder noch, sagte sein Blick, doch er ging lammfromm zu dem Stuhl, den sie neben die Kerze gestellt hatte und setzte sich mit einem so ergebenen Gesichtsausdruck hin, dass sie sich bemühen musste, ein Lächeln zu unterdrücken.

»Bringen wir es am besten schnell hinter uns«, brummte er. »Offensichtlich willst du in dieser Sache deinen Kopf durchsetzen.«

»Genau, Mylord!«

Sie zündete die Kerze an und machte sich an die Arbeit, nutzte den Schatten, den die Kerze warf, um sein Profil auf die Staffelei zu zeichnen. Morgen würde sie es ausschneiden in Originalpapier. Dann konnte sie dieses auf eine Gipsplatte übertragen, mit goldener Farbe einige Aufhellungen anbringen, um dem Bild ein wenig Glanz zu geben. Es gab einen Handwerker im Dorf, der wunderschöne Rahmen anfertigte.

Ariel machte sich an die Arbeit; sie ignorierte das Rascheln seiner Kleidung, während Justin unruhig auf dem Stuhl hin und her rutschte, und war sorgfältig bemüht, mit den Gedanken bei ihrer Tätigkeit zu bleiben. Als sie fertig war, betrachtete sie ihr Werk; sie bewunderte das kräftige männliche Profil und fuhr mit den Fingerspitzen den Linien nach; ach, hätte sie doch den Mut, die gleichen Linien auf seinem Gesicht zu berühren!

Sie schüttelte den Kopf über diesen Wunsch und zwang ihre Aufmerksamkeit zurück auf ihre Arbeit; dabei war sie ganz sicher, dass seine Großmutter sich über das Geschenk freuen würde.

Von ganzem Herzen hoffte Ariel, dass die alte Dame glücklich sein würde über das längst fällige Wiedersehen mit ihrem Enkel. Insgeheim betete sie, dass die Lady auch mit der Gattin einverstanden wäre, die er gewählt hatte.

Man schrieb die letzten Novembertage. Justin war noch nicht einmal zehn Tage verheiratet, als er einen Brief von Clay erhielt. Es gab finanzielle Probleme in dem Geschäft mit der Mine, in das sie zusammen eingestiegen waren. In dem Brief, den Justin in seinem Arbeitszimmer las, entschuldigte sich Clay, dass er ihn schon so bald nach seiner Hochzeit störte; aber seine Anwesenheit in London sei dringend nötig, wenn das Minenunternehmen so weiterlaufen sollte, wie sie es geplant hatten.

Justin fluchte. Er wollte nicht weg, noch nicht. Obwohl die Nächte ohne Ariel die reine Hölle und selbst die Tage angespannt waren, so glaubte er doch, Fortschritte gemacht zu haben. Es gab Zeiten, da sah sie ihn wirklich ohne diesen unsicheren, vorsichtigen Ausdruck an, der ihn so oft schmerzte.

Diese Momente wollte er häufiger herbeiführen, das war seine Absicht. Er wollte ihr Vertrauen gewinnen, ganz gleich, was es kostete. Aber das Projekt der Mine war wichtig. Er und Clay, als Eigentümer der Mine, waren verantwortlich für die Sicherheit der Männer, die dort arbeiteten.

Justin hatte die Zeche eingehend geprüft, ehe der Verkauf abgeschlossen wurde; er war mit einer Liste von Verbesserungen zurückgekommen, die realisiert werden mussten, um die Sicherheit in der Mine zu gewährleisten. Die Arbeiten hatten begonnen, und auf Justins Wunsch sollten sie in aller Eile abgeschlossen werden.

Eine Mine, die sicher war, verringerte die Gefahr eines Einsturzes. Auf lange Sicht würde damit auch der Gewinn höher sein. Das hatte ganz und gar nichts mit der Tatsache zu tun, dass es Dutzende, ja, sogar vielleicht Hunderte von Menschenleben kosten könnte, wenn die Stützbalken nicht sorgfältig repariert wurden. Es war ganz einfach eine Sache des Geldes, sagte sich Justin – genau wie alle anderen Entscheidungen auch, die er traf.

Clays Nachricht klang dringend; deshalb befahl er einem Lakai, ein Pferd für ihn satteln zu lassen, und begab sich auf die Suche nach Ariel. Er entdeckte sie im Wintergarten, wo sie an dem Profil arbeitete, das sie von ihm angefertigt hatte. Sorgfältig setzte sie Aufhellungen auf die Gipsplatte mit leichten Strichen goldener Farbe. Er blieb an der Tür stehen, um sie zu beobachten; ihm gefiel ihre Konzentration, weswegen sie ihre fein geschwungenen Brauen zusammenzog und sich ihre Zungenspitze aus einem Mundwinkel stahl, während sie arbeitete. Ihre Lippen waren leicht geöffnet; sie waren genauso rosig und feucht wie ihre Zungenspitze.

Sein Unterleib regte sich. Justin biss die Zähne aufeinander bei der ungewollten Erregung, die er fühlte.

Genau in diesem Augenblick schaute Ariel auf und schenkte ihm ein bezauberndes Lächeln. »Ich habe dich gar nicht gehört.«

Zögernd tat er ein paar Schritte auf sie zu. »Du arbeitest! Es sieht so aus, als seist du bald fertig.«

»Beinahe. Es muss aber noch gerahmt werden.«

Justin nickte, und seine Gedanken gingen zu dem bevorstehenden Abschied; er wünschte, er bräuchte sie nicht zu verlassen. »Es ist etwas dazwischen gekommen. Ich muss für ein paar Tage nach London.«

»Geschäfte?« Sie legte den Pinsel beiseite und wischte die Hände an der Schürze ab, die sie vor ihr graues Wollkleid gebunden hatte.

»Das Projekt mit der Mine, das Clay und ich planen. Eine Sache der Banken – es geht um Geld, das wir für die Verbesserungen brauchen.«

»Wie lange wirst du wegbleiben?«

»Nicht lange. Ein paar Tage. Ich reite los, sobald ich meine Sachen gepackt habe.«

Ihr Gesichtsausdruck änderte sich, wurde unsicher. »Ich wünschte, du müsstest nicht weg.«

Er streckte die Hand aus und fuhr mit dem Finger über ihr Kinn. »Ich auch.« Aber es musste sein, und je eher er abreiste, desto schneller wäre er zurück.

»Wahrscheinlich soll ich dich nicht begleiten?«

Justin hatte daran gedacht, sie mitzunehmen; doch weil er ständig so sehr nach ihr verlangte, würde ihn das nervös und ungeduldig machen; zusätzlich waren die Wege schlammig, viele Wolken am Himmel und die Temperaturen niedrig. »Ich reite schneller, wenn ich allein bin. Außerdem könnte das Wetter noch unangenehmer werden. Mir wäre es lieber, wenn du hier bleibst.«

Ariel blickte weg. »Vielleicht hast du Recht. Weihnachten steht vor der Tür – ich muss die Geschenke fertig machen, die ich vorbereite.«

»Bringst du mich zur Tür?«

Ariel nickte, sie akzeptierte seinen Arm und ging mit ihm durch den Flur zur Eingangshalle; dann wartete sie, als er die Treppe hinauf in ihre Zimmer stieg. Als er wenige Minuten später mit seinem Gepäck in der Hand herunterkam, hatte sie bereits seinen Umhang von der Garderobe geholt. Sie legte ihn ihm um die Schultern und schloss das Band an seinem Hals.

Er umfing ihre Taille und zog sie an sich. »Ich werde dich vermissen!«

»Wirklich?«

Er senkte den Kopf und drückte einen sanften Kuss auf ihre Lippen. »Ich komme so schnell wie möglich zurück.« Er wandte sich dem Portal und dann seinem wartenden Pferd zu. Zum ersten Mal in seinem Leben fragte er sich, ob es wirklich das war, was er sich vom Leben wünschte: die Geschäfte über alles andere zu stellen.

Ariel saß im Arbeitszimmer, den Kopf hatte sie über die Papiere auf dem glänzenden Mahagonischreibtisch gebeugt. Während der Tage seit ihrer Ankunft hatte Justin das Arbeitszimmer als seine persönliche Domäne bestimmt. Aber Barbara benutzte den dunklen, holzgetäfelten, sehr männlich eingerichteten Raum sowieso kaum. Sie interessierte sich nicht für geschäftliche Angelegenheiten.

Doch Ariel tat es, und seit Justins Abreise war sie ruhelos. Geschäftsberichte, Vorschläge für Beteiligungen und Akten, die bearbeitet werden mussten, stapelten sich mittlerweile. Ariel hatte lange genug mit ihm zusammengearbeitet, um zu wissen, was mit den meisten der Akten zu geschehen hatte; und da sie sich in seiner Abwesenheit einsam fühlte, war sie in das Arbeitszimmer gegangen und beschäftigte sich deshalb gründlich mit den Vorgängen.

Wie immer, so war sie auch diesmal schnell in die Arbeit vertieft; die Zahlenkolonnen forderten sie heraus, in ihrem Kopf stellte sie mathematische Berechnungen an und erledigte schnell Aufgaben, für die ihr Mann wesentlich länger gebraucht hätte.

Ihr Mann. Gerade erst begann sie, so an ihn zu denken. Und dennoch gefiel ihr dieser Status. Seit ihrer Hochzeit war Justin stark und unterstützend gewesen, ein Ehemann, von dem eine Frau nur träumen konnte.

Wenn die Dinge so weitergingen, würde sich vielleicht wirklich mit der Zeit alles finden, wie Kitt sie getröstet hatte.

Soeben begann Ariel mit einer neuen Zahlenkolonne, als sie das Rascheln von Seide hörte und aufblickte. Lady Barbara schwebte anmutig herein, mit einem selbstgefälligen Lächeln auf den Lippen.

»Nun, offensichtlich hat er sich doch noch etwas ausgedacht, wie du ihm nützlich sein kannst.«

Ariel steckte den Stift zurück in den silbernen Halter und stand auf. »Was genau willst du damit sagen?«

Barbaras Lächeln wurde noch breiter. »Nun, liebste Schwägerin, du bist noch nicht einmal zwei Wochen verheiratet, und schon ist dein Bräutigam unterwegs nach London. Wie es scheint, liegen deine Talente auf einem anderen Gebiet als im Schlafzimmer.«

Eine heiße Röte stieg in Ariels Wangen. »Mein Mann war gezwungen, wegen einer dringenden geschäftlichen Angelegenheit in die Stadt zurückzukehren. In ein paar Tagen wird er wieder da sein.«

»Wird er das?« Wissend zog sie eine Braue hoch. Dann zuckte sie die Schultern. »Nun ja, vielleicht wird er das ja wirklich. Ein Tag oder zwei unterwegs auf einem Zechgelage mit Clayton Harcourt sollte ihm genügend Gelegenheit geben, seine Lust nach etwas anderem zu stillen – wenigstens für eine gewisse Zeit.«

Alle Farbe wich aus Ariels Gesicht. »Ich glaube dir nicht.

Du möchtest nur Zwietracht zwischen mir und Justin säen. Warum hasst du ihn so sehr? Was hat er dir angetan?«

»Was er getan hat? Er wurde geboren – das reicht! Dieser Mann ist ein Bastard, der Sohn meines lüsternen Vaters und einer seiner unzähligen Dirnen. Justins Existenz allein ist eine Beleidigung für meine Mutter und mich. Außerdem hat er meinem Sohn das Geburtsrecht gestohlen. Thomas sollte jetzt Graf von Greville sein.«

»Vielleicht wird er das ja eines Tages sein.«

»Willst du behaupten, du bist noch nicht schwanger von meinem Halbbruder?«

»Noch nicht. Doch trotzdem hoffe ich, bald ...«

Barbara lächelte böse. »Es wäre schon möglich, denke ich ... falls er nicht seinen kostbaren Samen über ganz London verströmt.«

»Er ist geschäftlich in London.«

Barbara lachte. »Wie naiv du doch bist! Justin würde sich niemals mit nur einer Frau zufrieden geben. Er war schon immer ein Mann, der von einem Bett zum anderen wanderte und seine Freuden dort fand, wo immer er es wollte. Oh, er ist nicht wie Clayton Harcourt. Harcourt braucht ein Dutzend verschiedene Frauen gleichzeitig, um seinen lüsternen Appetit zu stillen. Mein Bruder zieht es vor, immer nur eine nach der anderen zu benutzen. Natürlich wird er jetzt, wo er verheiratet ist, versuchen, ein wenig diskreter zu sein.«

»Das ist nicht wahr.«

»Du gewöhnst dich besser daran, Mädchen! Sie sind alle gleich, eine bekannte Tatsache!«

Ariel antwortete nicht. Ihre Hände zitterten. Ihr Kopf fühlte sich blutleer an und wie betäubt. Barbara log. Sie wollte nur Schwierigkeiten machen. Aber als Ariel in diese harten Greville-Augen blickte, entdeckte sie, dass Lady Barbara jedes Wort, das sie geäußert hatte, glaubte. Sie war überzeugt von Justins Untreue, und wenn seine Schwester daran so hartnäckig festhielt, lieber Gott, dann könnte es auch die Wahrheit sein.

Eine Woge der Übelkeit stieg in ihr auf. Ariel setzte sich wieder hin.

»Du siehst aus, als könntest du eine Tasse Tee vertragen«, meinte Barbara zuckersüß. »Ich werde dir von Perkins eine gute, starke Tasse Tee bringen lassen.« Sprach's und verschwand mit schwingenden Hüften durch die Tür.

Entgeistert starrte Ariel ihr nach, sie fühlte sich ganz krank. Sie wollte an Justin glauben, so wie sie es früher einmal getan hatte, aber Himmel, es war so schwer! Nur ein einziges Mal hatte er sie geliebt, seit sie verheiratet waren. Er schien nach ihr zu verlangen, dennoch hatte er sie verlassen und war nach London geritten. Niemals hatte sie die grausamen Worte vergessen, die er an jenem Morgen in London gesprochen hatte.

»In der letzten Nacht sind Clayton und ich ... einigen recht unterhaltsamen Gefährten begegnet.«

»Du sprichst doch nicht von ... Frauen?«

»Es tut mir Leid, meine Liebe, aber du wusstest doch, dass so etwas früher oder später geschehen würde. Du warst recht gut, wirklich ... aber der Geschmack eines Mannes ändert sich nun einmal.«

Ariel erschauerte. *»Der Geschmack eines Mannes ändert sich nun einmal.«* Es stimmte, das wusste sie. Der verstorbene Graf war Beweis genug dafür.

Und zwei Tage später, als Justin sich immer noch nicht blicken ließ und sie nichts von ihm hörte, glaubte sie Barbaras Unterstellungen tatsächlich.

Sie konnte nicht schlafen, nicht arbeiten. Ihr Appetit schwand vollkommen dahin – zusammen mit ihren Hoffnungen und Träumen.

Als Justin am nächsten Abend in strömendem Regen in Greville Hall ankam, seine Kleidung ihm vor Nässe am Körper klebte und sein Umhang triefte, blieb sie oben in ihrem Zimmer, anstatt ihn in der Eingangshalle zu begrüßen – wie sie es vorgehabt hatte. Sie wollte ihn nicht sehen, fürchtete sich vor dem, was sie in seinem Gesicht lesen würde.

Möglicherweise war sie ein noch größerer Dummkopf gewesen als zuvor, und wenn das stimmte, dann würde ihr Herz nie wieder heilen.

Justin nahm den Umhang von seinen Schultern und reichte ihn Perkins, der ihn von sich weghielt und seine buschigen grauen Brauen hochzog, als er das tropfende Stück durch den Flur trug. Justin hoffte, dass Ariel auf ihn wartete; er sah sich in der Halle um, doch anstatt seine Frau zu erblicken, nach der er sich so sehr sehnte, kam der kleine Thomas auf ihn zugelaufen.

»Onkel Justin!«

Das Kind sprang in die Luft, und Justin fing es auf, schaukelte es ein wenig und hielt es dann auf Armeslänge von sich. »Ach, du große Güte, du bist ja ein ganzes Stück gewachsen, während ich weg war.«

Thomas lachte fröhlich, als Justin ihn wieder auf die Beine stellte.

»Hast du mir ein Geschenk mitgebracht?«

Justin hob den Zeigefinger. »Warst du denn auch brav in der Zwischenzeit?«

Das Lächeln des kleinen Jungen erlosch. »Mama hat gesagt, ich war böse. Sie hat mich ohne Essen ins Bett geschickt.« Er grinste und zeigte ein Loch, wo früher einmal ein Zahn gewesen war. »Tante Ariel hat mir heimlich eine Hammelpastete gebracht und ein Stück Apfelkuchen, aber das darfst du Mama nicht erzählen.«

Justin drückte die Schulter des Jungen. »Dein Geheimnis ist bei mir in Sicherheit.« Er steckte die Hand in die Tasche und zog ein kleines Holzschiff daraus hervor, das er dem Kind aus London mitgebracht hatte. Es war aus orientalischem Teakholz gefertigt, mit winzigen Segeln aus Stoff und schwarz angestrichenen Seilen, die das Tauwerk darstellten.

»Es ist wunderschön!« Thomas betrachtete das Schiff voller Bewunderung.

»Nein, nicht es, es ist eine Sie. Schiffe sieht man immer als Frau. Dieses hier heißt *Mirabelle*. Siehst du? Der Name steht mit Goldbuchstaben am Bug.«

»Die *Mirabelle*!« Thomas fuhr mit dem Finger über den Namen. »Das ist wirklich ein hübscher Name.« Er drückte das kleine Schiff an seine Brust und strahlte. »Danke, Onkel Justin!«

»Gern geschehen.« Justin sah sich noch einmal um, er suchte nach Ariel. »Wo ist deine Tante? Hast du sie gesehen?«

»Sie ist oben in ihrem Zimmer. Ich glaube, sie fühlt sich nicht gut.«

Justin runzelte die Stirn. Er zerzauste dem Jungen das Haar und rannte dann förmlich die Treppe hinauf, dann durch den Flur. Er klopfte einmal, öffnete die Tür und trat ein.

Ariel saß vor dem Fenster, sie war mit einer Stickarbeit beschäftigt. Sie wandte sich um, als sie ihn bemerkte.

»Ariel … Liebling, geht es dir gut? Thomas hat gesagt, du fühltest dich nicht wohl.« Er kam zu ihr hinüber, wollte sie vom Sofa in seine Arme ziehen, doch etwas in ihrem Blick ließ ihn innehalten.

Umständlich legte Ariel die Stickarbeit beiseite. Er fand, dass sie blass aussah. »Mir geht es gut. Ich habe nicht … ich habe dich nicht kommen gehört.«

Er fragte sich, ob sie wohl die Wahrheit sagte? Und wenn das nicht so wahr, warum?

»Ich bin wie der Teufel geritten, um nach Hause zu kommen. Eigentlich wollte ich schon eher zurück sein, aber es gab da eine Versammlung, an der ich unbedingt teilnehmen musste. Außerdem waren die Papiere in der Bank noch nicht fertig für meine Unterschrift. Auf keinen Fall wollte ich mich noch einmal nach London aufmachen.«

Sie stand vom Sofa auf und lächelte ihn an, aber es war nicht das Lächeln, das er sich vorgestellt hatte. Es war voller Unsicherheit, Schatten umgaben ihre Augen.

»Bist du sicher, dass es dir gut geht?«

»Ich bin nur ein wenig müde, das ist alles … und habe Kopfschmerzen. Heute würde ich gern früh zu Bett gehen … falls du nichts dagegen hast.«

Wie schade! Er hatte gehofft, wahnsinnig gehofft, dass sie ihn ungeheuer vermisst hatte während dieser Tage. Dass sie ihn, wenn er zurückkehrte, willkommen heißen würde – ohne Unsicherheit, ohne zu zögern –, auch in ihrem Bett. Aber das kam nun nicht in Frage, und wenn sie wirklich krank war, brauchte sie Ruhe und Fürsorge.

Es gelang ihm, sich zu einem Lächeln zu zwingen. »Ruhe dich aus. Morgen früh wirst du dich sicher wieder besser fühlen.«

Aber als sie doch die übliche Fröhlichkeit vermissen ließ, wuchs seine Sorge. Sie ging ihm den größten Teil des Tages aus dem Weg, und am Abend beim Essen verhielt sie sich so abweisend, dass er sie verließ und sich in sein Arbeitszimmer zurückzog.

Er fragte sich immer wieder, was wohl in den Tagen seiner Abwesenheit geschehen war, dass sie sich jetzt noch mehr von ihm zurückzog als zuvor.

Gib ihr ein wenig mehr Zeit, ermahnte er sich. Doch tief

in seinem Inneren fürchtete er, dass die wenigen Gefühle, die sie noch für ihn empfunden hatte, langsam verwelkt waren und jetzt überhaupt nicht mehr existierten.

Der Dezember brachte kalte Winde und eisigen Regen. Trotz des unfreundlichen Wetters sah Ariel ihren Ehemann nur sehr selten. Seit seiner Reise in die Stadt mied sie ihn absichtlich. Leider schien er sich nichts daraus zu machen. Sie hatte schreckliche Angst, dass Barbara Recht haben könnte, und dass er nach London gereist war, um mit einer anderen Frau zusammen zu sein. Das Vertrauen, das sich langsam wieder zwischen ihnen einstellen wollte, war jetzt vollkommen dahin.

Dennoch gab es Anlässe, bei denen sie sich trafen. Wie zum Beispiel an dem Abend, als Barbara verkündete, dass sie eine Party geben würde – eine Abendgesellschaft zum ersten Advent, nannte sie es –, um den offiziellen Beginn der Weihnachtszeit zu feiern. Nichts Extravagantes, hatte Barbara versprochen, nur ein Empfang für ihre engsten Freunde.

Zuerst hatte Justin protestiert, doch Barbara hatte darauf bestanden.

»Die Einladungen habe ich schon vor einer Woche weggeschickt. Mir ist nie der Gedanke gekommen, dass du etwas dagegen haben könntest. Wir haben jedes Jahr eine Adventsparty in Greville Hall. Es ist praktisch eine Familientradition.« Sie lächelte ein wenig gezwungen. »Aber davon hast du ja keine Ahnung, nicht wahr?«

Justin biss die Zähne zusammen und antwortete nicht.

»Vielleicht ist es sogar besser so«, meinte er zu Ariel, als Barbara das Zimmer verlassen hatte. »Wir werden sowieso früher oder später nicht darum herumkommen, uns wieder in der Gesellschaft zu zeigen. Vielleicht ist eine kleine

Runde hier im Haus eine gute Gelegenheit, damit zu beginnen.«

So, wie die Dinge zwischen ihnen standen, war Ariel kaum bereit, sich offiziell zu zeigen; doch wie er gesagt hatte, früher oder später würde ihnen nichts anderes übrig bleiben. »Vielleicht hast du ja Recht. Und es sind nur noch wenige Tage bis zu der Party. Wenn die Einladungen bereits verschickt worden sind, haben wir wohl gar keine Wahl.«

»Und ich füge noch ein paar Namen der Gästeliste hinzu – Menschen, auf deren Unterstützung wir uns verlassen können.«

Die Abendgesellschaft würde also stattfinden, aber Ariel kümmerte das wenig. Justin war noch immer nicht zurück in ihr Bett gekommen. Wenn er mit keiner anderen Frau schlief, dann hätte er doch sicher längst wieder Interesse ...

Am Abend der Party schien die Spannung zwischen ihnen mit Händen greifbar.

Ariel zog sich sehr sorgfältig an, sie wählte ein Kleid aus goldenem Seidenbrokat, mit hoher Taille. Es war eine herrliche Robe, mit blitzenden weißen Brillanten an dem tief ausgeschnittenen Mieder, das die Ansätze ihrer Brüste zeigte. Das verführerische Gewand sollte ihr helfen, ihre gedrückte Stimmung zu heben.

Die Party war bereits in vollem Gang, als sie, mit angespannten Nerven und einem unangenehmen Druck im Magen, unten anlangte. Sie war überrascht festzustellen, dass ihr Mann auf sie gewartet hatte. Als er mit größtem Wohlgefallen ihr Kleid und das hochgesteckte blassblonde Haar betrachtete, erschien eines seiner so seltenen Lächeln auf seinem Gesicht, und der Knoten in ihrem Magen löste sich ein wenig. Etwas leichtfüßiger ging sie ihm entgegen, und es gelang ihr sogar, zu lächeln.

»Du siehst wunderschön aus«, erklärte er und drückte einen Kuss auf ihren Handrücken. »Jeder Mann hier wird mich beneiden.«

Eine leichte Röte stieg in ihre Wangen, auch wenn sie eher meinte, dass sie es war, die beneidet werden würde. Justin war groß und elegant gekleidet in Dunkelgrau und Burgunderrot; die Nadel mit dem Diamanten glänzte in seiner Krawatte, er sah gefährlich aus und unglaublich attraktiv.

Justin bot ihr galant seinen Arm, und sie schritten durch die Eingangshalle, den Flur hinunter und dann durch die Doppeltüren in den Empfangssaal.

Barbaras Vorstellung einer kleinen Abendgesellschaft erwies sich als eine große Parade: ein Orchester spielte in der langen Galerie, die Möbel waren weggerückt worden, um Platz zum Tanzen zu schaffen; ein Salon diente als Spielkasino und ein üppiges Büfett stand bereit. Das Haus war kunstvoll dekoriert, mit cremefarbenem und silbernem Weihnachtsschmuck, und immergrüne Girlanden hingen über den Kaminen; in silbernen Vasen standen weißblühende Christrosen und erfüllten die Räumlichkeiten mit ihrem zarten Duft.

Die Musik auf der Galerie mischte sich mit den Stimmen im Saal, und Ariels Nervosität kehrte zurück. Aufgrund des Skandals, den Horwick ausgelöst hatte und der hastigen Eheschließung des Grafen von Greville mit einer Person von zweifelhaftem Ruf, wusste sie, was ihr bevorstand. Als sie sich weiter vorwärts bewegten, zitterten Ariels Finger auf Justins Arm. Sie konnte die geflüsterten Worte hören und die abschätzenden Blicke sehen.

Justins Miene blieb ausdruckslos, aber in seiner Wange zuckte ein Muskel. Verzweifelt suchte Ariel den Raum ab nach einem freundlichen Gesicht; sie wünschte, Kassandra wäre gekommen; aber ihr Vater, der sich Sorgen machte über die Neigung seiner Tochter, sich in Schwierigkeiten zu bringen, hatte ihr verboten, an der Party teilzunehmen. Und Kitt hatte ihm diesmal sogar gehorcht.

Stattdessen war der Erste, der auf sie zukam, Clay Harcourt; liebenswürdig beugte er sich über ihre Hand.

»Ihr seht strahlend aus heute Abend, Milady«, erklärte er mit einem scharmanten Lächeln.

»Danke, Clay. Ich bin so froh, dass Ihr kommen konntet.« Das war die Wahrheit – es tat gut, wenigstens einen Freund zu haben, in einem Raum voller Feinde.

Clay musste ihre Gedanken gelesen haben, denn er lehnte sich ein wenig näher. »Euer Mann dachte, dass Ihr etwas moralische Unterstützung gebrauchen könntet – also habe ich noch einen Freund mitgebracht.« Er wandte seine Aufmerksamkeit einem gut aussehenden, grauhaarigen Herren neben sich zu, der so groß wie Clay war und die gleichen, warmen, goldbraunen Augen besaß. »Euer Gnaden, darf ich Euch die Gräfin von Greville vorstellen. Milady, Herzog von Rathmore!«

Ariel sank in einen Hofknicks, und ihr Herz schlug heftig. Clays Vater. Sie wäre niemals darauf gekommen, dass Rathmore hinter ihnen stand. »Ich fühle mich geehrt, Euer Gnaden!«

Er bedachte sie mit einem anerkennenden Blick. »Die Freude ist ganz meinerseits, Milady, das versichere ich Euch! Euer Mann und ich kennen einander natürlich sehr gut. Schön, dass der Kerl endlich den Verstand hatte, zu heiraten – und dazu noch eine so seltene Schönheit, wenn ich das bemerken darf.«

Sie errötete ein wenig. »Danke.«

»Hoffentlich reserviert Ihr mir einen Tanz, junge Dame! Ich bin nicht über diese verflixt schlammigen Straßen gereist, nur um dann festzustellen, dass Eure Tanzkarte bereits voll ist.«

Sie lachte, der Humor des Herzogs half ihr, sich zu entspannen. »So weit würde ich es niemals kommen lassen. Ich fühle mich geehrt, mit Euch zu tanzen, Euer Gnaden – zu jeder Zeit.«

Er zwinkerte ihr zu, ein Grübchen erschien in seiner Wange. Clay hatte ein Grübchen an beinahe der gleichen Stelle, erinnerte sie sich. Sie unterhielten sich noch eine Weile angenehm, dann erschien ein alter Bekannter des Herzogs und nahm ihn beiseite.

Dennoch trug Clays Idee Früchte. Da der Herzog mit dem Grafen und seiner Braut einverstanden zu sein schien, änderte sich die allgemeine Atmosphäre sehr schnell. Einige der Gäste – Lord Foxmoor, den Ariel in Tunbridge Wells kennen gelernt hatte, Lord und Lady Oxnard und ein halbes Dutzend andere – kamen zu ihnen herüber, um sie zu begrüßen. Sogar Lady Foxmoor schien Ariel ihre früheren Sünden zu verzeihen. Ariel glaubte, dass es eine Menge damit zu tun hatte, dass Lord Foxmoor zusammen mit Justin eine Partnerschaft eingegangen war und er dabei beträchtliche Gewinne erzielt hatte.

Der Abend ging weiter, endlos, wie es Ariel erschien, doch bis jetzt war nichts wirklich schief gelaufen. Sie tanzte etliche Male, und als das Orchester einen Walzer spielte, führte Justin sie aufs Parkett in der langen Galerie.

Als er ihr die Hand um die Taille legte und sie anmutig im Kreis drehte, seufzte Ariel vor Glück.

»Ich habe davon geträumt, mit dir einen Walzer zu genießen«, flüsterte Justin, und seine langen, geschmeidigen Schritte führten sie über die Tanzfläche, als würden sie schweben.

»Wirklich?« Sie fühlte die Berührung seiner Schenkel, seine starke Hand im Rücken, und ein warmes Gefühl stieg in ihrem Inneren auf.

»Mehr als nur einmal.« Sein Blick wanderte über ihr Gesicht. »Weißt du eigentlich, wovon ich normalerweise träume?«

Sie konnte ihre Augen nicht von diesem markanten Gesicht losreißen. »Wovon träumst du normalerweise?«

»Ich träume von unserer Hochzeitsnacht. Davon, wie süß du geschmeckt hast, wie dein Körper auf den meinen reagiert hat, wie es sich angefühlt hat, in dir zu sein. Ich träume davon, wieder in dir zu sein …«

Ihr Magen zog sich zusammen. Sie kämpfte gegen ein heißes Verlangen an. Vorübergehend geriet sie aus dem Takt, und er zog sie enger an sich, hielt sie fest und fand den Rhythmus des Walzers wieder. Seine Augen waren klar und dunkel, sein Blick umfing sie. Es war ihm nicht entgangen, wie seine Worte auf sie gewirkt hatten.

Warum sollten sie das auch nicht? Sie erinnerte sich an die Nacht genauso lebhaft wie er.

Die Musik hörte auf, ehe sie das wollte. Mit einer förmlichen Verbeugung ließ er sie los, sein Blick war wieder rätselhaft.

Ein paar Minuten später erschien der Herzog auf der Bildfläche, um den Tanz einzufordern, den sie ihm versprochen hatte. Er schwenkte mit ihr davon. Justins Blick folgte ihnen. Er war den ganzen Abend über sehr umsichtig gewesen, hatte dafür gesorgt, dass sie von Barbaras versteckten Anspielungen verschont blieb und auch von der falschen Freundlichkeit ihrer Gäste.

Vielleicht habe ich mich ja geirrt, dachte Ariel sehnsüchtig … weil Barbara sich schon geirrt hatte.

Dann trat eine Gruppe von Spätankömmlingen durch die Tür und weckte Ariels Aufmerksamkeit. Eine Person stach unter ihnen hervor, eine große Frau mit olivfarbener Haut, hohen Wangenknochen und hohen, vollen Brüsten. Ihre

Schönheit blendete förmlich – den kleinen, grauhaarigen Mann, der ihr Begleiter zu sein schien, stellte sie völlig in den Schatten. Sie war bezaubernd und exotisch; und in dem Augenblick, in dem sie ihre schwarzen Augen mit den langen dichten Wimpern auf Justin richtete, wusste Ariel sofort, dass diese Frau einst seine Geliebte gewesen war.

Ihre Brust schnürte sich zusammen, dass sie einen Moment lang nicht atmen konnte. Sie stolperte und wäre gefallen, wenn der Herzog sie nicht gehalten hätte.

»Geht es Euch gut?«

»Ja ... ja, ich bin wohlauf – nur ein wenig müde, das ist alles.«

Sein Blick folgte dem ihren, und er runzelte die Stirn. »Lady Eastgate! Sie ist eine enge Freundin Ihrer Schwägerin, aber ich bin überrascht, sie hier zu sehen.«

Sage es nicht, dachte sie, aber sie konnte nicht widerstehen. »Weil sie und mein Mann ... eine Beziehung hatten?«

Der prüfende Blick des Herzogs ruhte auf ihrem Gesicht. »Euer Gemahl ist ein Mann, meine Liebe, und kein Heiliger. Lady Eastgate ist eine wunderschöne Frau und Witwe. Zudem war ihre ... Beziehung ... vorüber, lange ehe er Euch traf.«

Sie zwang sich zu einem Lächeln und hoffte, dass er die Wahrheit sprach. Dann sah Ariel, wie die Frau voller Entschlossenheit auf Justin zusteuerte, und dachte, dass der Herzog sich sehr wahrscheinlich geirrt hatte – dabei spürte sie einen heftigen Schmerz.

War Lady Eastgate die Frau, die Justin in London besucht hatte? Dieser eleganten und kultivierten Dame mochte es vielleicht gleichgültig sein, dass er ein verheirateter Mann war. Als der Tanz endete, entschuldigte sich Ariel bei dem Herzog und flüchtete sich auf die Terrasse. Sie könnte um das Haus herumgehen, zum hinteren Teil, dann die Dienstbotentreppe hinauf in ihr Zimmer, und niemand würde es bemerken.

Unterwegs dachte sie an Justin und an die wunderschöne Exotin. Als sie endlich die Sicherheit ihres Schlafzimmers erreicht hatte, musste sie sich bemühen, nicht in Tränen auszubrechen.

23

»Lady Eastgate!« Steif beugte sich Justin über die schlanken Finger in den langen weißen Handschuhen, sein harter Blick ruhte auf ihrem Gesicht. Roselyn Beresford, die Witwe des Marquis von Eastgate, Tochter einer englischen Mutter und eines spanischen Grafen, war wunderschön und begehrenswert; eine kurze Zeit lang hatte die Lady das Bett mit ihm geteilt. Aber Roselyns Herz blieb dabei genauso leer wie das seine, hatte er festgestellt, und sein Verlangen erlosch seinerzeit sehr bald.

»Es ist schön, dich wiederzusehen, Justin.« Sie lächelte ihn hinter ihrem handgemalten Fächer an. »Ich habe dich in den letzten Monaten vermisst.«

»Wirklich?« Nun, er hatte sie ganz sicher nicht vermisst, und es war offensichtlich, dass sein Mangel an Zuneigung – wenn man es denn so nennen wollte – ihr nicht gefiel. *»Eine Marquise von Eastgate lässt sich nicht einfach wegwerfen!«*, hatte sie ihn angeschrien, in der Nacht, in der er ihre Affäre beendete. Sie hatte ihm mit Rache gedroht – und genau das war der Grund ihres Erscheinens heute.

»Meine Glückwünsche«, zwitscherte sie süffisant. »Deine Schwester hat mir die Neuigkeit von deiner kürzlichen Hochzeit verraten. Ich wollte dir persönlich gratulieren.«

»Wie nett von dir«, meinte er spöttisch.

Sie hob die Brauen und sah sich in dem Raum um. »Wo ist denn die errötende Braut?«

Justin überflog die Anwesenden, doch konnte er seine Frau nirgendwo entdeckten. Ariel hatte mit Rathmore getanzt, als Roselyn das Zimmer betreten hatte. Wo war sie jetzt? »Vielleicht holt sie sich soeben eine Erfrischung. Da sie im Augenblick nicht da ist, werde ich ihr gern deine guten Wünsche übermitteln.«

»Oh, aber ich möchte wirklich sehr gern diesen ganz besonderen Engel kennen lernen, den du geheiratet hast. Wenn ich mich recht erinnere, hast du gesagt, dass du nicht den Wunsch nach einer Ehe verspürtest. Damals warst du sehr hartnäckig in deiner Ablehnung.«

Justin lächelte kalt. »Damals kannte ich Ariel auch noch nicht.«

Roselyns Miene wurde abfällig. »Ich verstehe.«

»Das hoffe ich für dich!« Er trat einen Schritt näher und sprach so leise, dass nur sie ihn verstehen konnte. »Meine Frau bedeutet mir sehr viel, Roselyn. Ich warne dich: Solltest du irgendetwas anzetteln, das sie in Aufregung versetzt, werde ich das sehr persönlich nehmen! Da ich eine ganze Menge über die geschäftlichen Angelegenheiten deines verstorbenen Mannes weiß – oder seinen Mangel an Erfolg in dieser Richtung –, würde ich mich freuen, diese Tatsachen zu veröffentlichen, und zwar an Stellen, die für dich recht unangenehm werden könnten. Hast du mich verstanden, Milady?«

Ihre Haltung wurde eisig, ihre dunklen Augen zogen sich zu Schlitzen zusammen. »Vollkommen!«

»Gut. Wenn du mich jetzt bitte entschuldigen würdest …« Er zog seine Mundwinkel etwas schief. »Ich wünsche dir einen schönen Abend.«

Roselyn antwortete nicht, doch ihre vollen Lippen bildeten einen schmalen Strich. Justin spürte ihren feindseligen Blick im Rücken, als er sich auf die Suche nach Ariel begab. Dabei verfluchte er seine Schwester. Barbara hatte Roselyn nur deshalb eingeladen, um ihm Schwierigkeiten zu machen. Er fürchtete, dass sie sogar Erfolg damit gehabt hatte.

Er schaute in der Galerie nach, im »Casino« und im großen Salon, doch fand er seine Frau nirgendwo. Schließlich entdeckte er Clay, der sich mit Lord und Lady Oxnard unterhielt; die kleine Gruppe fragte er, ob von ihnen jemand Ariel gesehen hatte.

»Sie hat getanzt, mit meinem ... mit Rathmore – vorhin jedenfalls«, gab Clay Auskunft und warf ihm einen prüfenden Blick zu.

»Ich glaube, ich habe sie draußen gesehen, wo sie frische Luft schnappte.« Lady Oxnard hob ihr Lorgnon, um dadurch zur Terrassentür zu spähen. »Es ist schrecklich kalt draußen. Sicherlich ist sie mittlerweile wieder hereingekommen.«

Das war möglich, doch Ariel ließ sich kaum von Kälte schrecken, und er wusste, wie schwierig die Dinge heute Abend für sie lagen. Justin trat hinaus auf die Terrasse in einen feinen, feuchten Nebel. Die Steine unter seinen Füßen waren glatt, die Kälte der Luft drang sehr schnell durch seine Kleidung. Es gab kein Anzeichen von Ariel und er wollte gerade wieder umkehren, als eine Bewegung im Garten seine Aufmerksamkeit weckte. Er stieg die Treppe hinunter und über den Kiesweg in Richtung des Pavillons. Die Büsche bewegten sich noch einmal, und die gelbe getigerte Katze der Haushälterin sprang heraus auf eine niedrige Steinbank. Justin fluchte, seine Sorge wuchs, als er zurück ins Haus ging.

Noch immer war Ariel nirgendwo zu entdecken. Jetzt

stand fest, dass etwas nicht stimmte; deshalb eilte er die geschwungene Treppe hinauf zu dem Zimmer, das neben seinem lag, und klopfte an die Tür. Er hätte nicht gedacht, dass sie sich zurückziehen würde – bei so vielen Gästen im Haus. Jetzt räusperte er sich grimmig und trat ein, ohne auf ihre Aufforderung zu warten. Ihre Silhouette hob sich gegen das Licht des Mondes, das durch das Fenster schien, ab.

»Ich habe dich überall gesucht«, sagte er leise in ihre Richtung. »Aber ich wäre nie auf die Idee gekommen, dich hier zu finden. Fühlst du dich nicht wohl?«

»Nein, ich ...« Sie blickte an sich hinunter und er sah, dass sie noch immer ihre Tanzkarte in der Hand hielt ... die zitterte. In dem schwachen Licht sah ihr Gesicht blass aus, ihre hübschen blauen Augen waren überschattet von schmerzlichen Gefühlen.

Er legte einen Finger unter ihr Kinn und hob ihren Kopf, zwang sie, ihm in die Augen zu schauen. »Sag mir, was geschehen ist.«

Sie schüttelte den Kopf, versuchte zu lächeln, versagte aber. »Nichts ist geschehen«, wehrte sie ab, aber ihre Augen füllten sich mit Tränen.

Am liebsten hätte er die Hände nach ihr ausgestreckt, hätte sie in seine Arme gezogen; doch seine Kleidung war feucht vom Nebel, und er zwang sich, zu bleiben, wo er war. »Wir sind jetzt verheiratet. Ich bin dein Mann. Also heraus mit der Sprache!«

Sie wandte sich von ihm ab, lehnte sich wieder ans Fenster und blickte in den winterkahlen Garten. »Ich habe dich mit dieser Frau gesehen. Sie war deine Geliebte, nicht wahr?«

Insgeheim fluchte er. »Das war Monate bevor wir einander begegnet sind.«

Jetzt straffte sie die Schultern, in ihren Augen glänzte es

verdächtig. »Ich habe mir geschworen, den Mund zu halten … nichts zu sagen. Aber ich kann nicht länger so tun, als ob es mir gleichgültig wäre. Ich muss die Wahrheit wissen.«

Er erstarrte und bereitete sich auf das Schlimmste vor, auf etwas, das er getan haben sollte und von dem er nichts wusste. »Sprich weiter.«

»Als du nach London gereist bist … deine Geschäfte … war es nur ein Vorwand, um mir zu entkommen? Bist du dorthin geritten, um bei einer anderen zu sein?«

Einen Augenblick lang schien sein Herz stehen zu bleiben. »Glaubst du das wirklich?«

»Ich weiß es nicht. Ich … deine Schwester hat gesagt, du würdest dich niemals mit nur einer Frau zufrieden geben. Ihrer Meinung nach bist du nach London gereist, weil du Abwechslung brauchtest. Heute Abend … als ich dich mit Lady Eastgate gesehen habe … wusste ich, dass sie deine Geliebte gewesen war. Ich dachte, vielleicht hättest du sie in London besucht.«

Mit zwei großen Schritten war er bei ihr und zog sie in seine Arme. Er zerdrückte ihr Kleid, aber das kümmerte ihn nun nicht mehr. Zweifellos musste sie die Wahrheit erfahren – damit sie ihm wieder vertraute. Dafür würde er sorgen.

»Meine Schwester ist eine boshafte Lügnerin«, flüsterte er in ihr Haar. »Das weißt du ebenso wie ich. Es gibt keine andere Frau, und ich will keine andere. Ich habe mich nach keiner Frau mehr umgeschaut seit dem Tag, an dem wir einander kennen lernten.« Er spürte, wie sie zitterte, verfluchte sich selbst und trat einen Schritt zurück.

»Du musst mir glauben, Ariel. Wenn unsere Ehe auch nur die geringste Chance auf Erfolg haben soll, dann musst du begreifen, dass ich die Wahrheit sage.«

»Ich möchte es«, flüsterte sie, »möchte dir vertrauen – mehr als alles auf der Welt!«

Sein Blick ruhte auf ihrem Gesicht. »Einmal habe ich dich in der Vergangenheit belogen, werde es aber nicht wieder tun. Nie wieder. Es war wirklich eine Geschäftsreise. Ich habe dich nicht mitgenommen, damit du hier in der Wärme und in Sicherheit bleiben konntest.« Seine Hand zitterte, als er sie an ihre Wange legte. »Bitte, Liebste …«

Lange Augenblicke vergingen, in denen keiner von beiden sprach. Dann schloss Ariel die Augen und drängte sich an ihn. »Ich glaube dir.«

Er hielt sie ganz fest und bettete seine Wange in ihre Locken. »Vertrau mir, Ariel«, flüsterte er. »Ich werde dich nicht noch einmal enttäuschen.« Himmel, es fühlte sich so herrlich an, sie in seinen Armen zu halten, den Duft von Lilien einzuatmen, der aus ihrem Haar aufstieg.

»Du zitterst«, sagte er. »Ich habe den Nebel mit hereingebracht.«

»Das macht nichts.« Sie schlang die Arme um seinen Hals. »Die Hauptsache ist, dass du mich willst und keine andere.«

Justin presste sie an sich. »Ich will dich«, versicherte er ihr mit rauer Stimme. »Für immer!« Dann bog er ihren Kopf zurück und drückte seine Lippen auf ihre, in einem harten, besitzergreifenden Kuss – meldete seine Ansprüche an, wie er das schon so lange hatte tun wollen. Als sie sich ihm entgegenneigte, seinen Kuss erwiderte und sich seine Zunge tief in ihren Mund schob, schien sich die Düsternis in seinem Inneren ganz langsam zu lichten.

»Justin …«, flüsterte sie und klammerte sich an ihn, als wolle sie ihn nie wieder loslassen. Er küsste sie noch einmal, sanft und eindringlich, verlangte nach ihr und war jetzt sicher, dass sie seine Gefühle teilte. Seine Hände zitterten, als er begann, ihr wunderschönes goldenes Kleid aufzuknöpfen. Er würde sie zu der Seinen machen, würde ihr Frösteln mit der Hitze seines Körpers vertreiben. Das Gewand öffnete sich und fiel von ihren Schultern auf den Boden, als er sie in seine Arme hob und hinüber zum Bett trug.

»Allmächtiger, wie ich dich vermisst habe«, flüsterte er. »Ich habe dich so sehr vermisst!« Noch einmal küsste er sie voller Sehnsucht, und Ariel erwiderte seinen Kuss mit derselben Leidenschaft.

Sie liebten sich drängend und wild, um all die Zeit nachzuholen, die sie verloren hatten.

Nun zog er sie an seine Seite und hielt sie in seinen Armen, sanft streichelte er ihr über das Haar. Sie war erschöpft von der Anspannung des Abends. Schließlich schlossen sich ihre Augen, und sie schlief ein. Im Schlummer waren all die Sorgen aus ihren Zügen gewichen, die Unsicherheit, die sie so lange gequält hatte. Er wollte sie für immer verbannen und schwor sich, dass er alles tun würde, um sein Ziel zu erreichen.

Ihm fiel die Grausamkeit seiner Schwester, die Zweifel ein, die sie mit so viel Tücke geweckt hatte, und es packte ihn der Zorn. Wenn Barbara weiterhin Schwierigkeiten machte, dann würde er sie hinausweisen aus Greville Hall. Wenn nicht Thomas wäre, würde er das gleich erledigen, heute Abend noch. Aber er hatte nicht das Herz, das Kind aus seiner gewohnten Umgebung zu reißen und wegzuschicken.

Er wusste nur zu gut, wie es war, wenn man von einem Ort zum nächsten geschoben wurde, ohne eine wirkliche Familie und Adresse sein Zuhause nennen zu können.

Dennoch würde sich Barbaras feindselige Haltung ändern müssen. Wenn sie sich weigerte und er sie deswegen nicht mehr unter seinem Dach duldete, dann sollte es wohl so sein. Auf die eine oder die andere Art mussten die Bosheiten seiner Schwester ein Ende haben. Barbara würde schon sehr bald die Konsequenzen zu spüren bekommen, wenn sie noch einmal einem von ihnen beiden zu nahe träte.

Das war er Ariel schuldig. Und, so stellte er plötzlich fest, auch sich selbst.

Am folgenden Tag stand Barbara starr im Wohnzimmer der üppig eingerichteten großen Suite und wartete darauf, dass sich die Tür hinter ihrem Bruder wieder schloss. Sobald er ihr aus den Augen war, ballte sie die Hände zu Fäusten.

»Wie kann er es wagen!« Bittere Wut stieg in ihr auf. *Wie kann er es wagen!* Sie wirbelte herum zu dem Schreibtisch in der Ecke des Raumes. Es dauerte eine Weile, bis sie sich genügend beruhigt hatte, um die Feder aus dem Halter zu nehmen und sie in das Tintenfass zu tauchen. Selbst dann fielen noch einige Tropfen Tinte auf das Papier.

»Liebster Phillip«, begann sie, dann runzelte sie die Stirn und strich die Worte schnell wieder aus. Sie zerknüllte den Bogen, warf ihn weg und griff nach einem neuen Blatt. »Mein Liebling, Phillip ...« In dem Brief beschrieb sie den Zusammenstoß mit ihrem Bruder, wie Justin sie beschimpft und damit gedroht hatte, sie aus dem Haus zu werfen – aus einem Haus, das rechtmäßig ihrem Sohn gehörte! Sie verströmte all das Gift, das sich in ihr angesammelt hatte; denn er war der einzige Mensch auf der ganzen Welt, der Mitleid mit ihr haben würde.

Sie sagte ihm, dass es an der Zeit war, ihren Plan in die Tat umzusetzen.

Die Lady unterschrieb mit: »All meine Liebe gehört dir, Barbara«, versiegelte den Brief mit Wachs und läutete nach einem Lakai, der es übernehmen sollte, den Brief zuzustellen. Ihre Hände zitterten jetzt nicht mehr. Die Wut brodelte nur noch leicht unter der Oberfläche. Justin meinte vielleicht, dass er gewonnen hatte, und sie würde ihn momentan auch in diesem Glauben lassen. Aber nicht lange. Oh, nein, nicht mehr lange!

Der Einsatz war hoch, das Risiko groß, aber das Spiel würde bald vorüber sein.

Barbara hegte nicht den leisesten Zweifel, dass am Ende sie als Gewinnerin daraus hervorging.

Das Wetter klarte ein wenig auf. Die ersten Strahlen der Morgensonne erreichten den Horizont; die frische, kalte Luft verwandelte seinen Atem in Dampf, als Justin zum Stall ging. Ein junger Stallknecht mit Namen Michael O'Flaherty trat ihm entgegen; sehr schnell hatte er sich an die Eigenart seines Herrn gewöhnt, schon so früh am Morgen unterwegs zu sein.

Jeden Tag bei Sonnenaufgang stand Justin auf und ritt über die Hügel seines Besitzes – wobei er erst allmählich begriff, dass das alles wirklich ihm gehörte. Bis zu seiner Ankunft hier mit Ariel hatten die Schatten seiner heiklen Geburt ihn von hier fern gehalten. Greville Hall war der Stolz und die Freude seines Vaters gewesen, ein Monument seines Reichtums und guten Geschmacks. Der Graf hatte das Haus zu einem Ausstellungsstück gemacht. Und da seine Tochter hier lebte, hatte er auch die meiste Zeit hier verbracht.

Früher hatte für Justin das wunderschöne Herrenhaus aus Stein, das sich in das grüne Tal in Surrey schmiegte, all das verkörpert, was seinem Vater lieb und teuer war – alles, was sein Sohn ablehnte.

Justins Mutter, die Tochter eines Landedelmannes namens William Bedford, hatte eine Zeit lang nicht weit von hier gewohnt. Als Junge war Justin stundenlang über die Felder ringsum gestreift und hatte mit einem Gefühl des

Verlustes das Kommen und Gehen eines Vaters beobachtet, der sich weigerte, ihn anzuerkennen.

Obwohl das Haus mittlerweile ihm gehörte, und zwar bereits seit einigen Jahren, waren die damit verbundenen Erinnerungen noch immer sehr schmerzlich gewesen.

Jetzt stellte er fest, dass sie ihn nicht mehr quälten.

Er atmete tief die frische Morgenluft ein, dann stieß er dem eleganten kastanienbraunen Jagdpferd, das Michael für ihn gesattelt hatte, leicht die Fersen in die Seiten. Das Tier war schlank und muskulös, und reagierte sofort auf seine Befehle. Der alte Graf war ein Kenner gewesen, es zeigte sich in den Tieren seines Stalles aus hervorragenden Züchtungen.

In *meinem* Stall, korrigierte Justin sich. Das wundervolle Ross gehörte jetzt ihm. Es sollte nicht schwer fallen, sich das immer vor Augen zu halten.

Er trieb das Pferd zu einem leichten Galopp an und ritt den Hügel hinunter. Eine kleine Ansammlung von Bäumen stand in einiger Entfernung neben dem Weg. Beinahe jeden Morgen ritt er dieselbe Strecke, durch den Wald und erst auf der anderen Seite in verschiedene Richtungen – er lernte das Land kennen, das ihm gehörte. An sich wäre das schon längst fällig gewesen, und er gestand sich ein, dass er es wohl getan hätte, wenn Barbara nicht hier wohnen würde.

Aber deren Gehässigkeit konnte ihm nun nichts mehr anhaben; ganz langsam verschwanden die Schatten, die schmerzlichen Erinnerungen verblassten und wurden ersetzt von neuen, süßen Ereignissen, die ihm jetzt widerfuhren – seine Tage und Nächte mit Ariel.

Seit alle Missverständnisse ausgeräumt waren, verließ ihn langsam die alte Traurigkeit und das Licht einer viel versprechenden Zukunft erleuchtete sein Leben.

Nur an sie zu denken, weckte eine Sehnsucht in seiner

Brust, die beinahe wehtat. Es erstaunte ihn täglich, wie wichtig sie für ihn geworden war, wie sehr er sich darauf freute, in das Haus zurückzukommen und zu sehen, dass sie dort auf ihn wartete, wie viel Freude es ihm bereitete, eine gemeinsame Mahlzeit einzunehmen. Eine einzige Liebesnacht mit Ariel war herrlicher als all die Stunden zusammen, die er in den Armen anderer Frauen verbracht hatte.

Die Gefühle, die sie in ihm weckte, ängstigten ihn ein wenig – weil er so sicher gewesen war, dass es keine Gefühle gab in der eisigen Höhle, die er sein Herz nannte. Mit dieser ungewohnten Gemütslage konnte er noch nicht umgehen oder sie irgendwie benennen; doch trotz leiser Zweifel entschloss er sich, sie einfach zu genießen, so lange sie anhielt.

Justin lenkte das Pferd in den Wald, die nackten Äste der Bäume warfen lange, dünne Schatten auf seine Gestalt. Vor ihm wurde der Wald dichter, er hielt das schwache Sonnenlicht ab und hüllte den Weg in Dunkelheit – ein schmaler, gewundener Pfad, der auf die andere Seite des Forsts führte. Er duckte sich unter den Ästen einer Eibe, deren Nadeln weiß waren vom Reif und die raschelten, als er unter ihnen dahinritt.

Der Weg führte ein wenig abwärts, und die Ohren des Pferdes richteten sich auf. Die Muskeln in seinen Beinen verkrampften sich, das Tier scheute.

»Ruhig, Junge!« Justin tätschelte ihm den Hals und drängte es weiter, doch der Braune verweigerte und begann zu tänzeln. »Was ist denn los, Junge?« Der Wallach schnaubte nervös, und Justin spähte in das Unterholz, auf der Suche nach dem Grund für die Nervosität des Pferdes.

Da entdeckte er drei massige Gestalten in dem dichten Unterholz, und im gleichen Augenblick ertönte ein Schuss – ein scharfer Schmerz brannte in seiner Schulter.

Straßenräuber – verdammte Hölle! Er wirbelte das Pferd

herum, beugte sich über den Hals des Wallachs, und das Tier galoppierte los, die Augen weit aufgerissen, die Nüstern gebläht wegen des Geruchs von Justins Blut.

»Schnappt ihn euch!«, schrie einer der Männer, er brach durch das Unterholz und lief ihm nach. »Lasst den Kerl nicht entkommen!« Ein weiterer Ganove rannte auf ihn zu und versuchte, ihm den Weg abzuschneiden. Justin entdeckte ihn hinter dem dichten Grün von Ranken und Büschen; er sah das Aufblitzen von Metall, als der Mann die Pistole hob und auf ihn zielte. Justin riss das Pferd hart nach links, in den Schutz der Bäume. Die Pistole knallte, die Kugel sauste so nahe an ihm vorbei, dass er den Luftzug an seiner Wange spürte.

Seine Schulter schmerzte, das Hemd und seine Reitjacke waren voller Blut. Er biss die Zähne zusammen und riss das Pferd noch einmal nach links, dann scharf nach rechts um einen Baum herum; er duckte sich unter den Ästen, lenkte das Pferd wieder nach links, galoppierte auf das Sonnenlicht und die hügeligen Felder in der Ferne zu. Plötzlich erschien der dritte Mordbube wie aus dem Nichts, baute sich vor ihm auf, griff nach den Zügeln des Pferdes, und das verängstigte Tier stieg hoch; beinahe hätte es Justin aus dem Sattel geworfen.

Der junge Graf fluchte. Das Pferd wieherte vor Angst, seine Vorderbeine schlugen in die Luft, die Hufe waren gefährlich und nur Zentimeter von dem Kopf seines Verfolgers entfernt. Er warf sich zur Seite und hob seine Waffe. Justin trat mit dem Fuß nach ihm, traf das Handgelenk des Mannes und hörte, wie dieser vor Schmerz aufschrie. Die Pistole flog mit einem Knall in hohem Bogen in die Büsche. Noch ein Tritt genügte, um den Angreifer außer Gefecht zu setzen; er landete im Morast, und Justin ritt, so rasch er konnte, auf den Waldrand zu.

Helles Sonnenlicht empfing ihn dort. Der Wallach stolperte und wäre beinahe gestürzt, doch er fing sich wieder und galoppierte weiter. Sie erreichten das offene Land, als ein weiterer Schuss fiel; Justin drängte das Pferd zu einer noch schnelleren Gangart. In Sekunden hatten sie die Kuppe eines Hügels erreicht und gerieten dahinter außer Sicht.

Das wurde auch verdammt höchste Zeit! Er hatte so viel Blut verloren, dass er begann, sich schwindlig zu fühlen; es war fraglich, wie lange er noch bei Bewusstsein bleiben würde. Verbissen schlang er die Arme um den Hals des Pferdes, löste die Zügel und ließ das Tier laufen.

Das Donnern der Hufe und das entsetzliche Pochen in seiner Schulter waren das Letzte, an das er sich erinnerte – bis er Ariels Schrei hörte.

Als er mit letzter Kraft die Augen öffnete, nahm er ihre Tränen wahr, und mit all den verworrenen Gedanken kam die bestürzende Erkenntnis, dass er ihr irgendwie schon wieder wehgetan hatte.

24

Ariel schloss die Tür zu Justins Zimmer und folgte dem Arzt in den Flur. Überrascht stellte sie fest, dass Barbara wartend im Flur auf und ab lief, sie sah – im Gegensatz zu sonst – entschieden ungepflegt aus.

»Wie schwer ist er verwundet, Dr. Marvin?«, fragte Justins Schwester und kam schnell zu ihnen herüber. »Wird er wieder ganz gesund werden?«

»Lord Greville hat äußerstes Glück gehabt.« Der Arzt, ein grauhaariger Mann von ungefähr sechzig Jahren, nahm das Lorgnon ab, das er noch immer vor seinem wasserblauen Auge trug. »Die Kugel hat die Schulter glatt durchschlagen. Es wurde nicht viel Schaden angerichtet an Muskeln oder Knochen – obwohl er eine ganze Menge Blut verloren hat. Natürlich besteht noch immer die Gefahr, dass sich die Wunde entzündet; aber ich habe bisher ziemlich viel Erfolg mit den medizinischen Pudern, die ich benutze … wenn alles gut geht, wird der Graf schon bald wieder auf den Beinen sein.«

Ariel sank erleichtert in sich zusammen. »Gott sei Dank!«

»Was, um alles in der Welt, kann da nur passiert sein?«, fragte Barbara. »War er in der Lage, das zu erklären?«

»Er hat etwas von Straßenräubern gemurmelt«, meinte Ariel und wunderte sich über Barbaras Sorge. Vielleicht lag Justins Schwester ja doch etwas an ihm. Es schien wenig überzeugend, aber womöglich unterschätzte sie die Lady.

»Straßenräuber?« Barbara zog ihre schwarzen Brauen hoch.

»Ja«, bestätigte auch der Arzt. »Ich nehme an, es waren drei. Offensichtlich wollten sie sein Geld.«

Barbara verdrehte die Augen. »Und ich habe immer geglaubt, wir wären hier sicher – so weit weg von der Stadt.«

»Sie müssen ihn beobachtet haben«, bemerkte Ariel. »Justin ist ein Mann, der sich an seine Gewohnheiten hält. Man kann seine tägliche Routine leicht auskundschaften.«

»Oder sie sind ihm zufällig begegnet und haben geglaubt, er sei ein leichtes Opfer«, überlegte Barbara. »Ich werde wohl auf Thomas besser aufpassen müssen. Sie könnten es sich in den Kopf setzen, ihn zu entführen und ein Lösegeld zu verlangen.«

»Darüber braucht Ihr Euch keine Sorgen zu machen, liebe Lady.« Der Arzt tätschelte ihre Schulter. »Ich werde auf meinem Weg nach Hause beim Sheriff anhalten. Wenn diese Räuber in der Gegend bleiben, werden der Sheriff und seine Männer kurzen Prozess mit ihnen machen.«

»Danke«, sagte Ariel. »Ich werde ihn auch benachrichtigen lassen. Bestimmt wird er mit meinem Mann reden wollen.«

Dr. Marvin nickte, und Ariel bedankte sich noch einmal für seine Hilfe. Während Barbara ihn zur Tür begleitete, kehrte Ariel zu Justin zurück.

Er schlief; die Arznei, die der Arzt ihm gegeben hatte, verschaffte ihm die nötige Ruhe. Dennoch machte sie sich Sorgen. Sie hatte nie mehr Angst in ihrem Leben gehabt als in dem Augenblick, als er ins Haus getragen worden war. Angesichts seiner geschlossenen Augen, seiner Brust voller Blut hatte sie einen Moment lang geglaubt, er sei tot. Der Schmerz dabei war beinahe unerträglich gewesen.

Sie erinnerte sich nicht daran, geschrien zu haben; doch so musste es wohl gewesen sein, denn seine grauen, vor Pein verschleierten Augen hatten sich kurz geöffnet und sich auf sie geheftet. Als ein leises Lächeln über seine Lippen gehuscht war, hatte Ariel gewusst, dass er noch lebte. Die Liebe zu ihm stieg in ihrer Brust auf und hüllte ihr Herz ein.

Auf der Stelle hatte sie ihren Schrecken beiseite geschoben und die Kontrolle übernommen. Es dauerte nur Minuten, da lag Justin oben in seinem Bett, die Wunde war gesäubert und verbunden worden, und ein Diener eilte zum Arzt.

Bis auf die Unterhaltung mit Dr. Marvin hatte sie sein Lager nicht verlassen.

Der Morgen wurde zum Abend. Die Nacht kam und ging. Bei Sonnenaufgang erwachte sie in dem Sessel neben seinem Bett und stellte erstaunt fest, dass Justin wach war.

»Ariel ...?« Seine Stimme klang belegt und erschöpft. Als seine Gedanken sich langsam klärten, richtete sich sein

Blick auf sie. »Was zum Teufel …? Du hast doch hoffentlich nicht die ganze Nacht in diesem Sessel gesessen?«

Sie lächelte ihn zärtlich an. »Du bist verletzt. Ich wollte deinen Schlaf bewachen.«

Er biss die Zähne zusammen gegen den Schmerz und versuchte, sich aufzusetzen. Sie eilte ihm zu Hilfe. Justin bewegte die Schulter und ein leises Stöhnen entrang sich ihm. Dann bewegte er den Arm mit ein wenig mehr Erfolg und sah sich den Verband um seine Schulter an. »Es tut höllisch weh – aber ich glaube nicht, dass die Wunde gefährlich ist.«

»Der Arzt hat gesagt, die Kugel sei glatt durch die Schulter gegangen. Es hat keine schwere Verletzung von Muskeln oder Knochen gegeben, dem Himmel sei Dank!«

Erleichtert nickte er. »Wenn das so ist, bin ich schon in ein paar Tagen so gut wie neu – wenigstens, wenn dieser hirnlose Doktor meinen Verstand nicht verwirrt hat mit seinen Medizinflaschen.«

Ariel unterdrückte ein Lachen. »Du brauchtest Ruhe. Dr. Marvin wollte nur sicher sein, dass du diese Ruhe auch bekommst.«

Er versuchte, sich ein wenig gerader zu setzen. Seine Kiefer spannten sich an, und Ariel zwang ihn, sich wieder hinzulegen. »Auf dich ist geschossen worden, Sir. Der Arzt besteht auf Bettruhe, und du wirst das tun, was er sagt – ob es dir nun gefällt oder nicht.«

Er kniff die Augen zusammen. »Ist das so? Und wer sollte den Befehl des Arztes durchsetzen?«

»Ich werde das tun.«

Jetzt gingen seine Mundwinkel hoch. »Dann vielleicht – da du im Zimmer bleiben musst, um zu kontrollieren, ob ich auch gehorche –, dann füge ich mich den Forderungen des Arztes …«

Darauf erntete er einen skeptischen Blick von seiner Gemahlin. »Und du wirst einverstanden sein, im Bett zu bleiben?«

Seine dichten Wimpern legten sich über seine Augen, um seine Gedanken vor ihr zu verbergen. »Ich kann mir nichts Schöneres vorstellen, als die nächsten Tage im Bett zu verbringen – solange du bei mir bist.«

Ariel errötete, doch sie protestierte nicht. Eindeutig war die Verletzung ihres Mannes nicht so schlimm, wie sie geglaubt hatte. Und offensichtlich hatte er die Absicht, die Situation auszunützen.

Die Dinge zwischen ihnen hatten sich verändert seit dem Abend der Weihnachtsgesellschaft. In dieser Nacht war sie gezwungen gewesen, eine grundsätzliche Entscheidung zu treffen – ob sie Justin glauben sollte, und er demnach ihrer Liebe würdig war, oder ob sie sich von ihren Ängsten und den hasserfüllten Machenschaften einer Lady Barbara ihr Leben zerstören lassen wollte.

In dieser Nacht hatte sie in Justins eindringlichen grauen Augen geblickt und ihm Glauben geschenkt. Wenn er die Wahrheit sprach, dann lag ihm wirklich etwas an ihr.

Ariel streckte die Hand aus und strich ihm eine Locke seines dichten schwarzen Haares aus der Stirn. Er schlief wieder, seine Züge waren weicher als üblich. Wenn sie die Augen schloss, hatte sie noch immer den Leidenden vor ihrem inneren Blick, auf den man geschossen hatte. Sein Gesicht war totenblass gewesen, die Vorderseite seines Hemdes voller Blut. Straßenräuber, hatte er geröchelt. Er konnte ja nicht sicher sein, ob nicht noch immer Gefahr herrschte.

Ein eigenartig prickelnder Schauder rann über ihren Rücken. Sie versuchte sich einzureden, dass es nur ein Zufall gewesen war, der Justin zu diesen Schurken geführt hatte; aber die nagende Furcht, dass noch mehr Kummer bevorstand, wurde sie nicht los.

Sheriff John Wilmot folgte dem Butler in einen der eleganten Salon von Greville Hall. Vier Tage waren vergangen, seit er zum letzten Mal mit dem Grafen gesprochen hatte, der jetzt wieder auf den Beinen war und nur noch wenig an die Schießerei dachte – höchstens, dass er gelegentlich die Zähne zusammenbiss, wenn er ab und zu Schmerzen hatte.

Wilmot entdeckte seine Lordschaft in dem Salon, er zog den Schlapphut vom Kopf und hielt ihn vor sich. »Es tut mir Leid, Mylord, aber wir haben keine Spur Eurer Angreifer gefunden.«

Die Miene des Grafen spannte sich an, aber er nickte. Er führte den Sheriff zu einem Sessel vor dem Sofa, und Wilmot setzte sich der hübschen blonden Frau des Grafen gegenüber. Sie sah ihn besorgt an.

»Glaubt Ihr, dass die Männer die Gegend verlassen haben?«, fragte sie.

Unruhig rutschte der Sheriff auf dem teuren Brokatstoff des Sessels hin und her und hoffte, dass er ihn nicht schmutzig machte. »Sie wären dumm, wenn sie hier bleiben würden. Meine Leute haben das ganze Gebiet abgesucht, und es gibt ja auch noch die Belohnung, die Ihr ausgesetzt habt.«

Der Graf zog eine Braue hoch. »Wie hoch ist die Belohnung denn?«

»Also, dreihundert Guineen, Mylord. Ich habe gedacht, Ihr wüsstet das.«

»Dreihundert …? Gütiger Himmel – das ist ja ein verdammtes Vermögen.« Der Graf musterte seine Frau, die sich auf dem Sofa ein wenig gerader setzte, eingehend.

»Du warst wohl kaum in der Lage, eine vernünftige Entscheidung zu treffen, Mylord. Außerdem ist dein Leben wesentlich mehr wert als dreihundert Guineen.«

Statt wütend zu sein, lächelte der Graf jetzt. »Ich bin froh, dass du das denkst, mein Liebling.«

Sie errötete ein wenig, und der Sheriff dachte, was für ein glücklicher Mann Lord Greville war, eine Frau gefunden zu haben, die sich so viel aus ihm machte. »Seid Ihr auch wirklich sicher, dass es sich um Straßenräuber handelte?«, erkundigte Wilmot sich.

»Es waren keine Männer aus dem Dorf. Was sollten sie sonst sein?«

Der Sheriff zuckte die massigen Schultern. Er war nicht sehr groß, aber kräftig gebaut. Ein kleiner Bauch hing über dem Gürtel seiner Hose, und sein Haar hatte begonnen, sich zu lichten – aber er war klug und arbeitete hart. Es gab nur wenig Kriminalität in Sussex, denn John Wilmot führte ein strenges Regiment.

»Mir ist klar, dass dieses Gesindel Banditen waren«, meinte er. »Aber sie hätten ja auch von jemandem angeheuert sein können. Habt Ihr Feinde, Mylord?«

Greville schlug ein Bein übers andere. »Ich bin in eine ganze Menge Geschäfte verwickelt. Ein Mann verdient nicht so viel Geld, wie ich das tue, ohne sich eine Anzahl Feinde zu schaffen. Doch ich bezweifle, dass einer von ihnen so weit gehen würde, mich umzubringen.«

»Ihr solltet vielleicht noch einmal darüber nachdenken. Jemand wollte Euch an den Kragen. Oder wenigstens wollte jemand Euer Geld, und zwar so dringend, dass er nicht vor einem Mord zurückschreckte.«

»Die zweite Version ist die wahrscheinlichere«, bestätigte der Graf und tat den Gedanken ab – obwohl für einen Moment seine Augen nachdenklich aufblitzten. »Die Männer, die mich angegriffen haben, waren sicherlich Banditen. Und niemand weiß besser als ich, was für ein Motiv Geld sein kann.«

Der Sheriff nickte nur. »Wir werden weiter nach ihnen suchen. Wenn sie noch in der Nähe sind, finden wir sie ganz bestimmt.« Da die Unterhaltung beendet war, stand der Graf auf, und auch der Sheriff erhob sich. Lady Greville verabschiedete sich von ihm.

»Lasst mich wissen, wenn Ihr irgendetwas entdeckt habt«, bat Lord Greville, als er ihn hinaus in den Flur begleitete.

»Damit könnt Ihr rechnen.« Der Lakai öffnete das Portal und der Sheriff lenkte seine Schritte auf sein Pferd zu. Wahrscheinlich hatte der Graf Recht – es ging um Räuber, die hinter seinem Geld her waren. Aber Jahre der Erfahrung und ein nagender Zweifel sagten ihm, dass Greville sich genauso gut irren konnte. Er würde die Dinge im Auge behalten, das schwor er sich.

Er mochte den Grafen und seine Frau. Keinem von ihnen sollte etwas zustoßen.

»Der Sheriff hat sie noch nicht gefunden.« Ariel saß wieder auf dem Sofa und zupfte an einer Falte ihres Rockes. »Ich mache mir Sorgen, Justin.«

Er sah, dass sie sich Sorgen machte. Den Schmerz in seiner Schulter ignorierend, setzte er sich neben sie und zog sie in seine Arme. »Du brauchst dir nicht den Kopf zu zerbrechen. Mittlerweile sind die Männer sicher schon weit geflüchtet.« Justin lächelte. »Außerdem wird bei der Belohnung, die du ausgesetzt hast, das halbe Land nach ihnen suchen. Sie werden ihr Gesicht hier nirgendwo mehr zeigen können.«

»Ich wollte, dass man sie gefangen nimmt«, erklärte sie störrisch.

»Das habe ich bemerkt.« Er drückte einen leichten Kuss auf ihre Lippen. »Danke, dass du dich so grämst um mich.«

Ariel stand von dem Sofa auf und bewegte sich abwesend durch das Zimmer. »Ich dachte daran, was der Sheriff über

Feinde gesagt hat. Was ist, wenn die Männer keine Straßenräuber waren, Justin? Sondern ... wenn jemand sie angeheuert hat, dich umzubringen?«

»Und wer sollte dieser jemand sein?«

»Das weiß ich nicht.«

Auch er tappte im Dunkeln, aber der Gedanke war ihm auch schon gekommen. Er ging zu ihr hinüber und blieb neben ihr stehen. Mit dem Finger fuhr sie dem Muster auf dem Pianoforte nach. »Was ich dem Sheriff gesagt habe, entspricht den Tatsachen – mit den Jahren habe ich mir sicher einige Feinde gemacht; aber niemand würde dabei etwas gewinnen, wenn er mich umbringt, und so sehr sie mich auch verabscheuen mögen, so viel Mühe bin ich dann doch nicht wert.«

Seine Gattin blickte zu ihm auf. Sie wollte schon den Mund öffnen, doch dann hielt sie inne und schüttelte den Kopf.

»Sprich nur. Wenn du etwas sagen willst, dann kannst du das ruhig tun.«

»Es gibt jemanden, dem ein Vorteil daraus erwüchse, wenn du umgebracht würdest. Deine Schwester kann bei deinem Tod nur gewinnen.«

Bei diesem unangenehmen Gedanken runzelte Justin die Stirn. »Das stimmt natürlich. Aber obwohl wir unsere Meinungsverschiedenheiten haben, so würde ich doch lieber glauben, dass meine Schwester ihren einzigen Bruder nicht kaltherzig umbringen ließe.«

Sie seufzte. »Verzeih mir, dass ich solch einen Verdacht geäußert habe.« Ariel zwang sich zu einem Lächeln, doch es gelang ihr nicht ganz. »Wenigstens heilt deine Wunde gut. Ich habe schon Angst gehabt, dass wir unseren geplanten Besuch bei deiner Großmutter absagen müssten.«

»Ich fühle mich wesentlich besser, als es unter diesen

Umständen zu erwarten war. Offen gestanden, habe ich sogar daran gedacht, mit deinem Mitleid zu spielen und mich wegen meiner Verletzung vor dieser Fahrt zu drücken. Doch ich habe dir diese Reise versprochen, und deshalb werden wir sie auch unternehmen. Wie weit bist du denn mit meinem Konterfei?«

»Beinahe fertig. Ich werde es morgen im Dorf abholen.«

»Hoffentlich erkennt meine Großmutter, wer das überhaupt sein soll.«

Sie warf ihm einen ungläubigen Blick zu. »Sei nicht töricht. Natürlich erkennt sie dich!«

Aber er bezweifelte das. Es waren viele Jahre vergangen, seit sie ihn zum letzten Mal gesehen hatte. Inzwischen war aus einem Jungen ein Mann geworden. Er fragte sich, ob sie noch jemals an ihn dachte. Was er hinwiederum nicht tat, obwohl er ihr damals als Kind näher gestanden hatte als seiner eigenen Mutter. In seiner Erinnerung duftete sie stets nach Lilien und nach dem schwachen kreidigen Geruch von Wasserfarben – das Aquarellieren liebte sie so sehr. Auch die Pflaumenkuchen, die die Köchin oft für ihn backte, hatte er noch im Gedächtnis, weil seine Großmutter wusste, dass es sein Lieblingskuchen war. Und dann gab es den Weihnachtsschmuck, den sie immer zusammen bastelten: sie fädelten Beeren auf, schnitten Schneeflocken aus Papier aus und hängten Girlanden aus Eiben über den Kamin des alten Hauses – eine Zeit lang sein Daheim.

Er hatte sie so sehr geliebt. Damals war sie alles gewesen, was er besaß.

Aber dann hatten sich die Dinge geändert. Sein Vater schickte ihn in die Schule, und später aufs College. Ob sie sich wohl freute, ihn wiederzusehen? Irgendwie plagte ihn sein Gewissen.

Er hatte für sie gesorgt, beschwichtigte er sich, hatte ihr

Geld geschickt und alles ausgeglichen. Wahrscheinlich dachte sie schon seit Jahren nicht mehr an ihn.

Aber es konnte trotzdem sein, dass sie ihn vermisst hatte und vielleicht hätte er sie schon lange besuchen sollen …

Barbara verdeckte sorgfältig mit der Kapuze ihr Gesicht, als sie zu dem Zimmer über dem Stall in der Cocks-Crow-Taverne hinaufstieg. Ihrem Bruder hatte sie gesagt, dass sie Lady Oxnard besuchen würde, die vor kurzem krank geworden sei; dann hatte sie leise das Haus verlassen.

Während der Tage nach der Schießerei hatte sie ihren Zorn und ihre bittere Enttäuschung unterdrückt, gab sich stets besorgt um den Verletzten. Doch der Zorn war noch da, er brodelte unter der Oberfläche, und zusammen mit ihm kam erneute Entschlossenheit.

Die Lady klopfte leise an die Tür des Zimmers, das sie schon zuvor benutzt hatten, und es dauerte nur Sekunden, ehe sie sich öffnete. Die Besucherin wurde hineingezogen und fand sich in Phillips Armen wieder.

»Wo bist du gewesen? Ich dachte, du würdest schon vor Stunden kommen. Die ganze Zeit bin ich unruhig.«

Sie löste sich aus seiner Umarmung, war mit ein paar Schritten am Kamin und rieb sich die Arme, weil sie fror.

»Du solltest auch unruhig sein!« Sie starrte in die orangeroten Flammen. »Wenn sie einen der Männer erwischen, die du angeheuert hast, dann werden wir alle am Galgen enden.« Sie wandte sich zu ihm um. »Gütiger Himmel, Phillip, war das alles, was du fertig bringen konntest? Ein Trupp von Banditen, die es nicht einmal schaffen, einen Mann zu erledigen, wenn sie zu dritt sind und er ganz allein?«

Phillip machte vor ihr Halt. »Benjamin Coolie ist ein Profi, einer der Besten. Er wird sich nicht erwischen lassen, und selbst wenn er gefasst werden sollte, wird er lieber am Ende des Seiles schwingen, ehe er bei den Behörden mit irgendetwas herausrückt. Bei einem Broterwerb wie dem seinen würde ihn sonst jemand anderer umbringen – wenn er sich nicht rechtzeitig aus dem Staub macht.«

»Und was ist mit den anderen?«

»Coolie hat sie angeheuert. Sie haben keine Ahnung von mir, und dich wird man schon in gar keiner Weise mit der ganzen Sache in Verbindung bringen.«

Barbara entspannte sich ein wenig, die Nachricht hatte sie etwas besänftigt. »Diese Idiotin, die Justin geheiratet hat, hat ein kleines Vermögen ausgesetzt als Belohnung für die Ergreifung der Männer, die ihn überfallen haben. Jemand wird sie am Ende verraten.«

»Sie sind längst über alle Berge. Wie ich schon sagte, Coolie verdient seinen Lebensunterhalt damit, für andere die Schmutzarbeit zu übernehmen. Er wird sein Aussehen verändern, und keiner hat eine Ahnung, dass er in diesen Überfall verwickelt war. Normalerweise macht er keine Fehler. Beim nächsten Mal …«

»Es wird kein nächstes Mal geben.«

»Wie bitte?«

»Rufe sie zurück. Sage ihnen, dass du deine Meinung geändert hast. Erzähle ihnen, was du willst – aber schaffe sie dir vom Hals!«

»Und ich dachte, wir wären uns einig. Ich dachte …«

Barbara lächelte, als sie seinen unglücklichen Gesichtsausdruck bemerkte; er sah aus wie ein Kind, dem man seinen Teddybären genommen hatte. »Wir *sind* uns einig … werden es jedoch auf eine andere Art ausführen.« Sie ging zu ihm, schlang die Arme um seinen Hals und drückte ihren Busen gegen seinen Oberkörper. Er hob die Hand und umfasste eine ihrer Brüste, sein Glied wurde hart und drängte sich gegen ihren Schenkel. Sie streichelte ihn durch seine Hose, und seine Erregung wuchs.

Phillip leckte sich über die Lippen. »Sollten wir … sollten wir nicht lieber darüber diskutieren, was du dir vorgenommen hast?«

Barbara streichelte ihn sanft. »Oh, das werden wir. Nur, da gibt es vielleicht noch etwas, das dich im Augenblick mehr interessiert – aber wenn du lieber über Geschäfte reden möchtest …« Sie drückte sanft, doch entschlossen zu.

»Nein, ich … du hast Recht.«

Barbara griff nach den Knöpfen an seiner Hose und öffnete einen nach dem anderen. Sie nahm ihn zärtlich, beinahe liebevoll in ihre Hand. Phillip stöhnte leise auf.

Ihr Lächeln war böse. »Wenn wir hier fertig sind, mein Schatz, dann werde ich dir verraten, was ich für meinen liebsten Bruder geplant habe – den schon bald verstorbenen Lord Greville!«

Das Festessen bei Cornelia Mae Bedford, Justins Großmutter, sollte drei Tage vor Weihnachten stattfinden. Da sie außerhalb von Reading lebte, beinahe eine ganze Tagesreise entfernt, brachen Justin und Ariel schon am frühen Morgen auf, eingepackt in warme Kleidung, eine dicke Felldecke über den Beinen.

Entschlossen, sich nicht von seinen Geschäften abhalten zu lassen, hatte Justin den Stapel Akten auf seinem Schreibtisch ignoriert, doch Ariel hatte ganz einfach mit ihm unter dem Arm in der Kutsche Platz genommen.

»Bis nach Reading ist es ein langer Weg. Wir brauchen etwas, um uns unterwegs zu beschäftigen. Ich habe nichts gegen ein wenig Arbeit. Du kannst dir einige der Projekte für eine Investition ansehen, während ich mir die Zahlen in diesen Finanzberichten vornehme, die Clay von der Mine geschickt hat. Dann hast du nicht mehr so viel zu tun, wenn du nach Hause kommst.«

Justin lächelte breit. »Die meisten Ladys wären entsetzt bei dem Gedanken, für ihren Ehemann zu arbeiten.«

»Ich mache mich gerne nützlich. Mich langweilt es zu Tode, wenn ich nichts Produktives zu tun habe.«

Ihre Zusammenarbeit ließ die Stunden auf der holprigen, schlammigen Straße schnell vorübergehen. Sie hielten an einigen Gasthäusern unterwegs an, um sich aufzuwärmen und die Pferde etwas ausruhen zu lassen, dann kehrten sie in die Kutsche zurück zu ihrer Arbeit. Als sie damit fertig waren, lehnte sich Ariel zufrieden in die Polster zurück.

»Was habe ich dir gesagt? Wir sind fertig mit unserem Pensum und haben noch immer Zeit genug, damit ich dich in einer Partie Rommée schlagen kann.«

Er lachte vergnügt, und sie dachte, was für ein schönes, fröhliches Lachen das war. Seit ihrer Rückkehr in sein Bett schien er anders zu sein, weniger steif als je zuvor. Ihre anfängliche Hoffnung schlug jetzt feste Wurzeln in ihrem Herzen. Er machte sich etwas aus ihr, dessen war sie sicher. Vielleicht hatte Clay Harcourt Recht und er würde mit der Zeit sogar lernen, sie zu lieben.

Sie beendeten ihr Kartenspiel. Zu Beginn stand das Glück auf Ariels Seite; doch Justin hatte aufgeholt und sie später überrundet – als sie nun aufhörten, standen sie beide fast gleich. Mit noch einem Trumpf in der Hand gelang Justin ein schwieriger Zug, und er gewann das Spiel mit nur drei Punkten Vorsprung; sie grienten, als die letzte Karte aufgedeckt wurde.

Ariel lehnte sich behaglich zurück; sie freute sich, als sie sah, dass ihr Mann lächelte. Unwillkürlich berührte sie den wunderschönen Ehering mit den Saphiren und dachte voller Staunen an diese perfekte Wahl. Und wie jedes Mal, so fragte sie sich auch jetzt, wie Clay Harcourt nur einen Ring hatte auswählen können, der genau zu ihr passte.

Sie betrachtete die Kostbarkeit in der schwachen Wintersonne, die durch die Fenster fiel, bewunderte das herrliche blaue Feuer der Saphire, das kristallklare Leuchten der Diamanten.

»Du lächelst«, sagte er leise. »Gefällt er dir wirklich so sehr?«

»Er ist wunderschön, Justin. Wenn ich in London einen Ring hätte auswählen können, dann hätte ich genau diesen genommen. Merkwürdig, dass Clay Harcourt so genau wusste, was mir gefällt.«

Justin nahm ihre Hand und blickte auf die funkelnden Steine. »Clay hat den Ring nicht ausgesucht … das war ich!«

»Du? Aber du hattest doch gar keine Zeit, hast vor der Hochzeit Greville Hall doch gar nicht mehr verlassen. Wann hättest du denn …«

»Ich hatte den Ring schon einige Zeit vorher gekauft.«

Sie runzelte die Stirn. »Einige Zeit vorher?«

»Nach unserer Rückkehr aus Tunbridge Wells. Damals wollte ich dich bitten, mich zu heiraten, aber …«

»Du wolltest mir einen Heiratsantrag machen?«, fragte sie äußerst erstaunt.

»Ich hatte es vor … ja.« Sein Gesicht wurde plötzlich wieder ausdruckslos. »Dann habe ich dich an jenem Abend in den Stall gehen sehen, und Phillip Marlin auch.«

In Ariels Kopf drehte sich alles, so sehr machten seine Worte sie betroffen. »Oh, mein Gott!« Tränen traten in ihre Augen. Zum ersten Mal begriff sie das Ausmaß dessen, was geschehen war. Justin blickte weg, seine wunderschönen grauen Augen waren ganz dunkel geworden bei der Erinnerung. »Du wolltest mich heiraten. Und stattdessen dachtest du … hast du geglaubt, ich hätte dich betrogen. Oh, Justin!«

Im nächsten Augenblick lag sie in seinen Armen, klammerte sich an ihn, Tränen rannen über ihre Wangen.

Ich liebe dich, dachte sie. *Ich liebe dich so sehr.* Aber sie sprach diese Worte nicht aus. Sie befürchtete, er würde nicht wissen, was er darauf antworten sollte.

Er hielt sie ganz fest, sein Gesicht hatte er an ihres gepresst. »Weine nicht! Ich wollte dich doch nicht zum Weinen bringen!«

Sie holte tief Luft und schluckte die Tränen hinunter, ein dicker Kloß saß in ihrem Hals. Mit zitternder Hand wischte sie sich die Wangen trocken, und es gelang ihr sogar, zu lächeln. »Es sind Glückstränen, Justin. Du hättest mich geheiratet, noch ehe das alles passiert war – noch vor dem Skandal.«

»Wenn du mich hättest haben wollen ... Der Himmel allein weiß, dass ich nicht der beste Ehemann bin, den du dir hättest aussuchen können; aber ich schwöre dir, Ariel, es soll dir niemals Leid tun, dass du mich geheiratet hast. Du sollst es niemals bereuen!«

Aber wie sehr sie ihn auch liebte, war Ariel sich dessen gar nicht so sicher. Sie wollte, dass auch er sie liebte, sie musste wissen, dass ihm an ihr genauso viel lag. Ohne diese Gewissheit könnte sie niemals vollkommen glücklich sein.

Deshalb beschwerten ihr Herz etliche Zweifel.

25

»Wir sind da, Mylord.« Etwas mitgenommen hielt ihnen der Lakai den Wagenschlag auf. Es war ein langer Tag gewesen; die letzten vier Stunden hatten sich endlos hingezogen, weil sie mit einem der Räder in ein Loch gefahren waren und dabei eine Speiche brach. Doch schließlich hatten sie das Rad reparieren können und standen nun in der Dunkelheit vor dem Haus von Justins Großmutter – alle zitterten vor Kälte.

»Danke, Timms.« Justin sprang aus der Kutsche. »Die Küche erreicht ihr von hinten. Es wird für euch alle dort etwas zu essen geben und auch einen Platz, wo ihr euch aufwärmen könnt.« Er reckte die Arme und half Ariel heraus, dann zog er ihr den Umhang fester um die Schultern. Eine Hand legte er um ihre Taille und führte sie die Treppe hinauf zu dem geschwungenen Eingang.

Das alte Haus sah noch genauso aus, wie er es in Erinnerung hatte; die Fensterläden waren allerdings ein wenig verwitterter, die Büsche ein wenig verwilderter. Das Gebäude besaß zwei Etagen und Giebeldächer mit einem halben Dutzend Kaminen. Licht erhellte die Fenster des Speisesaals, und man konnte das schwache Flackern des Feuers im Kamin erkennen.

Ein unerwartetes Gefühl der Heimkehr überfiel ihn – eigenartig, denn er lebte doch schon so viele Jahre woanders. Er hob den schweren Türklopfer aus Messing und ließ ihn mehrere Male fallen, das Geräusch war ihm wohl bekannt. Man hörte schlurfende Schritte, dann schwang das Portal auf.

Einen Moment erinnerte er sich nicht mehr an den alten, knochendürren Butler, der grinste wie ein Honigkuchenpferd.

»Ich bin Sedgewick, Mylord. Wir hatten die Hoffnung schon aufgegeben, Sir, und dachten, Ihr hättet Euch entschieden, nicht zu kommen.«

»Ein Rad der Kutsche war gebrochen. Ein verflixtes Ärgernis, aber wir haben den Schaden behoben.« Er blickte sich um, als er eintrat und erwartete, Stimmen zu hören: die seines entfernten Cousins Maynard und seiner Frau Sarah, oder die von Phineas und Gerdie und ihrer wachsenden Kinderzahl von fünfen. Doch im Haus war es unheimlich still.

»Hier entlang, Mylord ... Milady! Es ist sehr kalt draußen. Kommt und wärmt Euch am Kamin.«

Er folgte dem alten Mann durch den Flur und betrat den Salon. Langsam begann er sich Sorgen zu machen um seine Großmutter; er fragte sich, wo sie wohl sein mochte – sie war doch nicht krank geworden?

Sedgewick schien seine Gedanken erraten zu haben. »Sie ist nicht mehr jung. Es fällt ihr schwer, herumzugehen, darum sitzt sie im Speisezimmer. Sie weiß noch nicht, dass Ihr eingetroffen seid.«

»Wo sind denn meine Cousins?«

Der alte Mann schüttelte den Kopf, seine wasserblauen Augen blickten traurig drein. »Sie nehmen es sich immer vor, zu kommen – aber die Reise ist weit und das Wetter um diese Jahreszeit scheußlich. Eure Großmutter hofft immer aufs Neue, aber am Ende ...« Er zuckte die knochigen Schultern. Sie waren gebeugt vom Alter, seine Wangen hohl und eingesunken. Ein bekümmerter Ausdruck lag auf seinem Gesicht, als er von seiner Herrin sprach, der er schon seit mehr als vierzig Jahren die Treue hielt.

»Justin?« Ariels besorgtes Gesicht spiegelte seine eigenen Gedanken wider. »Glaubst du, es ist alles in Ordnung mit deiner Großmutter?«

Seine Brust wurde ganz eng. »Ich weiß es nicht.«

Hinter dem Butler durchquerte er den Raum, an dem gleichen Sofa vorbei, an das er sich aus seiner Jugend erinnerte: seine Lehnen schützten bestickte Bezüge, die seine Großmutter angefertigt hatte.

An der Tür des Speisezimmers blieb er stehen. Der Tisch

war nicht ganz so lang wie in seiner Erinnerung; aber er war glänzend poliert, und in der Mitte prangte eine Weihnachtsdekoration aus Pinienzweigen und Stechpalmen. Zwölf Stühle standen um den Tisch, elf davon waren unbesetzt; trotzdem befand sich vor jedem Stuhl ein Gedeck mit dem kostbaren Familiensilber, dem Porzellan und den zierlichen Kristallgläsern, die sein Großvater ihr zum ersten Hochzeitstag geschenkt hatte. Zwölf hohe weiße Kerzen auf dem Tisch brannten langsam herunter.

»So ist es jedes Jahr«, flüsterte der Butler. »Sie deckt diesen wunderschönen Tisch, und die Köchin bereitet ein ganz besonderes Mahl vor – aber niemand kommt, um es mit ihr zu teilen.«

Justin sah sich in dem leeren Raum um, und ein lange unterdrücktes, schmerzliches Gefühl stieg in ihm auf. Er blickte über den Tisch, der so festlich gedeckt war für eine Familie in der Ferne; dann schaute er zu der zerbrechlichen kleinen Gestalt, die ganz allein gebückt dasaß, und wehmütiges Bedauern stieg in ihm auf.

Als sie die Stimme des Butlers vernahm, wandte sich die zierliche, weißhaarige Frau um. Und dann, angesichts ihres Enkels, begannen ihr die Tränen über die eingesunkenen, faltigen Wangen zu rinnen. »Justin ...?« Sie wollte aufstehen, zitterte, und Justin trat vor, um sie zu stützen. Er hielt ihr Handgelenk und bemerkte, wie fragil sich die alten Knochen in seiner Hand anfühlten.

»Ich bin hier, Großmutter.«

Sie lächelte entzückt, ein zärtliches, liebevolles Lächeln, das die letzte Barriere in seinem Inneren zum Schmelzen brachte. Es drang direkt in sein kaltes, leeres Herz, erfüllte es mit Wärme und brachte ihn zurück in die Vergangenheit, erinnerte ihn an die wenigen Jahre seiner Kindheit, in denen er glücklich gewesen war.

»Ich bin so froh, dich zu sehen«, stammelte sie. »Zuletzt dachte ich, du würdest doch nicht kommen.«

Sein Herz schlug hämmernd. Sein Gewissen schien sich schwer auf seine Schultern zu legen. »Ich hätte schon viel früher kommen sollen.«

Sie streckte die Hand nach ihm aus und strich liebevoll über seine Wange. »Es ist so lange her ... so viele Jahre. Tausend Mal habe ich versucht, mir vorzustellen, wie du wohl aussiehst. Du bist jetzt richtig erwachsen!« Ihre Lippen zitterten. »Ich habe das alles verpasst ... all diese Jahre.« Dann verzog sich ihr Mund vor Sehnsucht. »Junge, du schaust prächtig aus!«

Sein Hals war ganz eng, und er konnte kaum schlucken. Wie hatte er sie nur so schlecht behandeln können? Warum hatte er sie all diese Jahre ignoriert? Etwas brannte hinter seinen Augen. Ungläubig bemerkte er, dass Tränen an seinen Wimpern hingen.

Er weinte niemals, der kalte, gefühllose Justin Bedford Ross. Tränen kamen für ihn nicht in Frage.

Er räusperte sich. »Meine Frau ist hier, Großmutter. Sie hat sich darauf gefreut, dich kennen zu lernen.« Der einzige Grund, warum er überhaupt gekommen war ... Wenn Ariel ihn nicht überredet hätte, dann wäre er jetzt nicht hier. Und seine Großmutter würde ein weiteres Weihnachtsessen einsam zu sich nehmen.

Seine Brust krampfte sich peinvoll zusammen.

Die alte Dame streckte die Hand aus und nahm Ariels Rechte in die ihre. »Ich bin froh, dich kennen zu lernen, meine Liebe.«

Im Licht der Kerze erkannte sie, dass Ariels Augen feucht waren. »Genau wie ich! Justin hat mir oft von Euch erzählt.« Was nicht ganz der Wahrheit entsprach, aber das Gesicht seiner Großmutter leuchtete auf.

»Hat er das?« Es war eine süße kleine Lüge, und er betete Ariel dafür an. »Ich hatte schon befürchtet, er hätte mich vergessen.«

»Oh, nein«, versicherte ihr Ariel schnell und wischte sich heimlich die Feuchtigkeit aus den Augen. »Das könnte er niemals …«

»Nein, Großmutter«, erklärte Justin bedrückt, sein Hals klemmte so sehr, dass es beinahe unmöglich war, ein Wort herauszubringen. »Wie könnte ich dich vergessen?« Und plötzlich wusste er, dass es tatsächlich stimmte. Er hatte diese kleine Frau geliebt, sie war für ihn die Mutter gewesen, die in seinem Dasein fehlte. Er hatte sie damals geliebt, und liebte sie auch jetzt.

So lange hatte er seine Gefühle verdrängt, hatte sie so tief in sich vergraben, dass sie anscheinend gar nicht mehr existierten. Der abweisende, gefühllose Mann, zu dem er sich entwickelt hatte, war sicher gewesen, kein Herz zu besitzen. Jetzt fühlte er es, es schlug in seiner Brust und zwar mit einem Gefühl, das er zu seiner größten und äußersten Verwunderung als Liebe erkannte.

»Ariel hat ein Geschenk für dich dabei, Großmutter!«

Sie lächelte voller Begeisterung. »Ein Geschenk? Für mich? Aber ich habe kein Geschenk für euch beide. Ich habe nicht geglaubt …«

»Du hast uns ein wundervolles Essen zubereitet … und herrliche Erinnerungen geweckt, die schon beinahe verblasst waren. Das sind Geschenke genug!«

Ariel reichte ihr das Angebinde, bei dem sie sich solche Mühe gegeben hatte, und seine Großmutter nahm es in ihre zerbrechliche, zitternde Hand.

»Warum setzen wir uns nicht, dann kannst du das Päckchen aufmachen«, schlug Justin vor, weil er bemerkte, dass seine Großmutter müde wurde.

Er half ihr auf ihren Stuhl, und die Gäste setzten sich neben sie. Vorsichtig zog sie das rote Band von dem bunt eingewickelten Päckchen; dann berührte sie liebevoll das Bild auf der Gipsplatte, fuhr über die Umrisse seines Profils.

»Es ist wunderschön«, erklärte sie mit einem strahlenden Blick auf Ariel. »Ein so kostbares Geschenk!« Sie stand wieder auf, diesmal viel lebhafter als zuvor. »Kommt mit. Ich habe auch schon den perfekten Platz, wo ich es aufhänge.«

Justin nahm den Arm seiner Großmutter und führte sie in den Salon, Ariel folgte ihnen.

»Siehst du?« Sie deutete auf eine Anzahl Portraits, die an der Wand hingen. »Ich habe sie gemalt, nachdem du weg warst. Damit ich mich immer an dich erinnerte, wie du gewesen bist.«

Ein halbes Dutzend Aquarelle hingen nebeneinander an der Wand des Salons. Sie waren nicht perfekt, aber die Ähnlichkeit sichtbar.

Und alle Bilder stellten ihn dar.

Wenn er noch Zweifel gehabt hatte, ob er überhaupt ein Herz besaß, so war er jetzt sicher: denn es brach mitten durch und schmerzte heftig in seiner Brust.

»Du siehst aus wie dein Vater, aber hast das störrische Kinn deiner Mutter.« Die alte Dame lächelte. »Ich könnte mir vorstellen, dass du genauso entschlossen bist, wie sie es war.«

»Ich dachte, du hättest mich vergessen«, meinte er leise und ein wenig brummig.

»Du warst der Sohn, den ich nie hatte. Ich habe jeden einzelnen Tag an dich gedacht – seit dem Abend, an dem sie dich hier wegholten.«

Er beugte sich zu ihr und nahm die kleine Person in seine Arme. Nun ließ er seinen Tränen freien Lauf. »Von jetzt an wird alles anders, das verspreche ich dir. Du kannst zu uns kommen und bei uns leben. Wir haben viel Platz und …«

Sie zog sich ein wenig von ihm zurück. »Unsinn! Hier ist mein Zuhause.« Mit ihrer dünnen Hand, auf der die Adern hervorstanden, strich sie über seine Wange. »Aber ich würde euch liebend gerne einen Besuch abstatten … wenn ihr damit einverstanden seid.«

Er nickte und zwang sich zu einem Lächeln, über den Kopf der alten Frau hinweg sah er Ariels tiefe Rührung. »Natürlich sind wir das. Wir freuen uns von Herzen auf dich!«

»Und wir tauchen hier auf, so oft wir können«, versprach Ariel, auch in ihren Augen glänzten Tränen.

Schweigend gingen sie zurück in das Speisezimmer, wo das Essen bereitstand, serviert zu werden. Es gab Wachteleier in Aspik, Steinbutt in Cremesauce, Gänsebraten mit einer Füllung aus Preiselbeeren und Walnüssen, Erbsen und mit Ingwer glasierte Möhren, und zum Nachtisch warme Pflaumentörtchen – Justins Lieblingskuchen.

Dieses köstliche Mahl nahmen sie in Glück und Liebe ein. Justin hatte das Gefühl, gleichzeitig lachen und weinen zu wollen. Es war ein unglaublicher Tag, einer der schönsten seines ganzen Lebens. Heute hatte er etwas über sich selbst erfahren – etwas, das alles veränderte, an das er bis jetzt geglaubt hatte.

Er dachte an das neu entdeckte Gefühl in seinem Inneren, ein Gefühl, von dem er nun wusste, dass es Liebe war. Und in Wirklichkeit, so begriff er jetzt, kannte er es schon seit längerem. Immer wieder hatte er es in letzter Zeit verspürt, wie ein Flüstern hier und dort. Jedes Mal, wenn er Ariel ansah. Jedes Mal, wenn er sie berührte, sie küsste, sie beobachtete, wie sie durch das Zimmer auf ihn zukam.

Das Gefühl war so neu, so verwirrend, dass er es beiseite

geschoben, sich geweigert hatte, zu untersuchen, worum es sich handelte. Dennoch war es geblieben und sogar mit jedem Tag stärker geworden.

Es hieß Liebe, das wusste er jetzt mit einer Sicherheit, die ganz tief reichte. Heute hatte er begriffen, dass er nicht der kalte, herzlose Mann war, wie er es immer geglaubt hatte. Sondern er besaß die Fähigkeit, etwas zu empfinden – ein Mann, der lieben konnte!

Und er liebte seine Frau inniglich.

Er wollte es laut hinausschreien, wollte jubeln vor Freude, wollte singen! Und dieses Gefühl machte ihn entschlossen.

Anfangs hatte Ariel ihn geliebt, so wie er sie jetzt liebte. So sollte es wieder sein. Er war nicht sicher, ob er das schaffte; doch er schwor sich, sein Bestes zu tun.

Und er würde nicht aufgeben, ehe er es geschafft hatte.

Sie blieben zwei Tage in dem Herrenhaus in Reading, wie geplant; dann bereiteten sie die Abreise nach Greville Hall vor. Allerdings nahm Justin seiner Großmutter das Versprechen ab, dass sie einen Monat lang zu Besuch käme, sobald sich der Frühling zeigte.

Ariel freute sich schon darauf, die liebe, süße Lady wieder zu sehen – hoffentlich wohnten sie dann noch in Greville Hall, es wäre so schön! Sogar Barbaras giftige Zunge konnte das Vergnügen, auf dem Land zu leben, nicht ganz zerstören – weit weg vom Lärm und Schmutz der Stadt, in einem Haus, das vor Wärme zu glühen schien.

Die lange Heimreise war ermüdend, obwohl sie nicht mehr im Schlamm stecken blieben und auch diesmal kein Rad brach. Es war schon spät, als die Kutsche in die mit Bäumen bestandene Einfahrt bog, die sich vor dem Haus zu einem Rondell weitete. Wolken hatten sich am Himmel zusammengeballt, sie bildeten einen trüben Rand um einen fahlen Vollmond. Thomas war zu ihrem Bedauern bereits im Bett. Justin sagte seiner Schwester gute Nacht, dann zogen auch er und Ariel sich nach oben in ihre Zimmer zurück.

»Ich bin froh, wieder zu Hause zu sein«, sagte Ariel, die vor dem Spiegel stand und sich die letzten Nadeln aus dem Haar zog. »Aber ich finde es sehr gut, dass wir gefahren sind.«

Justin trat hinter sie, er schlang die Arme um ihre Taille und küsste sie in den Nacken. »Ich auch.«

Sie drehte sich zu ihm um, glücklich, in seinen Armen zu sein. »Ich liebe deine Großmutter, Justin. Fast habe ich wieder eine Familie.«

»Ja, und bald werden wir eine echte Familie sein!« Sein Blick verriet ihr, dass er sich sehr danach sehnte; doch noch etwas anderes lag in seinem Blick, das sie schon auf dem Heimweg darin bemerkt hatte. Es kam ihr warm und süß vor, und auch wenn sie müde war von der Reise, so weckte es in ihr den Wunsch, von ihm geliebt zu werden.

Sie fuhr mit den Fingern durch sein dichtes schwarzes Haar; dann zog sie seinen Kopf zu sich herunter, um ihn zu küssen. Unter seiner Kleidung spürte sie, wie sich sein Körper anspannte, wie die Muskeln in seinem Oberkörper hart wurden. Sie öffnete den Mund, besitzergreifend schob sich seine Zunge hinein; Ariel entspannte sich, als sich seine Hände sanft um ihre Brüste schlossen.

»Ariel …«, flüsterte er, hob sie auf seine Arme und trug sie zum Bett.

Sie liebten sich leidenschaftlich, danach lagen sie beisammen, zufrieden, einander in den Armen zu halten. Schließlich fielen sie in einen seligen Schlummer, eng umschlungen – ihr Kopf ruhte an seiner Schulter.

Es war der Geruch nach Rauch, der sie irgendwann spät in der Nacht aufweckte. Ihre Lider fühlten sich geschwollen an, als sie versuchte, sie zu öffnen; ihre Augen tränten, brannten, in ihrem Kopf wirbelten die Gedanken und wollten sich nicht zu einem klaren Bewusstsein formen. Sie brauchte übermenschliche Kraft, um sich aus den Decken zu wühlen.

Ariel keuchte auf, als sie entdeckte, dass die Gardinen brannten. Der Rand des Teppichs stand auch in Flammen, kleine Feuerzungen fraßen sich auf sie zu. Ihr entsetzter Blick ging zur Tür, doch eine Mauer aus orangeroten Flammen versperrte die Öffnung. Sie unterdrückte einen Schrei des Entsetzens, eine zitternde Hand streckte sie ihrem Mann entgegen, der neben ihr in einem tiefen, unnatürlichen Schlaf lag.

»Justin!« Sie schüttelte ihn heftig, verzweifelt, ihre Angst wurde immer größer, und ihr Herz trommelte gegen ihre Rippen. »Justin, wach auf! Lieber Gott, das Haus steht in Flammen!«

Er blinzelte ein paar Mal, langsam öffnete er die Augen, sie waren schwer und gerötet. »Was zum Teufel …?« Stöhnend und hustend begann er, seinen durch den Rauch getrübten Verstand zu ordnen. Er schüttelte den Kopf, sah das Entsetzen in ihren Augen und die Flammen, die das Zimmer mit einem unheimlichen roten Schein erhellten. »Gütiger Himmel!«

Er rollte aus dem Bett und kam torkelnd auf die Beine. Mit zitternden Händen riss Ariel ihren dicken blauen Umhang von dem Stuhl neben dem Bett und warf ihn über, während Justin nach seiner Hose griff.

»Die Tür ist durch die Flammen blockiert«, schrie sie verzweifelt. »Es gibt keinen Weg hinaus, außer durch das Fenster.«

In fliegender Hast schloss Justin die Knöpfe seiner Hose

und zog sie zum Fenster. »Dann werden wir eben hinausklettern.« Er schützte sie, so gut es ging, mit seinem Körper vor der immer näher rückenden Wand aus Hitze.

In den Fluren hörte Ariel die Diener schreien, eilig rannten sie hin und her und klopften an die Türen.

»Feuer!«, gellte jemand. »Das Haus steht in Flammen!«

Ariel stand vor dem Fenster und starrte auf den schmalen Sims, der ihre einzige Fluchtmöglichkeit war. »Ich weiß nicht, ob ich …«

»Du wirst es schon schaffen … mit meiner Hilfe! Ich werde nicht zulassen, dass dir etwas passiert.«

Sie sah zu ihm auf, entdeckte seine harte, wild entschlossene Miene, und ihre Angst ließ ein wenig nach. Auf Justin konnte sie sich verlassen, er würde sie beschützen. Bestimmt setzte er all seine Kraft ein, sie aus diesem Inferno zu erlösen.

»Warte hier«, befahl er. »Ich bin gleich wieder da.«

Ariel unterdrückte einen Aufschrei, als er in dem Rauch verschwand und dann ein paar Sekunden später hustend wieder erschien, ein Taschentuch vor den Mund gepresst. Er trug einen Stock mit einem silbernen Knauf in der Hand, der immer neben seiner Kommode stand. Sie hatte nie gesehen, dass er diesen Stock benutzte. Ariel konnte sich nicht vorstellen, warum er jetzt sein Leben riskiert hatte, nur um diesen Stock zu holen.

Dann drückte er auf einen kleinen, verborgenen Knopf am Knauf des Stockes, und eine etwa zehn Zentimeter lange Klinge erschien am Ende. »Bleib stehen«, befahl er; doch das hätte er gar nicht gebraucht, denn sie war ohnehin viel zu verängstigt, um sich zu bewegen. Er bückte sich und schnitt mit dem Messer den Saum ihres gefütterten Umhangs ab, gleich unter den Knien; damit war es für sie einfacher, sich zu bewegen.

»Deine Füße werden kalt – aber du wirst dich besser auf dem Sims halten können als mit Schuhen.« Er griff nach ihrer Hand. »Los.«

Ariel starrte aus dem Fenster. »Oje, es ist so hoch!« Obwohl ihre Zimmer nur in der zweiten Etage lagen, waren die Decken in den Zimmern so hoch, dass sie sich vorkam wie in einem Turm.

»Wir müssen nur bis zu der Rinne gelangen. Von dort können wir tiefer klettern. Das Feuer hat diesen Teil des Hauses noch nicht erreicht. Jemand wird uns eine Leiter bringen.«

Es war keine Zeit mehr zu widersprechen, und sie hatte auch keine andere Wahl. Justin schwang sich über das Fensterbrett auf den Sims, dann hielt er ihr die Hand hin.

»Komm schon, Liebling. Nur Mut!« Ariel klammerte sich an seine Hand; sie konnte nichts anderes tun, als ihm zu folgen, und kletterte auf dem schmalen Sims hinter ihm her. Die Steine waren eisig kalt unter ihren Füßen und gruben sich in ihre empfindlichen Sohlen. Einen Augenblick lang sah sie nach unten, der Boden schien meilenweit von ihnen entfernt. Ihr wurde schwindlig, und sie schwankte ein wenig. Justin schob sie gegen die Wand des Hauses.

»Um Himmels willen, schau geradeaus!«

Angst erfasste sie. Sie holte tief Luft, nickte ihm zu, und er begann wieder sich zu bewegen. Mittlerweile hatten einige der Menschen unten bemerkt, was vor sich ging. Sie hörte ein paar Schreie des Grauens – dann verstummten die Zuschauer; sie sahen gebannt zu dem Lord und der Lady des Hauses hoch, die sich halb nackt und zitternd Zentimeter um Zentimeter auf dem schmalen Sims des zweiten Stockwerks entlanghantelten.

Das Knistern und Knacken der Flammen erfüllte die Luft, während das wütende Feuer sich seinen Weg durch das Dach an der Stelle bahnte, unter dem einmal ihr Schlafzimmer gewesen war. Lautes Krachen zeugte davon, dass einige Balken einstürzten. Eines der Fenster, an denen sie sich vorbeischoben, platzte plötzlich – heiße, spitze Glasscherben flogen durch die Luft. Justin stieß scharf den Atem aus, als sich ein Splitter in seinen Schenkel bohrte und er ihn kurz entschlossen herauszog.

Sie sah, wie Blut an seinem Bein hinunterfloss, und ein leises Schluchzen drang aus ihrem Mund.

»Es ist alles in Ordnung«, beruhigte Justin sie. »Wir haben es gleich geschafft. Nur noch ein kleines Stück!«

Sie atmete einmal tief durch, dann schoben sie sich weiter über den Sims – unendlich langsam. Ariels Füße waren so kalt, dass sie ihre Zehen nicht mehr spürte. Sie betete darum zu merken, wenn sie von dem Sims in die Luft träte.

Justin hatte das Ende des Simses erreicht. »Ich muss deine Hand loslassen, damit ich hinunterspringen kann. Rühre dich nicht, ehe ich dich wieder gepackt habe.«

Ariel nickte. Justin ließ sie los, er machte einen kleinen Sprung, mit dem er auf einem niedrigeren Teil des Daches landete, dann streckte er ihr die Arme entgegen.

»Jetzt bist du dran, Liebling.« Seine Finger schlossen sich fest über ihren. Sie wollte springen, stolperte und schrie auf, als sie fühlte, wie die kalte Luft über ihre Wangen strich. Vor Schrecken schloss sie die Augen und bereitete sich darauf vor, tödlich verletzt auf dem Boden zu landen.

Doch dann war sie in seinen Armen, und er drückte sie an seine kräftige Brust. »Ich habe dich«, flüsterte er, »… und lasse dich nicht los!« Sie fühlte, wie sein ganzer Körper bebte.

Ariel klammerte sich an ihn, kämpfte gegen die Tränen und wusste, wie nahe sie am Abgrund war, als Justin sie im letzten Moment rettete. Er gab ihr einen schnellen, harten Kuss. »Nur noch ein wenig weiter. Gleich sind wir unten!«

Sie blickte zu ihm auf, dachte, wie sehr sie ihn liebte und riss sich zusammen. »Los!«

Justin führte sie aus dem Flammenmeer über das Dach des Wintergartens. Er tastete sich vorwärts und hielt sie so fest, dass sie sich nicht aus seinem Griff hätte befreien können, selbst wenn sie es versucht hätte. Die Leiter wartete bereits auf sie, sie lehnte am Dach – einer der Lakaien hatte die Situation erkannt, und sie schafften es sicher bis auf den Boden.

In dem Augenblick, in dem ihre Füße den Kies berührten, zog Justin sie in seine Arme. »Jage mir nie wieder solche Angst ein.« Er barg sein Gesicht in ihrem Haar und presste sie so an sich, dass sie kaum atmen konnte.

Zittrig lachte sie auf, ihr Körper bebte von den Nachwirkungen des Schocks und vor Erleichterung. »Ich werde mir Mühe geben.«

Einige der Diener kamen auf sie zugelaufen, unter ihnen war auch Silvie. »Wir sind außer uns, Milady!«

Ihre Zofe hüllte sie in eine warme Decke; eine andere der Dienerinnen kam und brachte ihr ein paar Schuhe, woher, das wusste nur der Allmächtige.

»Sie haben eine Eimerkette begonnen, Mylord«, berichtete einer der Lakaien. »Ich bin allerdings nicht sicher, ob es etwas nützen wird.«

Michael O'Flaherty kam mit ein paar Reitstiefeln angerannt. »Sie gehören Euch, Mylord. Ich habe sie aus dem Stall geholt.«

»Danke.«

Jemand reichte Justin ein Hemd, und er zog es über. »Sind alle aus dem Haus?« Er musterte die Gesichter der Menschen um sich herum. »Wo sind meine Schwester und ihr Sohn?«

»Ich habe gesehen, wie die Lady zur Haustür gelaufen ist, Mylord.« Eine der Dienerinnen deutete in die Richtung.

»Wahrscheinlich wartet sie vor dem Haus. Aber den Jungen habe ich nicht gesehen.«

Justin biss die Zähne zusammen. »Bleibe hier! Ich muss die beiden finden.«

»Ich suche Mrs. Whitelawn, Thomas' Kinderfrau«, meinte Ariel und versuchte, ihre Furcht zu unterdrücken. »Vielleicht sind die beiden bei ihr.«

Justin nickte und lief um das Haus zur Vorderseite. Er hielt inne, um mit Frieda Kimble zu sprechen, der Zofe seiner Schwester. Die Frau schüttelte den Kopf, sie blickte schaudernd zu Ariel hinüber und wies mit wilden Bewegungen auf das Haus.

Justin zögerte nicht, er wandte sich um und stürzte sich erneut in die Flammen.

Dichter schwarzer Rauch umwirbelte ihn, er brannte in seinen Augen, setzte sich in seine Lungen und machte es ihm beinahe unmöglich, zu atmen.

Er presste den Ärmel seines Hemdes über die Nase und bückte sich, um unterhalb des erstickenden Rauches und der Dunkelheit vorwärts zu kommen. Thomas und Barbara waren noch immer im Haus – das glaubte wenigstens die Zofe seiner Schwester –, gefangen im Kinderzimmer des Jungen in der dritten Etage.

Justin erreichte die Eingangshalle, wandte sich um und blickte die Treppe hinauf. Das Feuer hatte im Westflügel begonnen und den Hauptteil des Hauses noch nicht erreicht. Aber Thomas' Zimmer lag in dem brennenden Flügel. Wenn der Junge und seine Mutter noch dort waren ... Justin betete, dass Frieda Kimble sich irrte.

Die ersten Stufen hatte er erklommen, als er Schritte hinter sich hörte. Eine ihm bekannte Männerstimme ließ ihn innehalten.

»Du brauchst nicht dort raufzugehen. Deine Schwester ist nicht in Gefahr, und der Junge hält sich bei seiner Kinderfrau auf.« Justin starrte Phillip Marlin an und sah die Pistole, die sich auf seine Brust richtete.

»Ich kann mich nicht erinnern, dich auf diese Party eingeladen zu haben«, meinte Justin spöttisch, während Marlin ihn zwang, die Treppe wieder herunterzusteigen.

»Wir haben einiges zu besprechen.« Marlins Mund verzog sich. »Ich denke, das Arbeitszimmer wäre am besten.«

Justin wehrte sich nicht, durchquerte die Halle in Richtung des Arbeitszimmers, und die ganze Zeit über drückte ihm Marlin den Lauf der Pistole in den Rücken. Das Arbeitszimmer lag ebenerdig im Westflügel. Er konnte die Flammen sehen, hörte die Rufe der Diener, die draußen schwitzend und fluchend Eimer voll Wasser in das Feuer gossen, in dem Bemühen, das Haus zu retten.

Phillip deutete auf die entsprechende Tür. Justin öffnete sie, das Feuer begann gerade, hier drinnen um sich zu greifen. Die Gardinen hatten Feuer gefangen, und ein Teil des Teppichs bog sich hoch, kleine Flammen züngelten daran entlang. Die Hitze setzte ihm zu, und er hustete von dem Rauch, der an den Wänden entlang zur Decke kroch.

Marlin lächelte. »Du kannst dir nicht vorstellen, wie sehr ich mich auf diesen Augenblick gefreut habe!«

Justins Kinnmuskeln spannten sich an. »Oh, ich denke, das kann ich. Deinen Kumpanen ist es nicht gelungen, mich umzubringen. Wenn du etwas richtig getan haben willst, dann tue es selbst – nicht wahr?«

»So ungefähr.« Phillip spannte die Pistole. »Eine so traurige Geschichte! Der Graf von Greville, umgekommen in dem schrecklichen Feuer, das sein Haus zerstörte – als er versuchte, seinen armen, hilflosen Neffen zu retten. Welch ein Hohn, dass das Kind bereits in Sicherheit war!«

Justin betrachtete die Pistole, eine mit Silber verzierte Duellpistole, eine von einem Paar, die er auf dem Kaminsims in einem der Salons gesehen hatte. Sie hatte einen einzigen Schuss. Wenn er nur etwas näher kommen könnte, dann gäbe es die Möglichkeit, den Schuss abzuwehren. Er trat einen Schritt vor. Phillip schien es nicht zu bemerken, also tat er vorsichtig einen zweiten. Innerlich spannte er sich an und machte sich bereit, auf ihn loszugehen.

Da öffnete sich die Tür, und seine Schwester erschien auf der Bildfläche.

Abwartend entspannte Justin seine Muskeln ein wenig. Barbara lächelte Marlin an, und sein Magen zog sich vor Übelkeit zusammen.

»Willkommen, lieber Bruder! Da du nicht so freundlich warst, oben in deinem Zimmer zu bleiben, haben wir auf dich gewartet.«

Er schüttelte resigniert den Kopf. »Verdammt, aber ich hatte gehofft, dass du nichts damit zu tun hättest.«

Barbara schenkte ihm ein böses Lächeln, das voller Triumph war. »Wieso nicht? Du hast versucht, das zu stehlen, was eigentlich mir gehörte. Da musste ich doch eingreifen.«

»Und das Haus? Ich dachte, dieses Haus würde dir so viel bedeuten.«

»Wenn du nicht mehr da bist, ist Geld in Hülle und Fülle vorhanden, um ein Dutzend Greville Halls zu bauen.« Sie warf Phillip einen Blick zu. »Ich denke, wir haben lange genug gewartet. Genieße deinen Sieg, Liebster!«

Phillips selbstgefälliges Lächeln und die Art, wie er die Pistole fest in seiner Hand hielt, ließen Justin einen Schauder über den Rücken laufen. Die Flammen knisterten und knackten. Etwas Schweres fiel auf die Decke über ihren Köpfen. Phillips Zeigefinger schloss sich um den Abzug, und Justin sprang los.

Die Pistole ging in dem gleichen Augenblick los, in dem er gegen Marlins Körper stieß, der Schuss hallte laut im Raum wider, und beide Männer landeten auf dem Boden. Justin fühlte einen brennenden Schmerz in seiner Seite, und sein Kopf schlug heftig auf die Kante seines Schreibtisches. Er kämpfte gegen den Schwindel an, doch die dunklen Kreise zogen sich immer enger um ihn. Dann begann die Welt zu schwinden, Dunkelheit legte sich über ihn und beförderte ihn in die Bewusstlosigkeit.

Phillip fluchte leise, er arbeitete sich unter dem schweren Gewicht von Justins Körper hervor, stand keuchend auf und wischte sich den Schmutz von seiner Kleidung. Er hielt ein weißes Spitzentaschentuch vor seine Nase und hustete, weil der Rauch immer dichter wurde.

»Es ist geschafft! Das Vermögen Greville gehört jetzt deinem Sohn – doch vorerst dir, und ich werde die Kontrolle darüber haben, wenn wir erst einmal verheiratet sind.« Phillip streckte die Hand nach ihr aus, doch Barbara wich zur Seite.

Jetzt erst bemerkte er die kleine Pistole mit dem Griff aus Elfenbein, die sie in den Falten ihres Rockes versteckt hatte. Sie hob die Waffe und richtete sie genau auf seine Brust.

»Was, zum Teufel, tust du da?«

»Männer sind solche Dummköpfe. Und du, Phillip, bist ein noch größerer Dummkopf, als erlaubt ist. Hast du wirklich geglaubt, ich würde dich heiraten?« Sie lachte bitter. »Hast du ernsthaft gemeint, dass mir die Dinge gefielen, die ich dir erlaubt habe mit mir anzustellen? Ich habe nicht die Absicht, dich zu heiraten und auch keinen anderen Mann – weder jetzt noch später!«

Phillip sah sie benommen an. »Das kann doch unmöglich dein Ernst sein!«

»Kann es das nicht? Du bist genau wie mein Vater und wie jeder andere so genannte Herr auch, den ich je kennen gelernt habe – ihr macht euch zu Hampelmännern für die Gunst einer Schönen und denkt dabei doch immer nur an euch selbst!«

Phillips Gesicht lief vor Zorn rot an. »Also wirklich, du lügnerisches, betrügerisches Weib …« Er tat einen Schritt auf sie zu, doch Barbaras Hand schloss sich fester um den Griff der Pistole, und er blieb stehen.

»Für eines *bin* ich meinem Vater dankbar. Ihn mit seinen Dirnen zu beobachten hat mich gelehrt, wie eine Frau ihren Körper einsetzen kann, um das zu erreichen, was sie haben will. Danke, Phillip, dass du es mir so leicht gemacht hast …« Mit gefletschten Zähnen sprang Phillip vor, und Barbara drückte ab. Einen Augenblick stand er einfach nur da, seine Augen waren vor Entsetzen und Unglauben weit aufgerissen. Dann verdrehten sie sich, und er sackte in sich zusammen, mit offenem Mund starrte er blicklos in die Luft.

Barbara sah sich um; die Flammen fraßen sich durch die Decke über ihrem Kopf, sie trat ein Stück zur Seite, als ein Teil der Decke und brennendes Holz auf den Teppich neben ihr fielen. Flammen breiteten sich in dem Raum aus.

Hustend duckte sie sich unter dem immer dichter werdenden Rauch; dann blickte sie noch einmal auf die beiden leblosen Körper, um sich anschließend in Sicherheit zu bringen.

Justin stöhnte, als er das Geräusch der zuschlagenden Tür hörte – er pendelte hin und her zwischen Wachsein und Bewusstlosigkeit. Sein Kopf dröhnte. Blut floss aus der Wunde an seinem Bein. Seine Seite brannte wie nach den Stichen von tausend Hornissen. Er füllte seine Lungen mit der rauchigen Luft; dann hustete er, weil seine Atemwege zu bersten drohten und zog sich auf die Knie. Tastend berührte er die Schusswunde in seiner Seite und fühlte klebriges Blut; doch die Kugel war an einer Rippe abgeprallt, er glaubte nicht, dass sie allzu großen Schaden angerichtet hatte.

Zum zweiten Mal war seine Schwester daran gescheitert, ihn zu töten.

Justin fluchte leise und heftig. Er biss die Zähne zusammen, kam auf die Füße und wankte mit unsicheren Schritten zur Tür. Barbara wollte ihn aus der Welt schaffen. Aber dies war, bei seiner Seele, ihr letzter Versuch gewesen!

Die Flammen schlugen höher in die schwarze Nacht. Ariel litt Qualen wegen Justin, und Thomas konnte sie auch nicht finden. Dann jedoch entdeckte sie Barbara, die aus der Haustür huschen wollte. Schnell lief sie auf sie zu. Sie packte die Schwägerin am Arm und wirbelte sie herum.

»Wo ist Justin? Hast du ihn gesehen? Er ist ins Haus gelaufen, um Thomas zu suchen, und ist nicht wieder herausgekommen.«

»Thomas ist bei seiner Kinderfrau.«

»Nein, eben nicht! Mrs. Whitelawn ist verzweifelt. In dem ganzen Chaos sind sie getrennt worden, und seither hat niemand das Kind gesehen.«

Barbaras Gesicht nahm die Farbe von Asche an. »Lieber Gott! Thomas muss noch drinnen sein. Um alles in der Welt, wir müssen ihn retten!« Sie rannte zurück ins Haus, Ariel lief neben ihr her. Barbara riss das Portal auf und stürmte in die Halle. Der Rauch war so dicht, dass sie beinahe keine Luft mehr bekamen. Das Feuer tobte im Westflügel. Es würde nicht mehr lange dauern, bis das ganze Gebäude brannte.

»Thomas!«, schrie Barbara. »Thomas, wo bist du?«

»Justin!« Ariel lief zur Treppe. »Justin, kannst du mich hören?«

Die beiden Frauen keuchten die gewundene Treppe hoch; dann wandten sie sich im Flur in Richtung Westflügel – doch eine Wand aus Flammen und glühender Hitze versperrte ihnen den Weg.

»Die Dienstbotentreppe!« Ariel wirbelte herum, und beide hasteten weiter. »Justin!«, schrie sie. »Thomas, kannst du mich hören?« Doch die einzige Antwort war das Brüllen der Flammen und das Zerbersten von Glas.

»Komm schon! Wir müssen uns beeilen!« Barbara hatte die Hintertreppe als Erste erreicht, Ariel war gleich hinter ihr. Sie schickte ein Stoßgebet um Mut zum Himmel, dann folgte sie ihr die qualmende Treppe hinauf. Beinahe hatten sie die dritte Etage erreicht, als es passierte. Ariel hörte das donnernde Krachen, gefolgt von einem lauten, knirschenden Geräusch von berstendem Holz. Auf der Treppe vor ihr schrie Barbara auf. Ariel starrte voller Entsetzen in das Flammenmeer, als ein Teil der Treppe vor ihr einstürzte, unter der Last von brennendem Schutt und Mauerwerk.

Ein Schrei entrang sich Ariels Kehle, als noch mehr schwere Balken herunterstürzten und auf dem Körper landeten, der unten am Boden lag. *Lieber Gott! Lieber Gott!* Es bestand keinerlei Chance, dass Barbara das überlebt hatte. Und in jedem Augenblick konnte auch noch der Rest der Treppe einstürzen.

Sie bemühte sich, ihre zitternden Beine und ihr wild schlagendes Herz unter Kontrolle zu bekommen; in Agonie zog sie sich zurück, Schritt um Schritt, bis sie die erste Etage erreicht hatte. Rauch stieg von unten auf, und sie hustete – verzweifelt sehnte sie sich nach einem Hauch frischer Luft.

Mit wild klopfendem Herzen blickte sie über sich. Barbara war tot, aber wo steckte ihr Sohn? Wenn Thomas noch oben war, dann gab es keine Möglichkeit mehr, ihn zu erreichen. *Lieber Gott, bitte hilf mir, den Jungen zu finden!* Doch ihr Gebet schien vergeblich. *Und lieber Gott, wo ist Justin?* War er auch irgendwo oben gefangen? Ariels Herz zog sich bei diesem Gedanken zusammen, obwohl sie sich weigerte, so etwas auch nur zu vermuten. Vielleicht hatte er ja das Kind gefunden, und sie beide waren schon aus dem Haus gelangt.

Sie betete, dass es so war, dann kämpfte sie sich weiter durch den Rauch. Da das Feuer noch nicht den Hauptteil des Hauses erreicht hatte, schien ihr der sicherste Weg derjenige abwärts zu sein. Ariel schob das Bild von Barbaras leblosem Körper unter den schweren, brennenden Balken beiseite und lief zur Treppe. Sie hatte fast die erste Stufe erreicht, als sie ein Weinen hörte – gedämpftes Schluchzen, voller Angst.

Lieber Gott, es war noch jemand im Haus! Hustend und den Rauch ignorierend, der ihr in den Lungen brannte, lief Ariel den Weg zurück, den sie gekommen war. »Thomas, bist du das?«, krächzte sie. »Wo bist du? Bitte, du musst mir sagen, wo du bist!« Sie versuchte, eine Tür zu öffnen; doch dahinter entdeckte sie nur Flammen, und schnell schlug sie sie wieder zu. Eine andere war so heiß, dass sie den Knauf nicht drehen konnte. »Bitte, wer auch immer da ist, wir müssen das Haus verlassen!«

Hinter ihr klapperte die Tür zu einer Wäschekammer. Ariel wirbelte herum und sah, wie sie langsam geöffnet wurde. Das tränenüberströmte Gesicht eines Kindes tauchte im Türspalt auf, schwarz vor Rauch.

»Thomas!«

Der Junge kroch auf sie zu, sein ganzer Körper bebte und zuckte. Er kam auf die Füße, streckte die Arme aus und schlang sie um sie – wie ein kleines verwundetes Tier klammerte er sich an sie.

»Ich habe … Angst, Tante Ariel. Ich habe solche Angst.« Er begann zu husten, der Husten schüttelte das Kerlchen, und seine Stimme klang ganz rau.

»Schon gut, kleiner Thomas!« Auch Ariel begann zu husten. »Wir müssen … hier raus.« Sie fuhr mit der Hand durch das dunkle Haar des Jungen und drückte ihn kurz an sich, dann nahm sie seine Hand und zog ihn mit sich.

Der Rauch war jetzt noch dichter geworden, und es fiel ihnen immer schwerer, zu atmen. Ariel war von Kopf bis Fuß mit Ruß bedeckt, und ihr wurde allmählich schwindlig. Sie bückte sich tief und versuchte, dem erstickenden Rauch zu entkommen. Schließlich schafften sie es zur Treppe, gerade noch rechtzeitig, um Justin zu erblicken, der aus dem Flur zum Westflügel gestolpert kam.

»Justin!«, schrie Ariel, und ihre Stimme war nur noch ein schrilles Röcheln.

»Ariel! Gott im Himmel!«

Sie zerrte Thomas hinter sich her und schaffte es bis zum Fuß der gewundenen Marmortreppe; beim Versuch, Luft zu holen, sank sie nach vorn. Das Letzte, woran sie sich erinnerte, war Thomas' helle Stimme, die ihren Namen fiepte.

Mit tränenden Augen, und Hemd samt Hose voller Blut, wankte Justin auf die Stelle zu, wo Ariel zusammengesunken am Fuß der Treppe lag. Thomas huschte auf ihn zu.

»Tante Ariel! Sie ist verletzt!«, schniefte er, und Justins Magen bildete einen festen Klumpen.

Was war ihr zugestoßen? War sie schwer verbrannt? Lebte sie überhaupt noch? Sein Hals war vor Furcht ganz ausgetrocknet, als er neben ihr niederkniete. Als er ihren stoßweisen Atem hörte, wusste er, dass sie noch lebte. Er zuckte zusammen vor Schmerz in seiner Seite; dann hob er sie auf die Arme, zog sie an seine Brust und betete um Rettung aus diesem Inferno. Zusammen stolperten sie zum Ausgang.

Endlich – sie traten in die Nacht, in die kalte, reine Luft hinaus.

Justin atmete tief ein und hustete den Rauch aus seinen Lungen, überließ sich der Wirkung der frischen Luft. Er kniete nieder und sein Herz hämmerte wild, als er Ariel vorsichtig ins Gras legte, in sicherer Entfernung vom Haus.

Eine Frau kam auf sie zugelaufen. »Thomas!« Schluchzend vor Erleichterung beim Anblick ihres Schützlings, nahm die Kinderfrau den Jungen hoch. »Oh, Gott sei Dank!«

»Er hat Angst, aber sonst geht es ihm gut.«

Sie nickte und streichelte dem Kleinen über den Kopf. Dann sah sie Ariel, die leblos im Gras lag, und alle Farbe wich aus ihrem rundlichen Gesicht.

»Ist sie … ist die Lady …?«

Er biss die Zähne zusammen. »Sie atmet noch. Sagt einem der Lakaien, er soll den Doktor holen, und zwar schnellstmöglich!« Mit zitternden Händen untersuchte er Ariel nach Verbrennungen, während Mrs. Whitelawn mit ihrem Liebling davonhastete, zum Stall, wo sich der Rest der Diener versammelt hatte.

Justins Seite pochte, sein Bein schmerzte, aber er merkte es kaum. Seine Sorge um Ariel war größer als seine eigenen Wunden. Er fand keine Verletzung; dennoch erwachte sie nicht, als er sie sanft schüttelte, leise mit ihr sprach – immer wieder.

»Ariel … meine Liebste, bitte …« Justin litt Höllenqualen. Vielleicht hatte sie innere Verletzungen, rang gerade in diesem Augenblick mit dem Tode. »Ariel, bitte, wach auf!

Ich brauche dich«, flüsterte er. »Bitte, verlass mich nicht!« Er nahm ihre eiskalte Hand in seine, hielt ihre schlanken Finger fest und presste sie an seinen Mund. »Ich liebe dich. Ich liebe dich so sehr!«

Mit gesenktem Kopf hockte er neben ihr, seine Augen brannten; er betete leise und wünschte, er hätte ihr schon vor langer Zeit gesagt, was er für sie empfand.

»Justin …?« Ihre Stimme drang zu ihm, sie klang tiefer als sonst, heiser vom Rauch. Als er die Augen öffnete, sah er, dass sie ihm die Arme entgegenreckte. Sanft legte sie eine Hand an seine Wange. »Ich hatte solche Angst … solche Angst, dass du drinnen geblieben bist …«

»Bist du verletzt? Wo tut es dir weh?«

Sie schüttelte den Kopf. »Es geht gleich vorbei – war nur der Rauch. Ich … mir ist schwindlig geworden …«

Erleichtert atmete er auf. Sie war in Sicherheit und hier, und sie gehörte ihm! Er beugte sich über sie und drückte ihr einen sanften Kuss auf die Lippen, küsste dann ihren Hals. »Ich liebe dich, Ariel«, wiederholte er. »Ich liebe dich so sehr.«

Er fühlte, wie sie zitterte. Eine Träne rann über ihre Wange. »Ich habe dich eben schon gehört – wagte nicht, es zu glauben. Wenn es nämlich nicht wirklich dein Ernst wäre …«

Er fuhr mit dem Finger über ihr Kinn. »Mir ist noch nie zuvor etwas so ernst gewesen. Ich liebe dich, und zwar schon sehr lange!«

»Oh, Justin, ich liebe dich so sehr. Ich habe nie aufgehört, dich zu lieben. Ich habe es versucht, aber es war mir unmöglich. Meine Liebe wird immer währen!«

Ein Schauder rann durch seinen Körper. Glück und Erleichterung mischten sich. Und die Verwunderung darüber, dass ein Mensch wie er ein solches Geschenk erhielt.

Wortlos half er ihr auf, sie schwankte ein wenig. Justin legte beschützend einen Arm um sie. »Alles in Ordnung?«

Sie nahm sein Gesicht in beide Hände. »Mir geht es gut. So lange ich weiß, dass du mich liebst, ist alles sogar mehr als gut!«

Justin senkte den Kopf und küsste sie. Blutend und voller Schmerzen, mit Ariel im Arm gab er ihr Recht. Nichts anderes zählte mehr als ihre Herzen.

26

Etwas Feuchtes und Kaltes berührte sein Gesicht und seinen Hals, lief in seinen Kragen. Mit einem Blick über sich stellte Justin fest, dass es regnete.

»Gott sei Dank«, flüsterte Ariel, sie legte den Kopf in den Nacken und ließ den Regen über ihr schmutziges Gesicht rinnen. Sie standen einen Augenblick beisammen, ließen sich erfrischen und schickten ein schweigendes Dankgebet gen Himmel. Dann blickte Ariel auf das Haus, und ihr Gesichtsausdruck veränderte sich, schien ganz düster zu werden vor Trauer. Er entdeckte den Schimmer von Tränen in ihren Augen.

»Was ist?«, fragte er leise, legte die Hand unter ihr Kinn und drehte ihren Kopf zu sich.

»Es ist Barbara. Deine Schwester hat geglaubt, dass Thomas sich bei seiner Kinderfrau aufhielt, aber das stimmte nicht. Du warst noch nicht aus dem Haus gekommen, deshalb sind wir hineingelaufen, um Thomas und dich zu suchen. Das Feuer hatte den Flur in den oberen Etagen blockiert – deshalb nahmen wir die Dienstbotentreppe hinauf. Wir waren schon beinahe am Ziel …« Ihre Stimme brach, und die Tränen begannen erneut zu fließen. »Kurz vor dem oberen Absatz stürzte die Treppe ein! Barbara war vor mir. Sie ist tief hinuntergefallen, und einige der Deckenbalken erschlugen sie. Oh, Gott, Justin, es tut mir so Leid.«

Er hielt sie in seinen Armen, drückte sie an seine Brust und streichelte sanft ihr Haar. »Es ist Schicksal, Liebes! Manchmal geschehen Dinge, die so besser sind. Man sagt, die Rache gehört Gott. Vielleicht ist das Sein Beschluss, sie für ihre Sünden zu strafen.«

»Ich … verstehe nicht.«

Statt ihr zu antworten, führte er sie aus der Kälte und dem Regen über die Wiese zum Stall. Jetzt erst entdeckte sie die Blutflecken auf seinem Hemd.

»Oh, Himmel, du bist verletzt!«

Er blieb unter dem Vordach des Stalles stehen. »Phillip Marlin und meine Schwester haben das Feuer gelegt. Sie haben auch versucht, mich damals im Wald umzubringen.«

»Oh, Justin, nein!« Sie griff nach seiner Hand und hielt sie fest. »Wie konnte das nur geschehen?«

»Glücklicherweise ist Marlin nicht gerade der beste Schütze. Die Kugel ist von einer Rippe abgeprallt. Es schmerzt wie die verdammte Hölle, aber ist nicht so schlimm. Phillip lebt nicht mehr. Barbara hat ihn erschossen.«

»Aber wenn sie doch Komplizen waren, warum hat sie dann so etwas getan?«

»Aus Gier, hauptsächlich, nehme ich an.« Er erzählte ihr alles, was er von der Unterhaltung mitbekommen hatte, während er immer wieder bewusstlos wurde. Es genügte jedenfalls, um den schrecklichen Anteil an der Tragödie zu klären, der seiner Schwester dabei zufiel und der sie letztendlich das Leben gekostet hatte.

Ariel starrte ihn an. »Wir müssen Thomas das verheimlichen. Unbedingt.«

»Ja. Er braucht die böse Wahrheit nicht zu erfahren.«

»Mit der Zeit wird der Schmerz vergehen. Und wir sind da, um ihm zu helfen.«

Justin senkte den Kopf und küsste sie; er spürte, wie sehr er sie liebte, und war selig, dass er es ihr endlich gestehen konnte. Sie schleppten sich weiter in den Stall, wo Silvie und Perkins ihnen warme Decken umlegten.

»Wundersamerweise hat Gott sich entschieden, freundlich zu sein, Mylord«, meinte der alte Butler. »Der Regen löscht das Feuer. Der größte Teil des Hauses ist gerettet.«

»Ja. Wenn es weiter so gießt, können wir vielleicht in einigen Stunden Schutz im Ostflügel suchen. Die Zimmer werden zwar voll Rauch sein, aber wenigstens gibt es dort Betten, und wir haben es warm und trocken.«

Perkins sah sich um. »Wo ist Lady Haywood, Mylord?«

Justin schüttelte nur den Kopf.

»Erbarmen!« Der alte Mann lief davon, um den anderen die schreckliche Nachricht mitzuteilen, während Silvie Streifen aus zerrissenem Stoff brachte zum Verbinden. Sie setzten sich auf einen Haufen Stroh, und Ariel wusch Justins Wunde mit Wasser aus, das jemand vom Fluss geholt hatte. Sie versorgte sein verletztes Bein und wickelte die Stoffstreifen um seine Rippen.

Endlich waren sie allein in dem leeren Stall, ihre Kleidung hing nass und zerrissen an ihnen herab, schwarz von Schmutz und Ruß. Erschöpft lehnten sie sich gegen die Mauer.

Justin griff nach Ariels Hand und zog sie an die Lippen. Er sah die Spuren des Überlebenskampfes auf dem Gesicht seiner Frau und sein Herz machte einen Satz. »Ich war entsetzt, als ich dich am Fuß der Treppe fand. Wenn dir etwas zugestoßen wäre …«

»Justin …«

Er streichelte über ihre Wange, fuhr sanft mit dem Finger

die Konturen ihrer Lippen nach. »Einen Menschen zu lieben, war mir vollkommen fremd. Ich dachte, ich wüsste gar nicht, wie das geht. An dem Tag, an dem wir zu meiner Großmutter gefahren sind ... da wusste ich es plötzlich, begriff auf einmal, dass ich dich liebte, und zwar schon von Beginn an!«

Frische Tränen traten in ihre Augen. »Ich liebe dich so sehr.«

Justin zog sie an sich, Glück und Dankbarkeit erfüllten ihn. Sie liebte ihn, so wie er es sich zutiefst erhofft hatte. Sie klammerten sich aneinander, im Stroh auf dem Boden im Stall und lauschten dem strömenden Regen, sahen zu, wie die orangeroten Flammen zuckten und langsam erstarben – wie sie zu schwachen Rauchsäulen wurden, die sich über dem Schutt des Westflügels kräuselten.

»Wir werden alles wieder aufbauen«, versprach er ihr. »Und machen es zu unserem Zuhause, zu dem Ort, wo wir unsere Kinder großziehen.«

Ariel schenkte ihm ein warmes, sanftes Lächeln, das er seit etlicher Zeit vermisst hatte. »Das würde mir gefallen.«

Er senkte den Kopf und küsste sie noch einmal. »Ich liebe dich, Lady Greville.« Die Worte fielen ihm diesmal unerhört leicht, sie kamen ihm so richtig vor, so wahr. »Ich liebe dich!«

Die Tage seiner Isolation waren vorüber. Jetzt endlich hatte er eine Familie: die Großmutter, die ihn aufgezogen und ihn niemals vergessen hatte, ein Kind, das ihn brauchte, und eine Frau, die ihn liebte. Das Herz in seiner Brust schwoll – dieses wundersame Ding, von dem er gar nicht gewusst hatte, dass er es überhaupt besaß.

Nass, schmutzig und kalt, rauchende Ruinen im Blick, begriff Justin zum ersten Mal in seinem Leben, was es bedeutete, sich als ganzer Mensch zu fühlen.

BLANVALET

GRENZENLOSE LEIDENSCHAFT BEI BLANVALET

Lassen Sie sich von aufregend sinnlichen Romanen bezaubern.

A. Quick. Verhext
35085

E. Coffman. Herzen im Duell
35090

L. Parker. Der Rebell und die Rose
35104

E. Lowell. Bernsteinfeuer
35129